Always *isn't* Forever

J.C. CERVANTES

Ins Deutsche übertragen von **Marijke Kirchner**

Die deutsche Ausgabe von
ALWAYS ISN'T FOREVER – KANN WAHRE LIEBE DEN TOD BESIEGEN?
wird herausgegeben von der Cross Cult Entertainment GmbH & Co. Publishing KG | CROCU;
Verlagsleitung: Andreas Mergenthaler und Luciana Bawidamann;
Teinacher Straße 72, 71634 Ludwigsburg.
Übersetzung: Marijke Kirchner, verantwortlicher Redakteur und Lektorat: Markus Rohde;
Lektorat: Karen Eifler; Korrektorat: Verena Jung, Satz: Rowan Rüster; Illustrationen: Karmen Loh;
Layout: Sina Keller & Kerstin Jans; Lizenzmanagement: Ruijing Qiu; Herstellung: Hannah Düser;
Vertriebsleitung: Peter Sowade; Marketing: Cécile Béran; Druck: Printausgabe gedruckt von CPI
Books GmbH, Leck. Printed in the EU.

Titel der Originalausgabe: ALWAYS ISN'T FOREVER

ISBN Paperback-Ausgabe 978-3-98743-131-9
ISBN E-Book 978-3-98743-132-6
Mai 2024

WWW.CROCU.DE

Dieses Buch widme ich all jenen Herzen, die sich weigern, in einem »geordneten Leben voller Gründe und Beweise« eingesperrt zu sein.

Teil Eins

Die himmlischen Aufzeichnungen eines Engels

Das Leben nach dem Tod ist buchstäblich mein Job.

Meine Position diktiert, dass ich alle menschlichen Begegnungen dokumentiere. Ich habe Hunderte solcher Zusammentreffen miterlebt. Und ich bin dabei nie auf einen Menschen gestoßen, der nicht an irgendeine Form der romantischen Liebe glaubte. Es ist auf keinen Fall meine Aufgabe, jemanden dieser Vorstellung zu berauben, aber glaubt mir, wenn ich sage, dass nur sehr wenige Menschen jemals eine Liebe erfahren, die stark und rein genug ist, um sie in ihrem nächsten Leben wiederzufinden.

Und seien wir mal ehrlich, die Menschen denken viel zu oft, sie seien verliebt, aber Logik hat in Herzensangelegenheiten nichts verloren. Und das Wort *Liebe*? Nun, Menschen werfen damit wie mit Kleingeld um sich, aber selten haben sie dessen wahre Essenz je gekostet.

Leider erfahren nur wenige Seelen jemals die ewige Liebe.

Ich persönlich habe das nie.

Doch in diesem Bericht geht es nicht um mich. Hier geht es um Hart und Ruby, die erste Liebe und die Macht der Erinnerungen. Es geht darum, wie viel ein Herz ertragen kann, ehe es bricht. Aber vor allem geht es in dieser Geschichte um ein Leben, das zu früh genommen wurde, und um die Reise, auf die dieses eine Ereignis uns alle schickte.

1

Hart

~ Fünfundzwanzig Stunden vor dem Ende ~

Es war schon immer Ruby.

Das ist die erste Zeile des Liebesbriefs, der mir aufgetragen worden war, und das ist alles, was ich wissen muss, um mich darauf einzulassen.

> *Ruby war schon immer die Richtige für mich, seit ich sie vor elf Jahren zum ersten Mal in unserem lokalen Gartencenter gesehen hatte, wie sie die Marienkäfer aus ihrem Netzgefängnis befreite. Sie stand nur viereinhalb Meter von mir entfernt, sechs Jahre alt, und riss die kleinen Netze auf.*
>
> *Sie hatte diesen grimmigen Ausdruck im Gesicht, die Lippen fest zusammengepresst, und ihre dunklen Augen glühten vor Entschlossenheit. Und ich wurde sofort in ihren Bann gezogen. Selbst im reifen Alter von sieben Jahren wusste ich, dass sie etwas Besonderes war.*
>
> *Ich erinnere mich noch gut daran, wie mein Herz schneller schlug und mich dazu anhielt, zu ihr zu*

gehen und ihr zu helfen – mit ihr durch dick und dünn zu gehen: ein Risiko zu wagen! Doch so bin ich nicht gestrickt, war es noch nie. Risiken führen zu Verletzungen und Verletzungen führen zu Schmerzen und Schmerzen führen zu Elend. Verstehst du mein Problem? Außerdem war ich sieben und der Gedanke, in Dicks Gartengefängnis zu landen, klang nach der schlimmsten Art von Folter.

Also hielt ich mich zurück und starrte sie an, als wäre sie eine spannende Geschichte und ich müsste unbedingt herausfinden, wie sie ausgeht.

Einige der Marienkäfer waren klug genug, um davonzufliegen; andere krabbelten weiter entlang des Netzes, und der Rest? Sie landeten auf Rubys Armen und Händen. Sie stand einfach nur da, lächelte und beobachtete sie voller Ehrfurcht, und plötzlich wünschte ich mir, einmal im Leben im Zentrum ihrer Aufmerksamkeit zu stehen. Es einmal zu erleben und in dem Gefühl zu baden.

Jeder andere wäre vom Tatort geflüchtet, doch nicht Ruby. Du musst wissen, dass Ruby ein Vorzeigeexemplar in Sachen Draufgängertum ist. Es war ihr egal, ob sie erwischt wird. Ihr ging es nur darum, diese verdammten Marienkäfer zu retten.

Ein Sonnenstrahl fiel auf Rubys goldbraunes wildes Haar und sie sah auf. Ihr Blick fiel auf mich. Mein Gesicht brannte und ich fühlte mich plötzlich, als hätte ich etwas falsch gemacht. »Bist du ein guter Lügner?«, fragte sie.

Ich drehte mich hastig weg und stieß dabei einen kleinen Topf mit frischer Minze aus dem Regal.

Verlegen zuckte ich mit den Schultern und fühlte mich mehr verloren als je zuvor. »Ähm, nicht wirklich.«

Sie marschierte zielstrebig auf mich zu, was in mir den Gedanken weckte, dass ich vielleicht weglaufen sollte, aber bevor ich eine Entscheidung treffen konnte, stand sie schon direkt vor mir. Die Marienkäfer krabbelten noch immer über ihre Haut.

»Das musst du aber sein«, sagte sie ernst, hob den Minztopf auf und stellte ihn wieder an seinen Platz. »Falls jemand fragt: Ich war nie hier. Du kennst mich nicht.«

»Aber ... ich kenne dich wirklich nicht.«

In diesem Moment rief ihre Mom nach ihr. »Ich muss los«, erwiderte Ruby mit einem Lächeln, das einen fehlenden Schneidezahn offenbarte. »Vergiss nicht, was ich gesagt habe.« Sie gestikulierte wild mit ihren Händen, was ich als ›du hast mich nie gesehen‹ interpretierte.

Und dann war sie weg. Ich blieb wie benebelt neben einem verwelkenden Basilikumstrauch stehen und fragte mich, was gerade passiert war. Schließlich ging ich zurück in die Abteilung mit den Hauspflanzen, um in der Nähe der mexikanischen Palmen meinen Dad zu suchen. Auf dem Weg dorthin kitzelte etwas an meinem Handrücken. Mein Blick fiel darauf und ich schmunzelte. Einer von Rubys Marienkäfern krabbelte über meine Haut. Leuchtend rot, mit vier schwarzen Punkten. Seine Flügel öffneten und schlossen sich immer wieder. Öffnen, schließen, öffnen, schließen. Und dann flog er davon.

Yeah, wie ich bereits sagte, es war schon immer Ruby.

Jetzt gucke ich auf den Notizblock auf meinem Bett hinunter und mache mir große Sorgen, dass die Worte nicht gut genug sind. Ich muss noch viel mehr streichen, aber zumindest ist es ein Anfang für unsere Zeitkapsel, auf der Ruby besteht, um unsere Erinnerung zu bewahren.

Das Aufheulen eines Automotors und einer elektrischen Bohrmaschine erfüllt mein Zimmer. Ich wohne mit meinem Dad über seiner Autowerkstatt namens Jorgé's. Er ist darauf spezialisiert, Oldtimer zu restaurieren. Früher habe ich es gehasst, den Lärm, die Ölspuren, die langen Nächte. Doch jetzt? Inzwischen kommt es mir wie eine Art Kunst vor; es ist beruhigend, ihm bei der Arbeit an einem alten Firebird oder einem Porsche zuzusehen.

Mein Blick fällt auf den Wecker auf meinem Nachttisch. Mist! Wir sollten in fünfzehn Minuten auf Martins Party sein und ich habe noch nicht mal meine Badehose an oder …

Meine Schlafzimmertür schwingt auf. Es ist Ruby.

Hastig schiebe ich meinen Brief unter ein Kissen, wobei ich fast meine Gitarre vom Bett stoße, und beschließe, dass ich sie am besten abwimmele, bevor sie losmeckern kann: »Gib mir zehn Minuten, dann bin ich fertig.«

»Du kommst noch zu deiner eigenen Beerdigung zu spät«, sagt Ruby, die immer noch in der Tür steht, als wäre sie sich nicht sicher, ob sie reinkommen soll. Sie hat ihr dunkles Haar zurückgebunden, das wegen der Sonne von hellen Strähnen durchzogen ist. Ihre Ray-Ban sitzt auf ihrem Kopf, und zwar mit gedehnten Bügeln, weil ihr Kopf einfach so groß ist. Sie trägt Jeansshorts und ein T-Shirt, das von einer Schulter herabhängt und ihr rotes Bikinioberteil offenbart.

»Ich habe an dem Brief für unsere Zeitkapsel gearbeitet und dabei die Uhr aus den Augen verloren.«

»Du bist Songwriter. Das sollte einfach für dich sein.« Sie macht ein paar Schritte in mein minimalistisch eingerichtetes Zimmer und schaut sich um, als ob sie halb hofft, eine alte Socke auf dem Boden rumliegen zu sehen. Was für ein Monster ignoriert denn bitte den dafür vorgesehenen Wäschekorb?

Wie ich Ruby kenne, werden in ihrem Brief fünf Wörter stehen. Sie kann nicht einmal einen richtigen Wunsch auf eine Karte schreiben, also weiß ich nicht, warum sie sich so quält. *Obwohl* das Ganze ihre Idee war. Sie lässt sich zurück auf mein Bett fallen und landet dabei direkt auf meiner Brust.

Die Sonnenbrille fliegt ihr vom Kopf und fällt zu Boden.

»Hey, geht's dir gut?« Ich rolle mich auf die Seite, stütze meinen Kopf auf den Ellbogen, schaue auf sie hinunter und frage mich, wie sie nach all der Zeit immer noch diese Wirkung auf mich haben kann. Immer wenn sie mir so nahe ist, möchte ich ihre Haut auf meiner spüren, ihren Duft einatmen, und denke, dass ich der glücklichste Mann der Welt sein muss, weil sie mich gewählt hat.

Sie zögert. Schweigen erfüllt mein Zimmer und ich bin mir nicht sicher, ob sie sich einen Witz oder eine Retourkutsche ausdenkt, die es in sich hat. Sie hat beides drauf, lässt aber beides bleiben. »Ich schätze, ich kann nicht glauben, dass wir in fünf Monaten schon in unserem letzten Jahr an der Schule sind. Es geht alles so schnell und …«

Ich nehme sanft ihre Hand in meine. »Hey, ich bin der Schwarzseher in unserer Beziehung, schon vergessen? Du machst mir meinen Titel noch streitig.«

Sie lässt sich nicht auf meinen Versuch ein, die Stimmung aufzuheitern.

»Ich fühle mich einfach, als ob … Ich weiß nicht.« Sie drückt meine Hand und sieht aus dem Fenster. Ihre Augen schweifen über den blauen Himmel davor.

Die Sache mit Ruby ist die: Sie macht sich nie Sorgen. *Niemals.* Sich vom Campus schleichen? *Regeln sind dazu da, gebrochen zu werden.* Von einer Klippe ins Meer springen? *Halt die Augen auf.* Reifenpanne auf einer dunklen Nebenstraße? *Lass uns im Wald verlaufen.*

»Und deshalb müssen wir so tolle Erinnerungen schaffen wie heute Abend.«

»Die Party?«, stichelt sie, wohl wissend, dass ich die Überraschung meinte.

Ich habe schon seit Monaten etwas für sie geplant und wenn sie es sieht, wird sie ausflippen.

»Oder ich kann dir meine Überraschung ein andermal geben«, erwidere ich achselzuckend.

»Denk nicht mal dran.« Sie gibt mir einen Kuss, der eigentlich flüchtig sein sollte, aber ich bin gierig, und in einer Nanosekunde wird der Kuss tiefer, unsere Körper sind so eng aneinandergeschmiegt, dass ich mir vorstelle, wie wir mit der Matratze verschmelzen. Manchmal wünschte ich, wir hätten uns nie darauf geeinigt, mit dem Sex bis zum College zu warten, denn im Moment will ich nichts mehr als Ruby.

Im nächsten Augenblick stößt sie sich von mir ab, atmet angestrengt ein und guckt mich an, als hätte sie gerade genau denselben Gedanken gehabt. Oder auch nicht. Sie greift blitzschnell an mir vorbei und unter das Kissen und reißt den Brief hervor. Als hätte sie die ganze Zeit gewusst, dass er dort ist. Bin ich wirklich so berechenbar?

Ich stürze mich auf sie und falle auf sie drauf. Sie quiekt, schiebt sich meinen Brief unter den Rücken und starrt trotzig zu mir auf. Wir sind uns so nahe, dass unsere Stirnen aneinandergepresst sind. »Ich dachte, wir wollen nicht zu spät zur Party kommen?«, frage ich.

Ruby zieht einen Schmollmund. Diesen Ausdruck hat sie über die Jahre perfektioniert und ich kann ihr nie etwas abschlagen, wenn sie mich so anguckt.

»Gib mir nur eine Zeile«, bettelt sie, »so was wie einen Denkanstoß.«

Ich lache. »Wenn ich das mache, gibst du mir dann meinen Brief zurück?«

Aus der Nähe sehen ihre Wimpern länger aus und die goldenen Pünktchen in ihren dunklen Augen wirken heller. Sie blinzelt und ihre Wimpern streifen meine Wange. »Ich versprech's.«

Ich setze mich auf, damit ich sie gut sehen kann, wenn ich die Worte sage. Ruby beginnt mit den Fingern, einen halbherzigen Trommelwirbel zu spielen. Aus der Werkstatt unter uns dringen Stimmen durch die Decke. Ein Automotor stottert ruckelnd.

»Bist du sicher, dass du dafür bereit bist?«, frage ich und lächle gutmütig.

»*So* gut kann es gar nicht sein.«

»Oh, das ist es.«

Sie rollt mit den Augen. »Dann sag's mir.«

Ich zögere, lasse sie noch ein paar Sekunden zappeln, bevor ich brumme: »Es war schon immer Ruby.«

Sie ist wie ein offenes Buch für mich. Ihre Emotionen flackern wie in einer Diashow über ihr Gesicht: Verwunderung, daraufhin Überraschung, zuletzt Frustration. Dann ballt sie mein T-Shirt zwischen ihren Fäusten und ruft: »Ich hasse dich, Hart Augusto.«

Ich küsse sie auf ihre Nasenspitze. »Ich hasse dich auch, Ruby Armenta.«

»Wie sehr?«

»So sehr. Ich werde dich so lange hassen, bis du mir zum Hals heraushängst.«

»Abgemacht!« Sie springt vom Bett und beugt sich mit einer Hand auf der Hüfte über mich. »Also, gehen wir jetzt zu dieser Party Schrägstrich Überraschung, oder was?«

Ich ziehe mich blitzschnell um und als wir rausgehen, lege ich meinen Arm um ihre Schulter und küsse sie auf die Schläfe. Ich schmunzle zufrieden und finde meine erste Zeile perfekt.

Yeah.

Es war schon immer Ruby.

2

Ruby

~ Vierundzwanzig Stunden vor dem Ende ~

Wir sitzen in Harts gelbem 1982er-Mustang, einem Auto, das sein Dad ihm letztes Jahr zu seinem sechzehnten Geburtstag geschenkt hat, als es noch keine Reifen und nur einen halben Motor hatte. Es brauchte sechs Monate harter Arbeit in der Werkstatt, um dieses Monster fahrtauglich zu machen – und es fuhr gerade so. Ich versuchte zu helfen, aber letztendlich war ich mehr Hindernis als Hilfe, also ernannte Hart mich stattdessen zum DJ. Harts Monster hat ein altes Schaltgetriebe, der dritte Gang klemmt oft und es fährt nicht bergauf, schafft nur neunzig Kilometer pro Stunde und hat genug Dellen, um uns wissen zu lassen, dass es schon einiges auf dem Buckel hat. Und sein Fußraum ist immer – und ich meine wirklich immer – mit einer dünnen Sandschicht bedeckt, die auch wirklich kein Staubsauger besiegen kann. Hart hat's versucht. Könnt ihr mir glauben.

Als wir den Hügel hinunter zum Meer fahren, heult Monsters Motor auf. Wir haben die Fenster heruntergelassen – das Auto hat keine Klimaanlage – und die warme Nachtluft strömt herein.

Schon bald schmettern wir aus vollem Halse den Text zum Song *Beautiful Day* von U2. Hart ist eine alte Seele und seine Musikauswahl trägt nur zur Atmosphäre bei. Mein ohnehin schon ausgeleierter Haargummi reißt, meine Haare peitschen um mein Gesicht und ich denke nur: *Hoffentlich ändern wir uns nie.*

»Hey, lass uns die Party klemmen«, schlage ich vor.

Hart dreht die Musik leiser. »Was ist los, Ruby?«

Ich wollte es ihm vorhin nicht sagen, aber ich fühle diese Spannung in der Mitte meines Solarplexus, die mir sagt, dass etwas nicht stimmt oder im Begriff ist, entsetzlich falsch zu laufen. Es ist ein seltsames Gefühl, fast so, als würden mit Dornen übersäte Äste in mir wachsen. Meine Mom sagt, meine Urgroßmutter hatte auch immer diese Art von Intuition – eine Gabe, wie sie es nannte. Ich bin nur genervt davon, von diesem Warnsignal, das mir nie die nötigen Details verrät, damit ich das Ergebnis tatsächlich beeinflussen oder abwenden kann.

Doch ich weigere mich, mich von meiner Intuition zu einer Schwarzseherin machen zu lassen.

Das ist Harts Metier.

Als wir Kinder waren, wollte er sich nie am Klettergerüst entlanghangeln oder auf irgendwas klettern, das mehr als einen Meter hoch war. Er startete sogar eine Petition für Sicherheitsgurte im Schulbus und bestand auf Helmen, wenn wir Fahrrad fuhren.

Ich sage zu Hart: »Wir könnten runter zum Ufer fahren und …«

Er drückt beruhigend meine Hand. »Ich hab dir eine Party versprochen und du hast mir versprochen, dich von mir überraschen zu lassen. Und heute Abend werden wir beide diese Versprechen einlösen.«

Warum muss er bloß so ein Regelverfechter sein? »Na gut«, murre ich und drehe die Musik wieder auf, aber der Augenblick ist verflogen und ich fürchte, dass sich alles ändern wird.

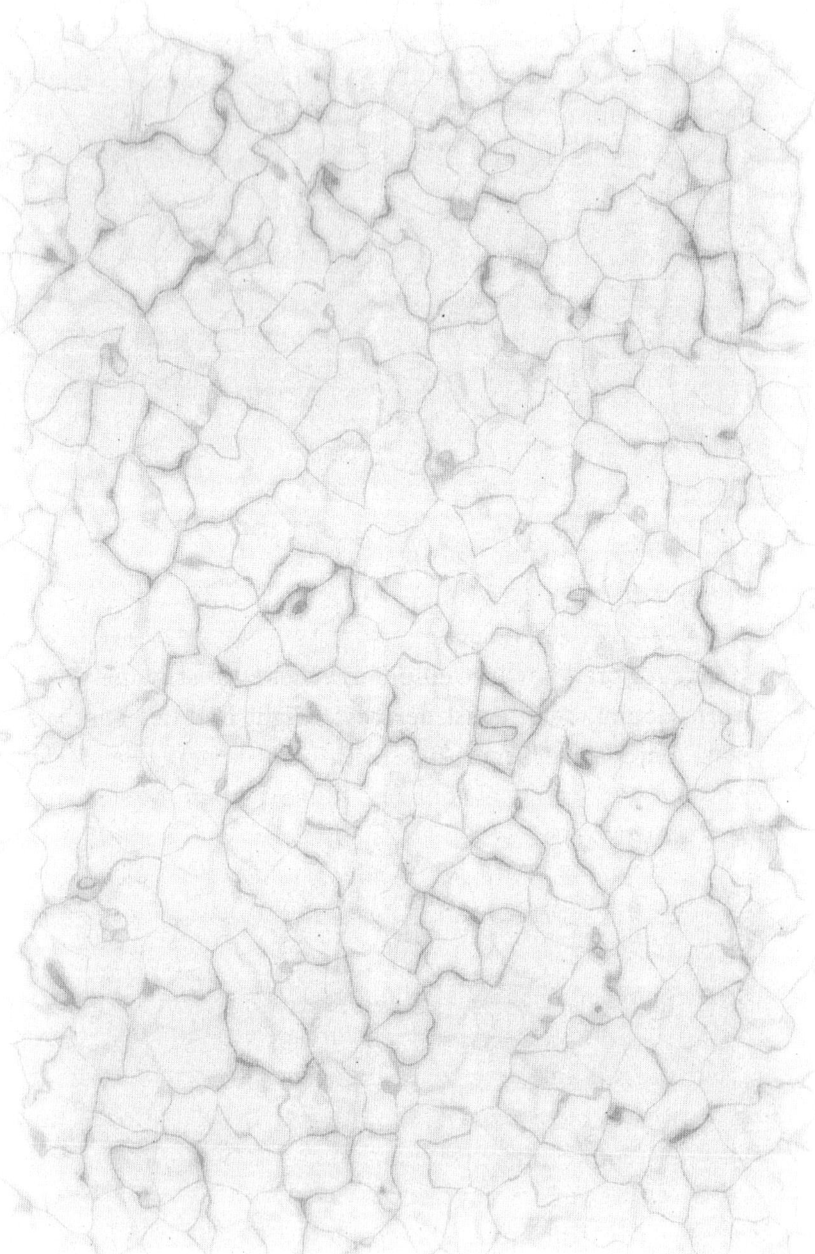

3

Hart

»Im Anflug!«, ruft Martin, als er durch die warme Nachtluft fliegt und mit einer Arschbombe in den schwach beleuchteten Pool eintaucht.

Sein Aufprall bewirkt eine Flutwelle. Das ist keine große Überraschung, denn er ist der beste Tight End des Footballteams der Seaside High. Außerdem ist er knapp zwei Meter groß und wiegt mehr als hundert Kilo. Aber am meisten mag ich an Martin – abgesehen davon, dass wir seit unserer Bandzeit in der Middleschool befreundet sind –, dass er cool ist; er ist dieser wirklich gelassene Typ, der dir zwar auf dem Spielfeld die Rippen brechen kann, aber dann Saxofon spielt wie eine Art wiedergeborene Jazzikone.

Zu seiner Freitagabendparty zu gehen, war seltsamerweise meine Idee, um Ruby die trübsinnige Stimmung zu vertreiben. Die Party ist nicht allzu wild – nur ein paar Freunde und Freundesfreunde und die Freunde deren näherer Verwandten und wiederum deren Cousinen und Cousins zweiten Grades, die in Martins Wohnung abhängen, dessen Eltern zufälligerweise nicht zu Hause sind.

»Komm rein, Augusto!«, brüllt Martin vom tiefen Ende des Beckens aus. Ein Strandball fliegt durch die Luft. Ein paar Leute machen Mutproben, kreischen, lachen und schwimmen. Der Rest der Menge steht dicht gedrängt in Grüppchen um den Pool herum.

»Nein, schon okay«, rufe ich zurück, obwohl ich meine Badehose anhabe.

Das Problem ist nicht das Schwimmen, sondern dass ich von meinem Standpunkt aus sehen kann, wie die Keime praktisch auf dem Wasser schwimmen und mich niederknüppeln.

Mein Kumpel George stemmt sich auf den Rand des Pools, klettert heraus und tropft mir das Wasser auf die Füße. »Das Wasser ist perfecto, Mann. Du verpasst alles.«

Wir sind seit der dritten Klasse befreundet, als er mit seiner Mom, zwei älteren Brüdern und seinem Abuelo in die Stadt zog. In seinem Haus herrscht Chaos, es ist laut, sie streiten, aber alle sind unendlich loyal. Ich find's toll.

»Ich bin mir ziemlich sicher, dass ich nichts verpasse«, sage ich gerade zu George, als seine Hündin Josie rübertrottet und ihren großen schokoladenbraunen Körper an meinen Beinen reibt.

»Hey, mein Mädchen.« Ich knie mich hin und streichle sie so, wie sie es mag. Josie neigt ihren Kopf zurück, um sicherzugehen, dass ich alle guten Stellen erwische, wobei ihre Zunge glücklich an der Seite aus ihrem Mund hängt.

»Sie mag dich lieber als mich«, brummt George und schürzt die Lippen. »Komm schon, Josie. Ich seh viel besser aus, Mädchen.«

Während Josie all meine Liebe aufsaugt und George total ignoriert, gluckse ich. Ich war dabei, als er sie vor fünf Jahren im Tierheim ausgesucht hat. Sie und George sind unzertrennlich; er hat sie sogar als Therapiehund zertifizieren lassen, damit sie mit uns überall hingehen kann. Sie sieht aus wie ein Höllenhund, aber tief im Inneren ist sie ein großer Softie. Es sei denn, du bist ihr fremd und sie mag dich nicht.

»Hey«, sagt George leise, damit nur ich ihn höre. »Hast du Marina gesehen? Sie sieht …« Er schließt die Augen und atmet ein. »Meinst du, ich kann bei ihr landen?«

»Yeah, Bro. Aber das würde bedeuten, dass du auch wirklich mal mit ihr reden musst.«

Josie rennt in Richtung Grill, der den köstlichen Duft von Brathähnchen verströmt. George fährt sich mit der Hand über sein dunkles nasses Haar und verzieht das Gesicht. »Ich kann nicht einfach auf sie zugehen und mit ihr reden, Mann. So funktioniert der Scheiß nicht mehr. Sind nicht mehr die alten Zeiten. Vielleicht könnte Ruby mir ihre Nummer besorgen und ich könnte ihr schreiben und …« George schüttelt den Kopf. »Nee, das würd schlecht ausgehen. Sie würde mir wahrscheinlich das Herz brechen. Oder was ist, wenn ich rausfinde, dass sie eine Spinnerin ist, und dann muss ich Schluss machen, oder was ist, wenn sie klammert und sich in mich verliebt und …«

Was mit George los ist? Er redet sich immer die Dinge aus, die er am meisten will, vor denen er aber auch die größte Angst hat. Jupp, das haben wir gemeinsam. Zwei Trottel, die sich gesucht und gefunden haben.

»All das *könnte* passieren«, sage ich. »Oder eben auch nicht.«

»Jo, aber du hast Ruby, also musst du dir anders als wir Normalsterblichen keine Gedanken über diese Dinge machen.« George schüttelt den Kopf, als hätte er sich schon entschieden.

»Marina guckt her«, sage ich.

»Scheiße, was soll ich machen? Auch gucken? Nee, das wär erbärmlich ... Bruh, hilf mir!« Er ringt mit den Händen.

Ich lache amüsiert. »Angsthase.«

»Du hast gut reden.« George grunzt und springt mit einer Rolle vorwärts in den Pool, wobei er mich beim Aufprall nass spritzt.

Im selben Moment kommt Ruby zu mir herüber und sieht mit einem verständnisvollen Lächeln zu mir hoch. Sie stellt sich auf die Zehenspitzen und flüstert mir ins Ohr: »Das Chlor tötet alle Keime ab, bevor sie dich töten können.«

Ich werfe ihr einen abschätzenden Seitenblick zu. »Was ist mit Bakterien, Viren und Parasiten? Und all den toten Hautzellen, die hier rumschwimmen?«

»Die auch.«

»Du bist jetzt also eine Expertin in Sachen Pools«, murre ich.

»Nö, bloß hab ich's gegoogelt, als ich dich am Rand des Pools stehen sehen habe, als würdest du hineinspringen wollen, aber dann so zweifelnd dreingeblickt hast, dass ich wusste, du würdest es nicht tun. Also dachte ich mir, ich komme und bewahre dich vor einem großen Fehler«, sagt sie und dreht sich in Richtung der Lichter der Stadt, die hinter der Oase in Martins Garten funkeln.

Endlich. Sie spricht einfach meine Sprache. »Mit dem großen Fehler meinst du hineinspringen?«

Ruby guckt wieder zu mir hoch, ein schüchternes Grinsen umspielt ihre Lippen und eine Herausforderung funkelt in ihren Augen. »Ich meine damit, es nicht zu tun.«

Ich schätze, in Sachen Liebe bin ich genauso schlimm wie George.

Und dann schubst sie mich hinein. Zum Glück stehen wir am tiefen Ende, denn ich fände es äußerst nervig, sechs Wochen vor den Sommerferien mit einer Platzwunde in einem verkeimten und wahrscheinlich mit Pisse verseuchten Pool zu sterben.

Ich stoße mich vom Grund ab, um nach Luft zu schnappen und Ruby hineinzuziehen, aber sie ist nicht mehr da.

Sie steht in der Nähe des Pavillons, ein frisches Handtuch in der Hand, und unterhält sich mit ihrer besten Freundin Serena, die von allem zu viel trägt und eine entsprechende Persönlichkeit hat. Serena ist auch auf dem besten Weg, Abschiedsrednerin zu werden, und plant, Chinesisch und Kunstgeschichte zu studieren, wenn sie aufs College geht.

Violett blühende Blumenranken fallen durch die mondbeschienenen Dachsparren. Die Klänge eines bluesigen Songs von John Coltrane auf dem Saxofon erfüllen die Luft. Martin liefert eine gute Show, obwohl seine Tanzschritte noch etwas zu wünschen übrig lassen. Verdammt, man muss den Kerl einfach dafür bewundern, dass es ihn nicht die Bohne juckt, was andere über ihn denken.

»Tanz mit mir«, ruft er einem Mädchen zu, das in seiner Nähe steht. Doch sie schlägt sich beschämt die Hände vors Gesicht und geht weg.

Leider meldet sich auch sonst niemand freiwillig, aber das schreckt Martin nicht ab. »Oh, Leute. Ihr seid Ö-D…«

Gerade als er das *E* aussprechen will, sehe ich Ruby. Sie geht mit ihrem typischen, ihrem Ruby-Lächeln auf Martin zu, neigt ihren Kopf nach rechts und macht ihm schöne Augen. »Ich kann dir ein paar bessere Moves zeigen«, sagt sie und ich schmelze dahin.

Viele Männer wären eifersüchtig. Ich meine, meine Freundin tanzt gerade mit dem König des souligen Saxofons,

Martin Tomlinson, aber es stört mich überhaupt nicht. Erstens gehört Rubys Herz allein mir. Und zweitens weiß ich ganz genau, dass Martins Herz *für alle* schlägt. Letzte Woche war es Shaylee, die Woche davor John, die Woche davor? Na ja, ihr versteht schon, worauf ich hinauswill. Genau so ist er zu seinem Spitznamen gekommen: *Fifty-two.* Das ist nicht seine Trikotnummer, sondern die Anzahl der Wochen in einem einzigen Jahr: seiner Affären. Der Kerl hat einen *Coole-Legende-Status* erreicht, den Normalsterbliche wie ich nie erreichen können.

Nicht dass ich das jemals wollen würde, aber vielleicht ... wäre es gar nicht so schlecht, der Typ zu sein, der immer das Richtige sagt und tut, ohne über jedes Detail nachzudenken. Ich bin bestimmt nicht megabeliebt, aber auch nicht *un*beliebt. Ich schweb in der Mitte der Hierarchieleiter und gelte meistens als nett, was im Grunde bedeutet, dass ich für die beliebten Kids an der Seaside High keine Bedrohung bin.

Ruby hingegen steht mindestens zehn Sprossen über mir. Sie kann genauso gut im Hintergrund bleiben, wie sie mit Martin im Rampenlicht tanzen kann – oder mit jedem anderen, was das betrifft. Sie ist Kapitänin des Schwimmteams, Tyrannentöterin der Extraklasse und weigert sich, irgendein *Fast Fashion*-Teil zu tragen. »Guckt euch diese Kleidermüllhalden an«, sagt sie immer. Und sie lässt alles mühelos aussehen, auch das Tanzen.

Gerade als das Lied endet, treten durch die Doppeltür drei Typen in den Garten. Wer in der Mitte läuft, fragt ihr euch? Jameson Romanelli, der Quarterback und Bad Boy unserer Highschool, der schon immer gerne Ärger stiftet. Der Kerl ist ein privilegiertes Arschloch und jeder weiß es, aber er kommt damit durch, weil er zweihundert Yards werfen kann und gemunkelt wird, dass er irgendwann professionell Football spielen wird.

Sein Blick fällt auf Ruby und Martin.

Scheiße.

»Hey, Mann«, sagt Martin und schüttelt Jameson die Hand, als wäre er sein bester Bro. »Ich dachte, ihr würdet's nicht schaffen heute.«

Das ist das Risiko bei Martins Partys. Man weiß nie, ob seine Musikcrew – ich und ein paar andere Bandfreaks aus unserer Junior-High-Zeit – oder seine Footballcrew kommen wird.

Ich habe Ruby nur hergeschleppt, um sie aus ihrer seltsamen Laune herauszuholen, und es schien zu klappen. Jetzt sieht sie einfach nur angewidert aus. Sie kann Jameson Romanelli nicht ausstehen. Er ist nach der Scheidung seiner Eltern in der sechsten Klasse wieder hergezogen, hat in der siebten Klasse ihr Haus mit Klopapier tapeziert, in der achten bei einem Mathetest bei ihr abgeschrieben und in der neunten das Gerücht gestreut, die beiden hätten auf einem Campingausflug miteinander geschlafen. Doch am meisten liegt es daran, denke ich, dass er meinen Dad um einige Kohle betrogen hat, als er seinen Porsche in die Werkstatt brachte, um ihn reparieren zu lassen. Das war beschissen von ihm und es ging gar nicht mal um so viel Geld, sodass ich mir darüber keine Gedanken gemacht habe, aber Ruby? Sie war so wütend, weil sie die Sache dermaßen ungerecht fand, dass ich Angst hatte, sie würde einen Schlaganfall bekommen. »Er ist der arroganteste, egoistischste, unausstehlichste, hinterhältigste Hurensohn aller Zeiten«, rief sie damals. »Gott, wie kannst du nur so ruhig bleiben, Hart?«

Ich zog sie (und ihre ganze Wut) in meine Arme und sagte: »Er ist mir einfach nicht wichtig genug, um mich aufzuregen.«

»Hey«, sagt Jameson jetzt zu Ruby, die ihn böse anfunkelt, ehe ich ihr beistehen und eingreifen kann. Ein neuer Song dröhnt aus den Lautsprechern, aber ich achte nicht darauf. Ich will bloß etwas Abstand zwischen Jameson und Ruby schaffen.

Ruby beginnt, sich der Situation zu entziehen, indem sie sich bei Martin für den Tanz bedankt.

Martin lächelt und sagt: »Wollen wir noch eine Runde?«

»Yeah«, sagt Jameson und lässt seinen Blick über Rubys Körper gleiten. »Noch 'ne Runde.«

Ruby schaut sich um, als würde sie nach einem Drink suchen, den sie ihm ins Gesicht kippen kann. Doch sie findet nur mich, der ihr an die Seite eilt. »Wollen wir?«, frage ich. Mein Herz rutscht mir langsam in die Hose, weil ich diese Art von »Konfrontation« echt furchtbar finde.

Martin wirft seinem Teamkollegen einen wütenden Blick zu. »Entspann dich, Mann.«

George erscheint an meiner Seite und sagt kein Wort, aber das muss er auch nicht. Niemand legt sich jemals mit ihm an, und zwar nicht, weil er so groß oder stark ist, sondern weil er zwei ältere Brüder hat, die gefeierte Käfigkämpfer sind und nicht zögern würden, jemanden in die Wüste zu schicken und einfach auf den Müll zu werfen. Doch sie würden George nie in ihre Welt lassen. Er sagt, das liegt daran, dass er das Baby der Familie ist. Ich dagegen denke, dass ihr Abuelo mindestens einen Nicht-Kämpfer in der Familia haben will und sie alle verfluchen würde, wenn sie das täten.

Josie trottet herüber, stellt sich an Georges Seite und starrt Jameson an, als wüsste sie, was für ein Vollpfosten er ist.

Jameson wirft seine Hände hoch und tritt zurück. Tut so, als ob er ein Unschuldslamm wäre. Gleichzeitig guckt er zu mir herüber und streicht sich eine Strähne aus dem Gesicht. »Hey, Tin Man.« Das ist eine Anspielung auf meinen Namen und er findet es witzig. Früher empfand ich es als Beleidigung, doch heute ist es einfach nur blöd.

Und dann rieche ich es. Den Gestank von abgestandenem Bier in Jamesons Atem. »Du bist besoffen.«

»Noch nicht«, sagt er, »aber ich arbeite dran.«

Josie stößt ein leises Knurren aus. Ja, sie ist jetzt definitiv in ihrem Höllenhundmodus.

»Was ist los mit dir?«, fragt Jameson Josie. »Warum hasst du mich so?«

»Sie ist eine gute Menschenkennerin«, sagt George mit einem sarkastischen Grinsen.

Jameson verdreht die Augen, dann schwankt er.

In diesem Moment sehe ich ein vertrautes Gesicht durch das Seitentor kommen. Gabi. Rubys kleine Schwester ist in der Middleschool und mit einer Schülerin hier, an die ich mich aus der Schule erinnere. Doch ihr Name ist mir entfallen. Dylan? Darcy? Damien?

George sieht Gabi auch und macht sich sofort auf den Weg, um Ruby die Sicht zu versperren, denn als das Mädchen das letzte Mal auf einer Party war, wurde sie versehentlich in eine Schlägerei verwickelt und kehrte mit einem blauen Auge heim. Danach hat Ruby in puncto Partys ein Machtwort gesprochen und wenn sie ihre kleine Schwester jetzt sieht, wird sie eine Szene machen. Das aber will ich lieber nicht, weil sie dann schlechte Laune hat und sich nicht mehr auf meine Überraschung freut. Ich persönlich finde, sie ist überfürsorglich. Gabi ist ein nettes Mädchen. Doch Ruby hört nie auf mich, wenn es um dieses Thema geht. Niemals. Und manchmal denke ich, dass Ruby mit ihrem Verhalten ausgleichen will, dass sie keinen Vater haben – als ob sie sowohl Elternteil als auch Schwester spielen müsste.

Alle meine Muskeln spannen sich an. »Hey, Rubes«, sage ich und lenke ihre Aufmerksamkeit auf mich, »lass uns mal besser gehen.«

Jameson nickt und wirft mir einen seiner herablassenden *Guter Junge*-Blicke zu. »Gute Idee.«

Ruby schüttelt den Kopf und baut sich vor Mr. QB auf. »Weißt du, was dein Problem ist?«

Er lächelt. »Nein, bin mir aber sicher, dass du's mir gleich erzählen wirst.«

Ich schaue zu Gabi hinüber, die versucht, um George herumzukommen, als ihre Augen meine treffen und sie diesen *Oh, Scheiße*-Blick bekommt. *Wenn Ruby sie hier findet, wird sie Gabi in einen Kirchturm sperren, wo sie den Rest ihres Lebens bei Wasser und Brot und so wenig Sauerstoff verbringen wird, dass ihre Lungen auf die Größe reifer Pflaumen zusammenschrumpeln.*

Ich gucke wieder zu Ruby, die zu Jameson sagt: »Dein Problem bist du.«

Angespannt rubble ich mir über die Stirn und gucke zu Gabi. Mit angespanntem Kiefer und ruckartigen Kopfbewegungen fordere ich sie auf, sich zu ducken oder sich wie ein Ninja in den nächsten Busch zu rollen.

Wenn ich Ruby anlüge, ist es sehr wichtig, dass mein Puls gleichmäßig schlägt und meine Bewegungen langsam sind, sonst riecht sie Blut. Sie ist wie ein Haifisch. »Mir ist eben was eingefallen. Wir kommen noch zu spät, Rubes, wenn wir jetzt nicht gehen.«

Sie wirft mir einen Blick aus den Augenwinkeln zu. Dann schaut sie auf ihr Handy. »Wir haben noch eine Stunde.«

Scheiße.

Sie muss meine Panik wittern, denn sie rollt mit den Augen und sagt: »Na gut, dann gehen wir halt.«

Ich führe sie durch die Türen hinaus, durch die Jameson gerade in den Garten gekommen ist, und in die entgegengesetzte Richtung von Gabi.

Als wir beim Auto ankommen, scannt Ruby mich mit ihren Röntgenaugen und sagt: »Ich hoffe, das ist kein Trick, um mich von Jameson wegzulocken, damit ich nicht …«

»Ist es nicht. Versprochen.«

»Irgendwie glaub ich dir nicht.«

»Du weißt, dass ich ein schlechter Lügner bin, also wüsstest du, wenn ich dich reinlege. Darf ich dich jetzt bitte überraschen oder nicht?«

Ruby kneift ihre Augen zusammen und beißt sich auf die Unterlippe. Sie denkt nach.

JaNeinJaNein. Und ich denke: *Bitte, bitte sag Ja.*

»Okay«, antwortet sie schließlich, »aber ist es eine große Überraschung oder eher eine kleine?«

»Es ist eine schöne Überraschung.«

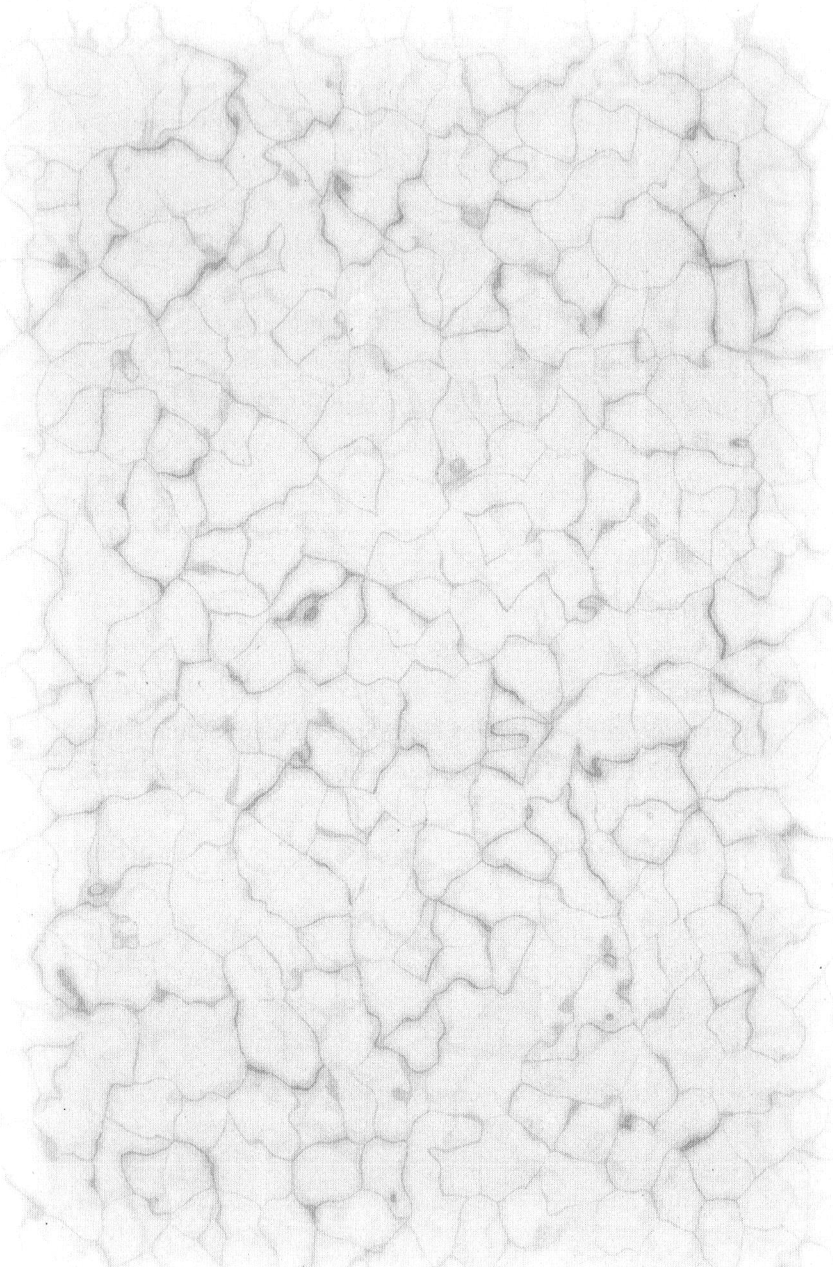

4

Ruby

~ Zweiundzwanzig Stunden vor dem Ende ~

Weißt du, was einige der besten Eigenschaften an Hart sind?

1. Er würde mir sein letztes Hemd geben, den letzten Gummiwurm in der Tüte und die erste Sauerstoffmaske bei einem Flugzeugabsturz.
2. Er benutzt nie eine Bürste oder Haargel und trotzdem sieht sein Haar immer perfekt zerzaust aus.
3. Seine Überraschungen waren früher furchtbar, dann wurden sie besser und jetzt? Jetzt lohnt es sich immer, darauf zu warten.

Also warte ich, während wir zu der »Überraschung« fahren.

Als wir das Stadtzentrum erreichen – eine lange, von Palmen gesäumte Straße mit Geschäften, Restaurants, Fitnessstudios, Salons und Galerien mit roten Ziegeldächern –, hält Hart an einer roten Ampel an und sagt zu mir: »'kay. Mach die Augen zu.«

»Gehen wir zu diesem neuen Thailänder?« Für mich wäre das gar keine so schlechte Überraschung, da Hart sonst nie wirklich von Fleisch und Kartoffeln oder jeglicher mexikanischen Küche abweicht.

»Rubes, es ist zehn Uhr an einem Freitagabend.«

Code für: *Diese Stadt klappt um neun Uhr abends die Bürgersteige hoch.*

Er hat recht. El Cielo ist eine verschlafene Stadt in Kalifornien, die ziemlich links ist, sich weigert, Franchiseunternehmen innerhalb der Stadtgrenzen zuzulassen, und die aus Rentnern, Treuhandfondskids – daher die Galerien –, Ärzten, Gewerbetreibenden und halt uns anderen besteht. Es ist außerdem ein Tourispot, weshalb wir so tolle Restaurants, Cafés und eines der ältesten historischen Hotels an der Westküste haben.

»Gut, aber lass mich schnell mein Handy checken«, sage ich. Ich habe drei ungelesene Nachrichten. Die ersten beiden kamen vor einer Stunde rein.

Mom: **Sei bitte vor Mitternacht zu Hause**

Gabi: **Darf ich deinen Love is Love-Pulli anziehen**

Die letzte Nachricht kam vor etwa fünf Minuten von Serena: **du bist schon gegangen?**

Ich schicke Mom einen Daumen nach oben. Gabi einen Daumen nach unten. Und Serena ein trauriges Gesicht, gefolgt von: **Sorry, brauchst du eine Mitfahrgelegenheit?**

Sie antwortet schnell: **Nein**, und: **Jameson ist total dicht.**

»Irgendwelche weltbewegenden Neuigkeiten?«, fragt Hart, fährt an den Straßenrand und hält an. »Oder kannst du jetzt die Augen zumachen?«

»Okay. Okay, ich mach sie schon zu.« Ich lege mein Handy weg und sitze mit geschlossenen Augen auf dem Beifahrersitz.

Der Wind weht mir ins Gesicht, Hart fährt weiter und summt leise – ein Lied, das ich noch nie gehört habe – und obwohl ich ihn nicht sehen kann, weiß ich, dass er grinst.

Als er endlich parkt, vibriere ich praktisch schon in meinem Sitz. Während ich meine Augen immer noch geschlossen halte, hilft er mir aus dem Auto und führt mich an der Hand an unser Ziel. Ich höre, wie er auf einem Tastenfeld eine Pin eingibt, woraufhin ein hoher Piepton folgt. Und dann führt er mich über einen hölzernen Untergrund, der unter unseren Füßen knarrt. In diesem Moment weiß ich genau, wo wir sind. Ihm muss doch klar sein, dass ich weiß, dass wir am Hafen sind, oder?

Ich meine, wir kommen schon hierher, seit wir Kinder waren, und würden es die salzige Luft und die Geißblattblüte nicht verraten, würden es das Piepen und die anderen vertrauten Geräusche des knarrenden Stegs oder die Boote tun, die sanft an den Kai stoßen.

»Darf ich meine Augen öffnen?«, frage ich ungeduldig. Insgeheim vermute ich, dass mein Verdacht, dass dies ein Trick ist, um mich von der Party wegzuholen, leider zutrifft. Doch ich beschließe, noch eine Weile mitzuspielen.

Wir gehen an Miriams Jacht vorbei – einem fünfzehn Meter langen Luxuskreuzer mit drei Schiffsdecks und mehreren protzigen Schlafkabinen. Ich weiß das, weil ich die Stufen gezählt habe, und das Boot riecht nach neuem Leder und frisch poliertem Holz. Es ist dasselbe Boot, auf dem Hart und ich den ganzen Sommer über gearbeitet, den Touristen Drinks serviert, Delfine und andere Meeresbewohner beobachtet und dafür gesorgt haben, dass sich die Gäste amüsieren.

Wir gehen noch ein paar Meter weiter und Hart führt uns in ein Gebäude. Ich höre, wie sich eine Tür schließt und die Geräusche des Hafens verstummen. Das Klicken eines Lichtschalters. Dann lehnt Hart sich dicht an mich heran und flüstert mir ins Ohr: »Wenn es dir nicht gefällt, lüg mich an.«

Dieser Ort ist mir vertrauter als mein Haus und doch kribbelt es in meinem Bauch. »Okay.«

»Aber du musst nicht lügen, denn ich glaube, du wirst es lieben. Oh, und es gibt zwei Teile. Dies ist der erste.«

Dann zieht er seine Hände zurück und ich stehe vor einem kleinen Segelboot, das auf einem Anhänger liegt. Es ist klein – vielleicht sechs Meter – und der Rumpf ist zerkratzt und braucht dringend einen neuen Anstrich.

»Das ist die neue *Ladybug.*« Hart strahlt mich an.

Im Sommer der vierten Klasse bauten wir uns in der Werkstatt von Harts Dad ein Boot. Hart schrieb sogar einen Namen auf die Seite: *Ladybug*. Ich sagte damals, ich sei mir ziemlich sicher, dass Marienkäfer nicht schwimmen können, aber das schien ihn nicht zu interessieren.

In der fünften Klasse fiel unsere *Ladybug* auseinander, also bauten wir ein anderes Boot und in der siebten Klasse ging auch dieses kaputt. Wir bauten immer wieder eine, obwohl wir wussten, dass sie nicht lange halten würden. Doch das hielt uns nicht davon ab, denn der Spaß lag nicht in der Sache selbst, sondern im Bauen des Bootes.

Hart stottert, als er weiterspricht. »Miriam wollte es verschrotten, aber ich habe sie überredet, es mir zu verkaufen. Ich habe in den letzten drei Monaten am Motor gearbeitet und ein paar Sachen repariert. Jetzt muss ich bloß noch ein paar Raten abbezahlen und am Ende des Sommers gehört es mir. Ich meine uns und diese *Ladybug* wird sich nicht auflösen wie die anderen und …« Hart hat keine Chance, zu Ende zu reden, denn ich werfe meine Arme um seinen Hals und atme seinen

Duft ein: Er riecht nach Chlor und Seife und so viel Gutem, dass ich nie wieder loslassen will.

Er lacht und zieht mich näher zu sich. »Heißt das, sie gefällt dir?«

»Es ist perfekt«, sage ich und meine es ernst. Hart ist ein unglaublich schlechter Geheimnisbewahrer und dass er in der Lage war, dies vor mir zu verbergen, ist an sich schon erstaunlich. Aber dann hat er auch noch sein Geld gespart und stottert die Raten für unser Boot ab? Das lässt mein Herz höherschlagen. Ein Traum wird wahr. Ich will das für ihn. Für uns.

Er führt mich auf das Boot, von wo aus ich es in einem neuen Licht sehe. Es ist nicht alt und baufällig. Es ist in jeder Hinsicht wunderschön. »Warum hast du mir nichts davon gesagt?«, frage ich.

»Weil du Überraschungen magst.« Er lächelt immer noch, als er mich zu einer Bank führt und mich draufsetzt. Das Kissen ist zerrissen und die Füllung quillt heraus.

»Wäre es nicht toll, wenn wir mit ihr rausfahren könnten?«, sage ich.

Hart reibt sich den Nacken und sagt: »Ich muss bloß noch bisschen dran rumwerkeln.« Ich will wissen wann, möchte ihn aber auch nicht unter Druck setzen.

Hart legt seinen Arm über meine Schulter. »Na ja, mit *ihr* rausfahren geht heute nicht, aber Miriam meinte, wir könnten eins von ihren Booten nehmen.«

Ehe ich mich's versehe, stehen wir an Bord eines von Miriams kleineren Seglern. Sie hat Boote in jeglicher Größe. Sie reichen von sechs Metern bis hin zu der wertvollen Jacht, die wir normalerweise für Gruppenreisen benutzen.

Der Mast ist bereits aufgerichtet und Hart und ich setzen flugs die Segel. Das haben wir schon oft gemacht, dank

Miriam, die uns im letzten Sommer einen Segelbootkurs gegeben hat. Und diese neun Meter lange Schönheit mit Mahagoniholzvertäfelung, einem breiten Deck, vollem Bug und gemütlicher Kabine ist eins meiner Lieblingsboote.

Ein paar Minuten später segeln wir schon durch den Hafen. Ich beobachte, wie das Mondlicht wie winzige Diamanten übers schwarze Wasser tänzelt. Heute Nacht weht eine leichte Brise, die die Segel bläht. Und alles, was ich denken kann, ist: *Halt nicht an. Mal sehen, wohin die See uns trägt.* Mehr braucht es nicht, um meine Fantasie anzukurbeln: Mexiko, Belize, Griechenland, Kuba. Ich kann es kaum erwarten, die Welt zu sehen, sie zu schmecken, sie einzuatmen. Winkel zu entdecken, die nur aus Magie und Tausenden Möglichkeiten bestehen.

Sobald wir auf dem offenen Meer sind, ankert Hart unser Boot.

Wir sitzen am Bug und es schaukelt sanft. Von hier aus erstreckt sich das schwarze Wasser vor uns bis in alle Ewigkeit. Ein kühler Wind jagt mir einen Schauer über den Rücken und Hart schlingt seine Arme um mich. »Ich liebe es, nachts hier draußen zu sein.«

»Es ist, als wären wir die einzigen Menschen auf der Welt.« Ich schaue nicht auf die glitzernden Lichter von El Cielo zurück. Stattdessen richte ich meinen Blick auf den dunklen Horizont, den ich nicht zu ermessen weiß. »Versprich mir, dass wir nach dem Abschluss, vor dem College, irgendwo hinsegeln werden.«

»Ich hab doch schon gesagt, dass wir das machen.«

Ich weiß, dass Hart das ernst meint. »Ich will's noch mal hören. Versprich mir, dass wir nach Napier fahren werden. Das ist in Neuseeland und wusstest du, dass es die schönste Art-déco-Stadt der Welt ist?«

»Rubes«, sagt er sichtlich belustigt, »ich wusste bis jetzt nicht mal, dass es den Ort gibt. Wie kommst du immer auf so was?«

»Ich hab buchstäblich keine Ahnung. Aber ich bin kürzlich auf diese coole Website gestoßen, die ein zufälliges Ziel für dich auswählt!«

»Klingt riskant.«

»Klingt gut.« Ich stehe auf, ziehe mich bis auf meinen Bikini aus und springe ins Wasser.

»Du bist verrückt!«, ruft Hart hinter mir.

Ich lache. »Komm rein. Es ist so schön.«

»Du hast nicht mal eine Schwimmweste an.«

Ich lache und drehe mich auf den Rücken, um mich mit einem Kraulbeinschlag über Wasser zu halten. Hart weiß, dass ich eine gute Schwimmerin bin, und kann mich mit nichts zurück an Bord locken, ehe ich nicht bereit bin. Ich liebe das Meer: seinen Rhythmus, seine Launen, seine Unberechenbarkeit. Deshalb bin ich im Schwimmteam, deshalb gewinne ich Medaillen. Nicht weil mich der Wettkampf interessiert, sondern weil ich im Wasser sein kann, wie ich will: vollkommen frei.

Einige Minuten später erbarme ich mich, weil ich Hart genug in Panik versetzt habe, und klettere die Leiter wieder hoch. Hart wartet mit einem Handtuch auf mich, dass er in Windeseile um mich legt.

»Oh, das hätte ich fast vergessen.« Er macht sich auf den Weg in die Kabine. Eine Sekunde später ertönt aus den Lautsprechern des Bootes *Heart of the Night* von Eric Church. Die Countrymusik ist leise und launisch, mit einem Hauch von Rock. Ich lasse mich auf dem Bug des Bootes nieder. Als Hart zurückkommt, hat er eine Tüte mit schokoladenüberzogenen

Brezeln und Sour Patch Kids dabei. Stolz hält er sie hoch. »Abgestandene Brezeln oder eine halb aufgegessene Tüte Sour Patch Kids?«

»Ich brauche eindeutig mehr Zucker!«

Er setzt sich neben mich und stellt die offene Tüte zwischen uns. Dann fängt er an, sie zu durchwühlen. »Das ist so ein Beschiss. Ist bloß noch Blau übrig.«

»Warum regt dich das so auf?«, necke ich ihn, nehme Hart die Tüte ab und stecke mir ein blaues Bonbon in den Mund.

»Weil jeder weiß, dass Blau die blödste Geschmacksrichtung ist.«

»Stimmt nicht«, sage ich und kaue weiter. »Wusstest du, dass sie eine Tüte nur mit den blauen verkaufen? Und wer mag denn keine Himbeeren?«

»Wer nimmt Himbeere, wenn man Limette haben kann?« Hart runzelt die Stirn und starrt in die Tüte. »Findest du es nicht auch ein bisschen verdreht, dass wir gerade einen Haufen Kinderköpfe essen? Warum haben sie nicht etwas anderes draus gemacht, zum Beispiel Früchte oder Autos oder …?«

»Weil es dann keine Sour Patch *Kids* wären.«

»Toll, die Leute essen also lieber einen Haufen Kinder.«

Ich schnaube amüsiert. »Genau.« Ich lege mich zwischen Harts Beine und lehne mich an seine feste Brust. Sofort schlingt er seine Arme um mich und hält mich fest. Ich kann seinen Herzschlag spüren und entspanne mich.

Dann, im selben Moment, in dem ich zu ihm aufschaue, neigt er seinen Kopf zu mir und küsst meine Stirn, meine Nasenspitze, beide Augen. Meinen Mund. Schon bald schmecke ich die blauen Sour Patch Kids auf seiner Zunge und seine Hände wandern unter mein Oberteil und streicheln meinen Bauch.

»Deine Haut ist immer so weich«, murmelt er.

»Das nennt man Bodylotion.«

»Ich glaube, es liegt nur an dir, Ruby.«

Lachend drehe ich mich zu ihm um, ziehe meine Knie an, die zwischen seinen Beinen eingekeilt sind, sodass sich unsere Gesichter fast berühren, und lege eine Hand auf sein Herz. »Wir atmen genau im gleichen Rhythmus.«

Er streicht mir ein verirrtes Haar aus dem Gesicht. »Was ist los mit dir, Rubes? Sei ehrlich.«

»Wovon redest du?«

»Ich meine, ich kann spüren, dass in dir etwas vorgeht.« Er hat recht, aber ich weiß nicht, wie ich mein ungutes Gefühl in Worte fassen soll. Ich atme ein und wieder aus. »Können wir nicht einfach davonsegeln?«

»Das könnten wir«, sagt er lächelnd, »aber ich glaube, Miriam hätte etwas dagegen, wenn wir ihr Boot stehlen. Und unsere Familien könnten sauer sein, dass wir uns nicht verabschiedet und die Schule beendet haben.«

Schmollend stoße ich meine Stirn gegen seine. »Warum musst du immer so logisch sein?«

Er sagt schlicht: »Weil du der Träumer bist.«

Ich lehne mich zurück, bette meinen Kopf auf ein Handtuch und schlecke den Zucker von meinen Fingern. Hart lehnt sich ebenfalls zurück, aber in die entgegengesetzte Richtung. Seit wir klein waren, haben wir dieses Spiel gespielt, um zu sehen, wie weit wir voneinander entfernt sein können und es trotzdem schaffen, unsere Fingerspitzen zu berühren.

In den nächsten fünf Minuten starren wir in den schwarzen Nachthimmel, ohne ein Wort zu sagen. Das ist eines der Dinge, die ich an Hart liebe. Er verspürt nie den Drang, die Stille mit Small Talk zu füllen. Und schon bald verklingt die Musik und alles, was bleibt, ist das sanfte Rauschen des Meeres, das Wehen der Segel im Wind.

Wir sind gut einen Meter voneinander entfernt. Unsere Arme strecken sich entgegen, aber heute Abend berühren sich unsere Fingerspitzen nicht. Oder vielleicht geben wir uns nicht genug Mühe.

Ein warmes, vollkommenes Glück sprudelt in mir hoch und ich sage: »Ich liebe dich wirklich.«

Hart ist still. Ich schaue zu ihm hinüber; seine Augen sind geschlossen. »Schläfst du?«, flüstere ich.

In diesem Moment öffnet er die Augen, springt auf und fängt an, auf und ab zu gehen. Er schaltet sein Handy ein und beginnt auf dem Bildschirm zu tippen.

»Was ist los?«, sage ich, fast schon in Panik, dass etwas nicht stimmt.

»Mir ist gerade etwas Neues für das Lied eingefallen, das ich gerade schreibe.« Er streicht sich mit der Hand durch sein widerspenstiges Haar und tippt weiter. Ich lasse ihm seinen Freiraum, denn ich weiß, dass eine Unterbrechung des kreativen Moments ein Rezept für eine Katastrophe ist. Doch je aufgewühlter er wird, desto schwerer fällt es mir, nichts zu sagen. »Ist das der Song, dessen Text du mir nicht verraten willst?«

»Ja, genau der.«

»Warum ist es so ein Geheimnis?« Ich komme jetzt auf die Beine, verrenke mir den Hals und versuche zu sehen, was er tippt.

Hart entspannt die Schultern etwas und er sieht mich an. Ich weiß, dass er das, was ihm vor einer Minute durch den Kopf geschossen ist, jetzt aufgeschrieben hat. »Na ja. Wenn du Überraschungen nicht so sehr lieben würdest«, sagt er, »müsste ich es nicht geheim halten.«

»Oh, habe ich dir die Neuigkeiten nicht gesagt?«, necke ich ihn und ziehe mein Handtuch fester um mich. »Ich kann Überraschungen ab sofort offiziell nicht ausstehen, also kannst du mir die Worte jetzt gerne verraten.«

Hart ist voller Energie. Das hab ich schon mal gesehen. Dieses Glitzern in seinen Augen, während er förmlich vibriert.

»Ich bin so kurz davor«, sagt er. »Gib mir nur noch ein paar Tage. Es lohnt sich zu warten. Versprochen.«

»Nur eine Zeile«, flehe ich.

»Eine? Und dann wirst du dich gedulden?«

»Versprochen«, antworte ich.

Sein rechter Mundwinkel zieht sich nach oben und er beugt sich zu mir vor. »Es war schon immer Ruby.«

»Hart! Das kenne ich doch.«

Er sagt nichts. Stattdessen küsst er mich. Sein Körper presst sich gegen meinen, lang und schlank und stark. Ich verschmelze mit ihm und es gibt keinen Ort, an dem ich lieber wäre. Und dann erinnere ich mich an den U2-Song von vorhin und denke: *Hoffentlich ändern wir uns nie.*

In diesem Moment vibriert sein Handy. Es ist Miriam.

Hart nimmt ab und eine Sekunde später versichert er ihr mit lauter *Jas* etwas. Unterdessen suche ich den Horizont ab, fixiert auf einen riesigen, funkelnden Stern, der gerade aufgeleuchtet ist und vor dem Sonnenaufgang wieder verschwinden wird.

»Ist alles okay?«, frage ich, nachdem er aufgelegt hat.

»Sie will nur, dass ich morgen Abend für Beau einspringe. Anscheinend plant sie eine besondere Geburtstagstour für ihre Cousine.«

»Aber die Sommerferien fangen doch erst nächsten Monat an. Vorher arbeiten wir offiziell gar nicht für sie.«

»Rubes!« Sein ganzes Gesicht strahlt und er sieht mich an, als ob ich etwas übersehen würde. »Sie hat gesagt, dass sie mir das Doppelte zahlen will, was bedeutet, dass ich *Ladybug* ASAP komplett abbezahlen kann!«

Ich will mich freuen, spüre aber stattdessen ein Ziehen in meinem Bauch, das so stark ist wie die Flut. Doch ich sage nichts, weil ich diese perfekte Nacht nicht ruinieren will.

Ich möchte einfach nur weitersegeln und wünsche mir, dass der Stern niemals verschwindet.

5

Hart

~ Einhundertundzwanzig Minuten vor dem Ende ~

Als Ruby anruft, bin ich erst halb angezogen, zu spät für die Arbeit, und bügle gerade die letzte Falte aus meinem Sea-Breeze-T-Shirt.

»Ich denke, du solltest dich wirklich krankmelden«, sagt sie.

Ich hüpfe auf einem Fuß, versuche mit einer Hand meinen Schuh zu binden und halte mit der anderen das Handy an mein Ohr. »Ruby, können wir später drüber reden? Ich bin so was von spät dran.«

»Ich hab den Wetterbericht gesehen«, fährt sie fort, »und es soll regnen.«

Ich ziehe mir mein T-Shirt über den Kopf, kurz davor, einen Herzinfarkt zu bekommen, weil Ruby sonst nie nach dem Wetter schaut. Niemals. »Hör zu, es ist ein toller Gig«, sage ich, während ich meine Schlüssel nehme und zu Monster gehe. »Und wir waren schon oft im Regen draußen.«

»Hart! Ich denke wirklich, du solltest zu Hause bleiben. Wir können uns einen Film ansehen, Pizza bestellen, eine Liebeskomödie oder besser noch einen Gruselfilm …«

Ich bleibe mitten in der Einfahrt stehen und atme tief ein. »Hey, Ruby. Erstens, Gruselfilme sind kein gutes Verkaufsargument. Zweitens, es ist alles gut. Das ist ein glücklicher Zufall. Und habe ich dir schon gesagt, dass Miriam mir das Doppelte zahlt *und* ich das Trinkgeld zu hundert Prozent behalten darf?« Normalerweise bekommen wir nur die Hälfte.

»Wow, sie muss echt verzweifelt sein.«

»Das heißt, ich kann die Reparaturen an der *Ladybug* bezahlen und sie ASAP auslösen, damit wir mit ihr raussegeln können.«

Ruby schweigt. Das hasse ich. Ich checke die Zeit auf meinem Handy, kurz davor aufzulegen, doch dann sagt sie: »Gut. Schreib mir einfach, wenn du anfängst, und komm danach vorbei und ... sei einfach vorsichtig.«

Ich lache. »Weißt du, mit wem du sprichst? Ich bin immer vorsichtig, schon vergessen?«

Ich bin schon dabei, mit Monster rückwärts aus der Einfahrt zu fahren, als Dad mich anhält. Er wird dieses Jahr sechzig und zum ersten Mal sieht man ihm sein Alter an, obwohl sein Haar noch voll und er ziemlich fit ist. Er sieht einfach nur müde und abgekämpft aus. Wahrscheinlich weil er in letzter Zeit zu viele Aufträge angenommen hat und seine Angestellten nicht aufgetaucht sind, was ihn zwingt, noch mehr zu stemmen. Ich helfe oft nach der Schule aus, wenn ich kann, aber das reicht nicht.

»Hey, ich bin spät dran«, rufe ich aus dem offenen Fenster und versuche, einer von Dads langatmigen Konversationen aus dem Weg zu gehen. Der Kerl kann ewig reden, ohne nach Luft zu schnappen. Ich schwöre, er braucht nicht zu atmen.

Er joggt trotzdem zu mir rüber. Er trägt die Uniform von Jorgé's Autowerkstatt – einen blauen Overall, der verdammt ölverschmiert ist. »Du musst dir diesen neuen 72er-Benz ansehen, der grad reinkam. Eine wahre Schönheit. Ich dachte, wir könnten zusammen dran arbeiten.«

»Echt? Klingt gut. Guck ich mir nach der Arbeit an.«

Er deutet mit dem Daumen über seine Schulter und zeigt auf den Laden unter unserem Haus. »Dauert bloß 'ne Minute.«

»Tut mir leid, Pops. Miriam wird ausrasten, wenn ich zu spät komme. Geht um ein großes, wichtiges Familiending.«

Mit einem Seufzer klopft Dad auf das Dach des Mustangs und sagt: »*Que te vaya bien.*«

Innerhalb von zwanzig Minuten stehe ich auf der Jacht. Acht Leute stoßen mit Champagnergläsern an, lachen und schirmen ihre Augen vor den letzten Sonnenstrahlen des Tages ab, während Teddy, der Kapitän, uns aufs offene Meer hinausfährt.

Da ist immer dieser Moment, wenn das Boot auf den Ozean rausfährt und man einfach weiß, dass man nicht mehr im sicheren Hafen ist, und das hat etwas Befreiendes und zugleich Erschreckendes an sich. Aber es ist dieser Augenblick, in dem ich immer wieder auf die roten Ziegeldächer zurückblicke und auf die abfallenden Hügel, die über der Stadt thronen, und auf die Palmen, die sich biegen und wiegen, als ob sie Adiós sagen würden.

Und das Beste daran? Diese Aussicht ändert sich nie. Und es fühlt sich immer wie zu Hause an.

Charlie, Miriams sechsjähriger Neffe, rennt mit seiner älteren Schwester Anisa im Kreis um die Kücheninsel herum. Ich versuche angestrengt, ein paar Snackschalen aus dem Kühlschrank zu holen, aber die beiden rennen umher, als würden sie Ärger suchen.

Da kommt Miriam herein, scheucht sie mit ihrem *Strenge Tante*-Blick hinaus und ermahnt sie: »Zieht eure verdammten Westen an.«

»Die jucken«, jammert Charlie.

»Mom sagt, dass man nicht fluchen darf«, fügt Anisa stirnrunzelnd hinzu, die schmalen Lippen geschürzt.

Miriam seufzt. »Na, ich bin eure Tante und habe auch verdammt viel Autorität.«

»Was ist Authortä?«, fragt Charlie, als seine Schwester ihn aus der Kabine zerrt und etwas von Seehexen murmelt.

Miriam nimmt einen Schluck Wein und stellt das Glas mit Schwung ab. Sie ist um die vierzig, dreimal geschieden, und hat golden schimmernde Haut und schwarzes Haar, was sie aus der Menge hervorhebt.

»Du machst das wirklich gut, Hart«, sagt sie und zündet sich aufgewühlt eine Zigarette an. »Ich weiß es wirklich zu schätzen, dass du so mit anpackst.« Sie atmet den Rauch wieder aus, der sich kräuselt. »Gott, hast du das Minikleid gesehen, das meine Schwester trägt? Sie ist einundfünfzig, um Himmels willen!«

Um potenziellen Familienfehden aus dem Weg zu gehen, sage ich einfach: »Kein Ding. Ich helf gern.«

Sie nimmt noch zwei Züge und drückt die Zigarette dann im Waschbecken aus. »Familien können so dramatisch sein. Warum habe ich dieser Feier überhaupt zugestimmt?«

Ich bin mir nicht sicher, was ich dazu sagen soll, also nicke ich einfach.

Miriam lächelt leicht und sieht sich in der Küche um, als hätte sie vergessen, weshalb sie hergekommen ist. Am meisten mag ich an meiner Chefin, dass sie immer mit anpackt, obwohl sie viel anderes zu tun hat. So wie jetzt, als sie ein Tablett mit Aufschnitt von der Theke nimmt. Miriam besteht darauf, alle Angestellten selbst zu schulen, und eine der Fortbildungen ging um Gourmetgerichte und Weine (nur Weißweine, da Rotwein das Holz verfärben und auf dem Stoff der Jacht Flecken hinterlassen kann), obwohl ich keinen Alkohol ausschenken *darf.* Na ja, nicht offiziell. Doch Miriam neigt dazu, diese kleinen Details zu übersehen, wenn es ihr in den Kram passt.

Da kommt Beau ins Spiel. Er ist Mitte dreißig und total in sie verknallt. Er arbeitet schon für Sea Breeze, seit er vor einem Jahr von Napa hierhergezogen ist, doch heute Abend ist seine Lebensmittelvergiftung mein Gewinn.

Miriam ist schon fast aus der Küche raus, als sie sich noch einmal umdreht und sagt: »Kannst du in etwa zehn Minuten die Krabbenbeine rausbringen? Und in genau einer Stunde musst du verkünden, dass wir keinen Wein mehr haben.«

»Ich?«

Sie lächelt und neigt ihren Kopf zur Seite. »Sie werden nicht *dich* über Bord werfen.«

»Ha, verstehe!«

Nachdem sie gegangen ist, gucke ich schnell auf mein Handy. Kein Empfang, aber ich habe eine Nachricht von Ruby, die sie mir vor etwa einer Stunde geschickt hat. Es ist ein Selfie, auf dem sie mit den Augen rollt und die Zunge herausstreckt. Darunter hat sie geschrieben: **Ich habe mich für die Liebeskomödie entschieden und bin sooo enttäuscht. Nicht genug Rom in der Com. Zeitverschwendung.**

Obwohl ich weiß, dass sie meine Nachricht erst bekommen wird, wenn wir wieder im Hafen sind, schicke ich ihr eine Antwort: **Langweilst dich schon ohne mich, hm?**

Ich warte ein paar Minuten, bis ich das Tablett mit den Krabbenbeinen wie angewiesen zu Miriams Familie rausbringe. Der Himmel hat sich verdunkelt und der Mond sieht aus, als würde er nur noch am seidenen Faden am Firmament hängen, ehe er runterfällt.

Als ich nach einer heruntergefallenen Serviette greife, sehe ich auf einem der unteren Decks Charlie. Er lässt von der Seite der Jacht Münzen fallen.

Ich gehe hinunter, um herauszufinden, was er vorhat, und um zu sehen, ob ich ihn zu etwas anderem ermutigen kann. Zum Beispiel zum Anlegen seiner Schwimmweste. Doch als ich näher komme, lächelt er mich an und hält mir seine offene Handfläche mit lauter Münzen darin entgegen. »Willst du dir etwas wünschen?«

Ich will ihm seine gute Laune nicht verderben, aber nein, ich will wirklich keine Münze ins Meer werfen und unwissentlich ein paar Meeresbewohner verletzen und … Ich stoppe meine üblichen Gedanken. Wenn Rubes hier wäre, würde sie etwas sagen wie: »Es ist nur eine Münze, Hart.«

Genau in diesem Augenblick fängt es an zu regnen. Charlie findet das toll. Er dreht sich im Kreis und versucht, auf seiner Zunge Regentropfen zu fangen. »Hey, Kumpel«, rufe ich. »Wir sollten besser reingehen.«

Doch er rennt in Richtung des Hecks des Bootes davon. Ich renne ihm hinterher und kann ihn gerade noch einholen, als er auf die Reling tritt.

»Hey!« Mein Herz setzt praktisch einen Schlag aus. »Komm da runter.«

»Schau mal!« Er deutet auf etwas im Wasser, das ich nicht genau ausmachen kann. Vielleicht ein Delfin?

Blitze zucken übers Wasser. Es regnet heftiger.

Jemand ruft Charlies Namen, aber es klingt weit weg, denn die Stimme wird vom Wind verschluckt. Ich schaue nur eine Sekunde lang zurück, *eine halbe Sekunde*, um zu sehen, wer nach dem Jungen ruft. Und dann geschieht es. Charlie fällt ins Wasser.

»Mann über Bord!«, schreie ich und stürze mich über die Reling. All mein Training habe ich vergessen, so Sachen wie: *Wirf der Person den Rettungsring raus.* Aber, Mann, in so 'ner Situation ist das ganze Zeug einfach weg.

Das Wasser ist kalt und die See so aufgewühlt, dass ich Charlie nicht sehen kann.

Ich schwimme schnell, schneller als je zuvor in meinem Leben. Meine Arme und Beine pumpen wie wild, verzweifelt. Warum hat er nicht die verdammte Schwimmweste angelegt?

Dort.

In der Abenddämmerung sehe ich ihn, wie er mit den Armen rudert, weint und sich im aufgewühlten Wasser verliert, das ihm in den Mund läuft.

»Ich komme!«, rufe ich.

In diesem Moment leuchtet vom Boot aus ein helles Licht übers Meer und eine Sekunde später landet direkt vor mir ein Rettungsgürtel. Ich greife danach, strample, strecke mich, bete. Und alles, woran ich denken kann, ist *Charlie. Charlie. Charlie.*

Dann kommen die Schreie, das Geschrei einer Frau, der schrille Alarm.

Fast geschafft. Fast da. »Ich komme!«, rufe ich wieder. Und dann halte ich ihn in meinen Armen. Er klammert sich heftig an meinen Hals.

Der Wellengang wird stärker, während wir auf der Wasseroberfläche treiben. Es kostet mich all meine Kraft, ihn von mir wegzuziehen und den Schwimmgürtel um seine Taille zu befestigen. »Siehst du?«, krächze ich. »Das wird dir helfen, an der Oberfläche zu bleiben.«

»Ich will nicht sterben«, schreit er.

»Du wirst nicht sterben«, sage ich hastig. »Ich verspreche es. Tu einfach, was ich dir sage, okay?«

Der Regen wird stärker.

Meine Muskeln schreien vor Schmerz und Kälte, als ich Charlie zurück zum Boot ziehe, doch die verdammte Unterströmung versucht, uns in ihre Tiefen zu ziehen.

»Es wird alles gut werden«, sage ich immer wieder, während von irgendwoher Schreie widerhallen, die sich sehr weit weg anhören.

Ich bin so erschöpft, dass ich nicht mehr weiß, ob ich ihn auf den Bug gehievt habe oder eine Hand nach ihm gegriffen hat, um ihn hochzuziehen. Doch er ist in Sicherheit. Charlie ist in Sicherheit.

Ich strecke meine zittrige Hand nach der Bootsleiter aus und meine Finger streifen gerade die Seitenholme, als mich eine gewaltige Woge unter die Oberfläche zieht.

Unter Wasser ist es dunkel ... stürmisch. Ich strample mit den Beinen, kämpfe mich an die Oberfläche, aber sie ist nicht dort, wo ich sie erwartet habe. Ich habe keine Ahnung, *wo* oben und *wo* unten ist. Panik erfüllt mich und ich fühle mich machtlos.

Mir wurde mal gesagt, dass einem kurz bevor man stirbt, das ganze Leben noch einmal vor den Augen vorbeizieht, aber das stimmt nicht. Ich denke in diesem Moment an genau zwei Dinge: *Ich hätte mir Zeit für meinen Dad nehmen sollen, als er zu mir ans Auto kam. Und ich hätte den Abend mit Ruby verbringen sollen, anstatt zu arbeiten.*

Das Wasser erdrückt mich.

Ich habe ihr Lied nicht zu Ende geschrieben.

Meine Lunge wird explodieren.

Warum habe ich ihr Lied nicht zu Ende geschrieben?

Ich kämpfe gegen den schmerzhaften Drang an, Luft zu holen. Das Wasser hereinzulassen.

Die Melodie von Rubys Lied erfüllt meine Gedanken.

Meeresrauschen, über mir die Gischt
Mondschein am Segelmast erlischt.

Ich höre nie auf zu kämpfen, zu schwimmen, zu suchen.

Zu den Sternen recken sich unsere Hände empor.
Ja, oh, ja. Die Zukunft steht uns bevor.

Ich *flehe* um Luft. Um eine Zukunft.

Doch sie ist verloren.

Der Drang zu atmen, nach Luft zu schnappen ... Er triumphiert. Wasser strömt in meine Nase und meinen Mund, flutet meine Lunge.

Am Anfang tut es weh, aber dann ... ist da eine Stille. Der Schimmer einer Erinnerung. Rubys Kopf an meiner Schulter, während wir am Bug des Bootes sitzen und die Sonne im glitzernden Meer untergehen sehen.

»Wie lange wirst du mich lieben?«, fragt sie.

»Für immer.«

Sie verschränkt ihre Finger mit meinen, sieht mich mit ihren wunderschönen goldbraunen Augen an und ein Lächeln umspielt ihre Lippen. »Für immer ist nicht auf ewig.«

Und dann verblasst alles irgendwie.

Ich tauche in eine Dunkelheit, aus der ich nie wieder zurückkehren werde.

Und ich kann nur denken: *Es tut mir so leid.*

Teil Zwei

Die himmlischen Aufzeichnungen eines Engels

Hart Matías Augusto
Todeszeitpunkt: 20:52 Uhr.

6

Ruby

~ Fünf Monate später ~

Trauer ist schlimmer als jede Art von Schmerz.

Sie ist konstant. Endlos.

Wie ein Monster, das sich an deinem Leid erfreut, dein Herz und deinen Verstand, deinen Schlaf und deinen Appetit und dein ganzes verdammtes Leben stiehlt. Und anfangs ließ ich es gewähren. Ich wusste, dass der Kummer mich irgendwann verschlingen würde. Und ich wollte es so.

Meine Mom wusste nicht, was sie tun sollte. Gabi war zu sehr in ihrem eigenen Leid versunken, um zu helfen. Schließlich überredete mich Serena ein paar Wochen nach dem schlimmsten Tag meines Lebens dazu, mir endlich Hilfe zu holen.

Meine Therapeutin meinte, ich solle alles aufschreiben – meine Gefühle, Dinge über Hart, an die ich mich erinnere, oder was auch immer ich in mir trage. Doch ich hatte Angst, dass ich mich dann noch weiter von ihm entfernen würde. Dass diese Art von Heilung verborgene Winkel in mir öffnen würde, die ich nicht öffnen wollte. Dass sie ihre Arbeit so gut machen würde, dass ich irgendwie mit meinem Leben weitermachen würde. Und ich *wollte* nicht weitermachen. Ich wollte nur ihn.

Doch jetzt frage ich mich: Was ist, wenn mein Kummer alles ist, was mir von Hart bleibt?

Wie betäubt starre ich auf die leere Seite in meinem Tagebuch hinunter. Die Tränen sind längst versiegt. Es ist nicht mehr so wie in den ersten Monaten, als ich das Gefühl hatte, jede wache Sekunde des Tages heulen zu müssen. So gefällt es mir besser. Diese Kontrolle über mich und meine Gefühle wiederzuerlangen.

Hart. Hart. Hart.

Als ich mit meinem Tagebuch anfing, war das alles, was ich schreiben konnte. Ich habe seinen Namen seitenweise quer übers Blatt gekritzelt, den Zeilen zum Trotz. Und dann habe ich angefangen, andere Dinge zu schreiben, Ein-Satz-Einträge wie: *Ich hasse den Sommer. Wie konntest du mich verlassen? Wo bist du?*

Diese Sätze gingen über in Listen über Hart im Präsens: Harts Lieblingsdinge. Dinge, die Hart sagt. Dinge, über die sich Hart Sorgen macht. Doch mir sind die Listen ausgegangen und jetzt stehe ich wohl vor der einen Aufgabe, vor der ich mich so gefürchtet habe.

Hart im Präteritum zu begegnen.

Zaghaft setze ich die Bleistiftspitze auf das Blatt und zum ersten Mal habe ich das Gefühl, dass ich ihm vielleicht ins Gesicht blicken kann, ihm in die Augen sehen kann, ihm all die Dinge sagen kann, die ich ihm in den letzten fünf Monaten nicht sagen konnte.

Lieber Hart,

seit ein paar Wochen gehe ich wieder zur Schule. Alle haben gelogen. Das letzte Schuljahr ist nicht magisch oder unvergesslich. Im Gegenteil, es ist so langweilig wie die Farbe Grau. Ja, ich weiß, ich sollte allem eine Chance geben. Das würdest du sagen, wenn du jetzt hier wärst. Und wärst du hier, würden wir Burritos essen und uns über unsere Matheaufgaben beschweren. Und du würdest den Song singen, den du für mich geschrieben hast, den ich aber nie zu hören bekommen habe. Habe ich dir erzählt, dass dein Dad mir dein Songbuch gegeben hat? Ich konnte es nicht annehmen. Ich meine, ich dachte, er sollte es haben. Das würdest du doch wollen, oder? Aber er bestand darauf, dass ich es nehme, und etwa einen Monat, nachdem du gegangen bist, ist dein Dad auch gegangen. Er hat das Haus verkauft und ist zurück nach Mexiko, um bei seiner Familie zu sein. Es hat sich angefühlt, als würde ich auch noch den letzten Teil von dir verlieren. Wie auch immer, das Buch steht in meinem Schrank. Ich habe es nicht mal geöffnet. Es fühlt sich nicht richtig an.

Und dann ist da noch George. Wir haben uns irgendwie auseinandergelebt, als ob es eine zu schmerzhafte Erinnerung an dich wäre, wenn wir uns sehen. Und an das, was wir verloren haben. Es hat ihn schwer getroffen und es wird dir nicht gefallen, aber er hat wie seine älteren Brüder mit Käfigkämpfen angefangen. Ich kann ihn verstehen. Durch den Schmerz fühlt er sich lebendiger.

Und sei mir nicht böse, aber ich bin aus dem Schwimmteam ausgestiegen. Ich hasse das Wasser, das Meer. Manchmal frage ich mich, ob ich dich hätte retten können. Ich meine … wenn ich da gewesen wäre. Du weißt, dass ich von uns beiden immer besser schwimmen konnte.

In diesem Moment steckt Mom ihren Kopf durch meine Zimmertür. Ihr dunkles Haar fällt ihr jetzt bis auf die Schultern. »Ich hab chinesisches Essen bestellt«, sagt sie.

Ich nicke und tue mein Bestes, um ihre Sorgen mit normalen Gesten und Handlungen wie einem zaghaften Lächeln und gemeinsamen Abendessen zu zerstreuen. Ich bin wütend, dass alle mit ihrem Leben weitergemacht haben. Die Erde dreht sich weiter, die Menschen gehen zur Arbeit, die Kinder zur Schule, die Eltern kochen und die Sonne geht auf und unter. Und alles, was ich denken kann, ist: *Wie? Wie ist das möglich?*

Moms Blick fällt auf mein aufgeschlagenes Tagebuch. Ich schließe es ruckartig; sie fasst das als eine Einladung auf hereinzukommen, also setzt sie sich auf die Seite meines Bettes. »Ich habe Coach Winslow getroffen.«

Meine alte Schwimmlehrerin. Ich weiß, eigentlich will sie sagen: *Du hast immer noch einen Platz im Team.*

»Ich bin noch nicht bereit«, antworte ich und es stimmt. Wahrscheinlich werde ich es nie sein. Allein der Gedanke an das Meer beschwört die schrecklichen Bilder von Harts Ertrinken in mir herauf. Komisch, dass etwas, das früher ein so großer Teil von mir war, jetzt etwas ist, mit dem ich nicht einmal ansatzweise in Berührung kommen kann.

Mom streichelt sanft über mein Haar, wie damals, als ich noch klein war, und ich lehne mich an sie. Wir sitzen eine

Weile gedankenverloren da, dann fragt sie: »Weißt du noch, als Kind wolltest du den Weltrekord im Luftanhalten unter Wasser aufstellen.«

Bei der Erinnerung muss ich schlucken.

»Dann hast du beschlossen, dass du lieber eine Meerjungfrau sein willst«, fügt sie hinzu, »und dir in den Kopf gesetzt, dass dir ein Schwanz wachsen würde, wenn du lange genug im Wasser bleibst.«

»Ich saß etwa drei Stunden in der Badewanne, bis meine Beine ganz verschrumpelt waren.«

Mom lächelt, nickt und wickelt sanft eine Strähne meines Haars um ihren Finger. »Du bist zum Schwimmen geboren ...«

»Mom ...«

»Und es ist okay, wenn du nicht mehr schwimmen willst«, sagt sie und zieht sich zurück, sodass wir uns ansehen können. »Wirklich, ich meine es ernst.«

»Warum erzählst du mir das dann alles?«

»Weil ich weiß, wie es sich anfühlt zu trauern, diese Art von Liebe zu verlieren, zu denken, dass dein Herz nie wieder heilen wird.« Sie holt tief Luft. »Und es gibt keinen Tag, an dem ich ihn nicht vermisse.« Meine Kehle schnürt sich zu. »Ich vermisse Dad auch«, sage ich leise, obwohl ich mich nicht mehr so gut an ihn erinnere. Ich schätze, ich vermisse die Familie, die wir hätten sein können, die Erinnerungen, die wir hätten schaffen können. »Liebe ist irgendwie scheiße«, platze ich heraus. »Es kommt mir vor, als ob sie immer mit einem Abschied endet. Egal was, irgendjemand geht immer, wenn auch unfreiwillig.«

»Stimmt, aber wir hatten ein gutes Leben«, sagt sie wehmütig. »Und am Ende lasse ich mich lieber von der Liebe brechen, als sie nie gespürt zu haben.«

Meine Brust tut auf einmal weh, erfüllt von einem Schmerz, der nicht da sein will und doch nicht weiß, wohin er gehen soll.

Gabi brüllt aus der Küche: »Ich hasse kaltes chinesisches Essen, also fange ich schon an!«

Mom steht auf und gerade als sie sich wegdreht, sehe ich einen Funken Hoffnung in ihren Augen aufblitzen. Hoffnung, weil wir tatsächlich über Hart sprechen, über Liebe und gebrochene Herzen. Ich wünsche mir diese Hoffnung für sie. Wirklich.

Nur kann ich sie jemals für mich wollen?

Mit einem tiefen Seufzer schlage ich das Tagebuch wieder auf und beende den begonnenen Eintrag, überrascht von dem, was als Nächstes kommt.

Ich hätte dich aufhalten sollen. Tief in meinem Inneren wusste ich, dass etwas Schlimmes passieren würde. In Wahrheit konnte ich die Vorahnung schon Tage vorher wie Dornen in mir spüren. Ich hatte noch nie etwas so Mächtiges gefühlt und ich habe es ignoriert, weil ich nicht wollte, dass es wahr ist. Und vielleicht habe ich auch gehofft, dass das, was passiert, nicht so schlimm sein würde.

Ich hab mich geirrt.

Egal. Wo auch immer du bist, ich hoffe, du bist glücklich und hast eine Gitarre. Und vielleicht, wenn du nicht zu beschäftigt bist, kannst du mir ein Zeichen schicken? Nur damit ich weiß, dass es dir gut geht, dass …

Und das ist das Ende. Meiner Worte, meiner Hoffnungen, meines Herzens.

Als ich das Tagebuch zuklappe, weht eine kühle Herbstbrise durch mein offenes Fenster. Plötzlich sehe ich ihn.

Einen winzigen Marienkäfer, der sich auf meiner Fensterbank ausruht und den Wind herausfordert, ihn davonzutragen.

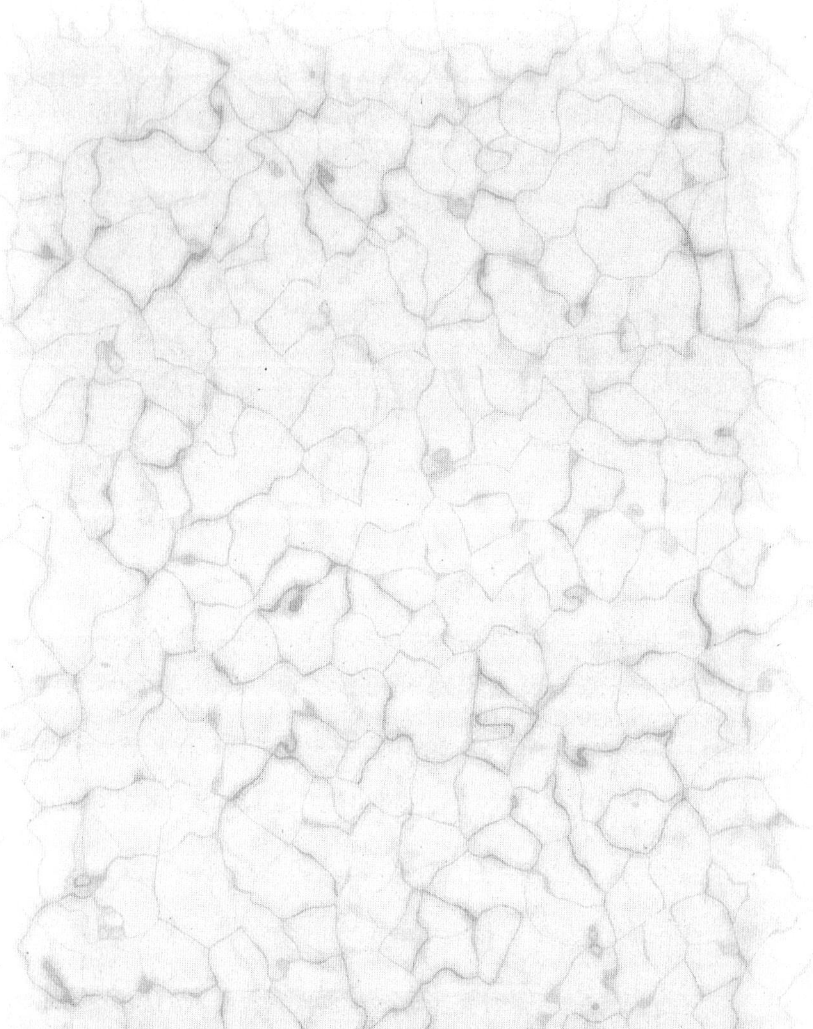

7

Hart

Ich fühle mich, als würde ich in einem warmen Fluss treiben, in dem alles leicht und einfach und friedlich ist, wie in einem Traum. Es gibt keine Gedanken, keine Bilder; es gibt gar nichts außer vollkommener Ruhe.

Und dann höre ich es. »Hallo, Hart.«

Es ist die Stimme eines Mädchens. Sie reißt mich langsam aus meinem friedlichen Zustand heraus. Ich will sie ausblenden, ihr nicht erlauben, hier einzudringen, aber es ist zu spät; ein helles Licht blitzt auf und das ruhige Treiben gehört der Vergangenheit an.

Jetzt sitze ich unter einem Baldachin aus grünen Blättern auf einem Stuhl.

Das Sonnenlicht dringt durch die dicken Äste des Baumes. Um mich herum ist eine Wiese voller weißer Blumen zu sehen, die mindestens fünfzehn Zentimeter aus der Erde ragen. Eine Sekunde lang weiß ich nicht, wer ich bin, wo ich bin, oder wie ich hierhergekommen bin. Und für eine Weile ist es mir egal. Ich atme langsam und gleichmäßig, während ich mich umschaue und versuche, die Puzzleteile zusammenzusetzen. Doch auch dieser Augenblick vergeht zu schnell.

Dann erscheint direkt vor mir ein Mädchen. Sie wirkt etwa so alt wie ich, vielleicht ein oder zwei Jahre älter. Sie hat kurzes dunkles Haar und ein markantes Kinn. Ihre Augen sind wie zwei Bernsteine, die im Sonnenlicht schimmern. Sie trägt eine hellblaue Lederjacke, die mit silbernen Farbspritzern übersät ist, und eine locker sitzende Jeans mit Rissen in den Knien. Ihre Ohrringe sind so groß, dass ich mühelos eine Faust hindurchstecken könnte, und reflektieren das Licht, wenn sie den Kopf dreht.

»Wer bist du?«, frage ich. Meine Stimme klingt komisch. Weit weg und nahe zugleich. Okay, das ist also ein Traum. *Mehr ist es nicht*, rede ich mir ein.

Sie zupft am Ärmel ihrer Lederjacke, ignoriert aber meine Frage. Nicht ganz. »Ich bin hier, um dir zu helfen.« Ich schwöre, sie ist Zendayas Doppelgängerin.

Ich stehe auf und mein Magen zieht sich schmerzhaft zusammen. Warum fühle ich mich, als hätte mich jemand überfahren? Ich werde jeden Moment aufwachen. Wahrscheinlich auf Rubys Sofa, mitten in einem schlechten Film, den sie natürlich liebt. Trotzdem frage ich: »Wobei willst du mir helfen?«

Ihr Lippen verziehen sich zu einem subtilen Grinsen. *Es ist eindeutig Zeit zu verschwinden.*

»Es ist wahrscheinlich besser, wenn ich es dir zeige.«

Ich lache nervös. »Das ist ein wilder Traum.«

»Das ist kein Traum«, sagt das Mädchen, seine Stimme ist höher als zuvor. »Es war sehr edel von dir, das Kind zu retten, Hart, aber du erinnerst dich sicher, dass du ... ertrunken bist.«

Jetzt bricht die Wahrheit ihrer Worte über mich herein und die Erinnerung kommt zurück. Eine Erinnerung, die ich nicht sehen, nicht kennen … nicht akzeptieren will.

Doch ich sei verdammt, denn ich erinnere mich trotzdem.

»Nein!« Meine Stimme hallt über die Wiese, als mich die Bilder dieses albtraumhaften Moments übermannen. »Ich war … ich war schon wieder beim Boot!«

Das Mädchen spielt mit einem seiner Ohrringe herum, lehnt sich gegen den Baum und sieht mich unbeeindruckt an. Wäre sie nicht so eine Spielverderberin, würde ich zugeben, dass sie hübsch ist.

Sie starrt mich erwartungsvoll an, als würde sie darauf warten, dass ich etwas tue … ich anders reagiere. Ich suche meine Erinnerungen nach den letzten Minuten meines Lebens ab. »Willst du damit sagen, dass ich tot bin?«, schreie ich schließlich. »Dass das der Himmel ist?« Um ehrlich zu sein, hatte ich erwartet, dass der Himmel etwas aufregender ist als eine Wiese voller Blumen.

»Hör zu«, sagt sie irgendwann und blinzelt. Ihre Augen nehmen plötzlich einen violetten Ton an. Das ist ein cooler Effekt und wenn ich gerade nicht so verängstigt wäre, wüsste ich ihn auch mehr zu schätzen. »Du bist nicht im Himmel und du bist auch nicht so richtig tot.«

Okay, jetzt fühle ich mich etwas besser. *Ich bin nicht tot. Ich bin nicht tot.* Das ist echt gut, denn Ruby würde mich umbringen, wenn ich's wäre.

»Du bist ertrunken, Hart. Ich dachte ernsthaft, du wärst ein hoffnungsloser Fall. Wie in *Lebewohl, Leben; Hallo, Himmel.* Und ich hatte Mitleid mit dir.«

»Willst du damit sagen, dass ich kein hoffnungsloser Fall war?«

Sie dreht ihren Ohrring und schüttelt den Kopf. »Ich habe gesehen, wie du gekämpft hast, und ich wusste, dass es schmerzhaft werden würde, also habe ich deine Seele frühzeitig aus deinem Körper herausgeholt, um dir das alles zu ersparen.« Dabei sieht sie mich an und zeigt ein strahlendes Lächeln, das viel zu einstudiert wirkt. »Ist das nicht nett von mir?«

Nett? Hat sie eben »nett« gesagt?

Ich werd wahnsinnig. Sie kann es nicht hören, aber ich schreie innerlich wie am Spieß und brauche einen Augenblick, um ihre Worte zu verarbeiten. »Also, bist du ... was? Ein Engel?« Der Nebel in meinem Kopf beginnt sich zu lichten. »Und du hast ... mein Leben gestohlen?«

»Ja zum Engel und Nein zum Diebstahl deines Lebens«, antwortet sie fast zu schnell. Mit einem Seufzer fügt sie hinzu: »Wie ich schon sagte, ich habe dich vor Schmerz und Leid bewahrt.«

»Okay, es ist alles gut«, murmele ich in der Annahme, dass es einen Weg gibt, wie sie das in Ordnung bringen kann. »Steck mich einfach zurück in meinen Körper, ja?«

»Das kann ich nicht tun.«

»Warum?«

Sie verzieht das Gesicht. »Ähm ... weil dein Körper auf dem Meeresgrund liegt.«

»Na, dann hol ihn hoch!« Jetzt gerate ich wirklich in Panik. Wie kann das wahr sein? Ich kann vieles verleugnen, aber diese Realität ist kaum zu toppen. Ich kann die Wahrheit in meinen Knochen spüren. Na ja, nicht in meinen Knochen, denn dank *ihr* habe ich keine mehr.

»Hart«, sagt sie und klingt dabei wie einer dieser hirnrissigen Psychiater, die versuchen, jemanden von einem

Felsvorsprung herunterzureden. »Das steht nicht länger zur Wahl. Es sind schon fünf Monate vergangen und …«

»FÜNF MONATE? Nein! Es ist erst … ein paar Minuten her!« Von dem Schock brummt mir der Schädel.

Unsere Blicke treffen sich. Ihre Augen sind nicht mehr violett. Jetzt sind sie goldfarben, mit schwarzen Flecken … wie die eines Raubvogels.

»Es gibt auch positive Nachrichten«, sagt sie. »Du kannst in dein menschliches Leben zurückkehren, deine Tage bis zu deinem eigentlich geplanten Todestag ausleben.« Sie grinst, als sie das sagt. Doch ihr rechter Mundwinkel zittert. »Wir müssen bloß einen Körper finden, der an der Schwelle des Todes steht.«

»Du meinst, du willst einen Körper recyceln?« Ich stütze mich stärker auf meinen Stuhl, denn ich fühle mich plötzlich benommen.

»Ja, du musst dir nur einen Körper aussuchen. Tust du das nicht, werde ich einen für dich wählen.«

»Ähm, ja, nope, das wird nicht passieren.« Ich beginne, auf und ab zu gehen. *Ein anderer Körper. Ein anderer Körper.* Ich lasse sich die Worte und die Idee langsam setzen, wie Sand. Und dann sehe ich einen Lichtblick. Wenigstens hätte ich dann noch mein *Ich.*

Sie atmet laut aus, als hätte sie eine Lunge, aber ich bin mir ziemlich sicher, dass sie keine hat. »Wenn ich diese Situation nicht korrigiere«, sagt sie und spielt weiter mit ihrem Ohrring, »wird das fatale Konsequenzen haben.«

»Konsequenzen? Zum Beispiel? Wurde dir schon mal der einzige Körper weggenommen, den du je gekannt hast?«, schreie ich nun fast hysterisch.

»Nicht alles dreht sich um dich, Hart.«

Hm. Das ist interessant, denn irgendwie hab ich geglaubt, das wäre so, wenn man bedenkt, dass ich derjenige ohne schlagendes Herz bin. »Ich bin mir ziemlich sicher, dass nicht du die Konsequenzen tragen wirst«, murmele ich.

»Da irrst du dich.«

Ich weiß nicht, ob ich lachen oder schreien soll. »Willst du mir ernsthaft weismachen, dass Engel in Schwierigkeiten geraten können?«

»Du hast offensichtlich noch nie was von Lucifer gehört.«

Ich verschränke die Arme vor der Brust und komme wahrscheinlich feindseliger rüber als geplant.

»Hör zu«, sagt sie, »im Himmel gibt es eine Hierarchie. Und sagen wir einfach, niemand will dem Tod den Job streitig machen. Doch im Moment bezweifle ich ernsthaft, dass ich in nächster Zeit befördert werde. Es sei denn ...« Sie hält inne, blickt sich um, wie um sicherzustellen, dass niemand uns belauscht, und sagt: »Ich kann das in Ordnung bringen.«

»Ernsthaft? Du willst, dass ich deine Engelskarriere rette?«

»Nein, Hart«, sagt sie monoton. »Ich versuche zu reparieren, was ich kaputtgemacht habe, und ich brauche deine Mithilfe, um das Problem zu lösen.«

»Hey, nichts für ungut und so ...« Ich halte inne, als ich realisiere, dass ich ihren Namen nicht kenne.

Sie versteht den Wink und sagt: »Nenn mich Lourdes. Hör zu, Hart.«

»Gib mir nur eine Sekunde.« Ich überlege, denke nach, grüble. Ein paar Minuten vergehen, bevor ich mich dazu durchringen kann zu sagen: »Und ich darf mir den Körper aussuchen, richtig?«

Sie zieht die Augenbrauen zusammen, als wäre sie sich nicht sicher, ob sie dem Frieden trauen kann. »Das habe ich gesagt.«

Damit ist die Sache für mich geklärt. »Dann will ich einen Körper aus El Cielo, so nahe wie möglich bei Ruby.« Gedanklich gehe ich meine Optionen und Fallstricke durch. »Und ich muss ein Mann in ihrem Alter sein oder wenigstens so ziemlich. Vorzugsweise dunkelhaarig, denn Rubes steht nicht auf blonde Männer, aber das ist kein Hindernis. Ich könnte meinem Körper die Haare färben.«

»Das ist vielleicht nicht möglich.«

»Okay, gut, wenn ich blond sein muss, dann soll es so sein.«

»Du verstehst das alles falsch. Dies ist keine zweite Chance für euch beide. Dieses Leben ist vorbei. Es gibt keinen Hart mehr, kein El Cielo, keine Familie und keine Ruby.«

»Ich habe also kein Mitspracherecht bei dem Körper, in den du mich steckst?« Wenn ich ein Herz hätte, würde es jetzt panisch zu rasen beginnen.

»Es ist gar nicht so leicht, an sterbende Körper zu kommen, Hart. Wir haben kein ganzes Lager voller Körper, die nur auf eine Seele warten.«

Lourdes starrt mich an und für eine Sekunde sieht sie mehr wie ein Dämon als ein Engel aus. Fast mache ich einen Rückzieher, doch es steht zu viel auf dem Spiel. Ich denke an meinen Dad, daran, wie sehr ihn das getroffen haben muss, aber der Gedanke an Ruby bereitet mir unerträgliche Schmerzen. Ich muss einen Weg finden, ihr zu erzählen, was passiert ist, ihr sagen, dass es mir gut geht und sich nichts ändern muss. Fünf Monate? Sie muss inzwischen halb verrückt geworden sein.

Lourdes liest eine Schriftrolle, die wie von Zauberhand in ihrer Hand erschienen ist. Nur ist sie vollkommen leer ... Zumindest glaube ich das. Sie scannt das Dokument, als wäre es vom oberen Rand bis zum Seitenende gefüllt. Es muss mit Engelstinte beschrieben sein oder so was.

»Nein, nein, nein«, sagt sie, während sie liest.

»Nein, was?«

»Keiner dieser Körper eignet sich«, sagt sie, den Blick immer noch auf das Papier gerichtet. »Zu alt, zu krank, zu …« Dann leuchten ihre Augen auf. Sie sieht zu mir auf und grinst. »Wir haben vielleicht Glück!«

Glück? So würde ich das nicht beschreiben, wenn ich an den armen Kerl denke, der potenziell bald den Löffel abgibt, aber ich wende nichts ein.

Eine Sekunde später befinden wir uns in einem Krankenhaus und gehen zügig einen belebten Korridor entlang.

Wir betreten einen schummrig beleuchteten Raum. Im Krankenbett liegt ein Mann, der an mehrere Maschinen angeschlossen ist. Ich kann sein Gesicht nicht sehen, denn es ist von uns ab- und dem Fenster zugewandt, das den Blick auf den dunklen Himmel davor freigibt.

Lourdes konsultiert erneut ihre Schriftrolle. »Er ist siebzehn und lag die letzten zwei Wochen im Koma. Motorradunfall. Wenigstens trug er einen Helm. Hier steht, dass er es eigentlich hätte schaffen sollen, aber anscheinend hat sich das Blatt für ihn gewendet.«

»Moment mal«, sage ich und halte eine Hand hoch. »Was meinst du damit, dass er es *hätte* schaffen sollen?«

»Das Leben ist wankelmütig, Hart. Die Umstände ändern sich auf dieser Seite andauernd.« Lourdes blickt wieder auf die leere Seite hinunter. »Er wird seinen letzten Atemzug in etwa …« Sie schaut auf die Uhr an der Wand. »… viereinhalb Minuten tun. Wow, das war wirklich knapp. Wie entscheidest du dich?«

Reue macht sich in meinem Bauch breit und ich fühle mich schrecklich. Was ist mit den Eltern dieses Jungen? Werden sie nicht merken, dass ich ein Hochstapler bin und nicht ihr

Sohn? Und dann denke ich zum ersten Mal an meine Mom. Obwohl sie abgehauen ist, als ich noch ein Baby war, hat sie mein Tod bestimmt schwer mitgenommen. Klar, sie war nicht oft da, aber sie hat mir aus ihren Urlauben immer wieder Postkarten geschickt. Sie kam im Laufe der Jahre sogar zu ein paar meiner Veranstaltungen, wie Abschlussfeiern und Kommunion und sogar zu ein oder zwei Geburtstagen. Doch sie ist nie geblieben. Es gab immer einen aufregenden neuen Job, einen neuen Freund, eine neue Wohnung.

»Hart, wir haben nur noch zwei Minuten«, sagt Lourdes und reißt mich damit aus meinen Gedanken. Mit ihrem nackten Fuß tippt sie ungeduldig auf den kahlen Krankenhausboden, auf dem es von Mikroorganismen wahrscheinlich nur so wimmelt. »Akzeptierst du diesen Körper? Und bevor du ihn ablehnst, will ich dich daran erinnern, dass es nicht einfach ist, einen jungen Körper zu finden. Und ich sehe auf der Liste niemanden sonst als einen zweiunddreißigjährigen Kettenraucher, dessen Lunge nicht in bester Verfassung ist. Es wäre also besser für dich, einfach zuzustimmen.«

»So einfach ist das nicht«, platze ich heraus. »Ich werde für immer mit dieser Entscheidung leben müssen ...«

»Eine einzige, mickrige Lebenszeit«, wirft sie ein. »Ein Wimpernschlag. Du machst das alles viel schwieriger, als es sein muss. Eine Minute, Hart.«

Ich gehe um das Bett herum, um einen Blick auf das Gesicht des Jungen zu werfen. Das Gesicht, das ich für den Rest meines Lebens tragen werde.

Das Wiedererkennen lässt mich mitten im Schritt innehalten. Ich brauche Lourdes nicht zu fragen, wie er heißt. Ich kenne ihn.

Jameson Romanelli.

8

Ruby

Gabi sitzt neben mir auf dem Beifahrersitz und schaut in die graue Welt hinaus, ihre Beanie tief in die Stirn gezogen. Es sind sechsundzwanzig Grad draußen und am liebsten möchte ich ihr sagen, dass sie lächerlich aussieht, aber der Streit ist meine Energie nicht wert. Denn alles, was wir in den letzten fünf Monaten getan haben, war zu kämpfen.

Alles an ihr strahlt Wut aus. Von ihrem dicken schwarzen Eyeliner bis zu ihrer beschissenen Einstellung. So oft wollte ich sie anschreien und ihr sagen, dass sie Hart nicht so braucht wie ich. Dass sie nicht das Recht hat, seinen Tod in eine *Mein Leben ist so schlecht*-Story zu verwandeln, obwohl es nicht mal um sie geht. Sie hat keine Ahnung, wie leer ich mich innerlich fühle, wie mein Herz blutet. Dass ich nur noch die Hülle meiner selbst bin und nicht die Energie habe weiterzumachen. Dass ich mich nicht mehr zu den einfachsten Dingen aufraffen kann, wie zu träumen oder sogar zu lächeln.

Ich glaube, auf eine verdrehte Art und Weise gibt Gabi mir die Schuld an seinem Tod. Vielleicht hätte ich mich mehr anstrengen sollen, um ihn davon abzuhalten, in jener Nacht zu gehen, dass ich nie hätte vorschlagen sollen, dass wir Jobs bei Miriam annehmen. Doch egal wie sehr sie mir die Schuld gibt, ich mache mir zehnmal mehr Vorwürfe, als sie es je könnte.

Ich bin jenen Tag eine Million Mal geistig durchgegangen und habe an all die Möglichkeiten gedacht, wie ich ihn davon hätte abhalten können zu gehen, es aber versäumt habe. Ich habe versucht, mich an die letzten Dinge zu erinnern, die er zu mir gesagt hat. Das letzte Lächeln. Die letzte Berührung. Und mit jedem Tag, der vergeht, habe ich das Gefühl, dass meine Erinnerungen an ihn ein bisschen weiter schwinden. Dann habe ich Angst, eines Tages aufzuwachen und mich nicht mehr daran erinnern zu können, wie seine rechte Augenbraue ein kleines bisschen höher saß als die linke, wenn er lächelte; wie sein Blick unscharf wurde, kurz bevor er mich küsste; wie seine Hände aussahen, rau und schwielig, samt der gezackten Narbe von einem Unfall in der Werkstatt seines Dads über dem rechten Daumen. Ich habe Angst, dass ich all die Details vergesse, die ihn zu Hart gemacht haben.

Als wir vor der Schule anhalten, frage ich: »Soll ich dich nach der Schule mitnehmen?«

Gabi schiebt ihre Beanie hoch, sodass sie mich anfunkeln kann. »Wie kommt es, dass du nie über ihn sprichst?«

Ihre Frage verschlägt mir die Sprache. Ich weiß nicht, was ich sagen soll. *Weil es zu sehr wehtut? Weil ich dich nicht noch trauriger, noch wütender machen will? Weil ich nicht will, dass du mich noch mehr hasst?*

Ich wende meinen Blick ab, konzentriere mich auf einen zermatschten Käfer auf der Windschutzscheibe, und sie sagt: »Wenn Inez sterben würde, würde ich nie aufhören, über sie zu reden.«

Inez ist Gabis beste Freundin der letzten vier Monate. Wie kann sie *das* nur hiermit vergleichen?

»Und Hart würde wollen, dass du … du weißt schon, redest, lebst.«

Tränen schießen in meine Augen, die wie Säure brennen, aber ich lasse sie Gabi nicht sehen.

Und ich lasse die Tränen nicht fallen.

»Er würde wollen, dass du sein Andenken lebendig hältst«, sagt sie. Und dann ist sie weg und ich kann mich nicht einmal zu ihr umdrehen, um sie gehen zu sehen, weil ich vor Schmerz zittere. Nicht weil sie ihn erwähnt hat, sondern weil sie zum ersten Mal die *Hart würde wollen*-Karte ausgespielt hat.

Ich hasse Gabi dafür. Doch dann fühle ich mich schuldig, weil sie meine Schwester ist und ich sie nicht hassen sollte. Dann verwandelt sich die Schuld in Wut und die Wut umgibt mein Herz mit einem Eispanzer. Und das Eis macht mich hypernett, aber insgeheim gefühllos.

Serena klopft an mein Fenster und ich zucke zusammen.

Ich hüpfe aus dem Auto und greife im Gehen nach meiner Umhängetasche, aber der Riemen bleibt an der Schnalle des Sicherheitsgurts hängen. »Hey«, sage ich.

»Was ist mit dir los?«, fragt Serena und mustert mich, als ob die Antwort, die sie sucht, irgendwo auf meiner Stirn geschrieben steht. Aber mein Haar verdeckt alles und ich trage ein altes Band-Sweatshirt und ein paar Boyfriend-Jeans, die so weit sind, dass ich sie mit einem Gürtel in der Taille zusammenschnüren muss. Es ist meine Rüstung gegen die Außenwelt.

»Was meinst du?«, frage ich mit zusammengezogenen Brauen zurück und tue so, als wüsste ich nicht, was sie meint, während ich meine Tasche losreiße.

»Ich habe deinen Namen gerufen, an dein Fenster, aber du hast nicht reagiert. Du hattest wieder diesen Blick, als wärst du weit weg, und ich dachte, ich muss dich retten, bevor du in deinen Gedanken versinkst.«

Die eisige Faust um mein Herz zieht sich fester zusammen. »Ich muss nicht gerettet werden.«

»Es war metaphorisch gemeint.« Sie betont jede Silbe, als wäre ich schwerhörig, und bläst sich eine blonde Haarsträhne aus dem Gesicht.

Serena ist gerade mal einen Meter siebenundfünfzig groß, aber sie hat die Persönlichkeit und die Ausstrahlung einer Boss-Bitch in zwölf Zentimeter hohen Killer-Heels. Sie ist die zielstrebigste und konzentrierteste Person, die ich kenne, und wenn sie etwas will? Dann ist sie unerbittlich. Sie sagt immer, dass es ihr im Blut liegt und sie auf keinen Fall die Chancen vergeuden will, die ihre Eltern ihr gegeben haben, als sie mit ihr als Baby aus Mexiko hierherkamen. Das bewundere ich an ihr. Und sie hat ein feuriges Temperament, sodass niemand auf ihrer Shitliste stehen will. In der fünften Klasse hat sie mal einen Jungen in den Bauch geboxt, weil der ein anderes Kind, das sie nicht einmal kannte, zum Weinen gebracht hatte.

Und als sie letztes Jahr herausfand, dass ihr Freund sie betrog, war ihre Rache ein wahres Kunststück, aufgeteilt in drei Akte.

Erster Akt: Sie ist in die Luft gegangen. Er bat sie um Vergebung.

Zweiter Akt: Sie trennte sich von ihm, woraufhin er mit der anderen zusammenkam und die Selfies der beiden auf Social Media verbreitete.

Dritter Akt: Serena zerkratzte sein Auto mit ihrem Schlüssel und freundete sich mit dem Mädchen an, das sich schließlich für Serena und gegen ihren Ex entschied.

Sie ist außerdem die treueste Freundin im Universum und wird immer zu mir halten, egal wie viel Kummer ich habe.

Die Pausenklingel auf dem Schülerparkplatz läutet. In zehn Minuten geht die erste Stunde los. »Hey, meine Mom ist dieses Wochenende nicht zu Hause«, meine ich, »falls du vorbeikommen und abhängen willst.« Meine Mom ist Versicherungsvertreterin und ihr Job führt sie die Küste rauf und runter. Irgendwie gefällt mir das, die Unabhängigkeit, die Freiheit, und nicht ständig ihren besorgten Blick sehen zu müssen.

»Verlockend, aber …«

»Aber was?« Seit Hart ist Serena fast jedes Wochenende bei mir. Meine anderen sogenannten Freunde haben sich nach und nach von mir verabschiedet. Vielleicht sind fünf Monate, in denen sie den Kummer mit mir geteilt hat, am Ende auch ihr zu viel.

Die meisten Schüler warten, bis es wieder klingelt, ehe sie in ihre Klassenräume eilen. »Yuli schmeißt heute Abend eine Strandparty«, antwortet Serena.

Doch ich höre ihr nur halb zu. Als wir uns dem weißen Stuckgebäude nähern, wird meine Brust eng. Es gibt zu viele Erinnerungen an Hart hier. Kurz nachdem er gestorben ist, habe ich mir alle Mühe gegeben, andere Strecken zu nehmen, um es nicht sehen zu müssen. Aber der kleine Campus machte das fast unmöglich, sodass ich mich jetzt fühle, als wäre sein Geist überall.

»Nichts Großes oder Wildes«, fährt Serena unverwandt fort, »nur ein Lagerfeuer, Volleyball und bisschen Sangria. Willst du mitkommen?«

Ich liebe Serena dafür, dass sie mich immer und immer wieder einlädt. All meine Ablehnungen und Neins müssen frustrierend für sie sein, aber sie versucht es immer wieder. Wie ich schon sagte, unerbittlich.

»Ich … sollte aufpassen, dass daheim niemand einbricht«, weiche ich ihrer Frage aus. Aber eigentlich will ich sagen: *Ich hasse das Meer.*

Ich war seit fünf Monaten nicht mehr an der Küste.

»Ich wette, das Haus kann eine Nacht ohne dich überstehen.«

Ich schenke ihr ein halbherziges Lächeln. »Man weiß nie.«

Ein Hip-Hop-Song dröhnt aus einem vorbeifahrenden Auto und Serena sagt: »Du kannst dich nicht ewig vor dem Meer verstecken.«

Ich umklammere den Riemen meiner Tasche fester. »Warum nicht?« Sobald ich meinen Abschluss in der Tasche habe, ziehe ich so weit wie möglich vom Meer weg, wahrscheinlich irgendwo nach South Dakota. Der Mittlere Westen ist nicht gerade mein Ding, aber alles ist besser als hier.

Serena bleibt abrupt stehen, packt meine Arme und dreht mich zu sich um, damit ich ihrem Blick nicht länger ausweichen kann. Sie hat diesen entschlossenen Ausdruck im Gesicht, der mich wissen lässt, dass jetzt etwas kommt, das mir nicht gefallen wird. »Wir sind seit der zweiten Klasse befreundet und ich kenne dich und weiß, wie schrecklich das alles für dich ist. Es erscheint dir wahrscheinlich alles sinnlos. Aber es ist nur ein Lagerfeuer, Ruby, und wenn's dir nicht gefällt, kannst du gehen. Ich komm sogar mit und wir können zusammensitzen und dein Haus bewachen.«

Vielleicht hat sie recht. Vielleicht wird es mir sogar guttun, wieder unter Leute zu kommen. Zu versuchen, eine neue Normalität zu finden.

Hart würde wollen, dass ich …

Gerade als ich dem Lagerfeuer zustimmen will, vibriert Serenas Handy. Sie schaut darauf, als Martin von links auf uns zugerannt kommt.

»Heilige Scheiße«, ruft Serena genau in dem Moment, als Martin fragt: »Ist das zu fassen?«

»Was denn?«, frage ich und mein Herz klopft schneller.

»Jameson …«, ist alles, was ich Martin sagen höre, denn Serenas Blick findet meinen: »Er ist wach.«

9

Hart/Jameson

Ich öffne die Augen. Jamesons Augen.

Die Welt sieht anders aus.

Es ist schwer zu erklären, aber es ist, als würde man durch einen Filter schauen, der alles in meiner Umgebung trübt, von den Farben bis hin zur Textur. Alles ist unscharf, während diese Augen versuchen zu fokussieren, rein- und rauszoomen.

In dem Moment, als ich in Jamesons Körper übergegangen bin, war es, als würde ich in ein Eisbad geworfen. Seine Lungen wollten mich nicht atmen lassen, sein Verstand wollte mich nicht denken lassen und sein Herz schlug wie wild um sich, als wüsste es, dass es einen Eindringling gab. Und während ich mich bemühte zu funktionieren, ohne einen Herzinfarkt zu erleiden, hörte ich Jamesons Stimme. Ich hatte erwartet, dass er wütend wäre. Dachte, er würde mir befehlen, mich zu verpissen, aber nein. Wollt ihr wissen, was er gesagt hat? Was seine letzten Worte waren, bevor er für immer ging?

»Versemmel das hier nicht, Mann.«

»Werd ich nicht.« Und das waren meine ersten Worte mit seiner Stimme. *Seiner* Stimme!

Ich fasse mir an die Brust und beginne zu hyperventilieren. Lourdes eilt zum Bett und fächelt mir mit ihren Händen sinnlos Luft zu. »Hart! Ist es, weil du nicht sehen kannst? Das wird bald besser, versprochen.«

Jamesons Körper scheint kurz davor zu explodieren. Ich brauche eine Minute, um wieder zu Atem zu kommen. Bis der Schauer abklingt, der in mir aufsteigt und seine Wirbelsäule hinunterläuft. »Meine Stimme ... Es ist *seine* Stimme.«

Mein Gott, wie soll ich mich nur jemals daran gewöhnen? Ich sehe mir meine/seine Hände an. Sie sind ziemlich mitgenommen. Schrammen und offene Wunden verlaufen von den Fingerspitzen bis zu seinen Ellbogen. Und zum ersten Mal spüre ich den Schmerz. Eine mörderische Kombination aus Pochen, Brennen und einem Kater. Ich war nur einmal in meinem Leben betrunken und am nächsten Tag wollte ich am liebsten sterben. Aber genauso fühlt es sich an, nur unendlich viel schlimmer, als wäre ich durch einen Fleischwolf gedreht worden.

»Was hast du denn erwartet?«, fragt Lourdes sorglos und mir läuft ein Schauer den Rücken hinunter.

»Erwartet?«, frage ich so sarkastisch wie möglich, während ich mich an den neuen Körper zu gewöhnen versuche. »Oh, ich weiß nicht. Vielleicht dass ich mein letztes Schuljahr als ich selbst beginne und *nicht* als Jameson Romanelli!« Ich ziehe an dem Krankenhauskittel, in den er gekleidet ist, und kämpfe mit der Übelkeit, die in ihm aufsteigt, während Lourdes wartet und mich mit einem geübt sanften, verständnisvollen Blick beobachtet. Ich reiße die Decke zur Seite und betrachte Jamesons zerschrammte Beine. Er muss sich auf seinem Motorrad wirklich verausgabt haben, aber wenigstens war er so klug, einen

Helm zu tragen. Wie zum Teufel hat er sich keinen einzigen Knochen gebrochen?

»Nun«, sagt Lourdes, als würde sie zu einem Schluss kommen. »Dieser Körper steht dir gut. Und sieh's doch mal positiv. Du hast jetzt neue Fähigkeiten, von denen du vorher nur träumen konntest, wie ...« Sie guckt wieder auf ihre Schriftrolle. »Wie Football spielen.«

Kann nicht ihr Ernst sein!

»Ich will nicht Football spielen!« Wen juckt schon ein verdammtes Ballspiel? Dann komme ich plötzlich zu einer deprimierenden Schlussfolgerung. »Was, wenn ich nicht mehr singen kann?«

»Hart«, sagt sie sanft, aber mit einer Prise Irritation in der Stimme, »ich habe dir doch gesagt, dass dein altes Leben vorbei ist.«

Ich schüttele schon den Kopf, bevor sie geendet hat, und wünsche mir, ich könnte Lourdes verklickern, dass sie das alles falsch versteht. »Musik ist mehr als ein Körper oder eine Stimme, sie ist ein Gefühl, sie ist spirituell und ...« Ich sehe ihr tief in die Augen. »Sie ist alles für mich.«

Sie setzt sich auf die Bettkante, ohne dass die Matratze unter ihr nachgibt. »Dann los. Versuch zu singen.«

»Hier?«

»Wo sonst?«

»Ich fühle mich, als wäre ich von einem Sattelschlepper überrollt worden, und du willst, dass ich singe?«

Lourdes verdreht genervt die Augen. »Könntest du nur einmal meine Anweisungen befolgen?«

»Kommt drauf an.«

Ihre Augen verschmelzen, Silber wird zu Gold, und sie fährt mit einer Hand über Jamesons Körper. Augenblicklich ist der

Schmerz, der noch vor einer halben Sekunde in diesem Körper tobte, wie weggeblasen.

»Das ist verdammt praktisch.« Ich schaue auf meine Beine hinunter. »Hey, was ist mit den Blutergüssen und Kratzern?«

»Ihr Menschen seid alle gleich ... Gibt man euch den kleinen Finger, nehmt ihr gleich die ganze Hand.«

Ich verstehe sofort, was sie meint. »Nein, ich meine ... ich bin dankbar. Danke.«

»Außerdem würden die Ärzte sich in Luft auflösende Wunden bemerken.« Sie zieht ihre rechte Augenbraue hoch. »Können wir uns nun dem eigentlichen Problem zuwenden?«

»Problem?« Es passiert so viel in so kurzer Zeit, dass es mir schwerfällt mitzuhalten.

»Dem Song?«, erinnert sie mich.

Ich erschaudere. Wie kann es sein, dass etwas, das einst so einfach war wie atmen, sich jetzt anfühlt wie der freie Fall aus einem Flugzeug ohne Fallschirm? Ich räuspere mich ein paarmal, bevor ich zittrig einatme und eine Zeile eines Song singe, den ich letzten Sommer geschrieben habe. »*Im Taxi ist's trocken und auf dem Bürgersteig ist's nass.*«

Meine Hoffnung schwindet. Obwohl Jamesons Stimme nicht schrecklich ist, ist sie auch nicht gut, aber schlimmer noch, sie ist nicht meine. Nichts von ihm gehört *mir.*

»Siehst du?«, sagt Lourdes mit einem angestrengten Lächeln. »Gar nicht so schlecht.«

»Ich nehme an, du könntest nicht dein Gewedel machen und ...«

Sie lässt mich nicht einmal aussprechen und blafft: »Nein.« Ich suhle mich einige Sekunden, vielleicht sogar eine volle Minute, in Selbstmitleid und Bedauern, und entscheide, dass ich mich von diesem Rückschlag nicht unterkriegen lassen darf. Ich darf mich von *nichts von all dem* unterkriegen lassen. Nicht wenn ich noch so viele andere Hürden zu überwinden habe. Ich kann Unterricht nehmen, ich kann üben, ich kann von vorn lernen, wie man singt und Musik macht.

Eine halbe Stunde nachdem ich aufgewacht bin, kommt Whitney, Jamesons Mom, ins Krankenhaus gerannt.

Ich habe über den Flurfunk gehört, dass seine Eltern geschieden sind und keiner von beiden wieder geheiratet hat. Jamesons kleine Schwester ist in der ersten oder zweiten Klasse, glaube ich. Ich bin mir nicht sicher, warum sie nicht hier ist, also ist Whitney das ganze Aufwachkommando.

Und sie ist überschwänglich, küsst meine Stirn, drückt meine Hand und ihre Tränen und ihr Rotz tropfen auf die Laken. Sie schwört mir, wie froh sie ist, dass ich wach bin, und ruft wütend, dass ich nie wieder Motorrad fahren darf.

Es ist mir so unangenehm, dass ich gar nicht weiß, wie ich mich verhalten soll. Also nicke ich einfach und stimme allem zu, was sie sagt, und wünsche mir die ganze Zeit, ich könnte von hier verschwinden. Ich brauche frische Luft, den freien Himmel und das Meer. Ich muss atmen können. Mich an diesen Körper gewöhnen, in dem ich stecke.

»Dein Dad war die letzten Tage hier«, sagt Whitney, als würden die Worte bitter schmecken. »Aber er musste zurück.«

»Zurück …?«

»Zurück nach Colorado? Er muss wieder arbeiten.«

Lourdes sieht auf ihre Schriftrolle, was mir ehrlich gesagt ein wenig archaisch vorkommt. »Er ist ein großer Immobilienmagnat in Colorado.«

»Natürlich«, murmele ich zu Whitney und verkneife mir zu sagen, was ich eigentlich denke, nämlich: *Sein Job muss wirklich wichtig sein.*

»Nur keine Sorge«, meint Whitney und streicht mir das Haar zurück. »Ich habe ihn angerufen, um ihm zu sagen, dass es dir gut geht. Er wollte zurückkommen, aber nach eurem letzten Streit dachte ich, du solltest dir vielleicht etwas Zeit nehmen und dich bei ihm melden, wenn du dazu bereit bist.«

Ein Streit? Was könnte so schlimm sein, dass ein Koma es nicht beheben konnte? Ich schaue zu Lourdes hinüber. Sie seufzt und rollt mit den Augen. »Nicht jedes kleine Detail steht in meinem Bericht, Hart.«

»Ich werde bei den Ärzten nachfragen, wann du nach Hause kommen kannst«, versichert mir Whitney fröhlich.

Aus Gewohnheit antworte ich: »Está bien.«

»Oh Gott«, quiekt Lourdes und schüttelt energisch den Kopf.

Meine Augen weiten sich vor Schock und ich erstarre. Scheiße! Dann beginnen meine Gedanken zu rasen. Kann Jameson Spanisch? Hat er Spanischunterricht genommen? Woher zum Teufel soll ich das wissen? Ich weiß bloß, dass er ein verwöhnter Schnösel ist, der meinen Vater betrogen hat und einen Football werfen kann, als wäre es sein Leben. Und dann erinnere ich mich daran, wie wenig Ruby von ihm hält, und mir rutscht das Herz in die Hose.

Whitney neigt verwirrt ihren Kopf zur Seite. »Jameson, Schatz. Geht es dir gut?«

Ich lasse mich tiefer in die Kissen sinken und schließe die Augen. »Bloß müde.«

»Der Arzt hat gesagt, dass du vielleicht ein paar Aussetzer oder Gedächtnislücken haben wirst, aber mach dir deswegen keine Sorgen. In ein paar Wochen kannst du dich wieder an alles erinnern und ich kümmer mich um die beste medizinische Versorgung, die man für Geld bekommen kann.«

Dann macht sie sich auf den Weg, um *mit dem Manager* zu reden. Und mit reden meint Whitney Romanelli überzeugen, zwingen, fordern oder jedes andere Verb, mit dem sie todsicher ihren Willen bekommt. Ich schätze, wenn ein Krankenhausflügel deinen Familiennamen trägt, bist du ziemlich mächtig.

Eine Stunde später habe ich einige Standardtests absolviert, wobei ich unter anderem selbstständig den Korridor entlanglaufen musste. Die Ärztin scheint zufrieden und gibt mir grünes Licht, das Krankenhaus zu verlassen, *nach* einem weiteren Überwachungstag.

Whitney geht los, um ein paar *essbare* Snacks zu finden, und Lourdes stöhnt. »Ich habe wirklich keine Lust, noch einen Tag an diesem trostlosen Ort herumzuhängen, du etwa?«

»Nein, aber warum musst du bleiben, wenn du einen Körper für mich gefunden hast?«, flüstere ich, als die Ärztin mein Zimmer verlässt, um mit einer Krankenschwester über einen anderen Patienten zu sprechen.

»Ich kann nicht gehen. Noch nicht.« Aber sie gibt keine weiteren Details preis. »Und dir geht es gut. Du bist fit wie ein Turnschuh.«

»Woher willst du das wissen?«

Lourdes blickt auf ihre Schriftrolle, die sie noch immer in den Händen hält. Ihr rechter Mundwinkel macht Anstalten sich zu heben, hält jedoch inne, kurz bevor sie lächelt. »Steht hier.«

Ich frage mich, welche anderen Details darauf stehen und wie so viel auf so kleinem Raum aufgezeichnet sein kann. »Ach ja?«, murre ich. »Was steht da noch? Irgendwas über Ruby?«

Lourdes schüttelt lediglich den Kopf. »Du hörst echt nicht zu.« Dann seufzt sie und sagt: »Ich bin gleich wieder da.«

Ein paar Minuten später kommt meine Ärztin wieder herein, gefolgt von Lourdes, und sagt: »Gute Nachrichten. Wir können dich heute schon entlassen.«

Ich werfe Lourdes einen wissenden Blick zu.

Sie gluckst, was fast wie Gewieher klingt, und ich werfe ihr meinen schönsten Todesblick zu. »Ein befreundeter Engel hat mir was geschuldet«, sagt sie und guckt äußerst selbstzufrieden, »und es trifft sich, dass er den menschlichen Verstand manipulieren kann, aber nur bei unbedeutenden Dingen – niemals bei Herzensangelegenheiten, also frag gar nicht erst.«

Na, das ist irgendwie erschreckend, finde ich, halte mich indessen nicht lange mit dem Gedanken auf, denn ich werde Ruby heute sehen. Ich werde ihr alles erzählen. Und wenn sie mir nicht glaubt, nenne ich ihr ein paar Erinnerungen, die nur sie und ich kennen, wie im Film.

Und dann, wenn sie ihren Schock überwunden hat, wird sie ihre Arme um meinen Hals werfen, ihr Gesicht für eine Minute in meiner Halsbeuge vergraben, mich mit einem stürmischen Blick bedenken und innig küssen. Ich meine, es wird schwer für sie sein, sich daran zu gewöhnen, Jameson zu küssen, zumal sie den Kerl nicht ausstehen kann, aber ich kenne Ruby. Sie wird darüber hinwegkommen oder zumindest die Augen schließen, bis sie es tut, weil sie so verdammt glücklich sein wird, dass ich wieder da bin.

Ich bin zurück!

Ein paar Stunden später sitze ich mit Whitney in einem Jaguar, der noch komplett neu riecht, und beobachte, wie sich der Himmel verdunkelt. Das erinnert mich an einen Song, den ich einmal geschrieben habe: *Stille Himmel wandeln sich, werden grau, bis nur noch die Dunkelheit und ich übrig sind.*

Lourdes sitzt auf dem Rücksitz, starrt aus dem Fenster und dreht an ihrem Ohrring, während Whitneys Hände am Lenkrad zittern. Sie brabbelt, kaum ohne zwischendurch Luft zu holen.

»Geht es dir nicht gut? Soll ich ein Fenster runterkurbeln? Was möchtest du zu Abend essen? Sag es einfach. Victoria wird so aufgeregt sein. Sie ist im Ballett-Camp, aber sie wird morgen Abend wieder zu Hause sein. Habe ich dir das schon gesagt? Deine Freunde haben angerufen, sind vorbeigekommen. Soll ich sie zum Essen einladen?«

Ich schüttele den Kopf. Im Moment will ich niemanden außer Ruby sehen.

Lourdes grummelt: »Wow, sie ist ein richtiges Plappermaul, oder?«

Whitney quasselt und quasselt, Gott und die Welt sind das Thema, doch Jamesons Alkoholproblem ignoriert sie völlig. Ein Problem, das sicher auch zu seinem Motorradunfall geführt hat.

Dann dreht sie das Radio leiser, das ohnehin kaum zu hören war, und sagt leise: »Und keine Sorge, wir kümmern uns um den Strafzettel, und Jim wird dir den Gerichtstermin ersparen.«

»Ich muss vor Gericht?«

»Der Unfall wurde als Trunkenheit am Steuer verbucht.«

Ich räuspere mich. »Wurde … noch jemand verletzt?«

Whitney atmet scharf ein, als wäre es ihr letzter Atemzug. »Gott sei Dank, nein. Du bist gegen eine Leitplanke gefahren und wurdest vom Motorrad geschleudert.« Plötzlich zittert sie am ganzen Körper, als wäre es zu viel für sie, nur darüber zu reden. »Aber darüber können wir uns später Gedanken machen. Konzentrieren wir uns jetzt erst einmal auf deine Genesung.«

»Ihr Menschen verschiebt wichtige Dinge immer auf später«, sagt Lourdes. »Große Prokrastinierer.«

Ich ignoriere sie und überlege, wie ich mich als Jameson ausgeben soll, wenn ich mich an nichts aus seinem Leben erinnern kann, vor allem nicht daran, wer Jim ist. »Meine Erinnerungen sind bisschen verschwommen«, sage ich langsam. »Wer ist Jim?«

»Unser Anwalt? Dein Patenonkel?«

Ach so. Okay, ich schätze, ich muss noch eine Weile die Jameson-Romanelli-Schulbank drücken. In der Zwischenzeit werde ich die Schuld einfach auf den Unfall schieben. Selektive Amnesie. Dann kehren meine Gedanken zum Wort *Gericht* zurück.

»Muss ich ins Gefängnis?«, frage ich.

Whitney versteift sich und ihre *Liebevolle Mutter*-Masche löst sich auf. Sie klingt kalt und hart, als sie sagt: »Jameson, du bist ein Romanelli. Romanellis wandern *nicht* in den Knast. Jim wird sich um alles kümmern.«

Nur ein einzelnes Wort entweicht meinen Lippen. »Wie?«

Sie wirft mir einen Blick zu, der mir sagt, dass ich das wissen sollte. »Wir haben letztes Jahr für die Wahlkampagne des Richters gespendet und der Staatsanwalt ist ein Freund aus dem College, also zähl eins und eins zusammen.«

Im Auto scheint es plötzlich stickig und ich bin mir nicht sicher, wie ich darauf reagieren oder es verarbeiten soll, denn als mein Cousin Luis aus L.A. bei einer *routinemäßigen* Verkehrskontrolle angehalten wurde, wurde sein Auto von unten bis oben durchsucht und er ohne triftigen Grund festgenommen. Am Ende war er einfach nur froh, da rauszukommen, ohne dass ihm ein Verbrechen angehängt wurde. Aber Jameson Romanelli kann ein Motorrad und eine

Leitplanke schrotten, während er betrunken ist, und damit davonkommen?

Meine Frustration über diese Ungerechtigkeit reckt ihr hässliches, wütendes Haupt. *Cool,* denke ich sarkastisch. *Es ist nett, reich zu sein. Fantastisch. Ein Glück bin ich jetzt weiß.*

»Weißes Privileg, wie es leibt und lebt, Leute«, zwitschert Lourdes vom Rücksitz aus.

Und ausnahmsweise stimme ich dem Engel zu.

10

Hart/Jameson

Im Haus angekommen brauche ich ein oder zwei Minuten, um mich zu orientieren.

Deckenhohe Fenster mit Blick auf den Pazifik, weitläufige, offen gestaltete Räume, die bewusst spärlich eingerichtet sind, riesige abstrakte Gemälde und große weiße Blumensträuße, die an den Tod und Beerdigungen erinnern.

Der üppige, terrassierte Außenbereich sieht aus, als wäre er einem Luxusresort entsprungen: Palmen, perfekt in Reih und Glied angeordnet, sorgfältig gestutzte Hecken und ein glitzernder blauer olympischer Pool, gesäumt von nicht enden wollenden Liegestühlen.

Und dann ist da noch Jamesons Zimmer. Es ist riesig, hat ein eigenes Bad, einen Balkon mit Blick aufs Meer und ein Bett, von dem ich mir ziemlich sicher bin, dass es eine Maßanfertigung ist, denn es sieht viel größer aus als Kingsize.

Obwohl der Raum beeindruckend ist, hat er nichts Persönliches an sich. Es stehen keine Fotos oder anderer Schnickschnack herum. Es ist wie ein Hotelzimmer, *ein sehr teures*

Hotelzimmer. Ich mag es, vor allem weil es so ordentlich ist und nirgendwo auch nur ein Staubkörnchen rumliegt.

Ich höre, wie Whitney unten in der Küche herumläuft und der Haushälterin Befehle gibt, während sie Jamesons *Lieblingsessen* zubereitet, von dem ich wirklich hoffe, dass es Hühnchen-Enchiladas oder Caldo ist, aber ich bin mir ziemlich sicher, dass Jameson keine Ahnung von Mexikanisch hat. Und bevor ich es vergesse, dieses Haus hallt, als stünde es leer und würde darauf warten, mit Leben gefüllt zu werden.

»Du hast dir ein bequemes Leben ausgesucht«, sagt Lourdes, als sie die massive, eisenbeschlagene Tür zum Balkon aufschiebt. Eine kühle Meeresbrise weht herein und bringt die durchsichtigen Vorhänge zum Flattern.

Ich hoffe, das Bett ist frisch bezogen, denke ich, bevor ich wirklich verstehe, dass ich in dem Bett eines toten Jungen mit all seinen Haut- und Haarpartikeln schlafen werde. Das Risiko ist mir zu groß. Ich beginne, das Bett abzuziehen.

»Was machst du da?«, fragt Lourdes mit schief gelegtem Kopf.

»Äh … Ich wasche die Laken.«

»Du weißt schon, dass es dein Körper ist, der zuletzt dort geschlafen hat, oder?«

Gutes Argument.

»Ich will mich etwas frisch machen, wenn es dir nichts ausmacht.«

Ich werfe die Bettwäsche zur Seite, lasse mich auf die Matratze fallen und starre Jamesons Hände an. Aus der Nähe sind sie größer. Der Kerl ist schlank, aber er ist trotzdem so solide wie ein Fels. Und im Gegensatz zu mir ist er superweiß. Und damit meine ich nicht seine Hautfarbe, denn auch Latinos wie ich können weiß sein; es geht mir eher darum, was fehlt. Zum

Beispiel der würzige Duft von Kreuzkümmel- oder Pfefferaromen in der Luft, die dröhnende Musik und an die Wände angelehnte Gitarren. Und dann wird mir klar, was ich wirklich meine: Was fehlt, ist … mein Zuhause. Mein Dad.

Ich will gar nicht dran denken, wie furchtbar das für ihn sein muss.

Über Jamesons Kommode hängt ein Spiegel und am liebsten würde ich ihn zertrümmern oder abhängen oder mich zumindest wie im Krankenhaus und im Auto davon fernhalten. Aber ich muss es hinter mich bringen und vielleicht ist es wichtig, dass ich mich an dieses Gesicht gewöhne, ehe ich Ruby gegenübertrete. Mit geballten Fäusten stehe ich also auf und mache mich auf den Weg.

Nach vorn gekämmtes braunes Haar, sodass es meine dicken Augenbrauen berührt, dann mustere ich mein langes, kantiges Gesicht und meine haselnussbraunen Augen. »Hey!«, rufe ich geschockt. »Das bin ja ich!« Ich bin so aufgeregt, als ich mein Gesicht im Spiegel sehe, dass ich fast in die Luft springe.

»Das habe ich vergessen zu erwähnen«, murmelt Lourdes, als sie die Tür zum Balkon wieder schließt und neben mich tritt. »Aber das ist nur für die Übergangsphase.«

»Die Übergangsphase?«

»Das bleibt nur so, bis dein Geist diesen Körper annimmt, um es dir leichter zu machen. Wir haben festgestellt, dass viele Menschen sehr an ihren Gesichtern hängen.«

Hm, ich bin also eindeutig nicht der erste Mensch, der einen Körper recyceln muss, und irgendetwas daran ist … seltsam beruhigend?

Ich nicke. »Gute Idee.«

Lourdes verzieht den Mund. »Das ist bei einer Massenproduktion meistens so.«

»Irgendeine Chance, dass Ruby auch mein wahres Ich sehen kann?« Ich hoffe, dass ihre Antwort einfach *Klaro* sein wird, aber ihr durchschlagendes *Nein* ist wie eine große, blinkende Neontafel in Vegas, gefolgt von: »Wie schon gesagt, dein Leben als Hart Augusto ist vorbei.«

Ich höre die Worte, verstehe, was sie sagen will, aber ich akzeptiere sie nicht. »Ich muss sie sehen«, argumentiere ich und fühle mich gleichzeitig bereit und aufgewühlt.

Lourdes' Blick zeigt zuerst ihre Ablehnung, dann Entschlossenheit, und ich weiß, dass ich sie auf keinen Fall umstimmen werde, also tue ich so, als würde ich mich ihrem Willen beugen.

Dann versuche ich es anders. »Was ist mit George?« Aber ich kenne die Antwort schon, bevor sie den Kopf schüttelt.

»Mein Dad? Kann ich wenigstens nach ihm sehen, ob es ihm gut geht?«

»Nein.«

»Nein? Das war's?«

»Er lebt nicht mehr hier, Hart. Nachdem du gestorben bist, hat er alles verkauft und ist zurück nach Mexiko gezogen, um bei seiner Familie zu sein.«

Ich erstarre. Unser Haus ist weg? Der Laden? Alles? »Wer ... Wer hat es gekauft?«

»Ein nettes Ehepaar aus Washington D.C., das es als Investmentobjekt gekauft hat und vermieten will.«

Mir dreht sich der Magen um und ich befürchte, mich übergeben zu müssen. D.C.? Investmentobjekt? Meine Stimme zittert, als ich frage: »Was ist mit dem Laden?«

Lourdes schürzt die Lippen. »Alles wurde renoviert.«

Bilder eines lächerlich überdekorierten Airbnb blitzen in meiner Vorstellung auf, einschließlich all der Fremden, die in meinem Zuhause ein und aus gehen werden.

»Woher weißt du das alles?«, frage ich schließlich.

»Es ist meine Aufgabe, alles herauszufinden, Hart, und deine Akte zu lesen. Es hilft mir, effizienter zu arbeiten.«

Effizienter. Als wäre ich ein Projekt. Die Erkenntnis geht mir unter die Haut. »Aber mein Dad muss doch vor Trauer halb verrückt sein.«

Lourdes senkt den Blick, als würde sie erst jetzt die Tragweite all dessen begreifen. »Das tut mir leid. Wirklich. Aber du würdest nicht glauben, was das menschliche Herz alles aushalten kann.«

Ich bin eigentlich froh, dass mein Dad bei seiner Familie ist und vielleicht mit einem Cervaza unter einem schattigen Baum sitzt. Wenn es einen Weg gibt, ihm eine Nachricht zukommen zu lassen, um seinen Schmerz zu lindern, werde ich ihn finden, aber im Moment? Ich muss Ruby sehen. Allein. Was bedeutet, dass ich den Engel abschütteln muss. »Ich mach mich besser frisch«, brumme ich und zeige auf die Badezimmertür. »Du wirst mir nicht folgen und sehen oder sonst was Seltsames machen können, oder?«

»Nein, Hart. Auch ich habe Grenzen.«

»Ja? Kannst du sie mir aufzählen?« Ich will nicht rumnerven, sondern bin aufrichtig neugierig.

Sie seufzt und zählt an drei Fingern auf: »Ich bin keine Gedankenleserin, ich kann dir nicht überallhin folgen, es sei denn, du denkst an mich oder lädst mich dazu ein, und ich beobachte dich nicht rund um die Uhr. Ich habe Besseres zu tun.«

Gut zu wissen.

Ich habe es also mit einem Todesengel zu tun, der befördert werden will, Schmerzen lindern kann und nervig ist, aber zum Glück ist sie nicht allwissend oder allmächtig. Ich präge mir ihre Limits gut ein und schätze, dass mein Fluchtplan vielleicht funktionieren wird, wenn ich den Engel aus meinen Gedanken heraushalten kann.

Ich dusche schnell und ja, es ist seltsam. Sobald ich eine Jeans und einen Hoodie angezogen habe (der schwer zu finden war, weil fast alle Oberteile in Jamesons Schrank Golf-Polos sind, und das geht so was von gar nicht), schlüpfe ich durch die andere Tür des Badezimmers in den nächsten Raum. Das Zimmer ist voller Golfsouvenirs – in Regalen stehen Trophäen, zwei Bags mit Schlägern, ein Dutzend Cappies und gerahmte Turnierfotos. Ich würde so was niemals in meinem Zimmer aufstellen. Irgendwie fühlt es sich an wie ... ein Schrein.

War Jameson ein Golfer? Das würde auf jeden Fall all seine Poloshirts erklären. Oh, Mist. Ich werde auf keinen Fall den ganzen Tag in Country Clubs abhängen, um meine Zeit damit zu vergeuden, einen kleinen Ball in ein Loch zu schlagen. Vielleicht kann ich allen erzählen, dass der Unfall meine Schulterbewegung eingeschränkt hat oder so. Als ich näher herangehe, sehe ich, dass auf keinem der Fotos Jameson zu sehen ist und keine der Trophäen seinen Namen trägt. Auf ihnen steht Richard, der Name seines Dads. Und es geht hier nicht nur um Golf. Hier steht auch ein Haufen alter Footballfotos rum. Sein Dad trägt ein Trikot mit der Nummer elf, genau wie Jameson. Aber wieso, wenn seine Eltern geschieden sind?

Bevor Lourdes realisieren kann, dass ich nicht zurückkomme, renne ich die Treppe hinunter, und im Nu bin ich aus dem Haus und renne in die Garage, die wahrhaftig zehn Parkbuchten hat. Hier steht ein verdammter Rolls drin! Mein Gott, warum braucht jemand so viele Autos?

An der Wand in der Nähe der Tür hängt eine Tafel mit Schildern: SILBERNER BMW, ROTER BMW, SCHWARZER BENZ,

WEISSER RANGE ROVER, als wäre es eine Hotelgarage. Ganz unten steht: Personal-4RUNNER. Die Angestellten … haben einen eigenen SUV? Dann fällt mein Blick auf ein Schild, das mein Herz höherschlagen lässt.

Ich schnappe mir die Schlüssel und rase auf den 390-PS-Cabrio Porsche 718 Boxster zu. Es ist ein eleganter grauer Wagen mit schwarzer Lederausstattung und ich kann praktisch schmecken, wie er sich an die Straße anschmiegen wird, bevor ich überhaupt die Fahrertür öffne. Dann bleibe ich wie vom Blitz getroffen stehen, denn mir wird klar, dass das nicht irgendein Auto ist. Es ist genau das, an dem mein Dad wochenlang gearbeitet hat. Doch Jameson fand es nicht gut genug und hat für seine Arbeit nur die Hälfte bezahlt. Wut brodelt unter meiner Haut. Und so unlogisch es auch klingen mag, ich will mir/Jameson die Fresse polieren. Ich gehe auf und ab, atme ein paarmal tief durch, beruhige mein hämmerndes Herz und beschließe, dass es eine riesige Zeitverschwendung ist, auf einen toten Mann wütend zu sein.

Voller Bewunderung fahre ich die Schönheit langsam aus der Garage und den langen, kurvenreichen Hügel hinunter, wo ich direkt auf die offene Straße abbiege. Und dann lasse ich es krachen. »Heilige Scheiße!«, schreie ich. Dieses Baby kann fliegen. Gott, mein Dad würde das lieben.

Die Meeresluft weht mir um die Ohren und Mann, es hat noch nie so gut gerochen und sich so fantastisch angefühlt. Ich brauche dringend Musik, aber ich habe kein Handy dabei. Und auch keinen Führerschein, sodass ich etwas unauffälliger fahren muss, damit ich nicht angehalten werde. An einem Stoppschild schaue ich mir die Playlist des Autos an: *Needing Tequila, Hot Hot Hot, Shit List, Mood Is Murder.*

»Na gut«, sage ich und entscheide mich für Jamesons *Shit List*, denn warum nicht? Und Mann, oh Mann, Steppenwolfs *Born to Be Wild* dröhnt plötzlich aus den Lautsprechern und alles ruckelt an seinen Platz. Haargenau das macht Musik mit mir oder besser macht die richtige Musik mit mir. Sie verändert mich. Sie lässt mich glauben, dass alles möglich ist. Sie kann mich glücklich machen, obwohl ich noch einen Moment zuvor vor Wut geschäumt habe, oder mich in die Vergangenheit zurückversetzen.

Und in diesem Moment? Fliege ich mit Steppenwolf die offene Straße hinunter zu dem Mädchen, das ich liebe. Okay, Jamesons Familie steht also wenigstens auf klassischen Rock.

Ich brauch zehn Minuten, um von hier aus zu Ruby zu gelangen.

Der Motor röhrt, als würde es unter der Motorhaube donnern, und ich biege in Rubys und mein altes Viertel ein, wo die Häuser einem das Gefühl geben, in eine alte Hollywood-Ära einzutauchen. Sie sind größtenteils im spanischen Stil gebaut, mit roten Ziegeldächern, Bougainvilleen, die an den Wänden hochranken, ordentlich gemähten Rasen und überdachten Veranden. Ich halte vor ihrem Haus und parke den Wagen. Mein Herz droht aus meiner Brust zu springen, aber ich zögere nicht. Ich nehme mir nicht einmal eine Sekunde Zeit, um einen Plan zu schmieden und zu entscheiden, was ich sagen werde. Ich muss sie einfach sehen.

Doch als ich über den Rasen ihres Vorgartens laufe, höre ich eine Stimme, die von der Seite des Hauses kommt.

»Was willst du hier?«

Da halte ich inne.

11

Hart/Jameson

Ich drehe mich um und sehe Gabi mit einem vollen Müllsack.

Wow, sie sieht größer aus, irgendwie erwachsener. Kann so was in fünf Monaten passieren oder spielen mir Jamesons Augen einen Streich?

»Oh … äh … ich …«, stottere ich, doch mir fehlen die Worte.

Sie wirft den Müllsack in die Tonne und sieht mich an. »Ich habe gehört, dass du aufgewacht bist, aber ich wusste nicht, dass sie dich schon aus dem Krankenhaus entlassen haben«, meint Gabi und kommt durch die Schatten des Hauses auf mich zu.

»Ja, ähm … ich bin raus.« Sehr clever, Hart. Echt clever.

»Das sehe ich. Aber was willst du *hier*?«

»Ich … Ich suche nach Ruby.«

Sie braucht einen Moment, als wüsste sie nicht, ob sie mir glauben soll. Ich kann es ihr nicht verdenken, da sie wahrscheinlich noch nie mit Jameson gesprochen hat. Dann sagt sie in typisch misstrauischer Gabi-Manier: »Du kommst gerade aus dem Krankenhaus und suchst nach meiner Schwester? Warum?«

Fast lache ich über ihre Direktheit, aber ich unterdrücke den Drang, um sie nicht zu verärgern. Sie hasst es, wenn man sie wie ein Kind behandelt. »Ich habe nur eine kurze Frage ... Ist sie zu Hause?«

Gabi schüttelt langsam den Kopf. Eine Wolke zieht über den Himmel und der Halbmond tritt hervor.

»Weißt du, wo sie ist?«, frage ich.

»Vielleicht.«

Okay, sie will es mir schwer machen. »Kannst du es mir sagen? Wie ich schon sagte, ich muss sie einfach etwas fragen.«

Ich kann Gabi nicht verübeln, dass sie Ruby vor Jameson Romanelli schützen will, der Ärger geradezu anzieht. Und das erinnert mich daran, dass ich mir den Arsch aufreißen muss, um seinen Ruf zu ändern.

Ihr Blick schweift zu dem Porsche. »Schickes Auto.«

»Danke.« Ich biete ihr fast an, eine Runde damit zu drehen, aber ich würde mich nur wie ein Kriecher anhören.

»Warum rufst du sie nicht einfach an?«, fragt sie und verschränkt die Arme.

»Hab kein Handy. Hör zu«, sage ich und beschließe, an ihr Mitgefühl zu appellieren. Unter all der harten Fassade ist Gabi ein Softie, sie zeigt es nur nicht gern. »Es war ein verrückter Tag«, fahre ich fort, »und ich weiß, dass du mich nicht kennst, aber ich schwöre ...« Obwohl ich mit Jamesons Stimme spreche, verfalle ich in meinen eigenen Tonfall, meine eigene Wortwahl. »Ich muss einfach mit ihr reden. Bitte.«

»Ich kenne dich, Jameson. Oder hast du schon vergessen, dass wir zusammen Unterricht haben?«

Mist. »Aber du bist doch jünger als ich.«

»Und klüger.«

»Okay … Äh, meine Erinnerungen … Ich bin vom Unfall ein bisschen durcheinander, deshalb weiß ich nicht mehr alles. Tut mir leid.«

Gabi starrt mich an und ihre dunklen Augen wirken in der Dämmerung fast schwarz. Schließlich sagt sie: »Nimm mich mit und ich zeig dir, wo sie ist.«

»Du willst, dass ich … dich mitnehme.« Code für: *Ich bin gerade aus dem Krankenhaus entlassen worden und hab mehr als ein Auto zu Schrott gefahren. Mein Führerschein wurde nach dem Motorradunfall wahrscheinlich eingezogen. Warum sollte sie ihr Leben einem Typen anvertrauen, dessen Spitzname Crash ist?*

Jameson hat immer geschworen, dass es sein Footballspitzname ist, weil er »keine Angst hat, mit jemandem zusammenzustoßen«, was für einen Quarterback gut ist, doch niemand hat ihm das je geglaubt. Jeder wusste, woher er kam. Und jetzt scheint es so falsch.

Obwohl ich weiß, dass ich einen Todeswunsch haben muss, weil Ruby mir die Eier zerquetschen wird, wenn sie davon erfährt, gehe ich auf Gabis Forderung ein. In weniger als zehn Sekunden sitzt sie neben mir im Auto und ich fahre wieder auf die Straße. Sie benutzt immer noch diese Ganzkörperlotion, die nach Kokosnuss und einem Spritzer Sonnencreme riecht.

»Wohin genau fahren wir?«, frage ich, als wir das Ende der Allee erreichen.

»Sie ist beim Lagerfeuer, unten am Strand. Dein Auto ist so cool.« Sie schielt zu mir rüber. »Bist du sicher, dass du fahrtauglich bist und so?«

Ich nicke und schürze die Lippen, weil sie das etwas spät fragt.

Und ich weiß nicht warum, aber meine Brust zieht sich schmerzhaft zusammen, ein Gefühl, das sich schnell auf meine Beine ausbreitet und dann wieder mein Herz erfasst. Am Strand? Ich bin gerade gestorben und sie ist am Strand?

Na, streng genommen bin ich seit fünf Monaten tot, aber trotzdem!

Während der gesamten neuneinhalbminütigen Fahrt fasst Gabi alles im Wagen an, was in Reichweite ist, öffnet und schließt das Handschuhfach, fährt mit den Fingern über das Leder des Armaturenbretts und das polierte Holz, während ich mir Rubys lächelndes Gesicht vorstelle und mir ausmale, wie schön es sein wird, sie wieder in den Armen zu halten. Mit der Liebe und der Zeit ist das so eine Sache: Man denkt immer, dass man genug hat, dass der Vorrat unendlich ist. Und dann ist in einem Augenblick alles weg.

»Oh, hey«, sagt Gabi. »Ist das deins?« Sie reicht mir ein Handy, das unter einem Haufen Papieren im Handschuhfach gelegen hat.

Ich schalte das Telefon ein. Es sieht brandneu aus und ist voll geladen. Der Bildschirmhintergrund ist komplett schwarz, als es aufleuchtet, doch in weißen Buchstaben steht dort geschrieben: *Romanelli Porsche.*

Gabi beugt sich vor, um einen guten Blick darauf zu erhaschen. »Wow! Ihr habt Handys für eure Autos?«

»Sieht so aus«, sage ich. »Das ergibt Sinn, ich meine, wenn man sein normales Handy verliert oder so.«

»Oder wenn man einfach superreich ist und keine Ahnung hat, wie man sein Geld ausgeben soll.«

Ich gluckse. »Das auch.«

Meine Nerven sind zum Zerreißen gespannt, also beschließe ich, noch einen Song von der *Shit List* zu spielen. Diesmal lande ich bei Journeys *Don't Stop Believin.*

Ich trommle im Rhythmus auf das Lenkrad, als Gabi mich ansieht. »Hast du auch noch andere Musik?«

Ich werfe ihr einen fragenden Blick zu. »Was? Magst du den Song nicht?«

»Ich habe dich nicht für einen Kerl gehalten, der alte Musik hört.«

Ich schaudere. »Du meinst klassischen Rock. Das ist noch aus der guten alten Zeit. Ich meine, hör mal richtig zu. Sie spielen und singen aus vollem Herzen und es ist ehrlich und authentisch und wild.«

Ich singe die Texte mit, leider nicht in der richtigen Tonlage, aber egal.

Nachdem wir geparkt haben, wendet sich Gabi mir zu. »Erzähl ihr nicht, dass ich hier bin, okay?«

»Wieso?«

Sie antwortet nicht. Mein *Großer Bruder*-Radar schrillt. »Wo gehst du hin?«

»Ein paar Freunde chillen unten am Meer. Man sieht sich.«

»Sei vorsichtig«, rufe ich, als sie losläuft. Gabi dreht sich wieder zu mir um und wirft mir einen verwirrten Blick zu, ehe sie geht.

Ich überquere den Parkplatz und mache mich auf den Weg zum Nordende des Strands, wo wir immer Lagerfeuer gemacht haben. Von hier aus kann ich das Feuer sehen, orangefarbene Funken, die den dunklen Himmel erleuchten.

Ich bleibe in den Schatten, beobachte und suche in der kleinen vertrauten Freundesgruppe nach Ruby. Dann entdecke ich Serena und weiß, dass Ruby nicht allzu weit weg sein kann. Aber sie ist nicht hier.

Ich ziehe mir den Hoodie über den Kopf, weil es wahrscheinlich am besten ist, keine Aufmerksamkeit zu erregen. Und dann sehe ich etwa vier Meter von mir einen Bildschirm aufleuchten. Es ist nicht einfach, aber ich kann Rubys Gesicht in dem schwachen Licht erkennen. Ihre dunklen Augen wandern auf dem Bildschirm hin und her, während sie liest oder etwas studiert. Wahrscheinlich irgendeinen Reisebericht über einen Ort, von dem noch nie jemand etwas gehört hat. Plötzlich fühlt es sich nicht mehr so an, als wären nur ein paar Tage vergangen. Zum ersten Mal spüre ich die Zeitspanne, in der wir getrennt waren, und mein Herz schmerzt auf die schlimmste Art und Weise.

Im Hintergrund läuft ein langsames Lied, in dem es um einen *Engel* geht. Sobald ich das Wort höre, denke ich natürlich an Lourdes und bum – erscheint sie neben mir und ich zucke zusammen. »Scheiße, kannst du mich nicht vorwarnen?«, platze ich heraus.

»Hart«, sagt sie wütend. »Du bist der nervigste, undankbarste, rebellischste Mensch, der mir je begegnet ist.«

»Das bezweifle ich.« Ich bin der am wenigsten rebellische Typ, der jemals gelebt hat. Dann lache ich fast über die Ironie, dass ich jetzt im Körper eines Rabauken feststecke.

»Du kannst nicht einfach so abhauen. Hast du eine Ahnung, was …?

Ich ignoriere sie, mein Blick ist auf Ruby gerichtet.

»Du hörst mir nicht zu«, fährt Lourdes fort, aber ich klettere jetzt auf den Felsen. Mein einziger Fokus ist mein Mädchen.

»Du machst einen großen Fehler«, sagt Lourdes, die plötzlich oben auf dem Felsen auftaucht, als ob sie mich zurück in den Sand kicken will. »Bitte hör mir zu!«

Ich komme oben an. Ruby sitzt am Rande des Felsens und starrt mit dem Rücken zu mir aufs Meer hinaus. Langsam trete ich näher.

Die Wellen brechen am Felsvorsprung und die Luft schmeckt salzig. Das Rauschen des Wassers, der Geruch, erinnern mich an jenen Tag, an dem ich ertrunken bin. In genau diesen Gewässern. Mein Herz schlägt schneller, als würde ich um einen Titel im Schwergewichtboxen kämpfen. Nebel zieht auf und verdeckt mir fast die Sicht auf Ruby.

»Ruby?«, rufe ich in einigem Abstand.

Als sie aufsteht und sich langsam zu mir umdreht, halte ich den Atem an. Ihr Blick trifft den meinen, hält meinen gefangen, und für einen kurzen Moment sind wir die einzigen Menschen auf der ganzen Welt. Es gibt kein Vorher oder Nachher. Nur das Hier und Jetzt.

Gischt bricht aus dem Spalt zwischen uns hervor und nimmt mir die Sicht.

»Jameson?«, sagt sie so leise, dass ich ihre Stimme durch den Wind und das Rauschen des Meeres kaum höre. Es kostet mich alles, nicht zu ihr zu rennen, sie nicht in meine Arme zu ziehen. Und dann ist alle Logik vergessen und ich handle aus purem Instinkt. Ich springe über die Lücke im Felsen und rase auf sie zu. *Ich bin's, dein Hart!* Die Worte bleiben mir im Hals stecken und wollen nicht herauskommen. Warum kann ich sie nicht laut aussprechen?

Irgendetwas stimmt nicht. Alles ist so ruhig. Die Wellen, das Feuer, Ruby. Ich drehe mich zu meinem Todesengel um.

»Was hast du getan?«

»Ich habe die Zeit gestoppt«, sagt Lourdes, »um dich vor einem großen Fehler zu bewahren.«

Ich halte nicht inne, um Fragen zu stellen; das kann ich später noch machen. Ich sause zu Ruby. Ihr Haar ist länger. Sie scheint blasser, als hätte sie schon viel zu lange keine Sonne mehr gesehen. Trotzdem ist sie noch schöner, als ich sie je gesehen habe. Aber sie sieht auch traurig aus, verloren, und mein Herz fühlt sich an, als befände es sich im freien Fall.

Ich fahre mit meinem Daumen über die schwache halbmondförmige Narbe über ihrem rechten Auge. Ich war dabei, als sie sich die zugezogen hat. Sie war acht Jahre alt und beschloss, dass sie vom Stufenbarren im Park einen Genie-Drop versuchen sollte. Ich sagte ihr, dass das zu gefährlich sei, aber wie immer hörte sie nicht auf mich. Ihr Genie-Drop war mehr ein Genie-Flop und das Nächste, was ich weiß, ist, dass sie blutete und lachte. Lachte!

»Du bist verletzt!«, rief ich damals.

»Meinst du, ich werde eine Narbe bekommen?« Ihre kleine Hand fuhr zu der Wunde und dann lächelte sie. »Ich wollte schon immer mal eine haben.«

Lourdes' eindringliche Stimme holt mich in die Realität zurück. »Du musst mir zuhören, Hart. Du kannst ihr nichts über deine Erinnerungen sagen oder ihr einen Hinweis darauf geben, dass du ihr Hart bist. Und es gibt keine Schlupflöcher; es gibt keinen Weg daran vorbei. Verstehst du, was ich sage?«

»Warum? Und bitte schieb es nicht aufs Gleichgewicht des Universums.«

Lourdes starrt mich an, ohne zu blinzeln. »Was glaubst du, was passieren würde, wenn du es ihr sagst?«

Die Frage ist wie ein Eimer voller Eiswasser, der über meinem Kopf ausgekippt wird. »Ja, sie würde sicher ausflippen und mir nicht glauben, aber irgendwann könnte ich sie davon überzeugen. Ich weiß, dass ich es könnte.«

»Es geht nicht nur darum, was du ihr sagst«, knurrt Lourdes und klingt von Sekunde zu Sekunde frustrierter. »Wieso geht das nicht in deinen Dickschädel? Du kannst nicht zu Harts Leben zurückkehren. Niemals! Und das gilt auch für Ruby. Jeder eingeschlossen, den du kanntest. Niemand darf die Wahrheit erfahren und das ist nicht meine Regel, Hart. Es tut mir leid. Wirklich. Aber so ist der Lauf der Dinge.«

Ich löse meinen Blick von Ruby und begegne dem Blick des Engels, weigere mich aber zu glauben, was sie mir sagt. Meine Hoffnung ist alles, was ich noch habe, das Einzige, woran ich mich klammere, das Einzige, was mich durch diesen Wahnsinn bringt.

»Was wird passieren, wenn ich versuche, es ihr zu sagen?«

»Es verschlägt dir die Sprache und die Worte kommen nicht, egal wie sehr du dich bemühst«, sagt Lourdes.

»Dann werde ich mir einen anderen Weg einfallen lassen.«

»Es gibt keinen.«

»Es muss einen Weg geben.« Ich wurde nach dem Credo erzogen: *Es gibt immer einen Weg.* »Wie wär's, wenn *du* es ihr sagst?« Ich schwöre, die Gesetze des Universums sind nur dazu da, Menschen zu quälen, nicht Engel.

Lourdes reibt sich die Stirn. »Das könnte ich tun, aber das Wissen wäre nicht von Dauer. Sie würde es innerhalb kürzester Zeit wieder vergessen. Der menschliche Verstand kann das Ausmaß der himmlischen Welt nicht verstehen. Es gibt einen Grund, warum die Menschen sich nicht daran erinnern, wer sie waren, bevor sie in diese Welt kamen. Verstehst du das?«

Dass das alles großer kosmischer Blödsinn ist? Ja, das verstehe ich sehr gut.

»Und ich sage dir noch etwas.« Warum bekomme ich das Gefühl, dass sie gleich eine Abrissbirne in meine Richtung schwingt?

»Deine Erinnerungen«, fährt sie fort, »sind Harts Erinnerungen. Sie werden bald verblassen. Dann wirst du dich an nichts mehr erinnern, was du einmal warst.«

Sobald ich ihre Worte registriere, fühle ich mich, als würde ich wieder ertrinken. Ich weiß nicht, wo oben und unten ist, der Druck in meiner Brust steigt und ich will nichts als nach Luft schnappen, aber ich weiß, dass ich sie nicht bekomme.

»Also muss ich was?« Meine Stimme wird lauter. »Als Jameson leben?«

»Nein, du wirst Harts Seele haben, nur nicht seine Erinnerungen, und nein, das ist nicht dasselbe.«

Am liebsten will ich den Himmel verfluchen, schreien, aber ich habe keine Zeit, mich selbst zu bemitleiden. Ich bin nicht den ganzen Weg hierhergekommen, um jetzt das Handtuch zu werfen. Und Gesetze des Universums hin oder her, ich werde Ruby zurückerobern. »Wie viel Zeit bleibt mir noch, bis meine Erinnerungen verschwinden?«, frage ich.

»Was macht das schon für einen Unterschied?«

»Sag es mir!«

Lourdes wendet den Blick ab und sagt leise: »Ich weiß es nicht.«

»Guck auf deine Schriftrolle!«, fordere ich. »Bestimmt steht da ’ne Frist.« Doch sie macht keine Anstalten, sie zu zücken.

»Ein paar Wochen«, schätzt Lourdes. »Vielleicht drei? Jeder Mensch ist anders. Aber das Verblassen beginnt nach der ersten Nacht im neuen Körper. Danach werden die Erinnerungen stetig weiter aus dir heraussickern. Da bin ich mir sicher.«

Ein paar Wochen?!

»Das lass ich nicht zu!«

Lourdes' Augen funkeln im Nebel. »Du kannst nicht aufhören zu schlafen, Hart.«

Wut packt mich erneut, eine Wut, die alle meine Zellen erfüllt und all meine Verwirrung und Angst katalysiert. »Du hast das getan«, knurre ich. »Du hast mir vorenthalten, dass ich alle meine Erinnerungen verlieren würde.«

»Ich habe dir gesagt, dass du nicht zurückkannst.« Lourdes senkt ihre Stimme. »Und wenn ich dir gesagt hätte, dass du all deine Erinnerungen verlieren würdest, wärst du dann in der Zwischenwelt geblieben?«

Ich spüre ein Ziehen in meinem Magen. Sobald ich Ruby ansehe, kenne ich meine Antwort. Erinnerung hin oder her, ich würde die gleiche Entscheidung wieder treffen. »Ist das der Grund, warum du hier rumhängst? Ist das der Übergang, von dem du gesprochen hast?« Ich schreie nun fast. »Du kannst nicht gehen, bevor du mir alles genommen hast?«

Lourdes' Kiefer spannt sich an. »Wie ich dir schon sagte. Du bist nicht der Einzige, der die Konsequenzen zu tragen hat.«

Ich weiß nicht warum, aber sie tut mir leid. Vielleicht ist es die Art, wie sie es sagt, oder die Traurigkeit in ihrem Blick oder vielleicht bin ich auch einfach nur ein Trottel. »Was wird mit dir passieren?«

Sie zuckt mit den Schultern und sagt leise: »Das find ich noch früh genug heraus.«

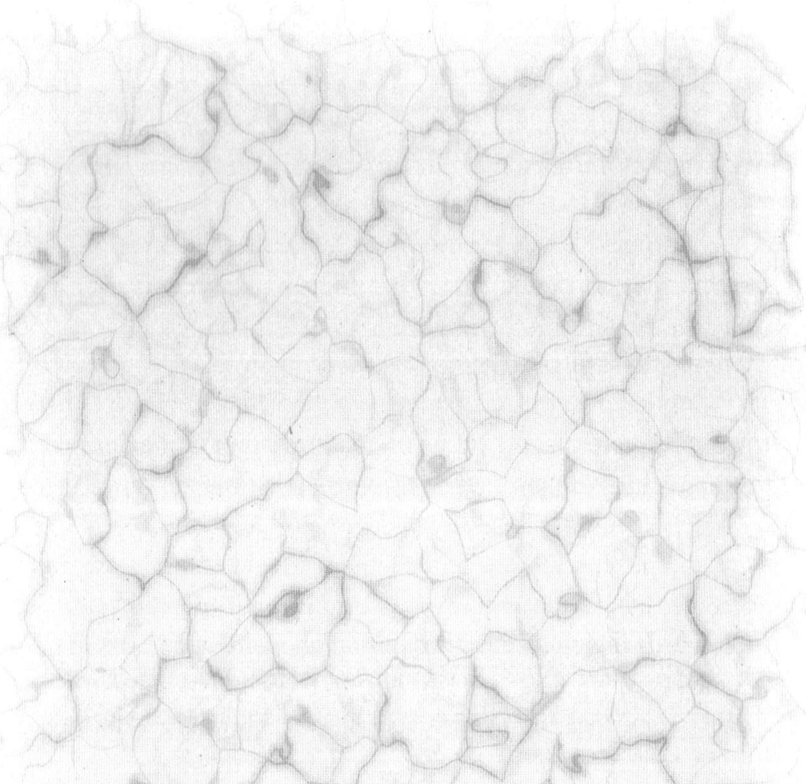

12

RUBY

Ich bin auf dieser Party und es fühlt sich an, als stünde ich nur am Rande, wie der Geist eines Lebens, das nicht mehr existiert. Aber nicht das macht mir zu schaffen, sondern das Lied, das zu spielen beginnt, eines, das mich mit Erinnerungen daran überflutet, wie ich versucht habe, Hart in seinem Garten den Twostepp beizubringen, und ich muss mein Schluchzen herunterschlucken. Dass jemand sieht, wie ich wieder die Fassung verliere, will ich als Allerletztes, also hau ich ab. Und unversehens klettere ich die zerklüfteten Felsen am Ufer hinauf.

Früher habe ich diesen Küstenabschnitt geliebt, den Pazifik, was ironischerweise so viel bedeutet wie *friedliche Natur oder Absicht.* Wenn ich jetzt auf das dunkle aufgewühlte Wasser starre, kann ich nur daran denken, dass es den Tod bringt: dunkel, geheimnisvoll, allmächtig und unbegreiflich, bis man sich in seinen Tiefen befindet und keinen Ausweg mehr weiß. Und ich hasse es.

Ich hasse es, weil es mir Hart genommen hat.

Und ich hasse es, dass es nicht einmal den Anstand hatte, Harts Körper zurückzugeben.

Manchmal stelle ich mir vor, dass er irgendwo auf einer abgelegenen Insel angespült wurde und sich von Fischen und Kokosnüssen ernährt, und eines Tages öffne ich meine Tür und er ist wieder da und sagt mir, dass es ihm leidtut, dass er so lange gebraucht hat. Plötzlich bin ich so erschöpft, dass ich nicht mehr stehen kann. Vielleicht hat meine Therapeutin recht. Vielleicht macht Hass einen müde. Ich habe die letzten fünf Monate damit verbracht, durch einen Feuerwehrschlauch mit Kummer und Trauer vollgepumpt zu werden, und will mich jetzt bloß noch in Luft auflösen.

Auf dem mondbeschienenen Wasser entdecke ich ein weißes Segelboot. Ich stelle mir vor, es wäre die *Ladybug* mit Hart an Bord. Ich bin auch bei ihm und wir sind auf dem Weg zu den Marmorbogenhöhlen in Chile. Er spielt auf seiner Gitarre, während ich über unser Reiseziel lese und mir jedes Detail einpräge. Ich schaue auf und er lächelt mich an; es ist eine Einladung, aber er wartet nicht, bis ich zu ihm komme. Hart macht den ersten Schritt und ehe ich mich's versehe, bin ich auf den Beinen und in seinen Armen und wiege mich zu einem sentimentalen Liebeslied, über das ich mich sonst lustig machen würde. Unser Rhythmus passt zu dem des Meers und ausnahmsweise sieht der Horizont gar nicht mal so weit weg aus.

Wie immer löst sich die Fantasie in Rauch auf.

»Ich vermisse dich so sehr«, hauche ich so leise, dass ich meine Stimme wegen der tosenden Wellen, die gegen die Felsen schlagen, kaum hören kann. »Und ich weiß nicht wie … Ich weiß nicht, wie ich das ohne dich machen soll, und manchmal habe ich das Gefühl, dass ich mit dir ertrunken bin und immer noch ertrinke.«

Tränen rinnen mir über die Wangen und ich frage mich, ob all die Trauer endlich verschwinden wird, wenn ich nur stark genug weine, hässlich, ungehemmt, bis ich leer bin.

»Ich kann nicht so weitermachen«, gestehe ich, »aber ich habe Angst davor, wer ich sein werde, wenn ich es nicht tue. Angst, dass ich dich aufgebe, was keinen Sinn ergibt, weil du weg bist und …«

Das Segelboot, das ich beobachtet habe, verschwindet in der Nacht, und eine kalte Brise weht über die Felsen. In diesem Augenblick glaube ich, meinen Namen zu hören. Weit weg, als käme er aus der Tiefe des Meeres.

Es ist wie der Traum, den ich jede Nacht von Hart habe. Ich stehe an einem nebligen Ufer und höre seine Stimme mich rufen. Als ich über meine Schulter schaue, ist er da. Ich renne und renne und renne auf ihn zu, aber er verschwindet, ehe ich ihn erreichen kann.

Ich wende mich schon zum Gehen, als ich im Nebel nur vier Meter entfernt eine Kapuzengestalt stehen sehe. Ich habe nicht einmal Zeit zu atmen, bevor ich ihn registriere, gerade als das Mondlicht sein Gesicht erhellt.

»Jameson?«

Was zum Teufel macht *er* hier?

Er will etwas sagen, aber dann verschluckt ihn der Nebel. »Jameson?« Ich suche nach ihm, aber er ist weg und mir wird klar, dass ich ihn mir wahrscheinlich eingebildet habe. Doch warum sollte ich? Warum stand nicht Hart dort?

Und dann spüre ich diese vertrauten winzigen Dornen in mir, die mir sagen, dass etwas nicht stimmt. Ganz und gar nicht. Aber was?

Ich steige wieder hinunter, halte mich stärker an den rauen Felsen fest als zuvor und als ich den Strand erreiche, renne ich los. Weg von meinen Freunden.

Schneller.

Weg vom Meer. Härter.

Weg von meinem Leben.

Und auf einmal bin ich auf der Del Mar Avenue, ein paar Blocks vom Strand entfernt. Atemlos drossele ich mein Tempo, während das Brennen in meiner Lunge in meinen Kopf übergeht und mir ein Hochgefühl verleiht, das ich schon lange nicht mehr gespürt habe. Die Straße ist voller Büros und einiger Geschäfte, von denen die meisten um diese Zeit schon geschlossen sind. Und dann ist da noch die kleine Galerie, die einem Typen gehört, mit dem meine Mom vor ein paar Jahren zusammen war. Ich bin froh, dass sie Freunde geblieben sind, denn Esteban ist supercool, kocht wie ein Sternekoch und hat Gabi und mir immer magische, mystische Geschichten aus seiner Kindheit in Nicaragua erzählt. Manchmal denke ich, dass ich das Reisefieber von ihm habe.

Als ich am Fenster vorbeigehe, sehe ich Esteban, der einen knielagen Kamelhaarmantel, schwarze Jeans und passende Ankle Boots trägt. Er tritt hinter eine der halbhohen Wände der Galerie. Sie ist nicht weitläufig, sondern eher ein Minilabyrinth, das einem das Gefühl verleiht, an einem geheimnisvollen Ort zu sein. Hart und ich haben ihm geholfen, diese Wände zu mauern und zu streichen, als wir in der achten Klasse waren. Das war derselbe Sommer, in dem Esteban mir beibrachte, wie man eine Kamera richtig benutzt – eine kleine Schnappschusskamera. Er zeigte mir, wie ich meine Umgebung durch Künstleraugen wahrnehmen kann.

»Nur bin ich keine Künstlerin«, antwortete ich ihm.

»Jeder ist ein Künstler.«

Dann spazierte ich mit der Kamera um den Hals durch die Stadt und fühlte mich wichtig, während ich eine Million Fotos von kleinen Dingen machte, die anderen vielleicht gar nicht auffielen: eine verlorene Sandale am Strand, ein herzförmiger Ast, auf dem Armaturenbrett eines Autos aufgestapelte Verpackungen von Hot Tamales, ein Regenschirm, der an einem sonnigen Tag in einer Ladenecke steht. Ich zeigte alles Esteban. Während er die Fotos auf seinem Computer betrachtete, zog er dauernd die rechte Braue hoch und rieb sich das Kinn. Und ich wartete auf das Funkeln in seinen Augen, auf den Beginn eines Lächelns, bis er sagte: »Das da! Das ist echt vielversprechend.«

Ich bin jetzt meilenweit von zu Hause entfernt, aber ich will einfach nur laufen und so tun, als wäre ich nur eine Touristin, die die Stadt an einem Freitagabend erkundet. Ich schreibe Serena, damit sie nicht ausflippt, weil sie mich nicht finden kann.

Hey, ich bin schon gegangen. Du musst nicht vorbeikommen. Wir telefonieren morgen.

Serena: **Ich komme gleich nach**

Ich bin nicht zu Hause.

Serena: **Wo bist du?**

Just in diesem Moment beginnt es zu regnen, große, dicke Tropfen, die langsam, aber stetig auf mich niederprasseln. Aus Gewohnheit werfe ich den Kopf zurück und öffne den Mund, um ein paar davon aufzufangen.

In der Ferne ertönt ein grollender Donnerschlag. Da kein Unterstand in Sicht ist, gehe ich schnell zurück zu Estebans Laden, dankbar, dass sich die Tür öffnen lässt. Die Klingel über der Tür kündigt meine Ankunft an. Aber Esteban kommt nicht, um mich zu begrüßen.

Ich mache mir einen Zopf, damit ich nicht alles volltropfe, und gehe durch die Galerie, um die Stille und die neu ausgestellten Schwarz-Weiß-Fotos an der Stirnwand zu betrachten. Meer und Himmel.

In der Erwartung, Esteban zu finden, biege ich um die niedrige Wand, sehe aber stattdessen Estebans neuestes Projekt: mehrere eingerahmte Musikinstrumente, die durch ihre eigenen Schatten klein wirken. Da sind eine Bratsche, ein Cello und ein Saxofon.

Eine Gitarre.

Ich stelle mir vor, wie Hart sie gehalten hätte, auf seinem Schoß, während er darüber gebeugt und mit einem Bleistift im Mund die nächsten Noten für ein Lied ausknobelt, das er gerade schreibt.

Die Erinnerung taucht unerwartet auf. Es war das letzte Mal, dass ich ihn gesehen habe. Wir waren auf Miriams Segelboot. Hart war plötzlich aufgesprungen, aufgeregt, weil ihm der Text für einen neuen Song eingefallen war, an dem er arbeitete. Er hatte den Text in sein Handy getippt, ein Handy, das mit ihm versunken ist.

Meine Gedanken folgen der Erinnerung und ich frage mich, ob er an diesem Abend nach Hause gegangen ist und den Text in sein Liederbuch geschrieben hat. Ist das Lied oder ein Teil davon in meinem Schrank versteckt?

»Ruby?«

Mein Herz setzt einen Schlag aus, dann wende ich mich der vertrauten Stimme zu. Es ist Miriam.

»Hallo«, raune ich. Ich habe seit Harts Beerdigung nicht mehr mit ihr gesprochen und eigentlich kann ich mich nur noch verschwommen an die Geschehnisse erinnern. Aber ich erinnere mich an all die *Sorrys* und Tränen und die *Ich wünschte, ich hätte etwas tun können.*

Es ist irgendwie seltsam, jemandem zu begegnen, der dabei war, als die Person gestorben ist, die man am meisten geliebt hat. Man will hinter deren Augen blicken und die letzten Momente sehen, ehe die Welt für immer kopfstand. Eine Zeit lang gab ich Miriam die Schuld an Harts Tod. Wenn sie ihn nicht zur Arbeit gerufen hätte, wenn sie ihren Neffen nicht eingeladen hätte …

Wenn. Wenn. Wenn.

Aber die *Wenns* brachten mich irgendwann um und ich musste sie loslassen.

Miriam Blick schweift nach draußen. »Es gießt wie aus Kübeln.«

Das Wetter. Ein sicheres Gesprächsthema, denke ich, ehe ich sage: »Ja, es hat eben angefangen, also … bin ich mal in Deckung gegangen.«

Miriam lächelt. »Esteban verkauft mir eins seiner Kunstwerke«, sagt sie, als wäre sie mir eine Erklärung schuldig.

»Cool.« Ich weiß nicht, was ich noch sagen soll, aber ich halte den Atem an, weil ich Angst habe, was sie als Nächstes ansprechen könnte. Lieber würd ich noch stundenlang über den Regen reden.

»Kommst du klar?«, fragt sie.

Der Magen dreht sich mir um.

Normalerweise antworte ich immer »Jo« oder »Mhm«, aber heute Abend kommt etwas über mich, das ich nicht erklären kann, und ich platze heraus: »Ich versuch's.« Es kommt mir wahr vor. Und das fühlt sich gut an.

Miriam tritt näher. Sie riecht nach teurem Parfüm. Ihr schwarzes schulterlanges Haar umgibt sie wie ein Seidentuch. »Ich habe mich ein paarmal gemeldet«, sagt sie, »um mich zu erkundigen, was du mit ihr machen willst.«

Mit ihr. Der *Ladybug*. Dem Boot, das eigentlich mir und Hart gehören sollte.

Miriams Worte sind Code für: *Sie gehört dir, wenn du so weit bist.*

Aber wie soll ich jemals so weit sein, die *Ladybug* wiederzusehen? Wie könnte ich jemals mit ihr aufs Meer hinausfahren? Nein, ich denke, ich werde nie wieder einen Fuß auf dieses Boot setzen. Und doch kann ich mich nicht dazu durchringen, sie zu verkaufen. Hart war so stolz auf sie und es war sein letztes Geschenk an mich.

Manchmal spiele ich dieses Spiel: *Was würde Hart sagen?* In diesem Fall bestimmt: »Rubes, du musst Bug behalten.«

»Ich ... Ich bin mir noch nicht sicher, was damit passieren soll«, sage ich zu Miriam.

»Ruby!«, ruft Esteban erfreut und kommt mit weit ausgebreiteten Armen und einer großen Papiertüte in einer Hand auf mich zu. Ich falle ihm in die Arme und lasse mich fest von ihm drücken. Als Hart starb, rief Esteban mich einen Monat lang jeden Tag an und schrieb mir unentwegt, lud mich ein und wollte wissen, wie es mir geht. Die Nachrichten wurden allmählich weniger, aber er hat nie damit aufgehört. Er war auch derjenige, der mir meine Therapeutin Aera empfohlen hat, die ich seit über zwei Wochen nicht mehr gesehen habe, weil ich es ziemlich satthabe, mir selbst zuzuhören, wie ich immer und immer wieder über dieselbe Sache rede, für den Fall eines anderen Ergebnisses oder eines tiefgreifenden Moments der Klarheit, der wahrscheinlich nie eintreten wird.

»Ich wollt dem Regen entwischen«, murmele ich.

»Du bist hier immer willkommen.« Dann hebt Esteban eine einzelne dunkle Augenbraue – das ist so ziemlich alles, was er noch an Haaren im Gesicht oder auf dem Kopf hat. »Bist du allein unterwegs? Es ist schon spät.«

»Ich war mit ein paar Freunden am Strand und wollte eben heim, als es losstürmte.«

Ich sehe, wie Estebans Interesse geweckt wird. Zwei Worte: *Freunde* und *Strand.* Er schenkt mir ein unsicheres Lächeln, weil er noch nicht weiß, ob das gut oder schlecht ist.

»Ich geh jetzt besser«, sagt Miriam, als ein Auto vorfährt und zweimal Lichthupe gibt.

Esteban küsst sie auf die Wange und sagt: »Ich hab's extra sicher eingepackt, aber sei vorsichtig.«

Miriam verspricht es, ist in Sekundenschnelle aus der Tür und steigt in das wartende Auto.

»Quieres café?«, fragt Esteban. »Der wird dich aufwärmen und dann kann ich dich nach Hause fahren?«

Reflexartig will ich *Nein* sagen, aber dann spüre ich einen Ruck, der mich daran erinnert, dass es an der Zeit ist, wieder unter die Lebenden zu gehen. Das ist meine neue Realität. Nein. Ja. Nein. Ja. Aber meistens winke ich ab, weil mich die Erinnerung an Hart gefangen hält. »Gerne«, antworte ich stattdessen, »con leche.«

»Ich erinnere mich«, meint er nickend und führt mich in den hinteren Bereich der Galerie, wo sich ein Büro, ein Lagerraum und eine winzige Küche befinden. Die Wände sind mit bunten Fotos zugekleistert, die überwiegend schöne, exotische Orte zeigen. Außerdem hat Esteban Zitate, Gedichte und Buchseiten aufgehängt, die die Wand wie eine riesige Collage aus Erinnerungen aussehen lassen.

Auf einmal klingelt mein Handy. Als ich sehe, dass es Gabi ist, gehe ich ins Büro und nehme ab.

»Hat er dich gefunden?«, fragt sie und klingt, als hätte sie gerade einen Berg erklommen.

»Er?« Estebans Büro ist mit Büchern und Zeitschriften vollgestopft und definitiv ein Brandherd. In einem Bücherregal stapeln sich Fotopapier, Rahmungsmaterial und verschiedene Kunstutensilien. Und an der gegenüberliegenden Wand steht ein langer schwarzer Tisch voller Bilder.

»Jameson«, meint meine Schwester.

Meine Brust zieht sich zusammen, als ich mich erinnere. Vielleicht stand Jameson wirklich heute Nacht mit mir auf dem Felsen. »Wovon redest du?«

Gabi erzählt, dass Jameson vorbeigekommen ist und nach mir gesucht hat. »Er sah so deprimiert aus, als du nicht da warst, und er tat mir irgendwie leid, also habe ich ihm gesagt, wo er dich finden kann.«

»Du hast ihm gesagt, dass ich am Strand bin?« Gedankenlos blättere ich einen weiteren Fotostapel durch und meine Stimme schraubt sich immer höher.

»Sei nicht böse«, sagt sie. »Er kam eben aus dem Krankenhaus und sah aus, als würde er sterben, wenn er nicht mit dir spricht, und das wollte ich nicht.«

Es fühlt sich seltsam an. Das passt nicht zu ihm. Vielleicht hat er sich wirklich am Kopf verletzt. Ich meine, Jameson ist nicht eben der Dramatyp.

Ich höre Geräusche im Hintergrund, die mir sagen, dass Gabi nicht zu Hause ist, aber ich bin nicht in der Stimmung, um mich *darüber* mit ihr zu streiten.

»Was denkst du, warum er *dich* sehen will?«, fragt sie.

Ich registriere ihre Frage nur halb. Vielleicht verliere ich den Verstand. Vielleicht war es zu früh, um an den Strand zu gehen.

Ehe ich antworten kann, fügt sie hinzu: »Dann hat er dich wohl nicht gefunden, hm?« Der Regen prasselt weiter aufs

Dach und als ich zu einem Foto von Hart komme, explodiert der Himmel in strahlendem Weiß. Das Foto habe ich in jenem Sommer aufgenommen und sollte wegen eines »technischen Problems« für immer verloren sein. Er starrt mitten im Niesen in die Sonne. Sein Gesicht ist verzerrt und schrumpelig. Ein Zittern bahnt sich seinen Weg durch meinen Körper. »Ruby?«

Tränen steigen mir in die Augen. Ich erinnere mich nicht einmal an diesen Moment und frage mich, an wie viele Momente ich mich noch nicht erinnern kann. Wird das immer so weitergehen? Jeden Tag vergesse ich ein paar Schnipsel und Fetzen, bis nichts mehr übrig ist.

»Vielleicht«, sage ich schließlich, mehr auf Autopilot als alles andere.

»Vielleicht was?«

»Vielleicht hat er mich gefunden. Ich muss jetzt.«

Ich betrachte Hart auf dem Bild und lege auf.

Esteban öffnet die Tür und ich zucke vor Schreck zusammen. Sein Blick fällt auf das Foto in meiner Hand und ich sehe, dass er es wiedererkennt. Ich starre ihn an und warte darauf, dass er mir sagt, wie dieses Foto überlebt hat. »Ich dachte ... die wären verloren gegangen. Gibt's noch mehr?«

Er schüttelt den Kopf. »Das ist das einzige. Ich hab's vor ein paar Monaten auf meinem Computer gefunden und beschlossen, es auszudrucken. Ich ... Ich habe auf den richtigen Zeitpunkt gewartet«, sagt er leise.

Mein Handy vibriert wieder. Gabi muss etwas vergessen haben, aber als ich darauf sehe, ist es keine Nachricht von meiner Schwester. Es ist eine Nachricht von einer unbekannten Nummer.

Hey, hier ist Jameson. Können wir reden

13

Hart/Jameson

Das schräg durchs Fenster fallende Sonnenlicht weckt mich. Ich brauche eine Sekunde, um die Schemen des letzten Tages zu verdrängen und mich an alles zu erinnern, was geschehen ist.

Ich setze mich auf, merke, dass ich ohne Shirt geschlafen habe, fahre mir mit der Hand über den Kiefer, und checke auf meinem Handy, ob Ruby geantwortet hat. Hat sie nicht. Aber das überrascht mich auch nicht. Ich rolle aus dem Bett und stehe gerade auf, als ich mich an etwas erinnere, das ich nicht akzeptieren möchte.

Aber das Verblassen beginnt nach der ersten Nacht im neuen Körper.

Ich habe letzte Nacht alles getan, um wach zu bleiben. Energydrinks (hasse ich), Hampelmänner (öden mich an), im Internet surfen (blöde Idee). Am Ende habe ich mir Horrorfilme reingezogen, weil ich dachte, die würden mich wach gruseln. Das klappte ein paar Stunden lang, aber der Schlaf ist ein unerbittliches Ungeheuer, das schließlich siegte.

Es ist seltsam (vergeblich), meine Erinnerungen auf Lücken zu checken, denn woher sollte ich wissen, dass etwas fehlt?

Deshalb wollte ich wie dieser Typ in *50 erste Dates* ein Video machen, um mich an alles zu erinnern, was ich im Schlaf vergesse. Bloß konnte ich die App auf Jamesons Handy nicht zum Laufen bringen, also machte ich eine Liste.

1. Dein Name ist Hart Augusto.
2. Du liebst Ruby schon seit einer halben Ewigkeit.
3. Du spielst Gitarre und Klavier und schreibst Musik.
4. Aber du bist gestorben (leider wahr), und zwar vor deiner Zeit.
5. Lourdes (der Engel, der alles vermasselt hat) hat dir einen neuen Körper beschafft. ¡Hola, Jameson Romanelli!
6. Jede Nacht wirst du Teile deiner Erinnerung verlieren, bis nichts mehr übrig ist.

Die Liste ging weiter und weiter, bis ich fünfzig Punkte beisammenhatte. Ehrlich gesagt bin ich überrascht, dass ich mich an so viel erinnern kann. Vielleicht hat Lourdes es deshalb »Verblassen« genannt. Ich nehme die Liste vom Nachttisch, um noch ein paar Dinge hinzuzufügen.

Sie ist leer. Alles, was ich geschrieben habe, alle Erinnerungen sind weg, verschwunden, für immer.

Scheiße!

Vermutlich bin ich nicht mal besonders überrascht, denn Lourdes hat mir gesagt, dass es keine Schlupflöcher gibt. Es spielt keine Rolle, wo oder wie ich die Erinnerungen aufzeichne; sie werden einfach verschwinden.

Doch ist das Gedächtnis nicht wie ein Muskel?

Vielleicht reicht es ja, wenn ich es trainiere.

Lourdes sagte, ich habe ein paar Wochen, vielleicht sogar drei, ehe meine Erinnerungen komplett verblassen. Und nehmen wir mal das Worst-Case-Szenario an und ich habe nur zwei Wochen ... Reicht das, um Ruby die Wahrheit zu zeigen, selbst wenn ich ihr nicht offen sagen kann, dass ich Hart bin? Ich will sie unbedingt wissen lassen, dass ich nicht fort bin, dass die Zukunft, die wir geplant hatten, immer noch wahr werden kann, nur nicht so, wie wir es uns erhofft hatten. Wenn ich sie nur wieder erreichen könnte, bevor meine Erinnerungen schwinden ... Ich schlucke schwer.

Ich werde einen Weg finden, es ihr klarzumachen. Das muss ich. Und dass mich Lourdes gestern Abend von Ruby wegzerrte, habe ich nur zugelassen, weil ich einen solideren Plan brauchte. Zuerst hab ich mir eingeredet, dass der Plan war, Ruby zu simsen. Na ja, um die Sache ein bisschen auszuloten. Ich weiß nicht, was ich erwartet habe. Sie kann Jameson nicht ausstehen, was das alles natürlich komplizierter macht. Bestimmt hat sie aus dem Grund nicht geantwortet.

Als ich auf den Balkon trete, ist es kühl und die Luft riecht salzig. Ich beobachte, wie die Wellen ans Ufer branden, und bemerke auf einmal eine steile Holztreppe, die zum darunterliegenden Strand führt – ein Detail, das mir gestern entgangen ist.

Und auf der obersten Stufe thront Lourdes.

Ich weiß nicht warum, aber ich bin überrascht, sie zu sehen, überrascht, dass sie nicht fort ist. Gestern meinte sie ja: »Ich kann nicht gehen. Noch nicht.« Und genau dieses *Noch* macht mich neugierig. Hat es etwas mit den Konsequenzen zu tun, mit dem Preis, den sie für den Diebstahl meines Lebens zahlen muss?

Gerade als ich ihr etwas zurufen will, dreht sie sich um, schirmt ihre Augen vor der Sonne ab und winkt mir zu. Für den Bruchteil einer Sekunde sieht sie normal aus, menschlich, einfach ein hübsches Mädchen, das das Meer beobachtet.

Ich winke zurück, doch werde plötzlich von einem Hungergefühl gepackt, wie ich es noch nie verspürt habe. Als Hart war ich nie ein großer Frühstücker, aber Jamesons Körper scheint daran gewöhnt zu sein, also ziehe ich mir den Hoodie von gestern und ein paar Boardshorts an und mache mich auf den Weg in die Küche, wo ich an einer riesigen weißen Marmorinsel Whitney sitzen und an einer Tasse Kaffee nippen sehe. Sie ist in ein Magazin über Gesundheit vertieft.

Sie blickt auf und lächelt, was jedoch die dunklen Ringe unter ihren Augen nicht verbergen kann. »Wie hast du geschlafen?«, fragt sie.

»Gut«, lüge ich und öffne auf der Suche nach einer Kaffeetasse ein paar Schränke. »Soll ich dir ein Omelett machen?«, fragt sie. »Oder einen Proteinshake?«

Macht sie Witze? Ich freue mich schon auf das bevorstehende Kohlenhydratkoma und sie will mich mit Proteinshakes abspeisen? »Haben wir Tortillas?«, frage ich, denn ein Frühstücksburrito klingt für mich himmlisch.

Whitney schürzt die Lippen. »Du hasst Tortillas. Deshalb habe ich nie welche im Haus.«

Wer zum Teufel hasst Tortillas? Wow. Jameson war viel verkorkster, als ich es mir je vorgestellt habe.

Aus einer Obstschale nehme ich eine traurige kleine Banane, schäle sie und beiße hinein. »Du weißt doch, was man über Komas sagt, oder?« Das ist zu hundert Prozent improvisiert. »Es ist, als würde man vom Blitz getroffen, und manchmal wachen die Leute auf und sprechen Sprachen, die sie vorher nicht konnten, oder malen Meisterwerke oder spielen Klavier oder Gitarre. Es ist der Wahnsinn. Wo sind die Kaffeetassen?«

Sie runzelt die Stirn. »Du hast letztes Jahr wegen Football aufgehört, Kaffee zu trinken.«

Ich hasse Jameson in diesem Moment mehr als je zuvor. Kaffee ist das Elixier der Götter! Whitney zeigt auf einen Schrank hinter mir.

»Wie ich schon sagte, Komas verursachen die seltsamsten Dinge, und gerade?« Ich schnappe mir eine große Tasse, die auch als kleine Müslischale durchgehen könnte, gehe zu der schicken Espressomaschine auf der Anrichte und drücke auf einen Knopf, womit die Tasse bis zum Anschlag gefüllt wird. »Für Tortilla mit Queso und Chili würd ich sterben. Aber wenn wir das nicht haben, dann nehme ich alles an Kohlenhydraten, was wir im Haus haben.« Ich nehme einen Schluck von dem schwarzen Gebräu und spucke ihn fast aus. Mein Gott, ist das bitter! Was soll der Scheiß? Wenn dieser Körper keinen Kaffee mag, will ich ihn nicht!

Whitney sieht mich stirnrunzelnd an. »Willst du Sahne in deinen Kaffee?«

Oh.

Sie steht auf und durchsucht den riesigen Kühlschrank, der so gut gefüllt ist, als würde sie ein Fünfsternehotel betreiben.

»Wie wär's damit?« Ich stelle die ekelhafte Brühe beiseite und zeige auf einen großen Laib Karotten-Rosinen-Brot.

»Coco hat das für deine Schwester gemacht, wenn sie heute Abend zurückkommt.«

Ich zermartere mir das Hirn, aber mir fällt der Name von Jamesons Schwester nicht ein. »Ich wette, es macht ihr nichts aus, mit ihrem großen Bruder zu teilen.«

Während Whitney einen Teller aus einem Schrank holt, suche ich nach einem Messer. Eine Sekunde später habe ich das Brot in zwei Hälften geschnitten und bin startklar, um zum Strand zu gehen, doch da hält sie mich auf. »Coach Feldman hat angerufen.«

Der Footballtrainer der Seaside High. Sein Anruf kann nur eines bedeuten. Er will Jameson zurück auf dem Spielfeld haben.

Whitney spricht aus, was ich bereits weiß. »Er wollte wissen, wann du wieder mit dem Training anfangen kannst, aber ich habe ihm gesagt, dass du noch eine Woche brauchst.«

Panik steigt in mir auf. Ich weiß *nicht*, was ein Quarterback macht. Eine Woche? Wie wär's mit nie? »Oder vielleicht sogar die ganze Saison«, sage ich.

»Jameson!« Whitney sieht aus, als hätte ich gerade das Messer nach ihr geworfen. »Du kannst nicht die ganze Saison aussetzen. Die Talentsucher der Colleges werden nächsten Monat zum Spiel kommen. Das ist dein Traum. In Stanford zu spielen, Profi zu werden. Erinnerst du dich nicht?«

Ich erinnere mich null. Und es interessiert mich auch nicht. Nicht die Bohne.

»Guck mal«, sage ich, in der Hoffnung ein paar Sympathiepunkte einzuheimsen. Immerhin ist sie Jamesons Mom. »Ich bin nicht sicher, ob ich bereit bin. Momentan fühle ich mich noch nicht gut genug.«

»Das verstehe ich. Wirklich. Aber dein Vater hat mit den Ärzten gesprochen. *Wir* haben mit ihnen gesprochen«, verbessert sie sich. »Sie haben gesagt, dass du keine körperlichen Schäden zurückbehalten hast«, sagt sie mit einem langen Seufzer, der halb erleichtert, halb ungläubig klingt. »Und sie haben grünes Licht gegeben, dass du nächste Woche wieder mit dem Training anfangen kannst. Ich finde, du solltest es wirklich versuchen, Jameson. Du weißt, dass dein Dad so lange nicht aufgeben wird, bis du es tust.«

»Dad hat die Ärzte angerufen, aber nicht mich?« Wie bescheuert ist *das* denn?

Whitney holt tief Luft. »Er hat gestern Abend angerufen, als du weg warst.« Sie spannt den Kiefer an und ich schlucke. Sie weiß, dass ich mit dem Porsche eine Spritztour gemacht habe.

Ups.

»Yeah, tut mir leid«, antworte ich. »Brauchte bisschen frische Luft.«

»Guck mal, du erinnerst dich vielleicht nicht mehr, aber seit der Scheidung verstehst du dich mit deinem Dad nicht mehr so gut und na ja, du hast angefangen zu trinken. Sehr viel.« Tränen steigen ihr in die Augen und ich fühle mich so unbehaglich, dass ich am liebsten ein drei Meter tiefes Loch graben und reinspringen will. »Ich habe mich so oft für dich eingesetzt, Jameson, und er hat mir gedroht.«

»Womit?«, frage ich entgeistert.

»Vor Gericht zu gehen und mich als unfähige Mutter darzustellen.« Sie reibt sich mit einer zitternden Hand über die Stirn. »Wir müssen versuchen, ihm etwas entgegenzukommen.«

Ich bin wütend, frage mich aber auch, wie es für Jamesons Dad sein muss, einen Sohn zu haben, der trinkt und ständig Ärger macht. Vielleicht denkt er, dass er das Richtige tut.

Die Botschaft ist jedoch laut und deutlich: *Beweg deinen Hintern zum Training.*

Whitney schnappt sich von der Anrichte ein Handy, das komplett neu aussieht, und reicht es mir. »Glücklicherweise konnte dein Anbieter alle Nachrichten abrufen, aber deine

Fotos sind weg.« Sie sieht mich erwartungsvoll an. Ihre Augen sind blassblau, hübsch. »Keine Sorge. Ich hab nicht rumgeschnüffelt. Das ist nicht meine Art.«

»Oh, danke.«

»Dad ist also auch ein großer Footballfan?«, frage ich und erinnere mich an seinen Schrein im Obergeschoss.

Whitney verzieht das Gesicht. »Er hat auf dem College gespielt und wäre fast Profi geworden.« Sie schaut weg, als wolle sie sich an die Zeit mit dem *Fast* nicht erinnern.

»Ist das der Grund, warum wir oben einen Raum voller Trophäen für ihn haben?«

Whitney zögert, bevor sie sagt: »Du hast den für ihn eingerichtet, als du elf warst. Du dachtest, es würde ihn zu uns zurückbringen.«

Mein Herz macht einen seltsamen Sprung, als würde es sich erinnern. »Und warum ist er jetzt noch da?«

»Nach eurem letzten großen Streit wolltest du alles wegwerfen, aber dann hat Victoria dich angefleht, es nicht zu tun.«

Ich schüttele den Kopf, weil ich mich mehr darauf konzentriere, dass Jameson etwas für seine Schwester getan hat, das im direkten Gegensatz zu dem stand, was er wahrscheinlich wollte. Anscheinend hatte er irgendwo tief in seinem Inneren doch ein Herz.

»Jameson«, sagt Whitney und kommt zum eigentlichen Thema zurück, »der Coach erwartet eine Antwort und ohne Football wirst du in Stanford einfach nicht angenommen werden.«

»Meine Noten sind nicht gut genug?«

»Sie sind in Ordnung, aber mit Football bist du im Vorteil und das wird mir deinen Dad vom Hals schaffen. Und deinen, also gehst du zum Training, okay?«, sagt sie.

Nächste Woche? Ich schiebe die Sorge beiseite und konzentriere mich auf meinen Plan. Ruby. »Okay, ich denk darüber nach«, lüge ich, denn dieses Gespräch führt zu nichts.

Anscheinend beruhigt, zumindest für den Moment, atmet Whitney auf und sagt: »Oh, und noch eine Sache.«

»Ja?«

»Ruf deinen Dad an.«

Den Typen, der abgezischt ist, ehe sein eigenes Kind aus dem Koma aufgewacht ist? Unwahrscheinlich, aber ich will Whitney nicht die Hoffnung nehmen und ihr noch mehr Sorgen bereiten. Also nicke ich und verziehe mich zum Strand und zu dem Engel, der dort auf mich wartet.

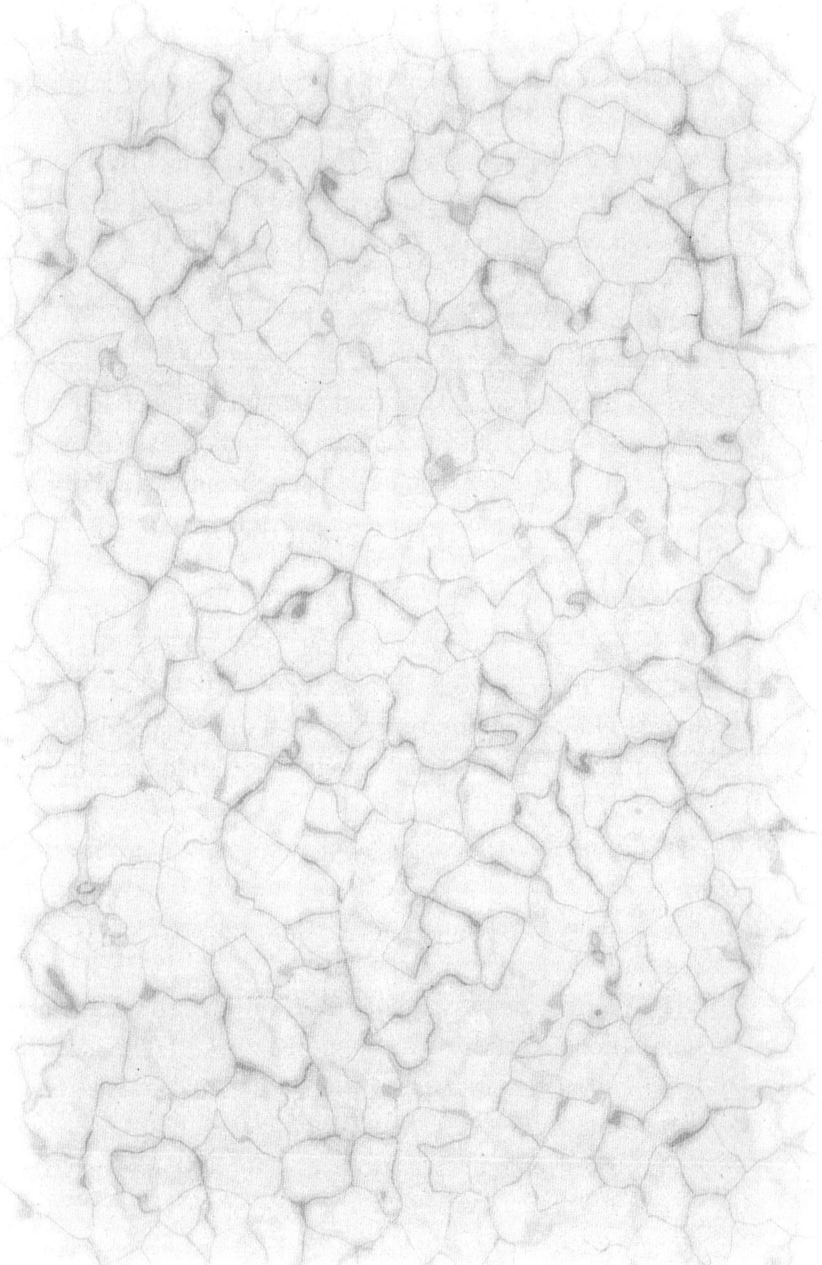

14

Hart/Jameson

Ich zähle genau einundsechzig Schritte bis hinunter zum Sand.

Auf dem Weg verputze ich das Karottenbrot, das die Haushälterin für Jamesons Schwester gebacken hat. Es ist fantastisch, eine Verschmelzung von süß und salzig, die Lust auf mehr macht. Lourdes lehnt an einem Strandhäuschen am Fuße der Treppe.

»Hey, Lourdes.« Ich zücke Jamesons Handy. Für eine Sekunde denke ich, dass die Gesichtserkennung versagen wird, aber das verdammte Ding erkennt Jameson, was etwas in mir regt; ich fühle mich, als würde ich ertrinken.

Er hat haufenweise Nachrichten von Leuten bekommen, die ihm alles Gute wünschen. Leute, von denen ich mit Sicherheit weiß, dass er nicht wirklich mit ihnen befreundet war, aber so ist das nun mal. Wenn sich eine Tragödie ereignet, will jeder bei dem Drama dabei sein. Es gibt einen Haufen verpasster Anrufe von Richard Romanelli und einige Sprachnachrichten, aber bevor ich sie abhören kann, meint Lourdes: »Wir müssen reden.«

Ich starre immer noch auf mein Handy und frage: »Machen Körperübernahmen jeden so hungrig wie einen Wolf?«

»Alle Menschen sind anders«, sagt sie mit einem desinteressierten Seufzer, »und reagieren körperlich ganz unterschiedlich.«

Alle Menschen. Was würde ich nicht dafür geben, sie auszufragen und *das* zu erfahren?

»Na ja, ich hätte nichts gegen ein ganzes Büffet«, entgegne ich und klopfe mir auf den flachen Bauch. »Also, worüber willst du reden?«, frage ich, während ich mein Handy wegstecke und aufschaue.

Sie lässt ihren Blick über mich gleiten und zum ersten Mal fällt es mir auf. Trauer erfüllt ihre Miene, beinahe so etwas wie Bedauern. Doch wie ist das möglich? Ich dachte, Engel stünden über all diesen menschlichen Dingen. In diesem Moment fällt mir auf, wie anders sie aussieht. Ihr dunkles, lockiges Haar ist ein paar Zentimeter gewachsen und sie hat winzige Sommersprossen auf der Nase bekommen, ihre Augen sind jetzt hellbraun und sie trägt ein langes geblümtes Sommerkleid mit schmalen Trägern. Aber die größte Veränderung? Goldene Gladiatorsandalen. Sie muss sehen, wie verwirrt ich bin, denn sie sagt: »Das ist meine Konsequenz. Ein Mensch zu sein.«

Mein Mund wird trocken. Moment mal. Hat sie gerade Mensch gesagt? Ich kriege die Worte kaum heraus, ohne zu stottern. »Was? Warum? Für wie lange?«

Sie reibt sich den Nasenrücken und atmet tief durch. »Das *Was* habe ich bereits beantwortet. Das *Warum* hat damit zu tun, dass ich dich zu früh aus deinem Körper gerissen habe. Immerhin bin ich ein Todesengel. Ich sollte es besser wissen. Also werde ich in diese Form gezwungen, bis ich beweisen kann, dass ich es wert bin, wieder in die Reihen der Engel aufgenommen zu werden. Und was war die letzte Frage? Ach ja, richtig! Wie lange?« Sie schnaubt. »Wenn ich mich nicht bewiesen habe, bis du deine Erinnerungen verlierst ...« Sie hält inne, wendet den Blick ab.

»Was passiert dann?« Immerhin ist es nicht so, dass sie degradiert werden kann.

Ihr Blick ist stählern, als sie wieder aufsieht. »Ich muss in diese Welt geboren werden. Um« – sie streckt den Arm zur Veranschaulichung aus – »von den Menschen zu lernen. Ich werde vergessen, wer ich bin.«

Wir sitzen also sozusagen im selben Boot. Ich versuche, die Puzzleteile zusammenzusetzen, komme aber nicht weiter. Was ist das für ein krankes Spiel? »Wie zum Teufel sollst du dich beweisen?«

»Das muss ich erst noch rausfinden«, sagt sie mit einem traurigen Lächeln. Dann meint sie achselzuckend: »Das Universum liebt Geheimnisse.«

Ich weiß nicht, was ich sagen soll, wie ich das alles besser machen kann, aber ich habe das Gefühl, dass ich es muss, oder wir sind alle verloren. »Ich werde dir helfen.«

»Wie?«

»Ich werde die Verschmelzung bekämpfen. Den Prozess in die Länge ziehen. Uns mehr Zeit verschaffen.«

»Das haben wir doch schon besprochen. Das geht nicht und ich habe immer noch die Pflicht, dich zu leiten.« Ihre Augen blitzen auf. »Also machen wir uns besser an die Arbeit.«

Arbeit?

Sie zeigt auf die Tür zur Strandhütte, die mit einem Zahlenschloss versehen ist. »Schau mal, ob du sie öffnen kannst.«

»Was? Warum?« Ich frage mich, ob sie mich vielleicht verarschen will, bis ich sehe, wie sie ihre Brauen noch enger zusammenzieht. »Woher soll ich die Kombination bitte wissen … Ist das eine Art Test?«

Lourdes zupft an ihrem Ohrring und starrt mich grimmig an, aber sie gibt nicht alles. Was ist heute mit ihr los? »Körper bergen Erinnerungen. Ich will sehen, ob noch welche von Jameson dadrin sind.«

Ich lache nervös. War das der Grund, warum der Kaffee so widerlich geschmeckt hat? Weil Jamesons Geschmacksknospen totale Loser sind? »Tja, ich kann dir versprechen, dass ich keine Ahnung habe, was die Kombi ist.«

»Aber dein Körper vielleicht«, ruft sie.

»Das ist nicht *mein* Körper!«

»Bitte, Hart. Kannst du's einfach versuchen?«

Es wäre gelogen, wenn ich sagen würde, dass die Ironie des Ganzen mein Blut nicht in Wallung bringt, nicht mein Herz hämmert und meine Wut in mir hochsteigt. Dieselbe Verschmelzung, die mir meine Erinnerungen rauben wird, könnte Lourdes befreien. Und das soll das Universum ins Gleichgewicht bringen?

Ich wische mir die Hände an meiner kurzen Hose ab und trete zum Schloss, nur um mir etwas zu beweisen. Die Wählscheibe lässt sich einfach drehen und ich beobachte, wie die Zahlen vorbeirauschen. »Nichts«, sage ich, aber auf einmal erinnern sich Jamesons Hände, wie sie genau dieses Schloss öffnen, und unversehens habe ich die Kombination geknackt und die Tür öffnet sich knarrend.

Der Schock überwältigt mich.

Lourdes tätschelt mir unbeholfen den Arm. »Tief durchatmen. Entspann dich einfach.«

»Nein!« Ich stoße den Engel weg. »Ich will seine verdammten Erinnerungen nicht!«

»Hart …«

Das Innere des Schuppens beherbergt ein paar Strandliegen, Handtücher, Decken, ein Surfbrett, Neoprenanzüge und Footballbälle in jeglichen Größen. Die kleinen müssen noch aus Jamesons Kindheit stammen.

Mein Körper reagiert, bevor mein Verstand hinterherkommt. Reflexartig greife ich nach einem Football. Ein Impuls von unvorstellbarer Kraft durchströmt mich. Mit dem Ball unter dem Arm zische ich den Strand hinunter. In mir tobt ein Kampf, ein Krieg zwischen dem, was ich bin, und dem, was ich sein soll, und es ist, als würde ich gegen den Strom schwimmen; je mehr ich dagegen ankämpfe, desto stärker wird der Wille dieses Körpers.

Wut pulsiert in meinen Schläfen. Meine Muskeln zucken.

Ich umklammere den Ball.

»Jameson?«

Ich drehe mich um. Es ist Coach Feldman. Der große, fitte kahlköpfige Feldman. Sein Lächeln sagt mehr als alle Worte, die aus seinem Mund kommen. »Schön, dich wieder trainieren zu sehen.« Er nickt zum Football in meinen Händen.

»Äh, hey«, rufe ich und reiße mich zusammen. »Was machen Sie denn hier?«

»Ich wollte nach dir sehen«, sagt er. »Und ich bin froh drum. Ich wusste, du würdest als Erstes nach dem Ball greifen. Das liegt dir im Blut, Champ. Wie wär's, wenn du ihn mir zuwirfst?«

Es liegt mir auf der Zunge zu sagen: *Ich bin nicht der, für den Sie mich halten. Ich bin ein verdammter Musiker!* Und doch schreit jede Zelle in diesem Körper danach, diesen Ball zu werfen.

Schon joggt er am Ufer entlang: zehn Meter, zwanzig, vierzig. Er geht auf die sechzig zu und streckt erwartungsvoll die Hände aus. Ich will mich weigern, aber Jamesons Körper rebelliert und unverhofft hebe ich den Arm und lasse den Ball fliegen. Und während ich zusehe, wie er perfekt durch die Luft wirbelt, fühle ich mich lebendig.

Der Coach fängt ihn auf und joggt mit einem breiten Grinsen zu mir zurück. »Du bist so weit. Und wir brauchen dich.« Seine Miene ist ernst, als er mir den Ball überreicht. »Das ist eine zu große Chance, um sie zu verspielen, Champ. Hast du mich verstanden?«

Reden wir wieder über Stanford? Ich nicke. Mein Gott, ich bewohne Jamesons Körper erst seit einem Tag und mir geht's jetzt schon beschissen. Wie muss er sich gefühlt haben, sein ganzes Leben lang unter so viel Druck zu stehen?

»Ich habe den besten Trainer engagiert, damit du wieder fit wirst, und die Jungs sind schon gespannt. Warte, bis ich ihnen sage, dass dein Wurfarm immer noch 'ne Rakete ist.«

Ich weiß, dass widersprechen sinnlos ist. Der Spitzname des Coachs lautet nicht ohne Grund *Keine Gefangenen-*Feldman.

»Wenn du irgendwas brauchst«, sagt er, »ruf mich einfach an.« Dann macht er auf dem Absatz kehrt, bleibt am Fuß der Treppe stehen, winkt und sagt: »Wir sehen uns am Dienstag beim Training. Und mach dir keine Sorgen. Wir lassen's langsam angehen.«

Dienstag. Das ist in drei Tagen. Scheiße.

Lourdes starrt Feldman von hinten an, als ob sie ihm ein Loch in den Schädel brennen könnte. »Aufdringlicher Trottel, was?«

»Okay, Lourdes«, entgegne ich immer noch mit Adrenalin vollgepumpt, »Du willst das durchziehen? Dann machen wir's auf meine Art.«

Sie kommt vor mir zum Stehen. »So funktioniert das nicht.«

»Du hast mir mein Leben gestohlen. Du hast mir alles genommen.«

»Ich hab's doch schon erklärt ...«

»Und wenn ich nur noch ein paar Wochen habe, dann wirst du mir helfen.«

Ein Schwarm Möwen kreist über dem Meer und eine Windböe fegt von Norden die Küste hinunter.

»Hör zu, Hart«, knurrt Lourdes. »Ich bin ein Engel der höchsten Ordnung, verstehst du mich? Ich kann es dir leicht oder schwer machen und im Moment? Will ich es unmöglich machen.«

Ich werfe den Ball in die Luft und er dreht sich in einer perfekten Spirale, dann fange ich ihn wieder. »Ich habe eine Idee.«

Sie guckt mich misstrauisch an oder als müsste sie sich übergeben. Es ist schwer zu sagen, was sie denkt, da ich mich noch an ihr menschliches Antlitz gewöhnen muss. »Was für eine Idee?«, fragt sie.

»Wir können einander helfen.«

»Ich habe dir bereits gesagt, dass du dein Leben nicht zurückbekommst, Hart. Bitte verlang nicht, dass ich mich wiederhole.«

Ein Grinsen umspielt meine Lippen, während ich den Ball werfe und einfange. »Ja, aber hier ist der Deal. Ich brauch mein Leben nicht zurück.«

Das überrascht sie und zwingt sie, die Frage zu stellen, die sie zu vermeiden hoffte. »Was willst du dann?«

»Was ich schon immer wollte. Eine Chance, wieder mit Ruby zusammenzukommen.«

»Das ist das Gleiche …«

»Nein, ist es nicht«, unterbreche ich sie. »Hör zu, ich verstehe, dass ich meine Erinnerungen verlieren werde. Ich verstehe, dass ich für immer in diesem Körper feststecken werde, bis … na ja, Jameson stirbt. Aber das heißt nicht, dass ich nicht versuchen kann, Ruby verständlich zu machen, was passiert ist, dass ich nicht irgendwie einen Weg finden kann, ihr zu zeigen, dass ich noch hier bin, bevor nichts mehr von mir übrig ist. Und ich weiß, du denkst, dass es keine Chance gibt, keine Schlupflöcher oder was auch immer, aber ich muss es versuchen.« Ich schlucke, ehe ich ihr meine Schlussfolgerung mitteile. »Und vielleicht beweist das, was für ein guter Engel du bist. Was gibt es Besseres, als zwei Menschen, die sich lieben, wieder zusammenzubringen? Verstehst du? Win-win!«

Lourdes runzelt die Stirn. »Du bist die sturste Seele, die ich je aus ihrem Körper gepflückt habe.«

»Also haben wir einen Deal?«

»Das habe ich nicht gesagt, doch da mir nur noch ein paar Wochen bleiben, muss ich jeden Augenblick nutzen. Ich muss einen Haufen guter Taten vollbringen.« Sie stöhnt, als würde der Gedanke daran sie umbringen.

»Okay, aber du musst zugeben, dass es ein Anfang ist. Für die wahre Liebe zu kämpfen, muss einfach mehr zählen, als einem alten Mann über die Straße zu helfen!«

Lourdes presst ihre Lippen fest aufeinander. Anscheinend habe ich sie noch nicht ganz überzeugt, obwohl ich es so formuliert habe, dass es zu ihrem Besten ist, wenn sie mir hilft.

»Und wenn du mir nicht hilfst …« Ich schlucke schwer. »Sterbe ich an einem gebrochenen Herzen. Totale Verschwendung eines neuen Körpers, meinst du nicht? Ist es das, was du wirklich willst? Mich zweimal umbringen? Zweifelhaft.«

»Ich habe dich nicht umgebracht!«

»Doch, das hast du … irgendwie.«

Lourdes überlegt eine Sekunde, als würde sie zwischen zwei Wahlmöglichkeiten schwanken. Beide sehen so aus, als würden sie sie umbringen. Schließlich sagt sie: »Es mag sich jetzt nicht so anfühlen, aber es wird jemand anderen geben, den du lieben kannst, Hart. Das menschliche Herz wurde dafür geschaffen, vielleicht nicht um zu vergessen, aber zu heilen.«

Ich starre den Engel entschlossen an und etwas lockert sich in meiner Brust. »Es wird nie eine andere für mich geben. Immer nur Ruby. Und ganz gleich, wie viele Erinnerungen du mir entziehst, ganz gleich, wie viel von meinem Herzen du stiehlst, ich werde es wissen. Irgendwo tief in meinem Inneren werde ich wissen, dass mir etwas fehlt, so wie du wissen wirst, dass dir deine Flügel fehlen. Und zu was für einer Existenz verdammst du uns damit?«

Stille legt sich über uns, nur unterbrochen vom Rauschen der Wellen, die sich am Ufer brechen. Lourdes wendet den Blick ab. »Das ist absurd.«

Ich strecke meinem Wurfarm in Bestform und werfe den Ball. Er landet weit entfernt im Sand, der Wurf war genauso perfekt wie beim letzten Mal. »Wir sind also ein Team?«, frage ich und wende mich wieder dem Engel zu.

»Ich scheitere nicht gern, Hart, und selbst mit meiner Hilfe ist das, was du vorhast, unmöglich. Es verstößt gegen die Gesetze des Universums.«

»Unmöglich oder fast unmöglich?« Es gibt einen Unterschied.

»Sagen wir einfach, niemand würde diese Wette annehmen, da die Chance eins zu einer Million steht.«

»Wahrscheinlichkeitsrechnung war nie meine Stärke.«

Lourdes scharrt mit ihrer Sandale im Sand und betrachtet mich eingehend, wie um zu entscheiden, ob ich all die Mühe wert bin.

Ich sage: »Ich … *Wir* brauchen einfach mehr Zeit.«

Sie nickt. »Ich werde tun, was ich kann, und versuchen, uns ein oder zwei Wochen mehr zu verschaffen, aber unter einer Bedingung.«

Mein Puls schießt in die Höhe. »Welche?«

»Du musst versuchen, diesen Körper zu akzeptieren, kein Kampf, kein Widerstand, kein Gejammer. Keine Versuche, die Nacht durchzumachen, ohne ein Auge zuzutun. Keine sinnlosen Listen, die am nächsten Morgen eh leer sind. Und du gehst am Dienstag zum Training.«

»Das ist mehr als eine Bedingung.«

»Und keine absurden Gegenargumente mehr.«

»Aber ich dachte, wir würden die Verschmelzung hinauszögern, uns mehr Zeit verschaffen.«

»Die Mächtigen mögen es nicht, wenn man sie zum Narren hält, Hart. Irgendwann kriegen sie mit, was wir tun, also müssen wir ein bisschen heimlich handeln. Keine Aufmerksamkeit erregen. Kapiert?«

Ich bin so aufgeregt, dass sie mir helfen wird, dass ich begeistert nicke und allen ihren Bedingungen zustimme. Wenn dadurch meine Geschichte mit Ruby an meiner Seite endet, bin ich zu allem bereit.

15

Ruby

Die Ereignisse der letzten Nacht fühlen sich wie eine Mischung aus Traum und Realität an und mein Verstand kann sie nur schwer verarbeiten.

Warum sollte Jameson *mich* sehen wollen? Er ist gerade aufgewacht und anstatt mich suchen zu kommen, hätte er seine Kumpels oder eine seiner zahlreichen Freundinnen anrufen sollen. Das ergibt doch keinen Sinn. Warum sollte er … zu mir nach Hause kommen? Auf der Suche nach einer Bekannten, die ihn kaum ausstehen kann?

Wiesoooooo?

Und ich weiß, dass er letzte Nacht echt war. Ich habe ihn im Nebel mit Kapuze über dem Kopf gesehen und könnte schwören, dass ich ihn meinen Namen rufen hörte, aber dann habe ich geblinzelt und er war wie eine Art Geist verschwunden.

Zuerst dachte ich Folgendes: *Ich sehe Dinge. Ich habe ihn mir eingebildet. Ich bin geistesgestört.* Es schienen vernünftige Argumente zu sein, vollkommen logisch nach alledem, was ich durchgemacht habe, aber dann sagte mir mein Bauchgefühl, dass etwas nicht stimmt und ich weitersuchen soll.

Als ich gestern Abend nach Hause kam, wollte ich Gabi noch weiter ausfragen, aber sie lag schon im Bett. Doch auch das war logisch – aus dem einen Kaffee mit Esteban waren drei geworden und wir hatten einen regelrechten Gesprächsmarathon hingelegt. Wir sprachen über Kunst, Musik, Politik und seine nächste Reise: die Salinen von Uyuni. Sie standen auf meiner Liste der Orte, die ich mit Hart sehen wollte.

Ich nahm das Niesfoto von Hart mit nach Hause und legte es unter mein Kopfkissen, aber es reichte nicht aus, um mich vor meinem wiederkehrenden Albtraum zu beschützen.

Ich laufe ihm hinterher.

Er verschwindet.

Es ist das erste Foto von ihm, das ich mir ansehen kann, ohne zusammenzubrechen. Ich konnte es nicht mehr ertragen, ihn jeden Tag zu sehen, wenn ich an meinem Handy war, doch ich konnte ihn auch nicht einfach löschen. Also habe ich ein Backup der Bilder auf meinem Handy gemacht und sie dann gelöscht. Ich weiß nicht, ich denke, die Gewissheit, dass sie irgendwo in einer Cloud gesichert sind, fühlt sich richtig an … zumindest im Augenblick.

Die Sonne ist schon vor einer Stunde aufgegangen und ich kann keine Sekunde länger liegen bleiben. Also gehe ich in Gabis Zimmer, mache etwas Lärm, öffne und schließe einige Schubladen, aber sie rührt sich nicht. Ich schwöre, sie könnte ein ganzes Erdbeben verschlafen. Also ziehe ich ihr die Decke weg. »Juhu, Gabbbbiiii?«, flöte ich ihren Namen, aber meine Schwester schläft wie ein Stein und bewegt sich immer noch nicht.

»Hey!« Ich stupse ihr Bein an. »Aufwachen! Du musst mir alles über Jameson erzählen.«

Gabi stöhnt und tastet blind nach der rosa Elefantendecke, die sie schon als Baby hatte. »Später«, murmelt sie und zieht sich das Kissen über ihren Kopf.

Ich springe auf das Bett und teste übertrieben die Federung ihrer Matratze. »Gabriella.« Sie hasst es, wenn ich ihren ganzen Namen benutze, aber manchmal ist das die einzige Möglichkeit, ihre Aufmerksamkeit zu bekommen.

Sie schielt mit einem Auge unter dem Kissen hervor und funkelt mich an. »Warum zur Hölle ist das wichtig? Vielleicht hat er sich den Kopf härter gestoßen, als wir ahnen. Oder vielleicht steckt er in einer Identitätskrise.«

»Ich glaube, ich habe ihn gestern Abend auf den Felsen gesehen. Als wäre er bei mir gewesen, Gabi.«

»Und?«, sagt meine Schwester, als würde sie das Gespräch langweilen.

»Und im nächsten Augenblick war er weg, als wäre er ein Geist. Findest du das nicht seltsam?«

Gabi setzt sich auf und ihr lockiges Haar steht in alle Richtungen ab. »Ja. Aber was soll's? Gibt viele seltsame Dinge.«

»Ich will alles wissen, was er dir erzählt hat, und du darfst nichts auslassen, weil es wirklich wichtig sein könnte.«

»Wieso?«

Ich zucke mit den Schultern, beschämt, meine Vermutung laut auszusprechen, die herauskommen will, obwohl ich seit gestern Abend durch ein Meer von ängstlicher Aufregung wate, weil mein Verstand und meine Instinkte in mir um den Sieg ringen. Mein Kopf sagt mir: *Lass es gut sein.* Aber in meinem Bauch schrillen weiter alle Alarmglocken. Ich weiß schon, wer gewinnen wird.

»Wieso?«, fragt Gabi erneut.

Diesmal entlasse ich die Worte aus ihrem Käfig. »Das entscheidet, ob ich ihn anrufe oder nicht.«

Gabis verschlafener Blick klärt sich. »Warum solltest du das tun?«

Ich zupfe an einem losen Faden auf ihrer Bettdecke. »Weil Jameson Romanelli nichts ohne Grund tut. Irgendwas stimmt einfach nicht und ich will wissen, was es ist.« Meine Mom und meine Schwester mögen gut im Wahrsagen sein, aber mein Instinkt hat mich noch nie im Stich gelassen.

»Ich wette, er will sich nach seiner Nahtoderfahrung bei dir entschuldigen«, sagt Gabi gähnend. »Du weißt schon, so was wie Wiedergutmachung.«

In diesem Moment wird mir klar, dass ich mit meiner Schwester rede, wirklich rede. Wie früher. Mich mit ihr austausche, wir einander nerven und versuchen zu übertrumpfen. Wow ... Ich hab sie wirklich vermisst.

Gabi schnappt sich ihr Handy vom Nachttisch, scrollt und sagt eine Sekunde später: »Jameson hat nichts auf Social Media gepostet, was seltsam für ihn ist. Seien wir ehrlich: Es sähe ihm ähnlich, damit zu prahlen, aus einem Koma erwacht zu sein. Er hat sogar seinen eigenen Hashtag, *prayforjameson*. Willst du, dass ich die Posts laut vorlese?«

Ich schüttele den Kopf und weiß, dass die Antworten, die ich brauche, nicht auf Instagram zu finden sind.

»Warst du betrunken?«, fragt Gabi.

»Haha.« Gabi weiß, dass ich vielleicht hier und da einen Schluck trinke, aber ich würde mich nie betrinken. Ich bin zu sehr Kontrollfreak, um mich von irgendeiner Substanz benebeln zu lassen. »Vielleicht war es sein Geist«, schlägt Gabi vor.

»Nur dass er nicht gestorben ist.«

Gestorben.

Die Erinnerung legt sich als unangenehme Stille über den Raum. Gabi räuspert sich, streicht ihre Bettdecke glatt und erzählt dann alles über Jamesons Besuch am letzten Abend, woran sie sich erinnert – wie um der Stille so weit zu entkommen wie nur möglich. Ich bin mir nicht sicher, ob ihr die Wahrheit herausrutscht, weil sie sich nicht mit meiner Trauer auseinandersetzen will, aber sie gesteht, dass Jameson sie zum Strand mitgenommen hat. Und an ihrem Gesichtsausdruck erkenne ich, dass sie die große Enthüllung in dem Moment bereut, in dem sie aus ihrem Mund kommt.

»Sag mir, dass du nicht in sein Auto gestiegen bist!«

Sie rutscht rückwärts und lehnt sich an ihr Kopfteil, weg von mir und sagt: »Warum willst du, dass ich dich anlüge?«

»Das war eine rhetorische Frage und das weißt du genau!«

»Ich brauchte eine Mitfahrgelegenheit, okay? Und ich musste ihn dazu überreden, mich mitzunehmen. Aber er war nett, Ruby. Ich meine, er hat mich vorher immer ignoriert, aber jetzt ist er anders. Und er ist superlangsam gefahren und dann … hat er was Superseltsames gemacht.«

Jetzt kommt's.

»Was?« Ich tue mein Bestes, um meine Wut unter Kontrolle zu halten, denn wenn ich jetzt austicke, wird Gabi einfach mauern und sich wieder in dem Loch verkriechen, das sich in den letzten fünf Monaten zwischen uns aufgetan hat.

»Er meinte, ich soll vorsichtig sein.« Gabi verzieht das Gesicht. »Als ob er mein großer Bruder wäre oder so.«

Ich habe Jameson schon mit seiner eigenen Schwester in der Stadt gesehen und er war nicht eben aufmerksam. Ich kann also kaum glauben, was Gabi sagt, aber meine Schwester ist keine Lügnerin. Das liegt ihr einfach nicht im Blut.

Gabis Augen weiten sich, als hätte sie eine Erleuchtung.

»Was?«, frage ich.

»Willst du was Verrückteres hören als die *Große Bruder-Nummer*?« Sie wartet nicht auf meine Antwort, sondern plappert aufgeregt weiter: »Er hat alten Rock gehört und kannte die Texte.«

»Und? Viele Leute hören das.«

»Ich erinnere mich nur daran, dass ich mal neben Jameson am Strand festsaß, weil nirgendwo anders mehr Platz war, und jemand Rockmusik hörte, und er gerufen hat, dass man den Scheiß abstellen solle. Dann hat er Countrymusik aufgedreht.«

»Okay, und? Vielleicht hat ihn das Koma verändert.«

Gabi verzieht den Mund. »Ich glaube, du hast recht. Irgendwas stimmt nicht und du musst rausfinden was.«

»Ich könnte Martin fragen oder Tristan?«

»Meinst du, die wissen was?«

Ich schüttele den Kopf. »Keine Ahnung. Ich kann ja nicht einfach zu ihnen gehen und sagen: ›Hey Leute, ich hab diesen sechsten Sinn, der mir Dinge steckt.‹«

»Ich hab 'ne Idee«, sagt Gabi aufgeregt. »Wie wär's mit einer Lesung?« Ehe ich Nein sagen kann, springt sie aus dem Bett und kramt in ihrer Nachttischschublade. Und ich will Nein sagen, weil ich seit Harts Tod nichts Mystischem mehr traue. Ich habe immer geglaubt, dass es eine lenkende Hand gibt, eine himmlische Existenz, die auf uns aufpasst. Aber warum sollten sie mir den besten Menschen in meinem Leben nehmen, wenn es diese göttliche Macht wirklich gibt?

»Wie kann mir eine Tarotlesung helfen herauszufinden, was Jameson vorhat?«, frage ich. Die Karten können nicht in das Leben und die Herzen anderer Menschen gucken und funktionieren nur, wenn sie irgendwie mit einer übergreifenden Frage konfrontiert sind, die in diesem Fall lautet: *Was will Jameson von mir?*

»Wir wollen sehen, ob oder wie du mit ihm in Verbindung stehst. Misch du«, befiehlt Gabi und drückt mir die Karten in die Hand. Es ist ihr Gezeiten des Schicksals-Deck, das sie von unserer Tía Lydia bekommen hat, die das Spiel buchstäblich für Gabi *erträumt* hat.

»Es ist ein besonderes Geschenk der Ahnen«, sagte sie damals. Dann kooperierte sie mit einem Künstler, ließ die Karten drucken und voilà – schon hatte meine Schwester Zugang zu der besonderen Ahnenmagie meiner Familie. Die Karten sind aus einfachem verstärkten Papier, aber die Bilder der Meerjungfrauen machen das Deck so einzigartig. Kaum zu glauben, dass jemand in solchen Details träumen kann, aber in meiner Familie? Das ist wahrscheinlicher, als eine Fernbedienung zwischen den Sofakissen zu verlieren.

Und jetzt wird's noch abgefahrener: Gabi hat sich noch nie geirrt. Und deshalb hält sie diese Gabe vor ihren Freunden geheim. Sie würden sie mit Fragen überhäufen, denn ganz ehrlich? Manche Dinge sollte man wirklich nicht sehen, die Zukunft mancher Menschen eingeschlossen.

»Ich ... Ich glaube nicht ...« Aber ich habe keine Ausrede mehr. Und meine Neugierde bringt mich fast um. Ich nehme Gabi die Karten ab und liebe sofort die vertraute und beruhigende Art, wie sie sich in meinen Händen anfühlen, als ob im Deck eine Antwort wartet und ich nur die richtige Frage stellen muss.

»Fangen wir mit einer einzigen Karte für Jameson an«, schlägt Gabi vor. »Und konzentrier dich auf das, was du gestern Abend gesehen hast.«

Ich spüre das vertraute Kribbeln in meiner Handfläche und drehe eine Karte um: die Welt. Das farbenfrohe Bild zeigt eine schöne Meerjungfrau, die mit einem Erdball in den Händen im Meer treibt. Ich beschäftige mich schon lange genug mit Tarot, um zu wissen, worum es bei dieser Karte geht: Ein Kreis schließt sich. Wenn eine Sache endet, beginnt etwas Neues. Bla, bla, bla.

Was geht's mich an, dass Jameson etwas Neues anfängt? Das wär mir auch ohne diese Karten eingefallen. Doch jetzt kommt die Begabung meiner Schwester ins Spiel. Sie nimmt mir die Karte ab, schließt die Augen und meditiert so lange, bis sie eine »Botschaft« von unseren Ahnen erhält.

Als sie nach für mich endlos erscheinenden zweiundsechzig Sekunden die Augen wieder öffnet, ist von Schlaf keine Spur mehr zu sehen. »Ich … Ich versteh das nicht.«

»Was?«

»Jameson macht große Veränderungen durch – er hatte eine Art Tod und jetzt eine Geburt.«

»Ja, ich verstehe, was die Karte bedeutet, und angesichts des Unfalls und des Komas ergibt das Sinn, aber was ist die *Botschaft*?«

»Das ist es ja gerade«, sagt Gabi. »Es gibt keine.« Sie verzieht den Mund. »Es ist, als ob die Botschaft vor mir verborgen werden würde, als ob es etwas gibt, das wir nicht wissen sollen, außer …«

Mein Magen krampft sich zusammen. Das ist noch nie passiert. »Außer was?«

»Mir wurde etwas zugeflüstert, ein einzelnes Wort: ›Nachricht.‹«

»Das war's?« Ich runzle die Stirn und mein Puls beschleunigt. »Inwiefern ist das hilfreich? Welche Nachricht? Wer sendet mir eine Nachricht?«

»Wir brauchen völlige Klarheit, also lass uns deine Zukunft lesen«, sagt Gabi und zieht mich zurück in den Moment. »Wir können eine universelle Lesung machen«, schlägt sie vor.

Sie meint eine ihrer selbst kreierten Deutungen, die im Grunde genommen dem Universum die Möglichkeit gibt, mir zu sagen, was es will, was an sich schon ziemlich nervenaufreibend ist. »Was, wenn mir nicht gefällt, was es zu sagen hat?« Ich kämpfe gegen den Schauer an, der mir den Rücken hoch- und runterläuft.

Gabi schiebt sich eine Strähne aus dem Gesicht. »Ich könnte dir nur die guten Seiten zeigen.«

Ich schürze die Lippen. »Wozu soll das gut sein?«

»Was nützt es, das Universum um eine Botschaft zu bitten, die man nicht hören will?«, entgegnet sie.

Autsch. Für fünfzehneinhalb Jahre ist sie superweise. Ein richtiger Yoda, nur größer. Grund Nummer 5.023, aus dem ich meine Schwester liebe und sie gleichzeitig extrem anstrengend finde.

Ich mische die Karten neu und versuche, mich dem zu öffnen, was das Universum mir sagen will. Aber dann spüre ich ein heißes Kribbeln zwischen meinen Rippen, das in meine Brust ausstrahlt und meinen Atem stocken lässt. Ich bin noch nicht bereit.

Kopfschüttelnd schiebe ich die Karten von mir weg. »Ich kann nicht.« Dann stürme ich aus Gabis Zimmer.

16

HART/JAMESON

Nachdem Lourdes und ich uns geeinigt haben, einander zu helfen, kommen wir endlich zur Sache.

»Okay, und was ist meine Story?«, fragt sie.

»Was meinst du?«

»Meine Lebensgeschichte. Wer bin ich? Woher komme ich? Warum hänge ich mit Jameson Romanelli rum?«

»Ah. Gut, dass du daran gedacht hast.« Ich laufe los. »Äh ... wie wäre es mit ...«

»Ja?«

»Ich denke nach!«

»Na denk schneller.«

»Was ist, wenn du eine neue Schülerin bist, die gerade aus Kansas hierhergezogen ist?«

»Kansas? Wirklich, Hart? Und wie sollen wir erklären, dass ich keine Eltern und kein Heim habe?«

»Okay, okay, hast recht.« Ich schnippe mit den Fingern und lächle über meine eigene Genialität. »Ich hab's! Du kannst eine Austauschschülerin aus Kanada sein.«

Sie wirft mir einen verächtlichen Blick zu.

Was hat sie nur gegen Kansas und Kanada?

»Ich will aus Brasilien sein«, sagt sie, »oder aus Frankreich oder ...«

»Du müsstest die ganze Zeit einen Akzent vortäuschen«, sage ich. »Das würde die Sache verkomplizieren.«

Und einfach so wirft Lourdes ihr Haar über die Schulter und lacht völlig übertrieben, bevor sie säuselt: »Isch bin so glücklisch, 'ier zu sein«, und das mit perfektem französischen Akzent. Ich bin bereit, meinen Zuspruch für die neue französische Lourdes auszusprechen, doch sie schüttelt den Kopf und seufzt. »Das ist zu langweilig.«

»Das klang für mich ziemlich authentisch«, meine ich.

»Außer dass ich kein Französisch spreche, was uns in Schwierigkeiten bringen könnte. Wie wäre London? Das ist noch langweiliger als Frankreich, aber« – sie beginnt mit einem perfekten britischen Akzent zu sprechen – »bei Weitem die sicherere Wahl.«

»Dann eben London«, stimme ich zu und bewundere, wie ernst sie das nimmt. Dann kommt mir ein anderer Gedanke. »Verdammt!«

»Was?«

»Du brauchst eine Gastfamilie.«

»Das ist einfach.« Lourdes sieht mich erwartungsvoll an. »Ich werde bei dir wohnen. Du wirst Whitney sagen, dass es mit meiner ersten Gastfamilie nicht geklappt hat.«

»Was zum Beispiel?«

Sie funkelt mich finster an. »Muss ich mir wirklich alles alleine ausdenken?« Warum spricht sie immer noch mit britischem Akzent? »Denk du dir was aus. Whitney wird nichts dagegen haben. Sie ist so froh, dass du wieder zu Hause bist und würde alles für dich tun. Ich kann im Poolhaus schlafen und was die Akten und so weiter angeht, überlass das einfach mir.«

Ich frage mich, ob Lourdes eine gute Fälscherin ist, aber ich frage nicht nach. »Heißt das, du gehst mit mir zur Schule?«

Lourdes zeigt ein beinahe schon ominöses Lächeln. »Bist du dabei oder nicht?«

Plötzlich bin ich mir nicht mehr so sicher, ob es eine gute Idee ist, einen Undercoverengel, der glatt als Zendaya durchgehen könnte, unbeaufsichtigt durch die Flure der Seaside High laufen zu lassen. Zu viele Dinge könnten schiefgehen, doch letztendlich geht es mir nur darum, Ruby zurückzugewinnen. »Okay, ich stelle dich heute Abend Whitney vor«, beschließe ich. »Aber jetzt hab ich erst mal was zu tun.«

Ich düse los. Sie bleibt mir dicht auf den Fersen. »Ich mach das allein«, brumme ich.

Sie grinst und neigt den Kopf zur Seite, wie um gleich einen dicken Teppich aus Sarkasmus auszurollen: *Oh, ist das goldig.* Stattdessen entgegnet sie: »Ich komme mit dir. Ich muss so schnell wie möglich weiter meinen himmlischen Pflichten nachgehen und das bedeutet, dass ich mich unters Volk mischen muss.«

»Das klingt irgendwie politisch angehaucht.«

»Und ich fange mit dir an. Ich habe Jamesons Kleiderschrank durchgesehen und die meisten seiner Klamotten schreien *Frat Boy* – nicht gerade die Vibes, die du willst.«

»Ähm, bin mir ziemlich sicher, dass Shopping keine himmlische gute Tat ist.«

»Ich rede nicht von Shopping«, entgegnet Lourdes. »Wir bessern dein Selbstwertgefühl auf.«

»Nenn es, wie du willst, aber mir ist nicht wohl bei dem Gedanken, Whitneys Geld auszugeben.«

»Vertrau mir«, versichert Lourdes mir, »es wird ihr nichts ausmachen. Ich habe in deiner obersten Schublade eine Platin-Amex gesehen.«

Kaum in der Stadt angekommen, betreten Lourdes und ich ein Klamottengeschäft. Ich suche mir ein paar Sachen aus, während Lourdes durch den Laden streift und mit ihren Fingern über die Stoffe fährt, die ihr in die Hände fallen. Plötzlich wird mir klar, dass sie wahrscheinlich auch mehr braucht als das Kleid, das sie gerade trägt.

»Hey, du brauchst auch neue Klamotten«, flüstere ich Lourdes zu.

Sie sucht sich ein paar einfarbige Pullover, Oberteile, Shorts und Jeans aus, dann geht sie zu den Sommerkleidern und hängt sich genug für eine ganze Woche über den Arm.

»Soll ich das für euch in die Umkleidekabine hängen?«, fragt eine sanfte Stimme hinter uns. Ich erkenne sie nicht, aber Jamesons Körper muss es tun, denn in meinem Bauch spüre ich ein Ziehen.

Ich drehe mich um und sehe lächelnd hinter uns Mariah stehen, ein Mädchen aus der Schule. Sobald sie mich erkennt, weicht jedoch alle Farbe aus ihren ohnehin schon blassen Wangen. Shit. Jameson muss irgendwas getan haben, das sie verletzt hat. Was für 'ne Überraschung.

Ich beschließe, ganz locker zu bleiben. »Hey«, grüße ich sie und frage mich, wann Jameson sie gedisst hat.

Lourdes reißt das Ruder an sich und antwortet: »Nein danke. Die werden alle passen.« Irgendetwas macht Mariah misstrauisch – ich kann es daran erkennen, wie sie ihren Kiefer anspannt.

»Schöner Tag, was?« Ich deute aus dem großen Ladenfenster, durch das die Sonne scheint, als wäre das eine Seltenheit.

Mariah sieht aus, als würde sie gegen den Drang ankämpfen, mit den Augen zu rollen; sie nickt knapp und hilft uns, unsere Sachen zur Kasse zu tragen. Jedes Mal wenn sie einen Artikel mit unnötig viel Kraft einscannt, funkelt sie mich an. »Die sind nicht wirklich dein Stil, Jameson.«

»Ich versuch was Neues. Erwachsen werden und so«, entgegne ich, bevor mein Gehirn die mögliche Wirkung der Worte verarbeiten kann.

Mariah sieht nicht überzeugt aus. Ich weiß nicht warum, aber ich *will*, dass sie mir glaubt. Vielleicht aber auch nur, dass sie sich besser fühlt.

»Du bist neu in der Stadt?«, fragt sie Lourdes.

Lourdes strahlt sie an, wie um zu sagen: *Es tut mir leid, dass Jameson dich verletzt hat.* Mehr braucht sie nicht zu tun. Mariahs hochgezogene Schultern entspannen sich und ihre Miene wird natürlicher, freundlicher. Lourdes antwortet fröhlich auf die Frage: »Austauschschülerin. Ich bin gerade hergezogen und wohne bei Jameson.«

Mariah nickt, doch ich kann die Frage in ihren Augen sehen: *Seid ihr zwei zusammen?* Sie traut sich aber nicht, sie zu stellen.

»Wir sind verwandt«, füge ich an und ernte sofort einen verwirrten Blick von Mariah. »Ich meine, wir sind Cousin und Cousine dritten Grades«, plappere ich weiter und hoffe, dass das alles klären wird. Das Letzte, was ich gebrauchen kann, ist, dass die Leute denken, Lourdes und ich seien ein Paar. Vor allem Ruby.

»Deine Ohrringe gefallen mir«, sagt Lourdes so freundlich, dass sich die Stimmung sofort hebt. Anspannung und

Unbeholfenheit weichen gechillten und freundlichen Vibes. Und ich weiß, dass sie es ernst meint.

»Danke.« Mariah zupft an den silbernen Creolen und ein Lächeln stiehlt sich in ihre Mundwinkel. Sie fängt erneut an, die Artikel zu scannen. Die Gesamtsumme beläuft sich auf 1.223 Dollar plus etwas Kleingeld, was mehr ist, als ich in meinem ganzen Leben außer für Rubys *Ladybug* je auf einmal ausgegeben habe.

»Gib mir ’ne Sekunde«, sage ich und trete von der Kasse weg, damit Mariah mich nicht mehr hören kann. »Lourdes, das ist ein Haufen Asche.«

»Ich hab dir doch gesagt, dass es in Ordnung ist.«

»Bist du sicher?«

»Du beleidigst mich grade.«

»Okay, na gut.«

»Alles in Ordnung?«, fragt Mariah, als ich mich wieder der Kasse zuwende. »Äh ... ja«, stottere ich und beschließe, einfach die Klappe zu halten.

Mariah meint: »Dein neuer Look gefällt mir besser.« Aber dieses Mal liegt kein Anflug von Verärgerung in ihrer Stimme, nur Neugier.

Ich reiche ihr meine Karte. »Ja, ich bin mir nicht sicher, was mein Problem mit all diesen Polos war. Ich meine ...«

Lourdes kneift mich in den Arm und ich verstumme mitten im Satz.

»Ich bin froh, dass es dir gut geht«, sagt Mariah und es klingt ehrlich.

Schnell unterschreibe ich auf dem Beleg und stelle im Nachhinein fest, dass meine Hand aus reinem Muskelgedächtnis heraus wusste, wie sie Jamesons Unterschrift formen musste, die perfekt mit der auf der Rückseite der Karte übereinstimmte.

»Und ich bin nicht derselbe«, platze ich heraus. »Ich meine … eine Nahtoderfahrung und all das … das verändert einen und … meine Erinnerungen sind superverschwommen, aber es tut mir leid, was ich getan oder zu dir gesagt habe.«

Mariah neigt ihren Kopf nach links. Sie lässt mich nicht vom Haken, doch sie weist meine Entschuldigung auch nicht rundheraus ab. Sie sagt: »Ich hoffe, es hält an.«

Sobald wir den Laden verlassen haben, setze ich mir die Sonnenbrille auf und gehe zum Auto, um die Taschen abzuladen, denn unser nächster Halt ist bloß ein paar Gehminuten entfernt. »Was hast du da drinnen gemacht?«, frage ich Lourdes.

»Was meinst du?«

»Dieses Lächeln, die Art, wie du … Ich weiß nicht. Es war, als ob du reinen Tisch gemacht hättest.«

Lourdes hebt die Hand und schirmt ihre Augen gegen die Sonne ab. »Das nennt man Empathie und wenn ein Engel sie ausstrahlt, schmilzt der Schmerz dahin. Jameson hat dieses Mädchen verletzt, Hart. Er hat sie benutzt, sie glauben lassen, dass sie ihm wichtig sei, aber es war alles nur ein Spiel. Und am Ende waren ihr Stolz und ihr Herz verletzt.« Etwas ist anders in Lourdes' Tonfall, an ihrer Art. Ich kann es nicht genau benennen, bloß fehlt ihr typischer Sarkasmus, die Irritation, die Ironie. Sie sagt die einfache, nervtötende Wahrheit.

Es kotzt mich an, sie darauf hinweisen zu müssen, doch ich sage: »Du bist kein Engel mehr.«

»Natürlich bin ich das.«

»Aber du hast gesagt …«

»Ich sitze in einem menschlichen Körper fest, aber mein wahres Wesen steht zweifelsfrei fest, Hart. Zumindest im Moment noch.«

»Na ja, wir sitzen wohl im selben Boot, nur hast du wenigstens eine weiße Weste«, entgegne ich. »Ich muss die Leute glauben lassen, dass Jameson sich nach seinem Unfall um hundertachtzig Grad gedreht hat.« Lourdes öffnet den Mund, um zu widersprechen, doch ich halte meine Hand hoch, um sie zu stoppen. »Bitte sag mir nicht, wie schlecht meine Chancen stehen.«

»Eigentlich wollte ich nur sagen, dass du etwas zwischen den Zähnen stecken hast.«

Ich stochere in meinen Zähnen herum und ziehe es heraus. »Warum hast du mir das nicht gesagt?«

»Das habe ich eben«, sagt Lourdes leichthin.

Ich verriegle den Denali – das unauffälligste Auto, das ich in der Garage finden konnte. Wenn ich Jameson rehabilitieren will, kann ich nicht mit einem der übermäßig protzigen Autos herumfahren. Mann, ich vermisse Monster. Ich drehe mich wieder zu Lourdes um. »Woher weißt du so viel über Jameson und Mariah?«

»Es stand in seinen Aufzeichnungen.« Sie wirft ihr Haar über eine Schulter, wendet sich um und informiert mich so, dass das Gespräch beendet ist. »Wohin als Nächstes?«

»Zu einem meiner Lieblingsorte in der Stadt. Na los.«

Wir spazieren im Schatten der Gebäude den Gehweg hinunter zu Bright's Music Shop. Er ist schon seit seiner Gründung in Familienbesitz und ich habe hier als Kind Gitarren- und Klavierunterricht genommen. Ich habe hier auch meine erste, zweite und dritte Gitarre sowie einen Stutzflügel gekauft.

Zum Glück ist der Laden heute wie leer gefegt, aber ich mache mich trotzdem auf seltsame Blicke gefasst, denn Jameson spielte kein Instrument. Eigentlich hat er den Mitgliedern der Schulband immer die Hölle heiß gemacht, Witze gerissen und sich über sie lustig gemacht, wann immer er konnte. Vielleicht weil es seiner Meinung nach nur eine Sache auf dieser Welt gab, die es wert war, geübt zu werden, um gut darin zu sein: Football.

»Hart«, sagt Lourdes und zerrt an meinem Arm, als ich die Ladentür aufschwingen will. »Das ist keine gute Idee.«

»Du sagtest, ich müsse versuchen, diesen Körper zu akzeptieren, und dürfe keinen Widerstand leisten, aber das bedeutet nicht, dass ich meine Seele verleugnen muss.«

»Ein bisschen melodramatisch, findest du nicht?«

Ich lache. »Ich bin Songwriter, was hast du erwartet?«

Lourdes grunzt und gerade als ich in den Laden gehen will, klingelt mein Handy. Es ist Richard. Ich beschließe, das gefürchtete Vater-Sohn-Gespräch hinter mich zu bringen.

»Hey«, antworte ich.

»Jameson«, sagt er, »du hast weder auf meine Anrufe noch auf meine Nachrichten reagiert.« Richard klingt distanziert, berechnend, selbstbewusst.

»Ähm, ja.« Ich bin ein bisschen sauer, dass der Typ nicht für Jameson da war, als er aus dem Koma erwacht ist, also füge ich hinzu: »Du bist abgehauen.«

Er grunzt missbilligend oder vielleicht auch genervt. Wer weiß das in dieser Familie schon? Ich erwarte zu hören, dass er froh ist, dass Jameson überlebt hat, dass er aufgewacht ist, dass er im ersten Flugzeug sitzen wird, um seinen Sohn zu besuchen, aber Pustekuchen. Richard sagt: »Ich hatte einen Notfall, der nicht warten konnte, und die Ärzte ... Sie dachten nicht, dass du in nächster Zeit aufwachen würdest, aber ich hatte immer vor, gleich wiederzukommen.« Er lässt mich nicht mal antworten. Stattdessen: »Deine Mutter und Coach Feldman haben mir gesagt, dass du wieder zum Training gehen wirst.«

Wut durchströmt meinen Körper. »Ja.«

»Das ist eine ausgezeichnete Entscheidung, Jameson.« Er schweigt einen Moment, dann sagt er: »Diesmal muss es anders laufen. Deine Mom wird dich vielleicht verhätscheln, aber ich nicht.«

Wow … hört der Kerl sich eigentlich selbst reden? »Anders«, wiederhole ich.

»Jedenfalls«, fährt er so lässig fort, dass ich ihm eine runterhauen will, »bin ich froh, dass du das Training nicht vernachlässigen wirst. Wir dürfen keine Zeit verschwenden.«

Etwas in meinem (Jamesons) Herzen gibt nach wie ein Gummiband, das in der Mitte reißt. Ich mache diesem Körper keinen Vorwurf, da Richard sich gerade mehr wie ein Investmentpartner als ein Vater anhört. »Richtig«, entgegne ich wütend. »Wir dürfen keine Zeit verschwenden.«

»Und vergiss unseren Deal nicht«, sagt er.

»Deal?«

Jemand scheint bei ihm zu sein, denn ich höre eine gedämpfte Stimme, die Richard etwas erzählt. »Ich muss los«, sagt er plötzlich, »aber wir können später drüber reden. Ruh dich aus und mach sie beim Training fertig.«

Er legt auf, bevor ich ihm sagen kann, dass ich ihn für den Preis des schlechtesten Vaters des Jahres nominieren werde. »Wow, der Typ ist echt scheiße«, meine ich zu Lourdes.

»Ich weiß.«

»Stand das in seinen Aufzeichnungen?«

»Nein, ich habe das Gespräch mitbekommen. Selbst in meiner menschlichen Hülle habe ich ein ausgezeichnetes Gehör.« Sie fegt an mir vorbei in den Laden. Mr. Bright blickt über den Rand seiner Brille auf. »Kann ich euch helfen?«

Allein dass ich hier bin und den alten Mr. Bright sehe, vertreibt den Missmut, den Richard in mir verursacht hat. Der

Laden riecht sauber, wie frisch poliertes Holz, und ich will nichts, als eine Gitarre in die Hand zu nehmen und Saiten zu zupfen. »Hey«, rufe ich ihm zur Begrüßung zu, »ich wollte sehen, was für Gitarren Sie haben.«

Zum Glück kennt Mr. Bright Jameson nicht und liest auch nicht die Zeitungen oder folgt den Onlinenachrichten, wo Jamesons Foto nach seinem Unfall gepostet wurde. Ich habe das Spektakel gegoogelt und Mann, war das ekelhaft. Es gab so viele Berichte, aber die denkwürdigste und grausamste Schlagzeile stammte von einem Sportblogger: *Vielversprechender Footballstar kollidiert mit dem Schicksal.*

Ich gehe direkt zu der Wand mit den Gitarren, die für jeden etwas bereithält, egal ob blutiger Anfänger oder Profi. Jamesons Hände greifen nach der akustischen Gibson Hummingbird und zum ersten Mal seit meinem Tod fühle ich mich ganz wie ich selbst. Es ist, als ob es keine Rolle spielt, dass Jamesons Hände diese Schönheit halten. Ich zupfe an ein paar Saiten und brumme zufrieden. Der Ton ist voll und das tiefe, gleichmäßige Brummen ist absolut klar.

Ich hole mir aus der Holzschale im Regal ein Plektrum und spiele meine liebste Powerballade: *I'll Be There for You* von Bon Jovi, einen der ersten Songs, die ich zu spielen gelernt habe. Der Anfangsriff ist einfach, die Akkorde sind noch einfacher und es ist einer von Rubys Lieblingsoldies.

»Das ist ein schönes Instrument«, sagt Mr. Bright. »Wir haben die Gibson in zwei Ausführungen hier: Antique, was du in der Hand hältst, und Heritage Cherry.« Er wendet sich an Lourdes. »Spielst du auch?«

Sie zwinkert und lächelt. »Ich bin mehr für die Harfe zu haben. Er wird sie nehmen.« Sie sagt es, als ob es nichts wäre, dreitausendachthundert Dollar für eine Gitarre auszugeben.

Ich starre sie mit weit aufgerissenen Augen an. Ich finde es absolut nicht in Ordnung, Whitneys Geld so auszugeben, nicht mal für eine so schöne Gitarre.

»Ich kann nicht«, stottere ich und sehe Mr. Bright entschuldigend an.

»Er kann«, widerspricht Lourdes.

Mr. Bright blickt zwischen uns hin und her, als wäre er sich nicht sicher, wer hier das Sagen hat.

Lourdes zerrt mich weg und faucht leise: »Du hast gesagt, du würdest diesen Körper akzeptieren und dich nicht wehren, und das bedeutet, Jamesons Leben zu akzeptieren, und er ist reich, also reiß dich zusammen und gib dem Mann die Amex!«

Als ich mich wieder an Mr. Bright wende, spüre ich, wie mein Nacken vor Scham rot wird. »Ich nehm die Yamaha.« Eine Gitarre, die nur vierhundert Dollar kostet und für den Moment gut genug ist.

»Ein Mann, der weiß, was er will«, ruft Mr. Bright zufrieden. Ich mag, wie gutmütig und geduldig der alte Mann ist.

Wir gehen zur Kasse und dort fällt mir ein Flyer für einen gebrauchten Yamaha-Stutzflügel ins Auge. Ich sehe mir die Fotos genauer an, besonders das mit dem geschlossenen Deckel. Halt. Das ist nicht irgendein gebrauchtes Klavier. Es ist meins. Ich bin mir sicher, weil oben auf dem Deckel von einer Zigarette des Vorbesitzers ein Brandfleck zu sehen ist.

Mr. Bright bemerkt mein Interesse an dem Flyer. Er räuspert sich und sagt: »Das ist etwas Besonderes. Der Stutzflügel wurde der örtlichen Highschool gespendet, aber sie versucht, Geld einzuwerben, also steht er zum Verkauf.«

Ich atme zittrig ein. Mein Dad hat meinen Flügel gespendet. Das klingt ganz nach etwas, das er tun würde. Er hat immer geholfen, wo er konnte, hat jeden gebrauchten

Gegenstand im Haus gespendet, wenn ihn jemand brauchte, und ging zu jeder Little-League- und Ballett-Tombola in der Stadt und kaufte immer mindestens zwanzig Lose. Verdammt, ich vermisse ihn.

Beim Anblick der Bilder beginnt mein Puls zu rasen und ich weiß, dass ich es haben muss, bevor ich überhaupt fragen kann, ob Mr. Bright auch liefert.

Als wir vor dem Laden stehen, stößt mich Lourdes mit dem Ellenbogen in die Seite. »Ehrlich, Hart! Noch offensichtlicher ging's wohl nicht? Du kaufst dein eigenes Klavier?«

»Genau. Mr. Bright wird sich natürlich denken: *Hey, ich wette, dieser Junge ist eigentlich Hart, der in Jamesons Körper festsitzt.* Und du hast mir gesagt, ich könne das Geld ausgeben wie ich will! Außerdem ist es für einen guten Zweck.« Ich verstumme abrupt, als mir ein Gedanke durch den Kopf schießt.

»Was glaubst du, was Whitney sagen wird, wenn ein gebrauchter Stutzflügel in ihrem Haus auftaucht?«

»Sag du's mir, du scheinst ja ohnehin auf alles eine Antwort zu haben.«

Lourdes guckt finster. »Sie wird denken, dass ihr Junge den Verstand verloren hat.«

Mit einem Lächeln erwidere ich: »Oder dass er seinen Horizont erweitert.«

In diesem Moment klingelt mein Handy. Ich hatte es so eingestellt, dass es nur bei einigen wenigen Nummern klingelt, darunter Martin, Ruby und George, deren Nummern ich auswendig kenne. Allen habe ich gestern Abend geschrieben: **Wir müssen reden.** Ich war etwas enttäuscht, aber nicht überrascht, dass Ruby nicht zurückgeschrieben hat. Ich sehe auf den Bildschirm und lächle. Es ist ein gemeinsamer Freund von mir und Jameson – neutraler Grund, meine neue Schweiz.

»Hey, Martin«, antworte ich und versuche, meine Aufregung zu zügeln.

»Verdammt noch mal, endlich gehst du ran. Hast du meine Nachrichten nicht bekommen? Bro, alles okay?«

»Jo«, sage ich und versuche locker zu klingen. »Ging mir nie besser.«

»Der Coach sagt, du kommst zum Training? Biste dir sicher?«

Ich sehe Lourdes an und erinnere mich an mein Versprechen. »Jepp, todsicher.«

»Mann, bin ich froh, dass du okay bist. Das war echt bescheuert, so voll zu fahren.«

»Jo, stimmt«, gestehe ich, »aber ... die Dinge haben sich geändert.«

»Okay«, sagt Martin, als wolle er nicht wirklich auf *dieses* Thema eingehen. »Okay, also, ähm ... ich denke, du solltest was wissen.«

»Was denn?«

»Ruby hat mich angerufen.«

Mein Herz beginnt zu hämmern, aber ich bleibe cool, weil Jameson das auch so machen würde. »Ja?«

»Sie hat nach dir gefragt. Darüber, warum du sie gesucht hast. Worum geht's? Du weißt, dass sie dich nicht ausstehen kann, Bro. Machst du jetzt schon Stress oder was?«

»Wirklich?«, platze ich heraus. »Sie hat nach mir gefragt?«

Martin schnaubt. »Alles okay, Crash? Ich mein ...«

Lourdes rollt mit den Augen, schüttelt den Kopf und seufzt.

»Wie wäre es, wenn ich es dir bei ein paar Tacos erkläre?«, sage ich.

»Tacos? Du magst doch gar kein Mexikanisch.«

»Wie ich schon sagte. Die Dinge haben sich geändert.«

Wir verabreden uns für heute Abend und legen auf.

Als ich aufschaue, sehe ich sie auf der anderen Straßenseite. Sie trägt abgeschnittene Jeansshorts und ein oversized Sweatshirt. Sie starrt mich durch ihre gelbe getönte Sonnenbrille an, die ihren vertrauten, aber stechenden Laserblick nicht verbergen kann, mit dem sie jemanden in einen Schweizer Käse verwandeln könnte.

Es ist Ruby.

Sie sieht so schön aus wie immer.

Ich überquere die Straße und muss gegen den Drang ankämpfen, sie in meine Arme zu ziehen. Dagegen ankämpfen, ihr zu sagen, dass ich es bin und dass alles gut werden wird. Lourdes' Ellbogen bohrt sich wieder in meine Seite – eine Warnung an mich, keinen Fehler zu machen.

Ruby schiebt sich ihre Sonnenbrille auf den Kopf. Ihre goldenen, undurchdringlichen Augen mustern mich kühl, berechnend.

Ich kann nicht klar denken, wenn sie mich so anstarrt. Ehrlich gesagt kann ich überhaupt nicht denken, sobald ich vor ihr stehe.

Die Worte, die in meinem Kopf Karussell fahren, lauten *Ich vermisse dich*, und je mehr ich versuche, sie auszusprechen, desto mehr schwillt meine Zunge an, genau wie Lourdes es versprochen hat. Blut rauscht in meinen Ohren. Und ich bringe bloß zustande: »Ich mag deine Sonnenbrille.«

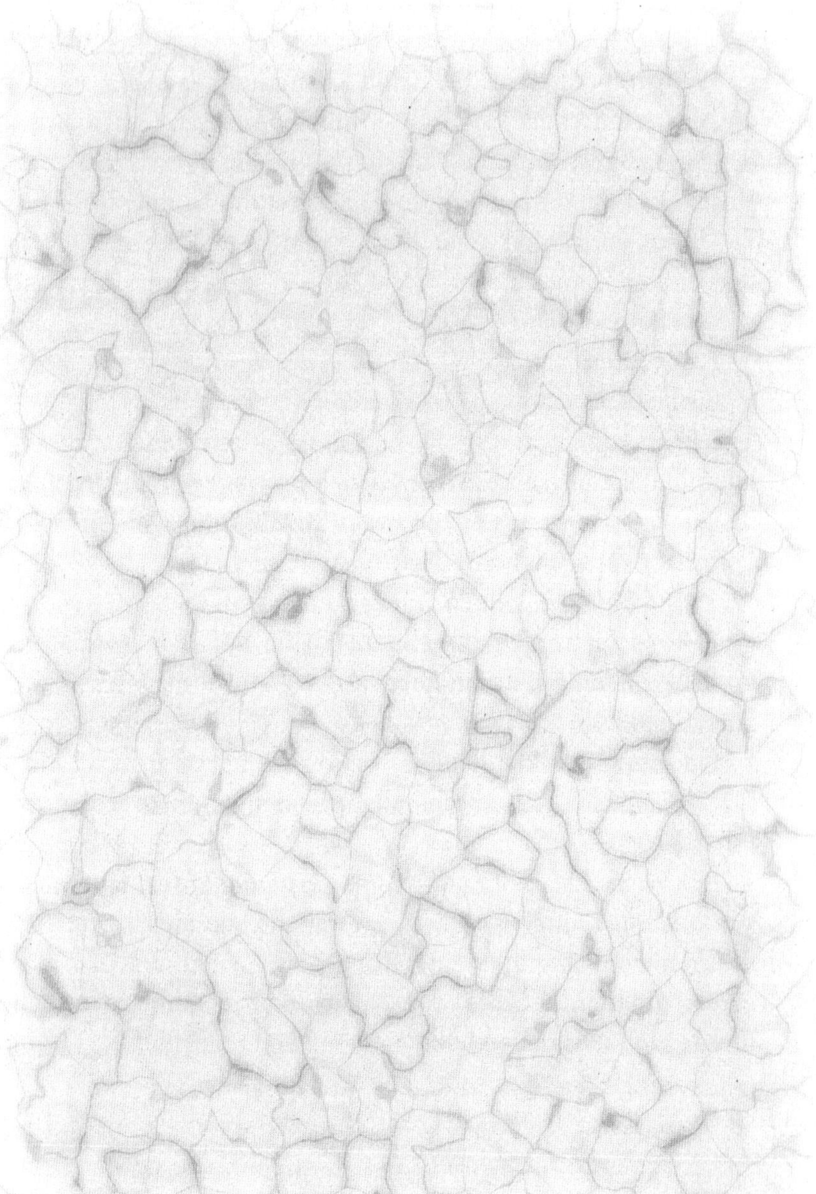

17

Ruby

Hat er wirklich gerade gesagt, dass er meine Sonnenbrille mag?

»Wie bitte?« Ich weiche zurück, weil er mir zu nahe kommt.

Jameson verschränkt die Arme vor seiner breiten Brust. »Ich meinte, dass ...«

Mein Blick fällt auf das hübsche Mädchen, das in einem luftigen Sonnenkleid neben ihm steht. »Ich bin Lourdes«, sagt sie und rettet ihn vor seiner eigenen Unbeholfenheit. »Seine Cousine aus London.«

»Schön, dich kennenzulernen«, erwidere ich, um freundlich zu sein, aber nichts an dieser Sache ist angenehm. Es ist die Hölle und ich werde seiner Nachricht auf jeden Fall auf den Zahn fühlen.

»Du musst ihn entschuldigen«, sagt sie gelassen. »Seit dem Unfall hat er diese Gedankenfindungsstörungen und was rauskommt, ergibt manchmal keinen Sinn.«

»Ich habe kein Hirntrauma oder so«, korrigiert Jameson sie, »bloß ein paar Gedächtnislücken, aber es ist alles gut.«

Er sieht anders aus. Sein Blick ist weicher. Seine Haltung verletzlicher. Kann das alles vom Koma kommen?

»Oh, sicher«, antworte ich und fühle mich zum zweiten Mal innerhalb einer Minute schlecht. »Hast du mir deshalb eine Nachricht geschickt? Wegen der Gedächtnislücken?«

»Ich habe … Ich habe dir viel zu erzählen«, meint er.

Er verlagert sein Gewicht von einem Fuß auf den anderen. Warum ist er so hibbelig? Und warum hämmert mein Herz gegen meinen Brustkorb? Warum steht mein Solarplexus in Flammen? Ich greife nach meiner Sonnenbrille, lasse aber die Hand wieder sinken, ehe ich sie wieder aufsetzen kann. »Okay. Schieß los.«

»Wie wär's mit heute Abend?«, fragt er.

»Wie wär's mit jetzt?«

»Ähm … das geht nicht, aber wir könnten später zusammen chillen.«

Es gefällt mir nicht, wie aufdringlich er ist. »Nein danke.« Ich laufe los.

»Warte!« Seine Hand schießt vor und legt sich um meinen Arm. »Bitte geh nicht.«

Ein Gefühl wie warme Lava fließt durch meinen Körper und brennt in meinen Adern.

Ich entziehe mich ruckartig seinem Griff, doch die Stelle, an der er mich berührt hat, ist immer noch warm. Plötzlich fühle ich mich, als würde ich vom Rand einer Klippe rutschen. Jede Zelle in meinem Körper vibriert voller Energie, mit einem Wissen, das mein Gehirn nicht einordnen will. Mein Bauchgefühl sagt mir, dass ich mir anhören muss, was Jameson zu sagen hat, aber heute Abend mit ihm abzuhängen erscheint mir zu riskant. »Sag es mir einfach jetzt«, beschwöre ich ihn.

»Ich kann nicht.«

Lourdes lächelt und wedelt mit einer Hand vor sich herum. »Er meint, dass es eine lange und elende Geschichte ist und wir jetzt keine Zeit haben, also wenn du morgen in deinem Terminkalender noch Platz für ihn hättest, wäre das großartig.«

Lang und elend? Ist das eine britische Redewendung? Hat sie ernsthaft *Terminkalender* gesagt?

Ein Teil von mir will ablehnen, doch der andere Teil in mir, der in meiner Bauchgegend, schreit Ja und ehe ich in Ruhe überlegen kann, platze ich heraus: »Montag nach der Schule. Wir treffen uns ...«

»Am Pier«, schlägt er vor.

Nein, nicht in der Nähe des Meers. »Tesoro Park, drüben an der Third Avenue«, entgegne ich, geschockt, dass mir die Worte so leicht über die Lippen kommen, aber sie haben eine beruhigende Wirkung, eine, die mir sagt: *Vertraue auf deinen sechsten Sinn. Mal gucken, was auf mich zukommt.*

Jamesons Miene hellt sich auf und für eine halbe Sekunde sieht er aus wie ein Zwölfjähriger, der einen neuen Football geschenkt bekommen hat. Er streckt die Hand aus, wie um meine zu schütteln, dann zieht er sie schnell zurück. »Ich werd da sein. Und nicht zu spät kommen.«

Ich setze meine Sonnenbrille wieder auf, drehe mich um und gehe. Aber während die letzten Überreste seiner Wärme aus meinem Körper weichen, spüre ich unentwegt seinen Blick und sein Lächeln auf mir.

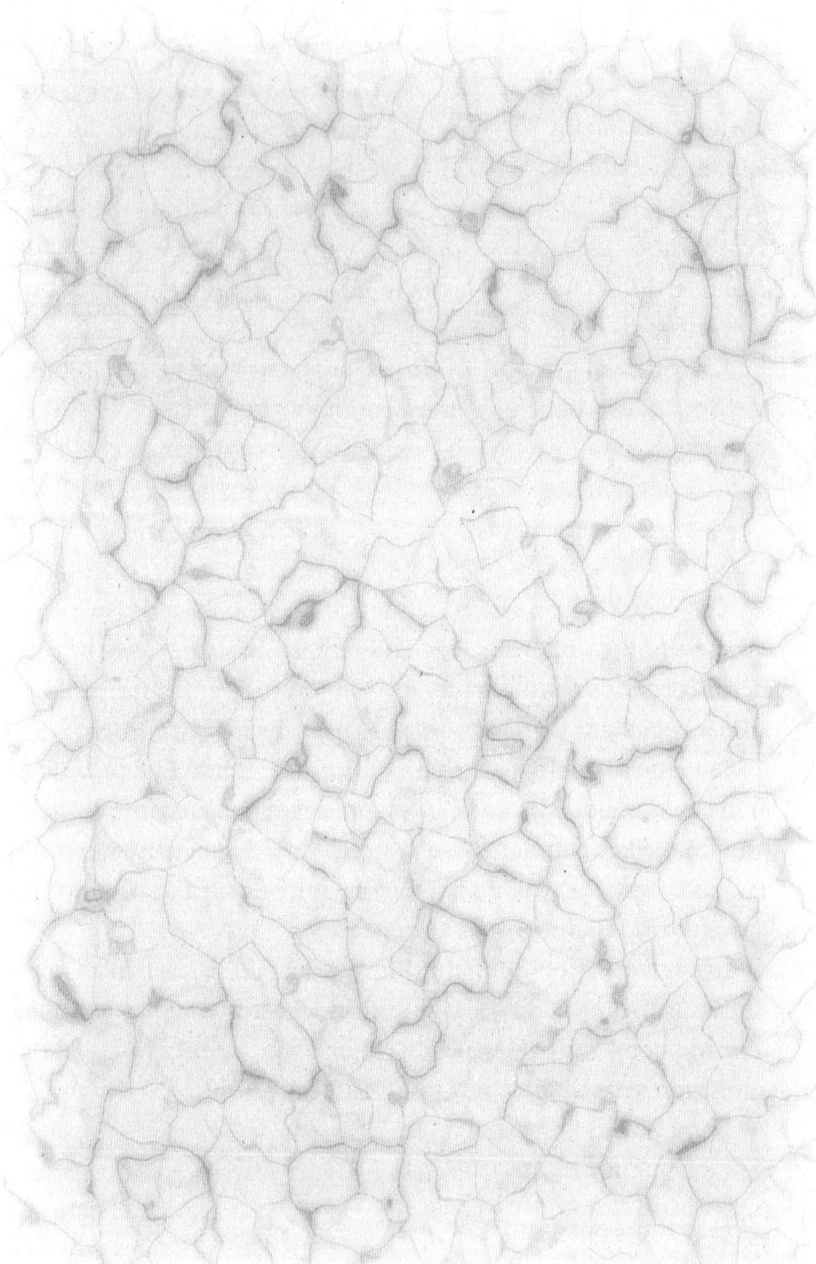

18

Lourdes

Ich stecke zwar in einer menschlichen Hülle fest, aber meine Arbeit muss trotzdem erledigt werden. Hart schläft und ich beobachte ihn. Er träumt von ihr. In dem Traum sind sie Kinder, sieben Jahre alt, und rudern durch eine Bucht, das Meer ist ruhig. Gelächter hallt von den Felswänden wider. Hart sagt zu Ruby: »Im Wasser ist ein Monster.«

Ruby fragt: »Wird es uns fressen?«

Hart sieht sie voller Überzeugung an, obwohl er so jung ist. »Wahrscheinlich, aber wir werden nicht sterben.«

»Wir werden einfach im Bauch des Monsters leben«, befindet Ruby mit einer unschuldigen Freude, wie sie nur ein Kind haben kann.

Der Traum verwandelt sich augenblicklich in seine Wünsche für eine gemeinsame Zukunft. Hart und Ruby sind neunzehn Jahre alt. Sie gleiten durch kristallblaues Wasser und schwimmen auf einen weißen Sandstrand zu. Atemlos lassen sie sich in den warmen Sand fallen. Ruby greift nach ihm, verschränkt ihre Finger mit seinen. Sie zieht ihn näher zu sich, küsst ihn. So nahe, dass zwischen ihren Körpern kein Platz mehr ist.

Ich weiß, was jetzt kommt.

Ich ziehe mich aus Harts Traumwelt zurück und bleibe über ihn gebeugt stehen, den Blick auf sein schlafendes Gesicht gerichtet. Dies ist der Teil meiner Arbeit, den ich am meisten verabscheue. Der Teil, der notwendig ist und sich doch so unverzeihlich anfühlt. Dies ist der Teil, in dem ich seine Erinnerungen stehle. Stück für Stück.

Nicht nur einen. Oder auch nur zwei oder drei. Ich nehme Dutzende und schreddere sie wie weggeworfenes Papier. Manche vermisst er nicht einmal. Als ich versuche, die Erinnerungen an Ruby aus seinem Gedächtnis zu pflücken, spüre ich seinen Widerstand. Als ob Hart weiß, dass ich hier bin.

Langsam nehme ich ihm auch Teile von Ruby.

19

Hart/Jameson

So läuft's.

Sobald ich aufwache, gehe ich meine Erinnerungen durch. Doch das ist wie eine geistige Inventur des Kühlschranks. Man weiß, dass Ketchup und wahrscheinlich Milch drin sind, aber man kann unmöglich alles aus dem Gedächtnis aufzählen. Und ich habe kein Problem damit, denn es wäre unmöglich, sich an jeden Moment mit Ruby zu erinnern. Solange ich mich noch an *sie* erinnere. Also gehe ich langsam alle meine Erinnerungen durch und beginne mit der ersten.

Ruby befreit immer noch die Marienkäfer. Sie lacht im Sonnenlicht. Sie findet am Strand eine Krabbe und trägt sie zurück ins Meer. Sie tanzt mit Martin.

Apropos Martin – es war schön, ihn zu sehen, und gemeinsam Tacos zu essen, die ich glücklicherweise zu hundert Prozent genossen habe. Sieben Tacos, um genau zu sein. Alles war entspannt und lief so gut, wie ich es erwarten konnte. Null Wahrheiten. Berge von Frustration.

Ich atme tief durch, drehe mich um und erblicke ein kleines Gesicht mit großen blauen Augen, das mich von der Bettkante aus anstarrt.

»AAHH!«, rufe ich geschockt.

»Du siehst komisch aus«, sagt das Mädchen und reibt sich die Nasenspitze. Sie trägt einen hellrosa Jogginganzug mit einem Einhorn auf dem Shirt. Das muss Victoria sein, Jamesons Schwester. Scheint ein großer Name für jemanden zu sein, der so klein ist.

Sie und Whitney müssen eben nach Hause gekommen sein. Whitney rief mich gestern Abend an, um mir zu sagen, dass sie auf dem Rückweg von Victorias Camp wegen eines Verkehrsunfalls im Stau stand; vermutlich ziemlich schlimm, denn die Autobahn war stundenlang gesperrt und da es schon spät war, beschloss Whitney, die Nacht in einem Hotel zu verbringen.

Ich setze mich auf und gucke auf den Wecker auf meinem Nachttisch. 7:31 Uhr. »Hey ...« Wie nennt Jameson seine kleine Schwester? Sis? Vic? Rotznase?

Victoria starrt mich neugierig an, als wäre ich eine seltene Spezies, die sie noch nie gesehen hat. »Wirst du jetzt nicht mehr sterben?«

Okay. Ich schätze, wir kommen gleich zum Thema. »Äh ... nein«, antworte ich wortgewandt wie immer. »Zumindest nicht in nächster Zeit, denke ich.«

»Hat es wehgetan?«

»Nee.«

Ihr Blick schweift über meine zerschrammten Arme.

»Sieht schlimmer aus, als es ist«, lache ich.

Sie verzieht den Mund, als wäre sie sich nicht sicher, ob sie mir glauben kann. Dann, eine Sekunde später, scheint sie all ihre Sorgen vergessen zu haben und sagt: »Willst du sehen, was ich gelernt habe?« Sie tritt einen Schritt zurück und stellt sich auf die Zehenspitzen, während sie die Arme in einer Ballettpose über den Kopf hält. Das ist wirklich ziemlich beeindruckend. »Sehr gut. Hast du das im Camp gelernt?«

»Findest du echt?« Ihr ganzes Gesicht leuchtet auf, als hätte sie gerade einen lebenslangen Vorrat an Eiscreme gewonnen. Dann sagt sie stirnrunzelnd: »Aber du hast mir doch gesagt, Ballett sei blöd.«

Wie kann ich mich für etwas schuldig fühlen, das ich gar nicht gesagt habe? »*Ich* war blöd, das zu sagen. Ich kann nicht auf *meinen* Zehenspitzen stehen.«

Sie lächelt und gibt den Blick auf einen fehlenden Schneidezahn frei. »Ich kann dir nach der Schule zeigen, wie es geht, wenn du willst.«

»Auf jeden Fall«, antworte ich nickend und fahre mir mit der Hand übers Gesicht. »Und was meinst du damit, dass ich komisch aussehe?«

»Einfach anders.« Sie kommt näher und flüstert: »Das Mädchen ist wirklich hübsch.«

»Mädchen?«

»Ich mag es, wie sie redet.« Victoria wirbelt herum, quiekt und rennt los. Sie hat Lourdes kennengelernt. Was bedeutet, dass Whitney jetzt auch von ihr weiß. Was bedeutet (Scheiße. Scheiße. Scheiße), dass ich etwas zu erklären habe.

Im selben Moment, in dem ich das realisiere, klingelt mein Handy. Es ist Richard. Ich bin versucht, ihn zu ignorieren, aber ich bin neugierig auf unseren »Deal«.

»Hey«, sage ich, als ich rangehe.

»Heute ist der große Tag!«

»Jupp.«

»Bist du bereit?«

Weißglühende Wut brennt ein Loch in meinen Magen und ich schaffe es nur knapp, sie zu kontrollieren. »Ich denke schon, aber äh … du hast von einem Deal geredet?«

Richard verstummt. Er klopft mit einem Stift oder etwas anderem gegen eine harte Oberfläche. »Du hast eine Menge Ärger verursacht, Jameson. Und das Trinken – es muss aufhören.«

»Ich trinke nicht.«

»Deine Mom wird dir immer wieder aus der Patsche helfen, aber ich nicht, also wenn du nicht angenommen wirst, wirst du zu mir ziehen.«

Er meint wohl, nachdem er Whitney als unfähige Mutter dargestellt hat, was? Schwarze Punkte flackern vor meinen Augen und ich fühle mich, als müsste ich mich übergeben. »Nach Colorado?«

»Natürlich nach Colorado.« Im Hintergrund sind einige Stimmen zu hören. Richard deckt den Hörer ab; er murmelt Anweisungen. Als er den Hörer wieder ans Ohr hebt, entweicht ihm ein tiefer Seufzer. »Es wäre schade, wenn du diese Chance verspielst, dein Leben auf die Reihe zu bekommen.«

Auf keinen Fall ziehe ich nach Colorado, also versichere ich ihm: »Ich werde es nicht mehr vermasseln.«

»Das habe ich schon mal gehört, Jameson«, meint er. »Hör zu, ich hab mir den Hintern aufgerissen, um dir diese Chance zu verschaffen. Ich habe ein paar Gefallen eingefordert, aber den Rest musst du selbst machen.«

Im Grunde muss ich also den Traum dieses Mannes leben oder ich gehe unter. Was für ein Schwachsinn.

»Und das bedeutet«, fährt er fort, »dass du, wenn du Stanford nicht packen kannst, dein letztes Jahr hier beenden wirst, wo ich dich im Auge behalten kann.«

Verstanden. Das ist also Richards schwachsinnige Art, Jameson zu kontrollieren.

Ich schätze, niemand legt sich mit Richard Romanelli an, und er ist auch kein Bluffer, sonst hätte mich Whitney nicht gewarnt. Also stimme ich seinen Bedingungen zu. Ich werde mir auf dem Spielfeld den Arsch aufreißen, denn ich werde auf keinen Fall ohne Ruby wegziehen.

Wie kann sich dieser Typ nur Vater nennen? Mein Dad würde mir nie so ein schwachsinniges Ultimatum stellen. Niemals. Immer wieder will ich meinen Vater anrufen, um zu erfahren, wie es ihm geht, aber dann würde ich mich nur noch tausendmal schlechter fühlen, weil er mich wie einen Fremden behandeln würde, der ich für ihn ja auch bin. Also habe ich die Fam auf Instagram gestalkt. Es geht ihm gut. Er hat sogar jemanden kennengelernt. Und das macht mich glücklich.

Ich dusche schnell, ziehe mir eine saubere Jeans und ein einfaches T-Shirt an und mache mich auf den Weg nach unten, um Lourdes zu finden. Aus der Küche ertönt irgendeine französische Café-Musik. Als ich reinkomme, sitzen Whitney und Lourdes an der Bar, schlürfen Kaffee, plaudern und lachen, als wären sie alte Freundinnen.

So peinlich.

Whitneys Augen leuchten auf, als sie mich sieht. »Ich wollte dich gerade wecken, aber Victoria wollte die Ehre haben. Ich hoffe, sie hat dich nicht gestört.«

»Überhaupt nicht«, sage ich zu Whitney. »Sie ist süß.«

Eine Linie umspielt ihren Mundwinkel, als wäre sie sich nicht sicher, ob sie grinsen oder lächeln oder meine Temperatur checken soll.

»Ihr habt euch also kennengelernt«, sage ich und mein Blick wandert zu Lourdes, deren Miene mir vermittelt: *Gibt nichts zu sehen. Alles im Griff.* Mit ihrem übertriebenen britischen Akzent fragt sie: »Ziehst du das in der Schule an?«

Wo ist noch mal die Messerschublade?

Ich gucke mir ihren Jeansminirock und ihr Sweatshirt an. Braune Locken umspielen ihr sommersprossiges Gesicht und ich bin ganz ehrlich erstaunt, wie leicht sie in ihre menschliche Hülle geschlüpft ist.

»Lourdes ist reizend.« Whitney freut sich so sehr, dass ihre Wangen rosa werden. »Sie hat mir alles erzählt, Jameson, und es ist so aufmerksam von dir, ihr anzubieten, bei uns zu wohnen. Ich hatte keine Ahnung, dass ihr euch letzten Sommer in London kennengelernt habt. Und wie bedauerlich, dass ihre erste Gastmutter krank geworden ist.«

Ich nicke und präge mir die Geschichte gut ein, damit ich sie später problemlos wiedergeben kann. Ich frage mich kurz, ob Lourdes Whitney so wie dem Arzt im Krankenhaus eine Gehirnwäsche verpasst hat. »Ja, das war nicht schön«, erwidere ich. »Ich bin nur froh, dass ich helfen konnte.«

»Ich bin so froh, dass wir die ganze Zeit über in Kontakt geblieben sind«, meint Lourdes. »Und dass du nur eine Stunde entfernt warst!«

»So ein Glück«, sage ich sarkastisch und zwinge mich, sie anzugrinsen.

»Wir haben gerade über all die Ecken gesprochen, an denen ich mich in London herumgetrieben habe, als ich dort auf dem College war.« Whitney sieht aus, als würde sie auf Wolke sieben schweben, den ganzen Tag in Erinnerungen schwelgen wollen. Sie springt auf, als hätte sie sich gerade an etwas erinnert, und schnappt sich einen mit Leinen ausgekleideten Brotkorb. »Und guck mal, Tortillas.«

Sympathie für sie erblüht in meiner Brust. Wow. Sie ist wirklich nett. So nett, dass ich mir wie ein totaler Arsch vorkomme, weil ich mich als jemand anderen ausgebe.

Ich nehme mir eine Tortilla und beiße hinein. Nach nur drei Bissen muss ich würgen und spucke die Reste angewidert in meine Handfläche. »Was ist da bitte drin? Waschbenzin?«

»Ich habe dir doch gesagt, dass du keine Tortillas magst. Na ja, zumindest keine aus Mehl«, meint Whitney und unterdrückt ein Lachen. »Ich könnte dir ein Omelett machen.«

Ich schüttele den Kopf, halte die traurigen Tortillastücke in der Hand und suche in Lourdes' Gesicht nach Antworten, aber sie starrt mich nur ausdruckslos an. Egal. Ich weiß es bereits. Jamesons Geschmacksknospen sind gestörte kleine Arschlöcher, die keine Ahnung haben, was sie verpassen!

Ich bin am Boden zerstört, als ich die Tortillas in den Müll werfe. Auf keinen Fall werde ich ein Leben ohne Tortillas führen. Ich werde meine Geschmacksknospen jeden Tag und jede Nacht trainieren, bis sie sich besinnen.

»Ist das neu?« Whitney zeigt auf mein graues T-Shirt und runzelt die Stirn.

»Äh, ja.«

»Wir waren am Samstag shoppen«, sagt Lourdes und baumelt unter der Frühstücksbar mit den Beinen, als ob sie sich amüsieren würde. »Wir haben sogar einen Stutzflügel gekauft. Er wird heute geliefert.« Sie hebt ihre große Kaffeetasse an die Lippen. Was hat sie vor? Versucht sie, mich zu ärgern? Will sie, dass Whitney herausfindet, dass ich ein Betrüger bin?

Wie aufs Stichwort legt Whitney überrascht den Kopf schief. »Einen Stutzflügel?«

»Und eine Gitarre«, fügt Lourdes hinzu.

Ich setze alles auf *Ruhig, Brauner* und lüge wie gedruckt: »Ja, als ich im Koma lag, habe ich Musik gehört ... ein Lied. Es war so perfekt und ... I... Ich kann es nicht wirklich erklären, aber ich glaube, es ... es hat mich zurückgebracht und ...«

»Und er spielt wie Mozart«, meint Lourdes.

Unwahrscheinlich.

Whitney sieht aus, als würde sie gleich in Ohnmacht fallen. Sie lehnt sich gegen die Bar und nickt ungläubig. »Du kannst jetzt also Klavier und Gitarre spielen? Das kommt ... unerwartet.«

Lourdes sagt: »Ich habe über Menschen gelesen, die ein Schädelhirntrauma erlitten haben und sich dadurch verändert haben. Wie das Mädchen auf den Philippinen, das vom Blitz getroffen wurde. Als sie aufwachte, konnte sie fünf Sprachen sprechen und malen wie Picasso. Das war überall in den Nachrichten. Komplett verrückt.«

Whitney nickt, als wäre sie bereits bekehrt. Sie schiebt sich langsam eine hellbraune Haarsträhne hinters Ohr, bevor sie meinem Blick begegnet. »Du glaubst doch nicht, dass sich das auf dein Footballspiel auswirken wird, oder?«

Ich bekomme ein mulmiges Gefühl im Bauch. Ursprünglich dachte ich, Whitney sei die treibende Kraft hinter Jamesons Footballtraum, aber jetzt sehe ich, dass sie einfach nur nicht will, dass ihr Sohn wegzieht.

»Mach dir keine Sorgen«, versuche ich sie zu beruhigen. »Ich hab alles im Griff.«

»Er wirft den Ball immer noch wie eine Rakete«, platzt Lourdes heraus und nickt, als wäre sie ein Wackeldackel. »Es ist wirklich ein Wunder, dass er noch lebt und all diese erstaunlichen neuen Fähigkeiten hat. Wie ein Geschenk Gottes.«

Ihre Worte triefen vor Sarkasmus, den Whitney gekonnt überhört, denn sie himmelt mich weiter an, und für einen Sekundenbruchteil fühle ich mich schuldig. Ich bin nicht ihr Sohn und ich weiß nicht, was schlimmer ist: Dass sie glaubt, ich bin's? Oder überhaupt keinen Sohn zu haben?

»Wir sollten zur Schule fahren«, sage ich schließlich. Und als Lourdes und ich uns auf den Weg machen, spüre ich ein nervöses Flattern in meinem Magen, weil ich mich frage, wie die Leute reagieren werden, wenn sie herausfinden, dass Jameson wieder da ist und nichts mehr so ist wie früher.

20

RUBY

Drei Dinge, die mich beschäftigen ...

1. Jameson hat sich verändert. Ich meine ... er ist nicht er selbst. Als ich ihn und das Mädchen getroffen habe, fand ich ihn nicht komplett abstoßend. Und das ist supergruselig.
2. Was zum Teufel war das für ein seltsames warmes Gefühl, als er mich berührt hat?
3. Warum fühle ich eine seltsame Verbindung zu ihm?

Der einzige Weg, das herauszufinden, ist die Tarotlesung, die Gabi zuvor mit mir machen wollte.

Vielleicht könnte es uns helfen, die Botschaft unserer Ahnen zu verstehen: *Nachricht.* Sobald ich höre, wie Gabi aus der Dusche kommt, stürme ich in ihr Zimmer und lasse mich auf ihr Bett plumpsen. »Ich bin so weit.«

Sie hat einen abgetragenen Snoopy-Bademantel an und ein großes flauschiges Handtuch um ihren Kopf geschlungen, um ihr nasses Haar zu bändigen. »Für?«, fragt sie.

»Die Lesung, Gabi!«

»Ach ja, mh, weil ich jetzt auch Gedanken lesen kann und sicher hätte wissen müssen, dass du das gemeint hast.« Sie lässt sich auf einen Sitzsack neben dem Bett fallen. »Warum jetzt?«

Ich erzähle ihr davon, was mit Jameson passiert ist. »Mein Inneres hat wie Lava gebrannt und ich hab dieses seltsame warme Kribbeln gefühlt, als er mich berührt hat.« Sogar jetzt, da ich mich die Worte sagen höre, kann ich sie noch nicht wirklich fassen. Und dann überrollt mich eine Welle der Verlegenheit.

Gabis Mund öffnet und schließt sich, wie bei einer Kaulquappe.

»Was?«, frage ich, geschockt von der Richtung ihrer Gedanken.

»Ein Kribbeln?«

»Gabi, es ist nicht so, wie es sich anhört. Mein sechster Sinn will mir etwas sagen.«

»Mmm ... na ja. Das hat bestimmt was mit dieser Botschaft zu tun«, versucht sie mich zu beruhigen. »Ich wusste, dass wir deine Lesung gleich nach Jamesons hätten machen sollen und jetzt ist die Energie vielleicht nicht mehr so stark wie vorher. Was ist, wenn die Lesung jetzt nicht mehr so genau ist, und ...«

Ich massiere mir die Schläfen, um die plötzlichen Kopfschmerzen zu bekämpfen, und sage: »Gabi ... die Lesung.«

Meine Schwester nimmt ihre Karten aus der Holzkiste, die auf ihrer Kommode steht, und reicht sie mir. Schnell mische ich das Deck. Dann klopfe ich zweimal auf die Karten und als ich sie auffächern und eine auswählen will, fallen zwei von allein zu Boden: die Närrin und die Acht der Schwerter.

Gabi und ich schnappen gleichzeitig nach Luft. Wenn die Karten sich selbst auswählen, wissen wir, dass nichts dem Zufall überlassen wird. Sie schreien förmlich: »GIB ACHT.«

Nur ist die Bedeutung dieser beiden Karten sehr allgemein und überhaupt nicht hilfreich.

Ich hebe die Närrin auf. Die Karte zeigt eine majestätische Meerjungfrau, die auf zwei Beinen aus dem Wasser emporsteigt und ein Zepter und einen kleinen Zigeunerbeutel bei sich trägt.

»Du bist in ungewohnten Gewässern unterwegs«, sagt Gabi und untersucht die Karte. »Und du musst auf das Unerwartete vorbereitet sein.«

»Das weiß ich auch ohne die Karten«, hauche ich, während ich die Acht der Schwerter aufhebe. Eine Karte, die schwer anzuschauen ist, weil sie eine gefesselte Meerjungfrau zeigt. Sie ist so verletzlich, weil sie dem Wasser entrissen wurde. Ihrem Element. Ihre Augen sind verbunden und sie ist an einen Felsen gefesselt, umgeben von acht Schwertern, die im Sand stecken. Ich weiß, was die Karte bedeutet.

Wachse über die Grenzen deines Herzens hinaus. Grabe tiefer nach der Wahrheit. Was wie eine Schwäche erscheint, wird deine größte Stärke sein.

Als ich wieder aufschaue, starrt mich meine Schwester mitfühlend, aber auch neugierig an, die Hand ausgestreckt.

Zögernd lege ich ihr die Karten in die Hand und frage mich, ob ich das Richtige tue, ob ich wirklich wissen will, was die Ahnen zu sagen haben.

Sie drückt die Närrin und die Acht der Schwerter an ihre Brust und schließt die Augen.

Mein Puls rast. Ich halte den Atem an und warte. In den nächsten dreiunddreißig Sekunden versuche ich, das Mienenspiel meiner Schwester zu deuten, das von einer

Grimasse bis zu einem leeren Ausdruck und allem dazwischen reicht.

Als Gabi endlich die Augen öffnet, sagt sie nur: »Das ist komisch.«

»Bitte hör auf, dieses Wort zu benutzen.« Ich halte weiter den Atem an.

»Hast du genug Energie da reingesteckt?«, hakt sie nach und mustert mich zweifelnd.

»Ja!«

»Du solltest das Deck mischen und es noch einmal versuchen.« Sie legt die Karten oben auf den Stapel und will ihn anheben, aber ich packe ihre Hand, um sie aufzuhalten. »Was soll das, Gabi? Du hast selbst immer gesagt, dass Wiederholungen nichts bringen. Also, spuck's schon aus.«

Die Morgensonne scheint durch den Vorhang herein und sie verzieht den Mund. »Es ist, als wären die Karten in der Zeit verloren. Die Botschaft würde einen Sinn ergeben, wenn wir die Lesung vor anderthalb Jahren gemacht hätten. Aber …«

Ich reibe mir die Stirn und versuche, die monstermäßigen Kopfschmerzen zu verdrängen, die sich gerade anbahnen. »Gabi, sag es mir einfach.«

Sie sieht mich nicht an, heftet den Blick auf die Karten und schüttelt wieder den Kopf. »Das ist einfach falsch.«

»Deine Lesungen sind nie falsch und das weißt du!« Ich schnappe nach Luft, als sich Panik in mir ausbreitet.

»Na, heute schon, wahrscheinlich weil seit der anderen Lesung zu viel Zeit vergangen ist.«

Sie verarscht mich hundertpro. Ich zwinge meine Schwester, mich anzuschauen, und flehe so ruhig ich kann: »Bitte.«

Sie presst ihre Lippen aufeinander und leckt sich darüber. »Vergiss nicht, ich bin nur der Bote.« Dann schließt sie die Augen und sagt: »Du wirst es nicht kommen sehen, du wirst nicht bereit sein, du wirst dagegen ankämpfen, aber letztendlich …« Sie hält inne, öffnet die Augen und starrt mir tief in die Augen.

In meiner Brust brodelt ein Vulkan, der jeden Moment auszubrechen droht. »Was wird kommen? Was werde ich bekämpfen?«

»Du wirst dein Herz verlieren … und zwar bald.«

Wut und Verwirrung treiben mich an, als ich mit der Hand über das Bett fahre und das gesamte Deck und meine Lesung auf den Boden fege. »Das ist lächerlich! Die Karten sind kaputt! Du hast die falsche Botschaft verstanden.«

Sie nickt und konzentriert sich auf ihren abblätternden gelben Nagellack. »Tut mir leid«, haucht sie. »Aber du weißt, dass die Ahnen nie falschliegen.«

»Und du weißt, dass ich auf KEINEN Fall mein Herz verschenke oder verliere oder was auch immer … nie wieder, an niemanden.«

»Das weiß ich, aber vielleicht betrachtest du das falsch. Vielleicht bedeutet verlieren auch weitermachen.«

Ich bin zu aufgebracht, um zuzuhören. »Und was zum Teufel hat das mit Jameson zu tun und mit dem, was die Ahnen über eine Botschaft gesagt haben?«

»Ich weiß es nicht, aber ich glaube, es hat mit dir zu tun, was auch immer es ist.« Tränen stehen ihr in den Augen, aber sie fallen nicht.

Wütend und voller Reue darüber, dass ich diese verdammte Karte überhaupt in die Hand genommen habe, stehe ich auf und stürme zur Tür. Ich bin fast draußen, als ich die zitternde Stimme meiner Schwester höre. »Ruby?«

Ich wende mich Gabi zu, deren Blick auf die Karten gerichtet ist, die auf ihrem Teppich liegen. Alle sind verdeckt ... bis auf zwei Karten. Die Närrin und die Acht der Schwerter.

Ich erstarre.

Du wirst nicht bereit sein. Du wirst dagegen ankämpfen, aber letztendlich wirst du dein Herz verlieren.

Ich fühle mich krank. Schlimmer. Gott, mir ist zum Kotzen zumute.

»Ruby«, haucht Gabi und kommt langsam auf mich zu, aber ich gucke sie nicht an.

Es fällt mir schwer, meinen Blick von den Karten zu reißen. Wie können das Universum und meine Ahnen so grausam sein? So falsch?

Wie kann ich etwas verlieren, das ich nicht mehr habe?

Gabi legt ihre Hand auf meine Schulter, doch sie sagt nichts. Ihre Berührung beruhigt mich etwas. Ich kann die Karten ignorieren. Unsere Ahnen. Ich kann meine Intuition ignorieren.

Mit einem langen, tiefen Atemzug fülle ich meine Lungen und nicke. »Ich weiß«, murmele ich, ohne etwas anderes sagen zu müssen, denn sie weiß es auch.

Ich kann diese Lesung auf keinen Fall ignorieren.

Nach der Schule breite ich die beiden erbärmlichen Karten auf meinem Bett aus und starre sie an, als könnte ich die illustrierten Meerjungfrauen so dazu bringen, sich zu erheben und ihr Geheimnis zu lüften.

In diesem Moment ruft Serena an. Sie wartet nicht einmal darauf, dass ich *Hey* sage, und kommt direkt zum Punkt: »Soll ich mich schon jetzt in Yale bewerben?«

Ich stelle sie auf Lautsprecher und fange an, Wäsche zu sortieren. Irgendwas muss ich tun, um mich zu beschäftigen. »Ich dachte, du wolltest dir mehr Optionen offen lassen.«

»Das tue ich, aber ich glaube, mein Ego will mehrere Zusagen, weil ich einfach so ticke, wie du genau weißt.«

Wir haben das schon einmal besprochen. Sie setzt sich Ziele, erreicht sie und wird dann von Selbstzweifeln geplagt, ob ihr Plan überhaupt der richtige war.

»Hast du eine Pro- und Kontraliste erstellt?«, frage ich und bin plötzlich dankbar, dass ich mit ihr über normale, nicht mal ansatzweise mystische Dinge sprechen kann.

»Ich tu mal so, als hättest du das nicht gefragt.«

Ich höre Schritte und Serenas Stimme, die näher kommt. Sie betritt mein Zimmer, das Handy am Ohr, legt dann auf und wirft das Handy auf mein ungemachtes Bett. »Ich habe mein Leben durchgeplant, seit ich fünf Jahre alt war, und jetzt? Jetzt, wo die Zeit knapp wird und alles so real ist, verliere ich den Verstand.« Mit einem genervten Stöhnen lässt sie sich aufs Bett fallen.

»Du machst dir zu viele Gedanken«, erwidere ich und setze mich neben sie. »Vielleicht musst du dich einfach eine Zeit lang ablenken. Du weißt schon, dich entspannen. Mach eine Pause.« Ein guter Rat, den ich selbst beherzigen sollte.

An ihrem nachdenklichen Ausdruck sehe ich, dass sie Kosten und Nutzen abwägt, bis ihr Blick auf mein Kopfkissen fällt, wo die Karten liegen, die ich aus Gabis Lesung gezogen habe.

Serena schnappt sie sich, ehe ich sie aufhalten kann. »Was ist das?«

Ich stehe auf und werfe einen Haufen dreckiger Klamotten in den Weidenkorb, wobei ich versuche, so nonchalant wie möglich zu antworten: »Gabi hat mir eine Lesung gegeben.«

»Wegen?«

Ich erzähle ihr, was mit Jameson auf den Felsen am Strand passiert ist, von der kryptischen Botschaft meiner Ahnen und dem Aufruhr in mir, den ich nicht erklären kann. Den Part, dass ich mein Herz verlieren werde, lasse ich aus, denn ich weiß, dass sie nur so viel Mystik auf einmal verdauen kann.

»Ich weiß, du glaubst nicht an diesen Kram, aber du solltest dir von Gabi auch eine Lesung geben lassen – du weißt schon, damit du dich für ein College entscheiden kannst.«

»Ruby.«

»Ich weiß, was du sagen willst«, sage ich und hebe abwehrend die Hand. *Aber es kribbelt unter meiner Haut, was ich nicht ignorieren kann. Logik und Vernunft können mir nicht helfen.*

Wachse über die Grenzen deines Herzens hinaus. Grabe tiefer nach der Wahrheit. Was wie eine Schwäche erscheint, wird deine größte Stärke sein.

»Nein. Tust du nicht.«

»Wirklich? Willst du mir nicht sagen, dass das lächerlich ist? Dass Jameson auf keinen Fall von einem Felsen verschwinden kann oder dass mein seltsamer sechster Sinn nur Einbildung ist?«

Aus Serenas Miene spricht eine Mischung aus Sorge und Verwirrung. Sie stößt resigniert den Atem aus. »Das wollte ich nicht sagen.«

Ich stehe auf, um etwas Abstand zu gewinnen, von ihr und dem, was sie sagen wird. Aber ihre Worte hängen zwischen uns.

»Ich will nicht, dass du verletzt wirst.«

Ich starre sie kalt an und hoffe, dass sie die Ironie ihrer Worte erkennt.

»Okay, ich weiß«, gibt sie zu. »Du wurdest bereits verletzt, aber ist das die Antwort? Diese Jagd nach etwas, das es wahrscheinlich gar nicht gibt?«

»Ich hätte nichts sagen sollen«, knurre ich. »Du hast die Fähigkeiten meiner Familie nicht verstanden.«

»Ich versteh dich ja. Aber ich mache mir Sorgen, dass das für dich ein Weg ist, in einer Welt gefangen zu bleiben, in der du niemanden an dich heranlassen musst. Was ich verstehen kann, okay, bloß möchte ich nicht ...« Sie lächelt traurig. »Ich hoffe einfach, dass das nicht deine Art ist, an etwas festzuhalten, das dir nur noch mehr Schmerz bringen wird.«

Meine Brust zieht sich zusammen und ich bekomme kaum noch Luft. »Gabi irrt sich nie.«

»Nur dass deine Ahnen sich nicht klar ausgedrückt haben. Das hast du selbst gesagt.«

»Und?«

»Was hast du jetzt vor? Willst du Jameson fragen, warum er verschwunden ist? Warum du dich auf seltsame Weise mit ihm verbunden fühlst?«

Ich weiß, dass ihre Argumentation hieb- und stichfest ist, aber ich versuche trotzdem, sie zu widerlegen. »Findest du es nicht seltsam, dass er so begierig darauf ist, mit mir zu reden?«

»Überstürz es wenigstens nicht«, sagt sie. »Und sei vorsichtig.« Sie kommt zu mir und umarmt mich fest. »Ich hab dich gern und will dich nur glücklich sehen, liebste Freundin.«

Was ist, wenn glücklich sein keine Option ist?

Die Worte wollen aus mir heraussprudeln, doch ich halte sie unter Verschluss.

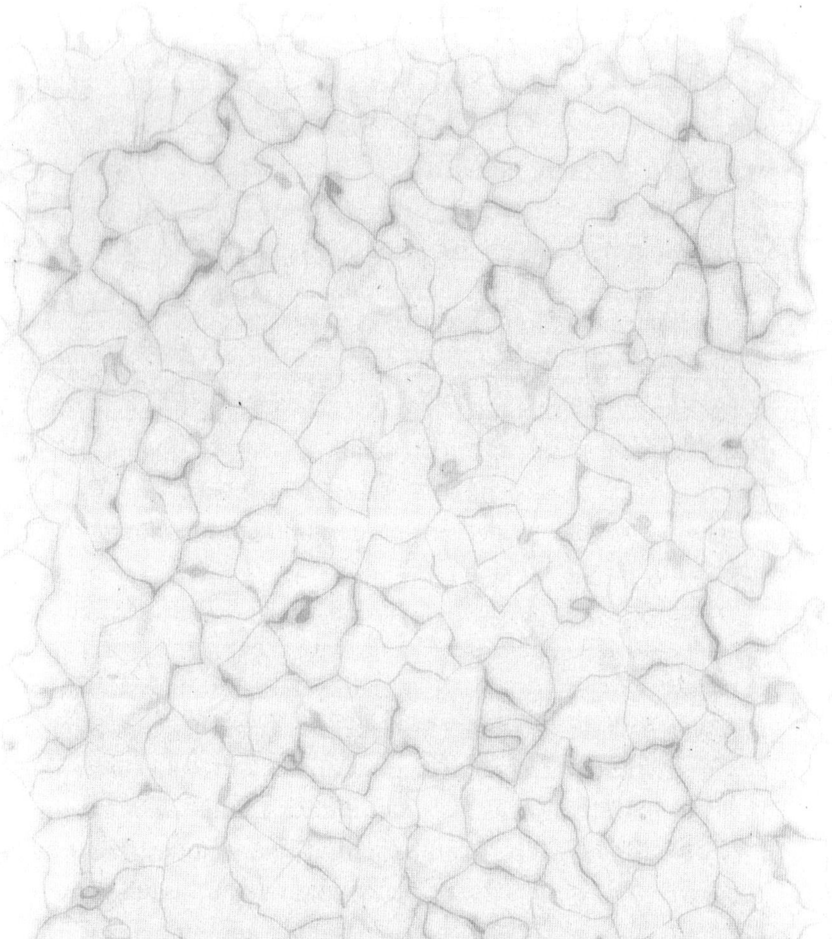

21

Hart/Jameson

Seaside High hat sich nicht verändert. Nicht dass ich etwas anderes erwartet hätte. Doch wenn dein Leben auf den Kopf gestellt wird, hofft man beinahe, dass die Welt nachzieht. Ich fahre auf den Parkplatz, parke im Schatten eines Baums und versuche, die Blicke zu ignorieren, die mir zugeworfen werden. Ich schaue das imposante Backsteingebäude an und suche nach einer Ausrede, um nicht sofort aus dem Auto aussteigen zu müssen. Mit schwitzigen Handflächen umklammere ich das Lenkrad.

»Lustige Geschichte«, murmele ich. »Das hier war früher mal eine Nervenheilanstalt und da das Gebäude unter Denkmalschutz steht, durfte es niemand abreißen, also haben sie eine Highschool draus gemacht. Abgefahren, was?«

Lourdes starrt gleichgültig auf die Schule. »Recycling ist Teil des kosmischen Plans.«

Ich ignoriere die Doppelbedeutung und rede weiter, denn das hält mich davon ab, darüber nachzudenken, was als Nächstes kommt: mich allen zu stellen. »Es kursieren viele

Legenden von Geistern bis hin zu Dämonen«, sage ich. »Aber mein absoluter Favorit? A. Bookmaker. Ihr wahrer Name ist nicht bekannt und sie wurde eingeliefert, weil sie sich an nichts erinnern konnte. Der Geschichte nach war sie besessen von Büchern. Verstehst du? Eine Buchmacherin?«

»Har, har. Hör auf, mich hinzuhalten«, knurrt Lourdes.

»Und was hast du heute vor? Stehen irgendwelche guten Taten auf deinem Programm?«

»Ich habe mich als freiwillige Helferin im Tierheim angemeldet«, meint sie. »Und ich werde die Highschool-Szene unter die Lupe nehmen und sehen, wem ich helfen kann oder wen ich dazu bringen kann, sich besser zu fühlen, was nicht schwer zu finden sein dürfte, weil ihr Teenager heutzutage zu euch selbst so hart seid.«

»Okay, wo fangen wir an?«

Lourdes lächelt schüchtern. »Im Büro des Direktors natürlich.«

»Ich meinte mit Ruby.«

»Das Wichtigste zuerst, Hart.«

Es sind etwa neunzig Meter bis zum Sekretariat und bei jedem Schritt wird mir entweder applaudiert, auf die Schulter geklopft oder meine Mitschüler strecken ihre Daumen hoch. Jameson ist so was wie ein Highschool-Gott, den die meisten in Wahrheit nicht ausstehen können, aber aus Angst vor seinem Zorn tun sie so, als würden sie ihn anbeten. Deshalb hatte ich erwartet, dass ich ein paar finstere Blicke ernten würde oder Spott, doch alle scheinen wirklich entspannt und glücklich zu sein, Jameson zu sehen. In diesem Moment wird mir klar, dass diese Nahtoderfahrung ihn beziehungsweise mich unantastbar macht und uns vielleicht, nur vielleicht, einen Neuanfang ermöglicht.

Das schützt Lourdes natürlich nicht vor neugierigen Blicken. Sie scheint es nicht einmal zu bemerken oder sich drum zu kümmern; sie hebt lediglich ihr Kinn höher, als wäre sie eine Löwin, die durch den Dschungel streift, und starrt gelegentlich in die Menge, um jeden zu entmutigen, der versuchen könnte, sich ihr zu nähern.

»Du musst freundlicher sein, wenn du hier überleben willst«, rate ich. »Und um deine Flügel zurückzubekommen.«

»Willst du damit sagen, dass Engel nicht freundlich sind?«

»Woher soll ich das wissen? Ich kenne nur dich.«

»Ich kann freundlich sein«, murrt sie. »Wenn es dem Zweck dient.«

Wir kommen vor der Tür zum Sekretariat zum Stehen und sie sagt: »Wie jetzt zum Beispiel.« Sie setzt ein filmreifes Lächeln auf und zieht eine Braue hoch. »Sieh zu und lerne, Mensch.«

Wir verbringen ungefähr vierzig Minuten im Büro, die in etwa so ablaufen:

1. Lourdes schreibt sich mit gefälschten Papieren in der Schule ein, was die Sekretärin sofort akzeptiert. Sie steht eindeutig unter Lourdes' »freundschaftlichem« Bann, denn sie gewährt ihr alle Kurse, die sie will, einschließlich Shakespeare, Poesie, Französisch und Werken, ohne sich darum zu scheren, ob sie damit den Schulabschluss schafft oder nicht.
2. Unter Berufung auf meine Erinnerungsschwierigkeiten (die sich als sehr nützlich erweisen) besorge ich mir eine Kopie von Jamesons Stundenplan. Er hat montags nur vier Unterrichtsstunden; die letzten beiden sind für Football reserviert.

3. Ich versuche, die Sekretärin zu überreden, mir zu sagen, in welchen Kursen Ruby ist (indem ich Lourdes' Freundlichkeit nachahme), aber werde nur mit einem starren Blick bedacht.

Lourdes geht mit ihrem neuen »Guide« los – einem großen, schlaksigen Kerl mit Akne, Schlabberhose und offenen Schnürsenkeln –, um die Schule zu erkunden. »Danke, dass du mich rumführst«, sagt sie zu ihm. »Du bist wirklich hilfreich.«

Der Kerl badet in ihrem Lob und ich kann praktisch sehen, wie der Schleimpunktezähler über ihrem Kopf aufblitzt, wenn sie eine gute Tat vollbringt.

»Jo, Jameson!« Ich drehe mich um und sehe ein paar Jungs aus dem Footballteam, die sich durch die Menge zu mir drängen. Nachdem sie mich abgeklatscht haben, bombardieren sie mich mit Fragen, indessen ich mir wie ein Flipperball vorkomme: »Kumpel, was ist passiert?«, »Geht's dir gut?«, »Hast du meine Nachricht bekommen?«, »Stimmt es, dass du immer noch Raketen wirfst?«

Wow! Nachrichten verbreiten sich schnell.

Wir gehen und reden, also sie reden und ich nicke meistens. Grundgütiger, das ist so seltsam. Und dann stehe ich vor einem Spind. Vermutlich Jamesons Spind. Ich schätze, meine Beine wussten, in welche Richtung sie gehen müssen. Einer nach dem anderen verschwinden Jamesons Freunde in ihre Klassenzimmer und lassen mich mit Tristan allein – Jamesons bevorzugtem Wide Receiver. Sie sind auf dem Spielfeld so gut aufeinander eingespielt, dass sie mit dem legendären Duo Roethlisberger und Brown verglichen werden.

Wie beim Schloss des Schuppens am Strand drehe ich das Zahlenschloss, bis es klickt. Im Spind befinden sich ein paar

Bücher, ein Football und ein stinkendes Sweatshirt. Ich nehme das Buch über amerikanische Geschichte heraus und versuche das Shirt nicht anzufassen.

Ein Mädchen lächelt mir zu und ein paar andere winken aus der Ferne, als würden sie sich fragen, ob es sicher ist, mich anzusprechen.

»Also, äh«, beginnt Tristan zu stottern, »ist es wahr? Du willst wieder spielen?«

»Ich komme morgen zum Training, um wieder ein Gefühl dafür zu bekommen«, erwidere ich, während wir den Korridor entlangdüsen und uns zwischen den anderen hindurchdrängen, die immer noch High fives geben wollen.

»Ja, das ist gut.« Er lehnt sich so nahe heran, dass sich unsere Schultern berühren. »Ich habe gehört, dass dein Erinnerungsvermögen irgendwie ... kaputt ist. Denkst du, dass du mit den Spielzügen zurechtkommst? Kannst du sie dir merken?«

Mein Ego gewinnt die Oberhand. »Ich bekomm das schon hin«, antworte ich und flippe schon bisschen aus, weil ich absolut keine Ahnung habe, wie man Football spielt.

»Ich könnte die Züge mit dir durchgehen und mit dir trainieren oder ...« Tristan zuckt mit den Schultern. »Alles, was du brauchst, Bro.«

In diesem Moment sehe ich Ruby. Sie kommt auf mich zu, die Büchertasche über die Schulter geworfen. Sie trägt Leggings und ein T-Shirt, auf dem ES IST MIR BUCHSTÄBLICH EGAL steht.

Serena geht neben ihr her und erzählt ihr etwas, aber ich merke, dass Rubes meilenweit weg ist.

»Hey, Ruby«, rufe ich, lächle und winke ihr übertrieben zu. »Dein T-Shirt gefällt mir.«

Ruby würdigt mich kaum eines Blickes, als sie vorbeigeht, nickt aber gezwungen höflich. Serena hingegen bedenkt mich mit einem perfekt getimten finsteren Blick, der mir signalisiert: *Zieh Leine.*

Tristan legt mir eine Hand auf die Schulter. »Geht's dir gut, Bro? Dir gefällt ihr T-Shirt?«

»Ja, ich mag es. Na und?«

Tristan hält die Hände hoch. »Whoa, Mann.«

Ich atme tief durch und realisiere, dass mir das die Laune verdirbt, und es ist nicht cool, es an jemand anderem auszulassen. »War ein langer Tag.«

»Äh, der Tag hat eben erst begonnen.« Tristan lacht und verschwindet, lässt mich im wogenden Strom der Menschen stehen und mir wird flau im Magen.

Ich gehe in mein Klassenzimmer und setze mich gerade auf einen freien Platz am Fenster, als es klingelt. Ein paar meiner Mitschüler begrüßen mich mit einem »Hey«, ein anderer sagt »Glückwunsch«, als hätte ich gerade den Superbowl gewonnen, anstatt einfach zu überleben. Eine Minute später stürmt Gabi herein und lässt sich auf den Stuhl hinter mir fallen. Sie trägt schwarze Latzhosen und ein Tanktop. Ihr Haar hängt in zwei Zöpfen über ihren Rücken.

Ich drehe mich um und lege den Arm über die Rückenlehne meines Stuhls. Sie ist damit beschäftigt, einige Hefter in ihrer Tasche zu durchwühlen. Als sie endlich aufblickt, lächle ich. Ihr Gesicht verzieht sich zu einem *Was willst du?*-Ausdruck.

Sie guckt zu den anderen im Raum, die in ihre eigenen Gespräche vertieft sind, und sagt: »Du bist hier.«

»Du auch.«

Unser Lehrer Mr. Ortega unterhält sich an seinem Pult mit einem Schüler, sodass Gabi und ich mehr Zeit haben zu reden.

Sie sagt: »Ich dachte nur, du brauchst vielleicht noch eine Weile, bevor du zurück zur Schule kommst.«

»Ich fühl mich großartig.« Ich lächele übertrieben und wackle mit dem Kopf, aber es ist schwer, mich bei Gabi zurückzuhalten. Sie gehört zur Familie. In ihrer Nähe zu sein, gibt mir das Gefühl, ich *könne* mein altes Leben doch zurückgewinnen. Ganz gleich, was der griesgrämige Engel sagt, der sich in Jamesons Haus eingenistet hat.

Sie nickt nur, als wären ihr die Worte ausgegangen, und widmet sich wieder dem Papierkram, den sie herausgezogen hat.

»Also«, sage ich. »Wie geht es Ruby?«

»Ich habe ihr gesagt, dass du nach ihr gesucht hast. Hast du sie jemals gefunden?« Ich ignoriere ihre Frage. Ruby erzählt Gabi alles, das bedeutet also, dass Gabi nach Informationen angelt. Aber worüber?

»Ich habe sie am Wochenende gesehen«, antworte ich und kämpfe gegen das Lächeln an, das meine Mundwinkel anhebt. »Aber das weißt du ja schon.«

Gabi – die kluge, süße, berechnende Gabi – grinst. Sie lehnt sich zurück und verschränkt die Arme vor der Brust. Ihre dunklen Augen funkeln misstrauisch. »Du hast ein Geheimnis, Jameson Romanelli.«

Whoa! Wieso der Curveball? Ich schlucke den Kloß in meinem Hals hinunter, der gerade auf die Größe eines kleinen Pfirsichs angewachsen ist. Weiß sie etwas?

Im Geiste formuliere ich die Worte, die ich sagen will: *Ich bin Hart und stecke in Jamesons Körper fest.* Aber meine Synapsen zünden fehl und genau wie zuvor sterben die Worte einen langsamen und schmerzhaften Tod, ehe ich sie aussprechen kann.

»Und?«, fragt sie mit erwartungsvoll hochgezogenen Augenbrauen.

»Also, ich meine …« Ich hasse die kosmischen Regeln.

Gabi gähnt, ohne sich die Mühe zu machen, eine Hand vor den Mund zu legen. »Ich habe Ruby eine Tarot-Lesung gegeben, weißt du?«, sagt sie. »Du weißt vielleicht nicht, was das ist, aber …«

»Ich weiß es!«, schreie ich fast. Ein paar unserer Mitschüler schauen in unsere Richtung, also senke ich meine Stimme. »Ich weiß genau, was das ist. Was haben dir die Karten gesagt?« *Bitte sag mir, dass sie die Wahrheit enthüllt haben.*

Sie beugt sich vor, sodass wir nur wenige Zentimeter voneinander entfernt sind. Das könnte die Antwort auf alle meine Probleme sein. Wenn Gabi es herausgefunden hat, kann sie Ruby die Wahrheit verraten!

Im Flüsterton meint sie: »Ich würde es dir sagen, aber dann müsste ich dich töten.« Und schon löst sich die aufkeimende Hoffnung in Luft auf.

»Gabi«, bettele ich sie verzweifelt an, »ich brauche wirklich deine Hilfe.«

Ihre dunklen Brauen ziehen sich zusammen. »Wieso? Denn wenn es mit Ruby zu tun hat, ist das vom Tisch. Das wird nie passieren.«

Ich wünschte, ich könnte ihr alles erzählen, aber mir ist klar, dass ich ihr nichts offenbaren kann, damit sie die Wahrheit erkennt. Das heißt allerdings nicht, dass sie mir nicht helfen kann.

»Ich brauche deine Hilfe bei diesem Kurs«, sage ich und stürze mich kopfüber in meine plötzlich geniale Idee, von der ich wirklich hoffe, dass sie nicht in die Hose geht. »Nur damit ich alles aufholen kann, was ich verpasst habe. Du weißt schon … wegen meines Gedächtnisverlusts.« Ich reibe mir dramatisch den Nacken, als würde ich üble Schmerzen leiden. »Wenn es dir nichts ausmacht?«

Gabi denkt kurz über meine Bitte nach. Ihre weichere, mitfühlende Seite kommt zum Vorschein und sie nickt. »Okay. Unter einer Bedingung.«

»Alles.«

»Spiel nicht mit meiner Schwester. Sie hat schon genug durchgemacht.«

»Wegen ihres Freunds, meinst du.« Mein Herz hämmert. Nur fürs Protokoll: Es ist verrückt, von sich selbst in der dritten Person zu sprechen. »Das muss furchtbar gewesen sein.«

»Schlimmer, als du ahnst«, sagt Gabi und beißt sich auf die Lippe. Sie sieht aus, als wäre sie kurz davor, in Tränen auszubrechen, und in diesem Moment wird mir klar, wie schwer mein Tod auch für sie gewesen sein muss. Gabi und ich haben einander verstanden. Sie ist die Schwester, die ich nie hatte. Sie war meine treue *Ruby*-Beraterin, die mir immer half, ihre superkomplexe Schwester zu verstehen. Außerdem waren wir eins zu eins der gleichen Meinung, was Horrorfilme und den allgemeinen Mangel an Sauberkeit in der Welt angeht. Und sie ist richtig gut in Karaoke.

»Es tut mir wirklich leid.« Ich streiche über eine Rille in der Rückenlehne meines Stuhls. »Ich weiß, dass du ihm auch nahe gestanden hast.«

Gabis Blick trifft meinen. Was verschweigt sie mir? »Woher weißt du das?«

»Ich … Ich habe davon gehört und es ergibt Sinn. Ich meine, du kanntest ihn lange, richtig?«

»Okay, alle mal herhören«, ruft Mr. Ortega plötzlich von vorn, »schlagt bitte Seite einhundertzweiundachtzig auf.«

»Sprich nie wieder über Hart«, befiehlt Gabi trotzig.

Ich nicke, warte, bis der Schmerz in ihren Augen verblasst, und sage dann: »Also haben wir einen Deal?«

Gabi kaut an einem Fingernagel, schaut dann zu mir auf und murmelt: »Jepp. Abgemacht.«

Und dieses *Jepp*? Das ist mein Ersatzticket in Rubys Welt, falls mir heute alles um die Ohren fliegt.

22

Ruby

Als es nach der letzten Stunde klingelt, drängele ich mich durch kleine Grüppchen hindurch zu meinem Auto, winke und lächle halbherzig, damit es so aussieht, als wäre alles in Ordnung. Denn es gibt nichts Schlimmeres, als von *Normalos* umgeben zu sein, wenn man sich alles andere als normal fühlt.

Als alle von Harts Tod erfuhren, wurde er sofort zum Heiligen erklärt und alle sprachen nur noch davon, dass er das Leben des kleinen Jungen gerettet hatte. Und ich wurde zu dem Mädchen, dem man aus dem Weg gehen musste, weil die Leute einfach nicht von meinem Schock und meiner Trauer verschluckt werden wollten. Vermutlich sollte ich es ihnen nicht verdenken. Ich meine, wer will schon den ganzen Tag neben einem Schatten herlaufen?

Serenas Worte von heute Morgen beschäftigen mich schon den ganzen Tag – die Vorstellung vom Glücklichsein. Ist Glück etwas, das einem einfach passiert? Oder kann man es sich aussuchen? Oder ist es eine Einstellungssache? Vielleicht gibt es noch andere Faktoren, die ich nicht bedacht habe? Oder nichts von alledem? Was, wenn Glück gar nicht das ist, was es zu sein scheint? Was, wenn es gut genug ist, sich nur okay zu fühlen? Wenn Hart hier wäre, würde er sagen: »Wo ist meine Ruby? Das Mädchen, das jeden Winkel der Welt erkunden will, um die Sonne, den Mond und die Sterne auf einmal zu erleben?«

Ich überquere den Schülerparkplatz, wo Martin an seinem gelifteten Truck Hof hält. Als ich vorbeigehe, begegnen sich unsere Blicke. Er wirft mir eine Kusshand zu und ich zwinkere. Er drängt mich seit einer Weile, mir Harts Liederbuch anzusehen, aber ich kann nicht. Es mir anzusehen, lässt seinen Tod so endgültig erscheinen. Als würde ich nie wieder einen neuen »Hart« haben, wenn ich es täte. Es wird nichts von ihm übrig sein.

»Ruby!«

Ich drehe mich um und sehe Lourdes auf mich zukommen.

»Hey«, sage ich lächelnd, als sie bei mir ist. »Wie war dein erster Tag?«

»Ganz in Ordnung, denke ich. Wenn man so tut, als wär das Essen in der Cafeteria okay und die Klos sauber.«

Ich lache. »Ja. Trifft den Nagel so ziemlich auf den Kopf.«

»Hey«, sagt sie plötzlich. »Ich habe mich gefragt, ob du jemanden kennst, der Hilfe braucht.«

»Hilfe?«

»Ich bin, oder … äh … na ja … Ich habe diesen Auftrag. Als Teil meiner Auslandsreiseerfahrung soll ich ein paar gute Taten vollbringen, aber ich weiß nicht, wo ich anfangen soll.«

»Oh, äh … wie wär's, wenn du dich ehrenamtlich bei der Tafel engagierst oder in einem Frauenhaus oder so?«

Ihre Miene hellt sich auf. »Die werde ich auf jeden Fall abklopfen.«

Da wird mir klar, dass sie sich als neues Mädchen an der Schule ziemlich fehl am Platz fühlen muss. »Ich könnte dich ein paar Leuten vorstellen«, sage ich. »Dich herumführen, wenn du willst, weil du ja neu bist und so.«

Sie schenkt mir ein schmallippiges Lächeln, nickt aber langsam und sagt dann: »Das wär nett. Und du hast recht. Ich habe zwar Jameson und er ist toll. Er ist der netteste Kerl auf der ganzen Welt, aber die Perspektive einer Frau wäre besser.«

Ich bin immer noch auf den Part mit dem *nettesten Kerl der Welt* fixiert, als sie hinzufügt: »Du musst dir keine Umstände machen. Ich bin sicher, du bist beschäftigt.«

Doch seltsamerweise möchte ich nichts lieber, als sie herumzuführen. Ich mag die Vorstellung, eine Freundin zu haben, die nichts über mich, meine Vergangenheit oder meinen Kummer weiß. Vielleicht ist es genau das, was ich brauche, um zu mir selbst zurückzufinden.

Sobald ich im Auto sitze, klappe ich die Sonnenblende herunter und Harts Niesfoto fällt in meinen Schoß. Es mag seltsam klingen, aber ich liebe dieses alberne Bild von ihm, weil es ihn mitten im Atemzug zeigt, ein in der Zeit eingefrorener Augenblick. Es scheint unvorstellbar, dass der Mensch auf diesem Foto nicht mehr da sein soll.

Im nächsten Moment fliegt die Beifahrertür auf und Gabi springt auf den Sitz.

»Was machst du denn hier?«, frage ich verwirrt und stecke das Bild wieder an seinen Platz.

»Warum hast du nicht auf meine Nachricht geantwortet?«, knurrt sie.

Ich ziehe mein Handy aus meiner Schultasche. »Es ist aus.«

»Du musst wirklich deine Prioritäten überdenken, Hermana«, faucht sie. »Du verpasst alles.«

»Das bezweifle ich.«

»Ach ja?« Gabi entflechtet einen ihrer Zöpfe und ihre Locken werden lebendig. »Tja, ich habe heute mit Jameson gesprochen.«

»Und das ist neu?«

Selbstzufrieden sagt sie: »Irgendwie schon, aber das ist nicht das Wichtigste. Das Wichtigste ist, dass es offiziell ist. Er hat sich definitiv verändert.«

»Was meinst du?«

»Wir hatten heute Morgen Unterricht zusammen und er war sanft und freundlich. Es war verdammt seltsam und ich wollte es dir beim Mittagessen sagen, aber ich musste nach Hause, also habe ich dir eine Nachricht geschickt, die du offensichtlich nicht bekommen hast.«

»Sanft und freundlich?« Der netteste Kerl der Welt? Haben Gabi und Lourdes aus demselben Brunnen getrunken? Irgendwas ist im Wasser. Bloß kann ich es auch fühlen, sehen und spüren.

»Ja, wie, du weißt schon« – sie setzt einen mitleidigen Gesichtsausdruck auf und klimpert mit ihren Wimpern – »wie ein Hündchen. Das Koma hat ihn wirklich durcheinandergebracht. Oder vielleicht hat es ihn auch besser gemacht? Ich habe schon davon gehört … von Leuten, die fast sterben und dann ihr Leben ändern, wenn sie eine zweite Chance bekommen. So ähnlich wie bei Scrooge.«

»Aber wir leben nicht in einer Dickens-Geschichte.«

»Genau. Und bloß damit du's weißt, ich bin die Schwester des Jahres, denn nachdem ich mit ihm gesprochen hatte, bin ich beim Mittagessen nach Hause gelaufen, um noch einmal in seine Karten zu schauen, um zu sehen, ob die Ahnen mehr als nur eine *Botschaft* für uns hatten.«

Mein Herz beginnt wie wild zu flattern. »Und?«

»Nada, aber nach dem Gespräch mit Jameson habe ich etwas herausgefunden, glaub ich.« Sie hält inne, lehnt sich zurück, schürzt die Lippen. »Ich glaube, Jameson hat eine Botschaft für dich.«

»Raff ich nicht.«

»Vielleicht sollten wir draußen reden. Ich will nicht in einem geschlossenen Raum mit dir feststecken, wenn du ausrastest.«

»Du machst mir Angst«, hauche ich und versuche, das Zittern in meiner Stimme zu kontrollieren. »Spuck's einfach aus.«

»Was, wenn ... er eine Botschaft von der anderen Seite hat, von Hart ... da er dem Tod so nahe war?«

Ich spüre, wie mein ganzes Wesen die Absurdität ihrer Theorie zurückweist, bis auf meine Seele, die mit Pauken und Trompeten hinterlegt JA schreit! Für einen Augenblick lasse ich der Logik den Vortritt. »Gabi, das ist lächerlich. Warum sollte Hart ...«

»Willst du was trinken oder brauchst du etwas anderes?«, fragt Gabi plötzlich. »Du siehst nämlich ziemlich blass aus.«

Ich umklammere das Lenkrad, atme langsam und zitternd ein. »Aber warum Jameson?«, frage ich und klammere mich an die Logik, will jedoch verzweifelt meinem Instinkt und meiner Hoffnung folgen. »Warum hat Hart nicht einfach mit mir gesprochen?«

»Weil Jameson der Einzige ist, der gerade erst in der Welt zwischen dem Diesseits und dem Jenseits war, Tonta. Das Leben nach dem Tod ist eine heikle Angelegenheit«, schließt Gabi. »Und man nimmt, was man kriegen kann. Wenn Jameson der Einzige war, der ihm zur Verfügung stand, dann hatte Hart vielleicht keine Wahl.«

Mein Herz schlägt mir bis zum Hals und ich kann nicht mal schlucken. Ich kann kaum atmen, wenn ich daran denke, dass Jameson möglicherweise an einen Ort gelangt ist, an dem er Hart gesehen oder eine Botschaft von ihm erhalten haben könnte. Was für ein Glückspilz.

Der Gedanke daran weckt eine Erinnerung. Hart und ich waren damals neun Jahre alt; er fiel von seinem Fahrrad und schlug mit dem Kopf ziemlich hart auf dem Bürgersteig auf ... so hart, dass er bewusstlos wurde. Ich verlor die Fassung und schrie herum, aber dann machte er die Augen auf.

»Hart! Alles okay?«

»Mir sind noch nie die Lichter ausgegangen«, murmelte er, als wäre das etwas Erstrebenswertes.

Als ich erkannte, dass es ihm gut ging, schlug ich ihm auf die Brust. »Mach das nie wieder!«

»Von meinem Fahrrad fallen?«

»Mich allein lassen.«

Hart setzte sich auf und rieb sich den Kopf. »Dachtest du, ich sei tot oder so?«

»Sei nicht dumm!«

»Das würde ich nie tun, weißt du.« Er stand auf, hob sein Fahrrad auf und sah zu mir hoch. Das war zu der Zeit, als ich zwei Zentimeter größer war als er.

»Was meinst du?«

»Ich würde dich nie verlassen, ohne mich zu verabschieden.«

Ist es das, worum es hier geht? Versucht Hart einen Weg zu finden, um mir Lebewohl zu sagen? Warum fühlt sich das so leer an, so unzureichend?

Gabi fängt an, auf und ab zu hüpfen, während ihre Finger über den Bildschirm ihres Handys fliegen. Ich habe sie nicht mehr so aufgeregt gesehen, seit ihre Fußballmannschaft vor zwei Jahren bei der Landesmeisterschaft den zweiten Platz belegte. Danach hat sie aufgehört zu spielen. Als ich sie fragte warum, lächelte sie nur und sagte: »Ich habe alles erreicht, was ich erreichen kann.«

»Wem schreibst du?«, frage ich und fühle, wie sich der angespannte Knoten in meinem Magen zusammenzieht.

»Tía Lydia.«

»Warum?«

»Ich habe sie gefragt, ob sie die Aura von jemandem anhand eines Fotos lesen kann.«

Die Fensterscheiben meines Autos beschlagen langsam, also lasse ich den Motor an und schalte die Klimaanlage ein. »Selbst wenn sie es könnte«, sage ich, »warum ist das wichtig?«

»Sie könnte vielleicht, ich weiß nicht … Licht ins Dunkel bringen.«

Ich sehe auf die Uhr am Armaturenbrett und stelle erschrocken fest, dass ich zu spät zu dem Treffen mit Jameson komme, wenn ich mich nicht beeile. Und jetzt frage ich mich, ob ich überhaupt geistig in der Lage bin, ihn zu begegnen.

»Okay, ich muss los. Steig aus«, sage ich zu meiner Schwester.

Sie erwidert meinen Blick trotzig. »Auf keinen Fall. Ich komme mit. Aber ich verspreche, im Auto sitzen zu bleiben, während du mit ihm redest. Ich werd mich ducken und er wird nicht wissen, dass ich da bin.« Sie klimpert mit den Wimpern und verschränkt die Hände, als ob sie beten würde. »Bitte? Bitte, bitte?«

»Gabi.«

»Wenn ich deine Karten nicht gelesen hätte, wüsstest du nicht einmal, dass er eine Botschaft hat. Das sind Pluspunkte für mich, die ich jetzt gerne einlösen würde.«

»Gut, aber du darfst dich ihm nicht zeigen. Ich will ihn nicht verschrecken oder so.«

Gabi schnallt sich freudestrahlend an, als würde sie sich auf eine Achterbahn vorbereiten. »Vámonos!«

Auf der Fahrt geht uns nie der Gesprächsstoff aus. Es spielt keine Rolle, dass es bloßer Hollywood-Klatsch ist, in diesem Moment, auf dieser kurzen Fahrt, zählt bloß, dass ich mich wieder mit meiner Schwester und dem Leben verbunden fühle. Und ein paar wunderbare Minuten lang habe ich nahezu das Gefühl, dass ich glücklich sein könnte. Gabi schwärmt gerade von irgendeinem Prominenten, als ich einen Bums höre und mein Auto hart nach rechts ausbricht.

»Was zum Teufel war das?«, schreit Gabi.

»Ich glaube, uns ist ein Reifen geplatzt.«

Ich fahre an die Seite und steige aus, um den Schaden zu begutachten. Gabi ist mir dicht auf den Fersen. Zum Glück ist das in einer ruhigen Wohngegend passiert.

»Er ist geplatzt«, stellt sie trocken fest.

»Gut erkannt, Watson.«

»Warum musst du immer Sherlock sein?«

Ich gehe zum Kofferraum, hebe das Ersatzrad heraus und lege es auf den Bürgersteig. »Weil ich älter bin.«

»Vielleicht, aber ich war schon immer eine alte Seele.«

»Okay, alte Seele, kannst du einen Schritt zurücktreten?«

Sie bewegt sich keinen Zentimeter. »Was machst du da?«

»Was glaubst du denn, was ich tue?«

»Aber du kommst zu spät! Du kannst jetzt keinen Reifen wechseln. Nicht wenn eine kosmische Botschaft auf dich wartet!«

»Hör zu«, sage ich, ziehe den Haargummi von meinem Handgelenk und binde mein Haar zu einem unordentlichen Dutt zusammen, »wenn der Kosmos so an meiner Liebesgeschichte mit Hart Anteil nehmen würde, hätte er/sie/es/was auch immer den Reifen nicht platzen lassen.«

Gabi schürzt die Lippen.

Ich lasse mich nicht beirren. »Die einzige Möglichkeit, um in den Park zu kommen, der sechseinhalb Kilometer von hier entfernt ist, ist, dieses Ding zu wechseln. Es sei denn, du hast gelernt zu fliegen.«

»Wie hoch ist die Wahrscheinlichkeit, dass das jetzt passiert?« Gabi schüttelt den Kopf und presst enttäuscht die Lippen aufeinander. »Hätte das nicht auch morgen passieren können? Und wann hast du gelernt, wie man einen Reifen wechselt?«

»Ich habe es von Harts Dad gelernt«, erwidere ich, während ich den Wagenheber aus dem Kofferraum hole.

»Definiere *gelernt*«, brummt Gabi. »Kannst du das wirklich? Oder hast du nur gesehen, wie Harts Dad das gemacht hat, und glaubst jetzt, du könntest es auch? Denn seien wir mal ehrlich, du überschätzt deine Fähigkeiten oft total und glaubst, du könntest Dinge, die du eben nicht kannst.«

»Tu ich nicht!«

Gabi lehnt sich gegen mein Auto. »Weißt du noch, als du dachtest, du wärst Lara Croft, und diese Aerial Yoga-Stunden genommen und dem Lehrer gesagt hast, du wärst fortgeschritten, und dann hast du dir einen Muskel im Rücken gezerrt und musstest eine Woche lang zum Chiropraktiker gehen?«

»Das war einmal.«

»Nein. Nicht nur einmal. Erinnerst du dich noch daran, als du von *Top Gun* besessen warst und dachtest, du könntest mit einem Motorrad einen Berg hinunterfahren? Obwohl dein einziges Wissen über Motorräder aus Büchern und von einer VHS-Kassette aus den Achtzigern stammte, die ihr im Unterricht gesehen habt.«

Ich ziehe mein Handy aus meiner Hosentasche. »Du wünschst dir nur, du wärst so cool wie ich.«

»Kommst du jetzt endlich zur Besinnung und rufst die Pannenhilfe an?«

»Machst du Witze? Die würde Jahrhunderte brauchen, um hierherzukommen«, entgegne ich. »Ich schreibe Jameson, dass ich mich verspäten werde.«

Kaum habe ich **Hey, ich bin's** getippt, meint Gabi: »Das wird nicht nötig sein.«

Ich gucke zu meiner Schwester hoch, die die Straße hinunterdeutet. »Er ist hier.«

Jameson parkt seinen schwarz glänzenden SUV hinter uns und steigt aus, als wäre er irgend so ein Secret-Service-Agent samt abgedunkelter Pilotenbrille.

»Das wird interessant«, murmele ich.

»Kannst du nicht einfach nett sein?«, fragt Gabi und lächelt breit in Jamesons Richtung.

»Gabi, Jameson Romanelli könnte nicht einmal einen Reifen wechseln, wenn sein Leben davon abhinge. Der Typ ist in der neunten Klasse in Werken durchgefallen, weil er den Unterschied zwischen einem Kreuzschlitz- und einem Schlitzschraubendreher nicht kannte.«

»Du übertreibst.«

Ich ziehe eine Augenbraue hoch und fordere meine Schwester damit stumm auf, mir das Gegenteil zu beweisen. »Er konnte nicht einmal *mit* dem Lehrer ein paar Bretter zu einer Bank zusammenschrauben«, sage ich, um meinen Punkt zu verdeutlichen. »Er sagte, seine Hände seien nur für eine Sache bestimmt.«

»Football?«, rät Gabi.

Ich verdrehe die Augen, als Jameson näher kommt. Das schlichte T-Shirt und die locker sitzenden Jeans lassen ihn leger wirken, was das genaue Gegenteil des adretten, selbstverliebten Typen ist, den ich immer gekannt habe. Und ich gebe es nur ungern zu, aber es steht ihm gut.

»Habt ihr einen Platten?«, fragt er, nimmt seine Sonnenbrille ab und hakt einen Bügel in den Ausschnitt seines T-Shirts.

Wow. Er ist ein Genie.

Gabi nickt. »Er ist einfach geplatzt.«

Jameson lächelt leicht, wobei er seinen rechten Mundwinkel höher hebt als den linken. »Was für ein glücklicher Zufall, dass ich direkt hinter dir war«, sagt er zu mir. Sonnenlicht fällt durch die Bäume und lässt seine blauen Augen kurz schwarz erscheinen. »Kannst du bitte den Warnblinker einschalten und die Handbremse anziehen?«

Hat er das gegoogelt, bevor er aus dem Auto ausgestiegen ist?

»Ich kann meinen eigenen Reifen wechseln«, murre ich, als er die Radkeile einsetzt, die Radkappe abnimmt und irritierenderweise zu hundert Prozent so wirkt, als wüsste er, was er tut. Ich beobachte schockiert, wie er meisterhaft die Radmuttern abschraubt, als hätte er das schon tausendmal gemacht.

Ich stelle den Wagenheber unter mein Auto, denn Mr. Zwei-Linke-Hände wird mich auf keinen Fall übertrumpfen.

»Danke«, sagt er, wischt sich mit dem Unterarm über die Stirn und schiebt damit seine hellbraunen Haare zurück.

»Wow, das sieht nicht aus, als wärst du in Werken durchgefallen«, bemerkt Gabi und macht schnell ein Foto von Jameson, als er nicht hinsieht. Ich bin mir sicher, dass sie es an Tía Lydia schickt, damit sie seine Aura lesen kann oder so.

Ich boxe ihr in den Arm. *Jetzt ist es offensichtlich, dass wir nur über ihn geredet haben.*

Gabi wirft mir einen bösen Blick zu, während Jameson mich ansieht und lächelt. »Ich wette, ihr wisst eine Menge nicht über mich.« Ich fühle mich, als würde ich ein Déjà-vu erleben, und weiche vor ihm zurück. Meine Knie zittern und ich will bloß noch weglaufen. Aber ich halte durch, denn wenn Hart sich all diese Mühe gemacht hat, um mir eine Nachricht zu schicken, dann kann ich die Zeit abwarten, bis Jameson den lausigen Reifen gewechselt hat.

Vierzehn Minuten später ist er fertig. Ich bin fassungslos. Meine Kinnlade liegt förmlich auf der Straße, weil ich ihm das nicht zugetraut habe. Klar, eine Nahtoderfahrung kann jemanden verändern, aber das heißt nicht, dass ein Frat Boy plötzlich zum Heimwerker wird.

Er grinst mich stolz an, als Gabi verkündet: »Ich nehme dein Auto und fahre nach Hause. Du kannst mit Jameson fahren. Ich weiß, dass ihr eine Menge zu besprechen habt, und ihr wollt mich wahrscheinlich nicht dabeihaben.«

Ich schwöre bei allem, was mir heilig ist, dass ich kein gewalttätiger Mensch bin. Doch in diesem Moment will ich nichts lieber, als meine Schwester mit einem sehr scharfen Gegenstand erstechen. »Du hast eben erst deinen Führerschein gemacht, Gabi. Keine Chance.«

»Herzlichen Glückwunsch! Wann ist das denn passiert?«, fragt Jameson, als ob er an diesem Meilenstein in Gabis Leben ein persönliches Interesse hätte. Er hat einen Ölfleck auf seiner rechten Wange, aber ich sage es ihm nicht, sondern hebe warnend eine Braue.

»Vor ein paar Wochen«, gesteht Gabi. »Bis nach Hause sind es von hier grad mal drei Kilometer, Ruby.«

»Die meisten Unfälle passieren im Umkreis von einem Kilometer vom Ziel«, argumentiere ich. »Und du hattest schon zwei kleinere Unfälle mit Blechschaden.«

»Die waren nicht meine Schuld.«

»Eines der Autos war geparkt, Gabi ... in der Einfahrt des Hausbesitzers.« Ich gucke zu Jameson hinüber, der von einem Ohr zum anderen grinst. »Ist irgendetwas lustig?«, fordere ich ihn heraus.

Sein Grinsen schwindet und er wird wieder ernst. »Nein. Schon gut, Ruby«, sagt er. »Du musst nicht mit mir fahren. Ich kann dir einfach in den Park folgen. Keine große Sache.«

»Klar, okay«, antworte ich. Er geht zurück zu seinem Secret-Service-SUV. Sind abgedunkelte Frontscheiben nicht illegal? Wäre es unhöflich von mir, der Polizei einen Tipp zu geben?

Ich lehne mich zurück, sobald ich wieder im Auto sitze, und stelle den Rückspiegel so ein, dass ich jede seiner Bewegungen beobachten kann. »Hast du das gesehen?«

»Was gesehen?« Gabi dreht sich um und lugt über ihre Schulter.

»Nicht gucken«, rufe ich aufgeregt.

»Warum fragst du dann, ob ich was gesehen habe?«

»Er hat den Blinker gesetzt.«

»Wow! Seinen Blinker?« Sie lacht voller Sarkasmus in der Stimme. »Du verdienst es wirklich nicht, Sherlock zu sein.«

»Wer setzt seinen Blinker, um in einem ruhigen Wohngebiet vom Bordstein wegzufahren, obwohl weit und breit kein anderes Auto zu sehen ist?«

»Wie ich schon sagte, *Watson*«, sagt Gabi, »er hat sich verändert.«

Ich rolle mit den Augen und schürze die Lippen. »Und ich kann nicht glauben, dass du vorgeschlagen hast, ich soll bei Jameson mitfahren! In seinem Auto! Was ist nur los mit dir?«

»Was ist denn schon dabei? Du hast Nein gesagt. Können wir jetzt losfahren?«

»Er war eben erst in einen Unfall verwickelt.«

»Das ist wahrscheinlich der Grund, warum er jetzt seine Blinker benutzt.« Gabi guckt auf ihr Handy. »Oh. Tía Lydia hat zurückgeschrieben.«

»Versuch nicht, vom Thema abzulenken.«

»Sie sagte, sie braucht etwas Zeit, um seine Aura zu deuten, weil sie nur sein Foto hat.«

Ich fahre los. »Es fühlt sich irgendwie, ich weiß nicht ... unehrlich an.«

Gabi seufzt und verschränkt die Arme vor der Brust. Ich gucke wieder in den Rückspiegel. Jameson ist direkt hinter uns, jammt zu irgendeiner Melodie, klopft auf sein Lenkrad und schmettert ein Lied, das ich nicht hören kann, sodass ich mir plötzlich wünsche, ich könnte es. Was zur Hölle? Er ist zu cool, um auf Schulbällen auch nur mit dem Fuß zum Takt zu tippen, und jetzt macht er einen auf Virtuose?

»Ich hoffe echt«, sagt Gabi und reißt mich aus meinen Gedanken, »dass es einen mystischen Grund für Jamesons Veränderung gibt.« Sie zögert, dann fügt sie hinzu: »Etwas, das ihn würdig gemacht hat ...«

Mein Atem stockt und ich krächze: »Um Harts letzte Botschaft zu überbringen?«

Gabi nickt und plötzlich ist meine Wut verflogen.

Das würde sich in einer Stunde wieder ändern, nur habe ich jetzt noch keine Ahnung, dass ich ausrasten und den Präsidenten wegen der Nuklear-Codes anrufen werde, weil meine Schwester das Undenkbare tut.

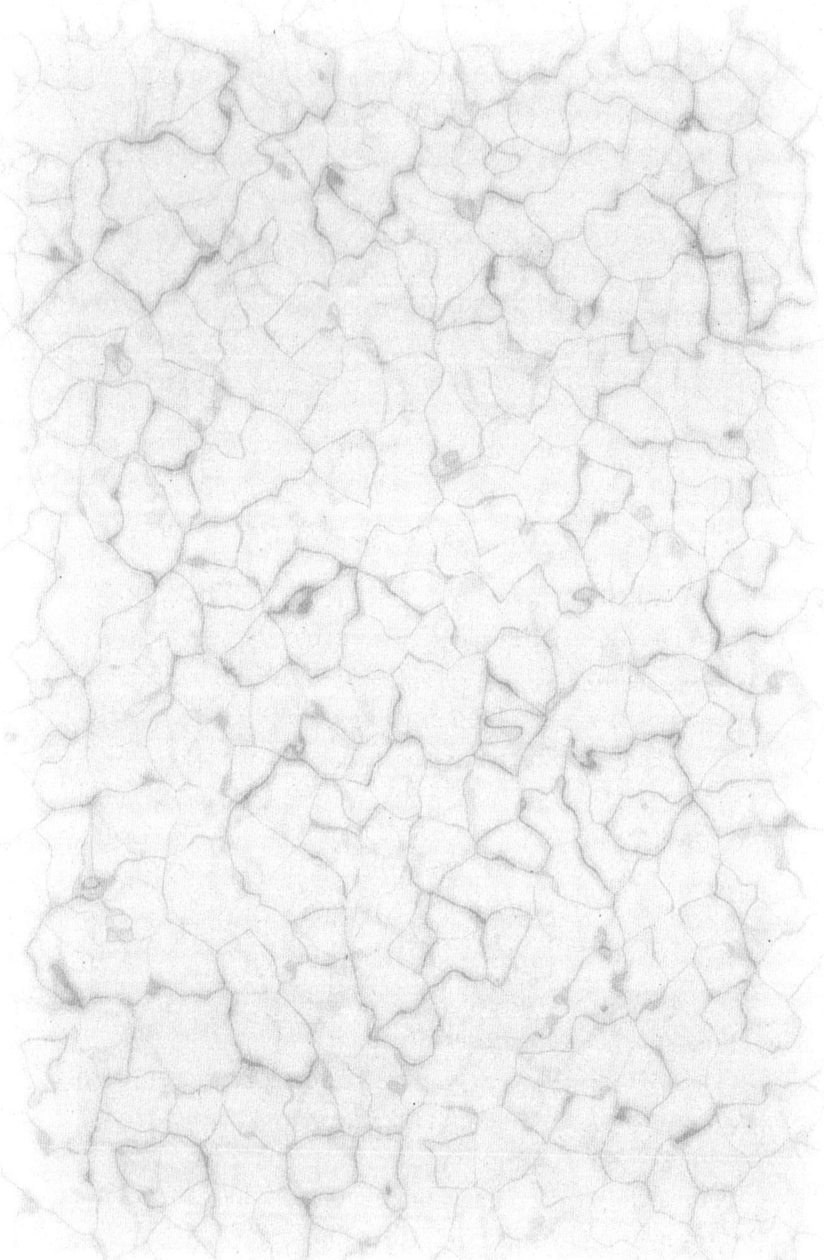

23

Hart/Jameson

Als ich den Park erreiche, sehe ich, dass er eingezäunt ist und überall Schilder mit der Aufschrift Betreten verboten hängen.

Gerade als ich den Wagen abstelle, höre ich ein Klopfen an meinem Fenster, das mich aufschreckt. Es ist Ruby. Ihre Sonnenbrille sitzt zu tief auf ihrer Nase und ihr Gesicht wird von den losen Strähnen ihres Pferdeschwanzes eingerahmt. Sogar in ihrem Sweatshirt, auf dem Es ist mir buchstäblich egal steht, ist sie der schönste Mensch auf diesem Planeten.

Ich springe aus dem Auto. »Sieht aus, als müssten wir uns einen anderen Ort suchen.«

Sie runzelt ihre Stirn so sehr, dass sie in den Furchen einen Babyhamster verstecken könnte. »Du machst wohl Witze«, sagt sie. »Es ist nur ein Zaun. Komm schon.«

Scheiße.

Natürlich würde Ruby die Schilder und den Maschendrahtzaun ignorieren, der wahrscheinlich elektrisch geladen ist, was uns ins Krankenhaus bringen könnte. Und wenn das nicht passiert, dann werden uns die Sicherheitskameras ins Gefängnis katapultieren.

Gabi lehnt ihren Kopf aus dem Fenster. »Ich halte Wache und wenn ich etwas Verdächtiges sehe, rufe ich an.«

Warum fühle ich mich dadurch nicht besser?

»Hey, Ruby«, rufe ich und renne ihr hinterher. »Auf den Schildern steht, wir dürfen hier nicht rein, und ich wette, es gibt Überwachungskameras, und wir können ebenso hier reden. Hier ist es gut. Genau hier auf dem Bürgersteig.«

Sie verlangsamt ihr Tempo nicht. »Als ich vorbeigefahren bin, habe ich eine Lücke gesehen, durch die wir schlüpfen könnten«, meint sie. Dann schenkt sie mir ein Lächeln, das die meisten Menschen für freundlich halten würden, aber ich kenne die Wahrheit: Es ist ihre fast hypnotische Vorfreude auf den Ärger, in den wir gleich geraten werden.

Ich drehe langsam durch und alle meine Nerven spannen sich an. Das muss bedeuten, dass dieser Körper anfängt, mich als den neuen Hausherrn zu akzeptieren.

»Warte kurz«, rufe ich Ruby zu, kehre zum Auto zurück und parke es mit Blick auf die Straße, damit wir schnell die Flucht ergreifen können, falls wir erwischt werden.

Ich jogge zurück zu Ruby, die ungeduldig mit dem Fuß tippt. »Wirklich? Was denkst du, was der unsichtbare Sicherheitsdienst tun wird? Dir in ihrem Golfwagen hinterherjagen?«

»Man sollte besser immer gewappnet sein.«

Sie hält inne. Warum guckt sie mich so an? Hält sie den Atem an? »Geht es dir gut?«, frage ich.

Sie dreht sich um und führt mich zur »Lücke«, die sie gesehen hat. Zumindest wäre es eine, wenn wir kleine Kinder oder Trolle wären.

Ruby steigt wie ein Ninja unter dem Zaun durch und hält ihn dann hoch, um für mich eine größere Öffnung zu schaffen. Ich folge ihr. Natürlich tue ich das.

Wir wandern einen kleinen grasbewachsenen Hügel hinauf, vorbei an frisch gestapeltem Torf und in ein Waldgebiet, das von der Straße aus nicht sichtbar ist.

»Siehst du?«, meint Ruby und geht voraus. »Keine Schreckgestalten. Und keine Probleme.«

»Noch nicht«, murmele ich und lege einen Zahn zu, um sie einzuholen, während ich die Schatten nach Gefahrenquellen absuche.

Schließlich treten wir aus dem Wald und gelangen auf eine offene Rasenfläche mit Parkbänken, einem Spielplatz und Basketballkörben, die alle in regelmäßigen Abständen angebracht wurden. Ich sehe einen Traktor und ein paar Holzstapel und andere bunt zusammengewürfelte Haufen, die wohl die neuen Spielgeräte darstellen sollen, darunter auch eine rote Röhrenrutsche.

Von früher steht bloß noch ein rostiges Metallschaukelgestell aufgebaut da.

»Also«, sagt Ruby und wendet sich mir zu. Meine Handflächen werden klamm.

»Also …«

»Du sagtest, du hättest mir viel zu erzählen.«

Glaubt mir, in dem Moment, als ich das sagte, klang es gut, aber jetzt, da wir hier ganz allein sind und sie mich so erwartungsvoll ansieht, versiegen mir die Worte und mein Mund ist wie ausgetrocknet. »Äh … ja.« Ich stecke die Hände in die Hosentaschen und schaue zurück zur Baumgrenze. Dann überlege ich, was ich sagen soll, damit sie nicht (a) ausflippt, (b) sauer wird, (c) mir eine reinhaut oder (d) die kosmischen Mächte alarmiert.

Ich kann das Gewicht ihres Blicks auf mir spüren.

»Ja«, erwidere ich, »aber ich bin nicht sicher, wo ich anfangen soll.« Ich wähle meine Worte mit Bedacht, überlege mir jedes einzelne, ehe ich es ausspreche.

»Wie wäre es mit dem Anfang?« Sie lässt sich im Schneidersitz auf den Rasen plumpsen. Das ist ein gutes Zeichen. Wenn Ruby sich in einer Situation nicht wohlfühlt, bleibt sie immer stehen, damit sie so schnell wie möglich abhauen kann. Ich setze mich neben sie, während sie den Blick weiter auf den Rasen senkt, Kleeblätter pflückt und sie zwischen den Fingern dreht, bevor sie sie zur Seite wirft. »Wusstest du, dass die Chance, ein vierblättriges Kleeblatt zu finden, nur eins zu fünftausend steht?« Sie blickt zu mir auf. »Ich hasse Statistiken. Das verdirbt allen die Laune, weißt du? Ich meine, warum sollte man nicht glauben, dass man die Ausnahme ist?«

Ich frage mich, was Jameson jetzt sagen würde. Wahrscheinlich dass Statistiken sein Leben als Footballspieler bestimmen. Dass sie ihn in jeder einzelnen Hinsicht definieren. Doch wenn ich in diese Falle tappe, würde ich sofort all meine Chancen zunichtemachen, denn die Wahrscheinlichkeit, dass ich den Weg zurück zu Ruby finde, steht ungefähr eins zu einer Million.

»Ja, ich glaube, das ist ein guter Ansichtspunkt«, antworte ich stattdessen.

»Wirklich?«

Ich nicke.

»Es ist wie wir ... Der Fakt, dass wir überhaupt zusammen hier sind«, sagt Ruby. »Trotz aller Widrigkeiten, richtig?«

Ich erkenne, was sie vorhat. Sie versucht, das Eis zu brechen, versucht es mir leichter zu machen, lockerer zu werden, damit ich anfange, in vollständigen, zusammenhängenden Sätzen zu sprechen.

Ich möchte ihr so viel sagen. Und was das Schwierigste daran ist? So zu tun, als wäre die Person, die ich auf der Welt am meisten liebe, eine Fremde. Mein Handy vibriert.

Sie muss es gehört haben, denn ihr Blick wandert zu meiner Tasche. »Solltest du vielleicht nachsehen, wer das ist?«

»Viele Leute wollen etwas von mir«, erkläre ich ihr, »und ich weiß ganz ehrlich nicht mal, ob wir wirklich Freunde sind, denn mein Gedächtnis ist hin.«

»Vielleicht kann ich helfen.«

Ich ziehe mein Handy hervor und zeige Ruby den Namen, der auf meinem Display angezeigt wird: Levi.

Ruby nickt. »Er spielt in deiner Mannschaft. Ich glaube, er wirft dir den Football zu.«

»Der Center?«

»Ja, genau der. Aber er ist cool. Sagt nie viel. Ich habe gehört, er hat eine Freundin, die nicht von hier kommt.«

Ich lese die Nachricht: **Samstag ins Ziel feiern?**

Ich zeige sie Ruby. »Ich habe keine Ahnung, was das bedeutet. Du?«

Ruby lacht. »Na, ich hab nur Gerüchte gehört, aber es scheint der Code für dich und deine Kumpels zu sein, sich ins Koma zu saufen, und anscheinend passiert das an den meisten Samstagabenden, die ihr zusammen verbringt.«

Sie nimmt mein Handy und geht die Nachrichten durch, hält inne und erklärt mir, wer mir schreibt. »Katrina? Sie ist seit der sechsten Klasse in dich verknallt. Und Misha? Ihr seid letztes Jahr vielleicht zehn Sekunden lang zusammen gewesen.« Sie macht weiter und weiter und ich bekomme ein mulmiges Gefühl in der Magengrube, das mir sagt, dass Jameson nicht viele echte Freunde hat.

»Und Martin will wissen, ob du etwas von den schwarzäugigen Erbsen seiner Mom haben möchtest. Er sagt, er bringt sie dir gerne mit.«

Mochte Jameson schwarzäugige Erbsen? Was ist das überhaupt? Erbsen? Bohnen? Und wieso hat Martin *mir* nie welche angeboten? »Also ist das wohl ein Ja?«, frage ich meinen neuen Sozialguru.

Ruby schreibt Martin ein Jupp und gibt mir mein Handy zurück, das ich ausschalte und einstecke.

Wir schweigen ein paar Sekunden, die sich in unangenehme Minuten auszudehnen drohen.

Ich suche nach den richtigen Worten und sage schließlich: »Ich weiß, du hältst mich für ein Arschloch.« Ich schlucke den Kloß in meinem Hals hinunter.

Sie unterbricht mich nicht, also fahre ich fort. »Und ich mache dir keine Vorwürfe«, füge ich hinzu. »Ich habe viel Dummes gemacht, schreckliche Sachen getan, aber ... ich hab mich geändert.« Das ist eine Menge zu verdauen und ich gebe ihr ein bisschen Zeit, denn was Ruby als Nächstes sagt, ist wichtiger, als sie je wissen wird. Also halte ich an dieser Stelle inne.

Und warte.

»Hör zu, Jameson«, antwortet sie. Ihre Stimme schwankt, zittert etwas. »Mach dir keine Sorgen. Es ist alles gut. Wirklich.«

Sie steht auf und so tue ich es ihr gleich.

»Du bist doch aber nicht nur hierhergekommen, um mir das zu sagen, oder?«, fragt sie, während sie zu der einsamen Schaukel hinübergeht, an der wir zuvor vorbeigekommen sind.

Ich folge ihr, lehne mich an das Gestell und verfolge mit meinem Blick einen Vogelschwarm, der an uns vorüberfliegt. »Ich schätze ... ich wollte dir erzählen, wie es war.«

Rubys Augen weiten sich. »Was meinst du?«
»Ich möchte dir erzählen, wie es sich anfühlt zu sterben.«

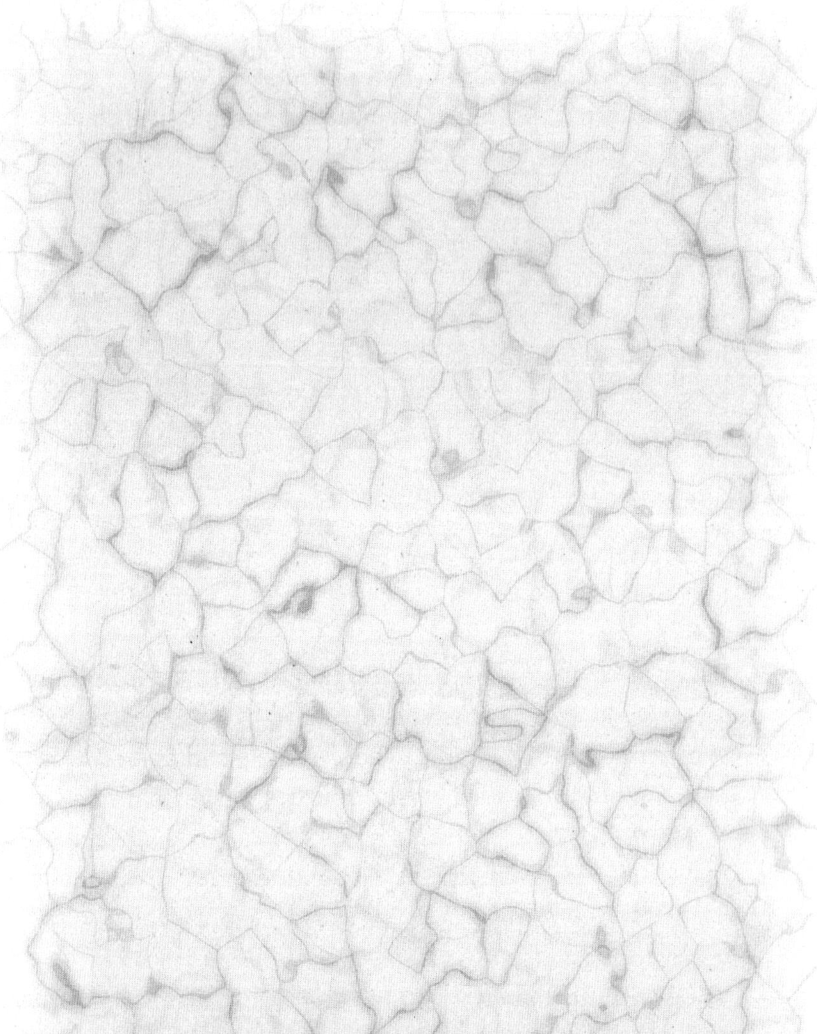

24

Hart/Jameson

Die Worte herauszubringen ist schwer, sie schnüren mir die Kehle zu.

Sie verursachen mir ein flaues Gefühl im Magen und mir wird schlecht. Jameson ist tot. Er wird nie wieder zurückkommen und ich habe sein Leben, seine Realität gestohlen. Seinen Körper. Und auch wenn Lourdes gesagt hat, dass er ohnehin sterben würde, habe ich das Gefühl, dass ich ihm gerecht werden und ihm eine Art Abschied bereiten sollte. Ich will jemanden wissen lassen, dass er glücklich schien, als er diese Welt verließ.

»Als ich im Koma lag«, sage ich leise, darauf bedacht, die Geschichte aus Jamesons Sicht zu erzählen, in der Hoffnung, dass ich es vielleicht an den allmächtigen kosmischen Ohren vorbeischmuggeln kann, »gab es diesen Moment, in dem ich wusste, dass ich sterben würde. Und ich war in diesem ...« Nicht *Feld.* »An diesem Ort, mit einem ...« Nicht *Engel.* »Mit einem Mädchen. Sie sagte mir, es sei noch nicht an der Zeit zu sterben.«

Ruby hat die Schaukel angehalten, hält sich an der Kette fest und starrt mich mit diesem Blick an und ich würde alles dafür geben, sie lächeln zu sehen. Selbst jetzt spüre ich die intensive Verbindung zwischen uns, die schon immer da war und selbst der Tod nicht auslöschen kann. Sie blinzelt und sagt: »Als du dachtest, du würdest sterben, hat es da … wehgetan?«

Ich möchte sie am liebsten umarmen und ihr versichern, dass nichts annähernd so schrecklich ist, wie sie zu verlieren.

»Ich hab mich schwerelos und ruhig gefühlt«, antworte ich stattdessen, »und als würde alles gut werden.« Ich trete näher. »Und dann gab es diesen Moment, in dem alles irgendwie verblasste und ich eine Stimme hörte.«

Sie atmet schnell. »Wessen?«

»Ich weiß es nicht mehr.«

Sie hat mir jetzt ihren ganzen Körper zugewandt. »Was hat die Stimme gesagt?«

»Die Stimme sagte …« Ich atme ein paarmal tief durch. »Dass ich alle Chancen nutzen muss, die sich mir bieten. Dann bin ich aufgewacht und wusste, dass ich eine zweite Chance habe … zu leben, anders zu sein …«

Rubys Blick fällt nach unten auf den Schmutz. Sie kaut auf ihrer Unterlippe. Sie ist enttäuscht, bloß warum? Was hatte sie erwartet zu hören?

»Das freut mich für dich, Jameson«, sagt sie leise. »Wirklich. Aber ich weiß nicht, was das mit mir zu tun hat oder« – sie hebt ihren dunklen, durchdringenden Blick zu mir – »warum du neulich Abend zu mir gekommen bist.«

Ich wollte dir sagen, dass ich zurück bin. Dass ich dich liebe. Dass ich dich immer lieben werde. Und schon versuche ich, die Worte auszusprechen, die Wahrheit, die mir auf der

Zunge liegt. Natürlich werden die Worte von einer grausamen, kosmischen Macht konfisziert, ehe sie den Weg aus meinem Mund finden können.

»Jameson? Bist du okay?«

Ich nicke. »Ich habe nur diese Kopfschmerzen.« Ich versuche das Lied zu singen, das ich ihr in der Nacht vor dem Ende geschrieben habe. Doch ich weiß nicht, wie schlimm es werden könnte. Was ist, wenn Jameson total unmusikalisch ist?

Ruby hält meinen Blick gefangen und sucht nach einer Wahrheit, die sich genau vor ihren Augen abspielt – sie scheint es zu spüren. »Du hast meine Frage nicht beantwortet«, sagt sie. »Warum bist du neulich zu mir nach Hause gekommen?«

Ich versuche es wieder. Diesmal mit Erfolg. »Ich wollte dich wissen lassen, dass ich lebe.«

25

RUBY

Ich wusste nicht, dass es so schlimm sein kann, über den Tod zu reden.

Während Jameson über seine Erfahrungen spricht, kann ich nur an Hart denken.

Es klingt vielleicht kalt oder gefühllos, aber als erste Frage kommt mir in den Sinn: »Warum?«, und ich erwidere: »Ich meine, das klingt vielleicht hart, aber wir waren nie Freunde.« Er hält inne. Vor einer Sekunde hab ich noch gesehen, dass er etwas sagen wollte, aber es zurückgehalten hat. »Bist du dir sicher, dass du mir nicht noch was sagen willst? Denn wenn ja, werde ich dir glauben. Auch wenn es sich verrückt anhört.«

»Über das Sterben?«

Ich bringe nicht den Mut auf, ihn zu fragen, ob er eine Nachricht von Hart hat, weil ich Angst vor der Antwort habe.

Ich schaukele hin und her, so langsam, dass meine Füße über den Boden scharren. »Als du im Sterben lagst, hast du da jemanden gesehen? Irgendein Familienmitglied? Oder andere Menschen, die du liebst?«

Eine kühle Brise fegt über den kleinen Spielplatz und es herrscht einen Moment lang eine seltsame Stille, bevor er sagt: »Es tut mir leid, Ruby.«

»Das hast du schon gesagt.«

»Es tut mir leid … wegen Hart.«

Alles in mir wird kalt. Ich umklammere die Ketten der Schaukel so fest, dass meine Knöchel weiß werden. Dann schaue ich auf. Mein Blick trifft seinen. Jamesons blaue Augen sehen in diesem Licht dunkler aus, mehr wie der Ozean als wie der Himmel im Sommer. »Ich will nicht darüber reden«, antworte ich. Über *ihn.* Mit *ihm.* »Es sei denn …«

»Es sei denn was?«

»Es sei denn, du hast mir etwas mitzuteilen, etwa … eine Nachricht von der anderen Seite.«

Jameson starrt mich schweigend, ausdruckslos und herzzerreißend an. »Eine Nachricht?«

Ich schwöre, ich spüre, wie etwas in mir zerbricht. Also stehe ich auf, trete zurück. »Hör zu, ich bin nur hierhergekommen, damit du mir alles erzählen kannst, was du zu sagen hattest, und …«

»Aber ich habe dir noch nichts von der Musik erzählt.«

Ich spüre, wie mir ein kalter Schauer über den Rücken läuft und sich bis in meine Knochen ausbreitet. »Von der Musik?«

»Ja, sie, ähm … sie hat mich zurückgebracht.«

Ich fühle mich, als würde sich mein Leben um die eigene Achse drehen. Ist es das? Ist das die Botschaft? Es sähe Hart ähnlich, wenn er mir mit einem Lied etwas sagen wollte. Ein bitterer Cocktail aus Adrenalin und Hoffnung beginnt mich zu durchströmen. Und dann beginnt die Hitze, sich in meiner Mitte auszubreiten, als würde ich in Flammen stehen, heißer und stärker brennen, bis ich vergehe. »Wie … hat es sich angehört?«

Jameson reibt sich den Nacken. »Wenn ich es summe, wirst du mich dann auslachen?«

Ich schüttele den Kopf. Mein Herz hämmert in meinen Ohren, schnürt mir die Kehle zu.

Dann beginnt er zu summen. Eine Note. Zwei. Doch es ist alles falsch – es gibt nichts in der Melodie, was auch nur einem von Harts Liedern ähnelt.

Jameson lacht ein wenig. »Es klang besser als das, das schwöre ich dir.«

Ich werde von Enttäuschung erfüllt. Nein, von etwas Schlimmerem. Enttäuschter Hoffnung. Gott, warum habe ich mich darauf eingelassen? Ich wusste es besser. Ein paar Wolken verdecken plötzlich die Sonne und werfen ein grauviolettes Licht auf den heruntergekommenen Spielplatz. Ein schrecklicher Druck baut sich in meiner Brust auf und ich glaube, ich muss losheulen, aber ich schlucke die Tränen hinunter, wende mich von Jameson ab und richte meinen Blick auf die große Rutsche im Dreck.

Hart hasste Rutschen. Er sagte, sie seien voller Keime. Dann, in der zweiten Klasse, sah er mich in der Schule mit einem anderen Jungen auf einer Rutsche spielen. Er rannte ins Klassenzimmer und kam prompt mit seinem Batman-Umhang zurück, den er um sich wickelte, bevor er hinunterrutschte.

Die Erinnerung daran bringt mich zum Lächeln. Es sah Hart so ähnlich. Er fand immer eine Lösung, fand immer einen Weg, mich zu erreichen, mir nahe zu sein. Vielleicht war es zu viel verlangt, dass er das selbst von der anderen Seite aus tun könnte. Ich schätze, ich war so sehr von dieser Möglichkeit eingenommen, dass ich alle Logik und Vernunft außer Acht gelassen habe. Doch das hat jetzt ein Ende. Es tut zu sehr weh. »Ich geh jetzt besser.«

Jameson erhebt sich ebenfalls. »Aber das Seltsamste hast du noch gar nicht gehört.«

Ich gehe in Richtung Parkplatz.

»Die Musik bestand nur aus leisen Tönen«, fährt er fort, während er mir folgt. »Klavier und Gitarre. Und als ich aufwachte ...« Er hält inne.

Alles, was ich höre, sind die Worte *Klavier, Gitarre.* Harts Hände auf den Tasten, seine Finger, die die Saiten zupfen. Ich bleibe stehen und sehe Jameson an. »Als du aufgewacht bist, was?«

Er scheint wieder um Worte zu ringen. Ich tue etwas, was ich unter anderen Umständen nie tun würde, aber die Verzweiflung lässt mich zu ungewohnten Mitteln greifen. Ich strecke die Hand aus. Berühre seinen Arm. Meine Fingerspitzen fahren über seine warme Haut. Ein winziger Energieschub überträgt sich zwischen uns. Ich ziehe meine Hand nicht zurück. Es ist ein seltsames, unaussprechliches Gefühl, ihn zu berühren. Ich mag es mehr, als ich sollte. »Es ist okay«, versichere ich ihm. »Sag es einfach.«

Sein Blick trifft den meinen. Wir starren einander reglos an. Er legt seine Hand auf meine. Das gleiche Gefühl eines Déjà-vus durchzuckt mich. Ich versuche es festzuhalten, aber vor meinem nächsten Atemzug ist es fort. Ich trete zurück und bemühe mich, Abstand zwischen uns zu bringen, doch da ist ein unheimliches Kribbeln, das mir den Rücken hinaufläuft und mich dazu bringt, wieder näher zu kommen. Was zum Teufel ist nur los mit mir?

»Als ich aufgewacht bin«, sagt er angespannt, »konnte ich beide Instrumente spielen.«

»Was?« Ich habe zu viel Angst zu hoffen, es könnte auch nur im Bereich des Möglichen liegen, dass er irgendwie einen von Harts Songs kennt. Aber was wäre, wenn ...

»Wenn du willst, kann ich es dir zeigen.«

In diesem Moment sieht Jameson anders aus, er sieht … Ich suche nach dem richtigen Wort und bin überrascht darüber, was mir in den Sinn kommt: *haltlos.*

»Hey!«, ruft aus der Ferne eine wütende Stimme.

Ein stämmiger Kerl mit einem gelben Bauarbeiterhelm kommt auf uns zu. »Ihr habt hier nichts zu suchen!«

»Oh, Scheiße!«, ruft Jameson plötzlich.

Ich renne los. Jameson ist direkt hinter mir.

Wir laufen. Wie der Blitz. Durch die Bäume, den nassen Grashügel hinunter.

Jameson schnaubt, gluckst und ruft: »Dreh mal auf!« Das tue ich und lächele.

»Halt!«, schreit der Mann.

Wir rasen über die Wiese. Meine Beine fühlen sich leicht an, meine Lungen arbeiten mit voller Kraft. Der Mann holt uns ein. Er ist erstaunlich schnell.

»Ich hab dir doch gesagt, dass wir im Gefängnis landen«, meint Jameson, aber in seiner Stimme liegt eine irgendwie liebenswerte Verspieltheit.

Ich erreiche die Lücke im Zaun. »Beeil dich!«, rufe ich zurück, als ich hindurchschlüpfe. Nach kurzem Ringen, weil Jameson seine breiten Schultern kaum durch die Öffnung zwängen kann, sind wir frei.

Wir halten nicht inne, um den Moment des Sieges zu genießen, denn Mr. Bauarbeiterhelm ist uns dicht auf den Fersen.

Ich sprinte zu meinem Auto, aber es ist verschwunden. Wie vom Erdboden verschluckt. Und genau deshalb überlege ich, den Präsidenten anzurufen, um die Nuklearcodes zu bitten und alle verfügbaren Raketen auf den Kopf meiner Schwester zu richten!

»Ich bring sie um!«, knurre ich.

Mr. Bauarbeiterhelm rennt am Zaun entlang zum verschlossenen Tor direkt hinter uns und schreit: »Ich hab die Polizei schon gerufen.«

Ich wende mich an Jameson. »Du hattest recht. Dafür landen wir definitiv im Knast.«

Und dann tut er das Unerwartete. Er lächelt, als wäre die Vorstellung, verhaftet zu werden, irgendwie aufregend. »Zum Glück hab ich so geparkt, dass wir schnell die Kurve kratzen können.«

In weniger als fünf Sekunden sind wir in Jamesons Secret-Service-SUV gesprungen und düsen vom Tatort weg. »Das war viel zu knapp«, rufe ich und werfe einen Blick über meine Schulter. »Hast du sein Gesicht gesehen? Der war stinksauer!«

»Ich hatte Angst, ihm würde eine Arterie platzen, so rot ist der Typ geworden.« Ich kann den Beginn eines Glucksens in seinen Worten mitschwingen hören, als er auf die Hauptstraße abbiegt. Und es bringt mich zum Lachen.

Jamesons beginnt ebenfalls zu lachen. Wie ein alter Mann, tief aus dem Bauch heraus. Und nenn mich verrückt, vielleicht bin ich high vom Rausch unserer wilden Flucht, aber ich schwöre, sein Lachen, dieses winzige Zucken kurz bevor er sich ergibt, erinnert mich an … an Harts Lachen.

Mir wird kalt.

Die Blase, in der wir uns gerade befunden haben, platzt. Wir sind wieder in der realen Welt, mit anderen Autos, Fußgängern und Ampeln und dem fernen Glitzern des sonnengetränkten Meeres. Jameson hebt seine Hand hoch und will, dass ich einschlage. Er lächelt weiter. »Das war unglaublich!«

Ich berühre seine Hand schlaff und starre voller Schuldgefühle aus dem Fenster. Wie konnte ich nur so ausgelassen lachen? Wie konnte ich Hart nur so schnell vergessen? Wie, wie, wie?

»Ruby? Alles okay?«

Ich kann Jameson nicht einmal ansehen. Dieser ganze spielerische, flirtende, verbundene Bullshit muss aufhören.

Und zwar genau jetzt.

26

Hart/Jameson

Ruby antwortet mir nicht, sondern nickt lediglich knapp, was mir den Wind aus den Segeln nimmt, denn Mann, ich war für eine Sekunde auf einem Höhenflug.

Wir sind wie Banditen geflohen. Ruby und ich. Wie in alten Zeiten, als sie immer Ärger suchte und ich mitmachte, weil ich bei ihr sein wollte ... *wie* sie sein wollte. Furchtlos. Ich werde für Mr. Bauarbeiterhelm auf jeden Fall ein Dankeslied schreiben.

Ich schaue hinüber und sehe, dass Ruby in sich zusammengesackt ist, das Licht in ihren Augen ist dunklen Schatten gewichen und ich verstehe, was passiert ist. Sie denkt an mich, an Hart. Mein Mädchen denkt, dass es falsch ist, glücklich zu sein.

Ich bin genau hier!, will ich ihr zurufen.

»Ich glaube, ich sollte jetzt mal nach Hause«, murmelt sie.

Sie so niedergeschlagen zu sehen, bricht mir das Herz. Es ist zu früh, sie zu drängen, das weiß ich, also gebe ich ihr den Freiraum, den sie braucht. »Klar«, murmele ich. »Ich kann dir die Musik ein andermal vorspielen.«

Wir fahren die nächsten paar Kilometer schweigend und ich überlege angestrengt, wie ich die Stimmung heben kann. Ich will nicht, dass sie aus dem Auto steigt und es bereut, Zeit mit Jameson verbracht zu haben. Als ich bei ihr zu Hause ankomme, springt sie so schnell aus dem Auto, dass ich kaum Zeit habe »Ruby?« zu rufen.

Sie blickt zu mir zurück.

»Ich weiß, was du denkst.«

»Das bezweifle ich.«

Und dann durchfährt mich etwas, das sich wie Schmerz und Hitze anfühlt. Die Worte, die folgen, kommen aus dem Nichts und für mich vollkommen unerwartet. »Ich war einmal verliebt.«

Wo zum Teufel kommen sie her? Mein Verstand rast auf der Suche nach Antworten, während ich an etwas denke, das Lourdes zu mir gesagt hat: *Körper bergen Erinnerungen.* Ich muss wirklich nachsehen, ob noch etwas von Jameson in diesem übrig ist.

Jameson war verliebt? In wen?

Ruby blinzelt. Sie mustert mich. Ich kann sehen, wie sie überlegt, ihren nächsten Schritt oder ihre nächsten Worte berechnet. Sie wird sich drauf einlassen. Sie hat eine Schwäche für Romantik und die ewige Liebe. Doch nein. Nicht heute. Heute sagt sie: »Bis später.« Und dann ist sie weg.

Das Haus ist ruhig, als ich hereinkomme. Die untergehende Sonne wirft ein unheimliches rosafarbenes Licht durch die Wohnzimmerfenster. Ich sehe mich nach Lourdes um, muss aber nicht lange suchen, denn ich höre ein Lied. Gespielt auf einem Klavier.

Ich folge der leisen, verträumten, ungewohnten Melodie durch einen breiten Flur, der in einer hohen Doppeltür endet. Langsam öffne ich sie.

Der Raum besteht nur aus Fenstern und ist lichtdurchflutet. Darin steht ein weißes Sofa, ein großes Gemälde mit schwarzen Quadraten, das aussieht wie ein Schachbrett, und Lourdes sitzt direkt am Fenster mit Blick auf den schimmernden Pazifik an meinem Klavier. In der Ecke, hinter ihr, steht meine neue Gitarre.

Wenn es möglich ist, sich in einem anderen Körper glücklich zu fühlen, dann nur in Momenten wie diesen. Allein der Anblick meines Klaviers löst etwas in mir aus. Ein Flattern in meiner Brust, ein Kribbeln in meinen Händen.

Lourdes scheint mich nicht zu hören, denn sie lässt ihre Finger weiter über die Tasten gleiten. Sie ist gut. Wirklich gut.

Ein paar Sekunden später hält sie mit gesenktem Blick inne und ich glaube, um ihre Mundwinkel ein kleines Lächeln zucken zu sehen. Zumindest bis ich die Atmosphäre mit der Frage »Du spielst Klavier?« ruiniere.

Falls ich sie mit meiner Anwesenheit erschreckt habe, verdeckt sie es wie ein Profi. Sie steht auf und kommt herüber. »Whitney hat dieses Zimmer für dich leer geräumt. Die Lieferanten sind erst vor einer Stunde gegangen.«

Ich gehe zu meinem Stutzflügel, streiche mit den Händen über das glatte honigfarbene Holz und bin wie gebannt. »Was war das für ein Lied, das du gespielt hast?«, frage ich.

»Das spielt keine Rolle.« Sie sieht zu mir auf und stemmt die Hände in die Hüften, als wäre sie meine Mom. »Wie ist es mit Ruby gelaufen? Ich habe versucht, alles für dich zu arrangieren. Ich habe ihr gesagt, wie toll du bist.« Sie schüttelt den

Kopf. »Sie ist schwer zu überzeugen, also bedarf es mehr als meiner Überredungskunst.«

Am liebsten würde ich sagen: »Ich habe es dir ja gesagt«, aber ich halte mich gerade noch zurück und bleibe einfach bei den Fakten.

»Es hat wirklich gut angefangen.« Ich setze mich ans Klavier und beginne, die ersten Töne von Rubys Song zu spielen, den ich nie zu Ende gespielt habe, weil ich dachte, ich hätte ja noch so viel Zeit.

Meeresrauschen, über mir die Gischt
Mondschein am Segelmast erlischt.

Die Musik bewegt sich wie ein Traum durch mich und pumpt Leben in mein Herz. Ich spiele noch ein paar Noten von ein paar anderen Liedern, bis Lourdes sich räuspert. Meine Finger verharren auf den Tasten und ich schaue auf. »Und dann ist etwas passiert, ich weiß nicht genau, was. In der einen Sekunde haben wir noch gelacht und in der nächsten hat sie sich verschlossen, sich in ihr Schneckenhaus zurückgezogen.«

Lourdes atmet laut aus. »Menschen sind so kompliziert. Denkst du, du hast Fortschritte gemacht?«

»Ich brauch einfach viel mehr Zeit.«

Lourdes lässt sich aufs Sofa fallen und zieht ihre Knie an die Brust. »Also, ich habe eine gute und eine schlechte Nachricht.«

»Oh?«

»Die gute Nachricht ist, dass ich den Tag als Mensch überlebt und vier gute Taten vollbracht habe. Die schlechte Nachricht ist, dass ich dir – uns – keine Zeitverlängerung verschaffen konnte. Tut mir leid.«

Ich weiß nicht, ob es an meiner schlechten Laune liegt oder daran, dass ich diese Nachricht erwartet habe, aber ich nicke nur, nehme meine neue Gitarre und beginne sie zu stimmen. Ich weiß, dass es erst ein paar Tage her ist, aber es fühlt sich wirklich so an, als hätte ich schon ewig keine Gitarre mehr in der Hand gehalten, und diese hier fühlt sich fantastisch an.

Wie der Football.

Ich hasse es, dass es überhaupt etwas zu vergleichen gibt. Es fällt mir schwer zu akzeptieren, wie lebendig ich mich gefühlt habe, als ich den Ball geworfen habe. Dass es das gleiche Gefühl ist wie jetzt. Es gibt auch noch andere Veränderungen, zum Beispiel dass ich nicht mehr so viel Angst vor Keimen habe wie früher. Die meiste Zeit denke ich gar nicht an all die Bakterien, die überall leben und nur darauf warten, uns alle zu befallen. Ein Beispiel: Ich habe heute in der Schule einen Hotdog gegessen, nachdem die Verkäuferin ihn mit bloßen Händen angefasst hat. Ich weiß nicht, vielleicht ändern sich nach einer Nahtoderfahrung die Prioritäten und die Ängste eines Menschen, weil das Schlimmste bereits eingetreten ist.

»Hart?«, ruft Lourdes. »Hast du mich gehört?«

Laut und deutlich, aber verdammt, ich darf jetzt nicht ausrasten. »Ja, wir müssen einfach ... schneller und intelligenter vorgehen«, antworte ich und spiele ein paar Akkorde.

»Okay!«, sagt sie, als wäre das die Idee des Jahrhunderts. Dann legt sie den Kopf schief: »Also ... wie machen wir das?«

»Ich muss nachdenken und das geht am besten, wenn ich Musik mache.«

Ich spiele eines der ersten Lieder, das ich je geschrieben habe, stimmungsvoll und langsam, und blicke auf das Meer hinaus, auf dessen Oberfläche das Sonnenlicht wie Diamanten glitzert.

Und dann trifft es mich.

Ich springe auf meine Füße.

»Was ist los?« Lourdes schreit jetzt fast.

Ich sehe sie an und schenke ihr ein kleines Lächeln, die Lippen fest aufeinandergepresst. »Was wäre, wenn ich Ruby einen meiner Songs vorspielen würde? Dann müsste sie doch wissen, dass ich es bin, oder?«

Lourdes legt nachdenklich den Kopf schief, wirkt aber keineswegs überzeugt. »Musik *hat* ihre eigene Sprache.«

»Glaubst du, es könnte funktionieren?«

»Das *könnte* die anderen Engel täuschen.« Sie senkt ihre Stimme und flüstert nun fast. »Zumindest für ein paar Sekunden, vielleicht auch länger. Vielleicht kann ich sie ablenken.«

Vor lauter Aufregung fühle ich einen Ruck in meiner Brust, bis ich mich an etwas erinnere.

»Ich glaube, ich muss Ruby etwas Freiraum lassen«, gestehe ich. »Ich glaube, ich habe sie zu weit und zu schnell gedrängt.«

»Mmm.«

»Was soll das bedeuten?«

»Es bedeutet Mmm. Es bedeutet, dass ich über die Möglichkeiten nachdenke. Es bedeutet, dass wir nicht den Luxus haben, ihr Zeit und Freiraum zu lassen.« Lourdes beginnt auf und ab zu gehen. »Ich habe es schon so eingerichtet, dass Ruby mir die Stadt zeigt, vielleicht machen wir das und du tauchst aus heiterem Himmel auf und bist charmant oder so.« Sie schnippt mit den Fingern. »Oder vielleicht könnte ich sie einladen und dann …«

»Ich bin mir nicht sicher, ob es sie nicht verschrecken würde, mich so schnell wiederzusehen«, stöhne ich.

»Na, hier geht's nicht nur um dich, oder? Es geht auch um mich und ich denke, dass du vielleicht richtiggelegen hast, als du meintest, dass meine lebensverändernde Hilfe für dich auch für mich das Zünglein an der Waage sein könnte, also wie wär's, wenn du's für mich tust?«

Wenn ich nicht so deprimiert wäre, würde ich das alles analysieren, vor allem den Teil, dass ich vielleicht recht habe. »Unter einer Bedingung.«

»Ich hasse Bedingungen.«

»Du musst von nun an in allem ehrlich zu mir sein.«

Der Engel beginnt zu leuchten. »Warum habe ich das Gefühl, dass du damit deinen Vorwurf verbirgst?«

Ich lege die Gitarre zurück und lehne mich mit verschränkten Armen an das Klavier. »Wusstest du, dass Jameson verliebt war? Stand das in seiner Akte oder was auch immer du gelesen hast, als wir nach einem Körper gesucht haben?«

Lourdes blinzelt und ich weiß sofort, was sie sagen wird. »Ja, er war verliebt, und ja, es stand in seiner Akte.«

Ihr Geständnis trifft mich wie ein Hammer auf die Brust. »Warum hast du's mir nicht gesagt?«

»Inwiefern war das relevant?«

»Weil ich es heute gespürt habe«, fauche ich.

Lourdes neigt den Kopf. »Du wusstest, dass dieser Körper Erinnerungen birgt.«

Ich weiß nicht warum, aber plötzlich bin ich wütend. »In wen war er verliebt?«

»Das ist geheim.«

Ich werfe ihr einen wütenden Blick zu. »Willst du mich verarschen?«

»Gott, du bist so dramatisch, Hart Augusto.«

»Ja, aber wenn du's mir nicht sagst, fange ich an nachzuhaken und finde es sowieso raus.« Es fühlt sich so falsch an, dass dieser Körper in jemand anderen verliebt ist. Grundgütiger, das ist alles so verdreht.

»Gut, wenn du's wissen willst, er hat sie letztes Jahr beim Skifahren in Colorado kennengelernt. Es war Liebe auf den ersten Blick, Hart. So klischeehaft und unrealistisch, wie man es aus dem Kino kennt.«

Es fällt mir schwer, mir vorzustellen, dass Jameson so tiefe Gefühle für jemanden haben konnte.

»Wie auch immer«, fährt Lourdes fort, »sie sind sich nähergekommen. Sie haben die zwei Wochen Weihnachtsferien zusammen in ihrer kleinen Blase verbracht, die sie selbst geschaffen hatten. Sie waren jeden Tag, fast jede Stunde bis Neujahr in Kontakt. Dieses Mädchen hat ihn verändert, sein Herz, seine Ziele, seine Träume. Und er hat sie verändert. Ich nehme an, genau das soll die Liebe bewirken, oder?« Lourdes spuckt das Wort *Liebe* mit Verachtung aus.

»Okay ... und was ist mit dieser Liebe auf den ersten Blick passiert?«, frage ich. »Haben sie sich getrennt?«

Lourdes schweigt länger als erwartet. Sie geht zum Fenster und sagt mit dem Rücken zu mir: »Sie hatte beim Klettern einen Unfall und ist gestorben.«

Ich spüre tief zwischen meinen Rippen den Schmerzensstich, der mir bis ins Herz schießt. Und dann blitzt in meinen Erinnerungen eine Fellkapuze auf, die das kleine blasse Gesicht eines Mädchens einrahmt. Sie lächelt und starrt mich an, als wäre ich der beste Mensch auf der ganzen weiten Welt.

»Hart?«, sagt Lourdes. »Bist du in Ordnung?«

Ich nicke und versuche, all das zu verarbeiten. Tief in mir kann ich *fühlen*, wie sehr Jameson sie geliebt hat. Und ich kann seinen Verlust spüren. Das zeigt, wie wenig ich über ihn wusste.

Mir wird schlecht. Und ich bin traurig. Traurig. Schlecht. »Deshalb hat er angefangen zu trinken«, tippe ich.

»Verlust, Trauer und Schmerz zwingen die Menschen an dunkle Orte, Hart. Und alles, was sie tun können, ist nach jedem Licht zu suchen, das sie aus dieser Krise herausleitet.«

Ein Name blitzt in meinem (Jamesons) Gedächtnis auf. »Ihr Name war Elle.«

Lourdes nickt.

Wenn Jamesons Herz zu solch intensiven Gefühlen fähig ist, dann ist es vielleicht auch in der Lage, meine Erinnerungen an Ruby aufzunehmen.

In dieser Nacht falle ich ins Bett und stelle alles infrage, was ich glaubte zu wissen. Alles, bis auf meine Liebe zu Ruby. Egal welche Erinnerung dieser Körper an Elle hat, sie wird niemals fähig sein, Ruby aus meinem Herzen zu verbannen.

27

Ruby

Ich finde meine Schwester im Garten, wo sie die Topfpflanzen gießt. »Ich kann nicht glauben, dass du mich zurückgelassen hast, du Freak!«

Sie weicht zurück und richtet den tropfenden Schlauch auf mich, als wäre er eine Waffe. »Einer der Bauarbeitertypen hat ans Fenster geklopft, gesagt, dass ich im Parkverbot stehe, und mich weggeschickt. Ich hab dir ungefähr hundertmal geschrieben.«

Ich gucke auf mein Handy. Haufenweise *Pass auf, komm da raus*- und *Hau ab*-Nachrichten.

In diesem Moment kommt Inez mit zwei Gläsern Eistee aus dem Haus. »Hey, Ruby«, begrüßt sie mich und stellt beide Gläser auf den Tisch.

Inez ist zierlich, alles an ihr ist klein, sie hat drei Löcher in beiden Ohren und leuchtend rotes Haar, das nur aus der Packung kommen kann.

»Hey«, erwidere ich.

»Kannst du uns einen Moment allein lassen?«, bittet Gabi Inez.

»Ich muss sowieso gehen. Mein Bruder hat heute ein Fußballspiel.« Inez gibt meiner Schwester einen Kuss und verschwindet durch das hintere Tor.

»Erzähl mir alles«, verlangt Gabi. »Hatte er …?«

»Nein, er hatte keine Nachricht von Hart.« Ich erzähle ihr alles, auch von der *unwahrscheinlichen* Verbindung zwischen uns, die ich zum Kotzen finde. Alles, bis auf das Lachen. »Aber er hat gesagt, dass er Gitarren- und Klavierspiel gehört hat, kurz bevor er aufgewacht ist.«

»Das waren Harts Instrumente.«

»Und jetzt kann er angeblich auch spielen«, füge ich mit einem theatralischen Augenrollen hinzu.

Gabi hält den Wasserschlauch zur Seite, sodass er in einen leeren Topf spritzt. »Heiliges Kanonenrohr … du glaubst, Harts Botschaft steckt in der Musik? So genial!«

Ich lasse mich kläglich in einen Rattansessel fallen. »Ich weiß nicht, was ich denken soll, aber es war alles zu viel, also bin ich heim.«

»Ruby! Du musst Jameson spielen hören. Das könnte es sein. Das könnte die Botschaft sein!«

Ich werfe meiner Schwester einen flehenden Blick zu. »Ich bin mir nicht sicher, ob mein Herz das aushält.«

Gabi schaltet das Wasser aus und zieht sich einen Stuhl neben mir heran. »Was sagt dir dein sechster Sinn?«

»Dass es gebrochen ist?«

»Im Ernst.«

»Nur dass ich das durchziehen muss, aber es sagt mir nichts darüber, was ich am Ende finden werde, und das fühlt sich ziemlich nutzlos an.«

Gabi lehnt ihren Kopf zurück und starrt in den Himmel. »Ich habe noch eine Tarotlesung für ihn gemacht, bloß hat die nichts ergeben. Das Universum blockt mich ab, Ruby … Entweder das oder ich verliere mein Gespür.« Sie seufzt und schließt die Augen. »Doch wenn das Universum ein Geheimnis für sich behält, bedeutet das normalerweise, dass es darauf wartet, dass du's selbst herausfindest. Ich denke, dein Bauchgefühl hat recht.«

Gabi guckt mich an und wartet auf eine Antwort.

»Ein Teil von mir will die ganze Sache einfach abblasen«, gestehe ich. »Es wühlt all diese Gefühle in mir auf und es ist …« Ich hole zittrig Luft. »Es ist so schwer.«

Gabi legt ihre Hand auf meine, als wäre *sie* die ältere Schwester. »Ich weiß, wenn du ihn nicht spielen hörst, wirst du dich immer fragen, was hätte sein können. Und das bedeutet, dass du mich ewig damit nerven wirst.«

Ich kichere. »So nervig bin ich nicht.«

Gabi hebt ihre dunklen Augenbrauen, als wäre sie entschieden anderer Meinung.

»Okay«, sage ich zu ihr, »ich mache es. Aber sei bereit, kauf viel Schokolade und wirf schon mal einen miesen Liebesfilm und einen noch mieseren Horrorfilm an.«

Ich erwarte, dass meine Schwester lächelt und triumphierend aufspringt, doch sie hebt bloß eine Schulter und sagt leise: »Ich vermisse ihn auch. Ich weiß, es ist nicht dasselbe, aber es gibt Tage, an denen ich vergesse, dass er weg ist, und ich denke, *das sollte ich Hart erzählen*, und dann erinnere ich mich, dass er nicht mehr da ist, und mein Herz zieht sich zusammen.«

Ich kämpfe gegen den Drang an zu weinen. Ich war so sehr in meinem eigenen Schmerz versunken und habe mir nie die Zeit genommen, daran zu denken, dass auch andere Menschen unter seinem Verlust leiden. Dass meine Schwester vielleicht *mich* braucht. Dieses Gespräch führen wir zum ersten Mal und meine Wangen prickeln vor Scham und Trauer. Doch ich zerbreche nicht mehr an ihren Worten. Die Welt dreht sich weiter und ich bin immer noch ein Teil von ihr. »Dann stecken wir also zusammen in diesem Schlamassel«, antworte ich. Jetzt lächelt Gabi. »Oh, und noch was. Tía Lydia hat mich angerufen und gesagt, dass sie immer noch an dem Foto arbeitet. Sie hat das Gefühl, dass er etwas an sich hat, das sie nicht genau benennen kann. Deshalb will sie das Bild noch mal genau unter die Lupe nehmen und sich dann bei mir melden.«

Mein Handy klingelt. Ein Name, den ich seit Monaten nicht mehr auf meinem Bildschirm gesehen habe, taucht auf. Es ist George, Harts bester Freund.

Ich zeige es meiner Schwester.

»Geh ran!«, fordert sie.

Klingeling.

»Warum?«

Sie grunzt verärgert. »Weißt du noch, als ich sagte, dass das Universum die Antworten unter Verschluss hält und es an dir liegt, sie zu finden?«

»Du hast gesagt, das Universum will nicht, dass wir was rausfinden.«

Klingeling.

»Nur weil das Universum es dir nicht leicht machen will, heißt das nicht, dass es dir nicht helfen wird«, knirscht Gabi hervor, als würde sie sich durch meinen Dickschädel beißen wollen.

»Und du glaubst, George ist das Universum, das nach mir ruft?«

»Nein! Ich finde es seltsam, dass er nach all der Zeit und genau jetzt anruft.«

Klingelingeling.

Ich geh ran. »Hey«, sage ich und mein Herz klopft schneller. Nach der Beerdigung hat sich George irgendwie immer weiter zurückgezogen. Und nicht nur von mir, sondern auch von Serena, von allen. Oder vielleicht war es auch ich.

»Warum zum Teufel hängst du mit Crash rum?«, knurrt er.

»Dir auch Hallo«, erwidere ich und bin sofort wütend, dass er nach all der Zeit denkt, er könne mich verhören.

»Ich mein's ernst, Slay.« So nennt mich George schon seit der sechsten Klasse. Er klang schon immer wie ein Dad, der viel zu früh gealtert ist. Damals sagte er immer: »Du hast den Test bezwungen, Ruby; du hast den Tanz bezwungen; du hast die Welle bezwungen.« Und dann, in der neunten Klasse, schüttelte er den Kopf und meinte: »Du hast Hart bezwungen.«

»Warum interessiert dich das?«, frage ich und bereue auf der Stelle, dass ich seinen Anruf überhaupt angenommen habe.

»Äh, weil er ein Arschloch ist?«

»Hör zu, George. Ich hab's verstanden. Das hab ich wirklich ...« Ich reibe meine Schläfen und versuche die wachsende Spannung abzubauen, doch es gelingt mir nicht ganz. »Aber er ist irgendwie anders.« Die *Große Bruder*-Nummer mit Gabi. Die Oldiesmusik. Seine Unbeholfenheit und Freundlichkeit.

»Ernsthaft? Willst du etwa seinem beschissenen Zauber verfallen?«

»Hab ich das gesagt?«

Gabi murmelt: »Was sagt er?«

Ich ziehe das Handy vom Ohr und flüstere: »Das ist definitiv kein Anruf vom Universum!«

»Wie auch immer«, stöhnt George. »Mach, was du willst, aber ich dachte, du solltest wissen, dass er mir geschrieben hat.«

»Was? Warum?«

Ich flüstere meiner Schwester zu, was er gesagt hat, und stelle George auf Lautsprecher.

»Er sagte, wir müssten reden«, erzählt George weiter. »Über dich.«

Ich spüre, wie mir die Röte den Nacken hinaufsteigt. »Über mich?«

Gabis Augen werden groß. Ihre Arme rudern wild, als wäre sie eine Cheerleaderin mit Koordinationsproblemen, und ich interpretiere ihre Akrobatik als: *HABE ICH ES DIR NICHT GESAGT?*

»Gibt es etwas, das ich nicht weiß?«, fragt George. »Ich dachte, du kannst den Kerl kaum ausstehen. Und jetzt sitzt du in seinem Auto und lachst und so und er will über dich reden?«

Mein Herz beginnt doppelt so schnell zu hämmern. Warum habe ich das Bedürfnis, mich zu verteidigen? »Es ist nicht so, wie es aussieht.«

»Lachen?«, flüstert Gabi neben mir.

George schweigt. »Hast du grad Zeit?«

»Wart mal.« Ich schalte den Anruf auf stumm, weil ich spüre, dass Gabi gleich dazwischenrufen wird.

»Jaaaaaa, du hast Zeit«, schreit sie. »Gott, Ruby. Du hast so ein Glück, dass ich hier bin, um dir zu helfen!«

»Ich hab seit Monaten nicht mehr mit George gesprochen«, erinnere ich sie.

»Und?«

»Was, und?«

»Keine Ausreden mehr. Willst du die Wahrheit herausfinden oder nicht?« Gabi atmet tief ein, als ob es ihr an Sauerstoff mangeln würde. »Was, wenn das eine Spur ist?«

Ich stelle den Anruf wieder auf laut und sage zu George: »Joa, hab Zeit.«

»Wir treffen uns in dreißig Minuten bei Extra Extra. Ich hab dir noch was zu sagen.«

Das hasse ich am meisten an ihm. Wenn er jemandem so einen Infohappen hinwirft, der nicht den Hauch einer Ahnung hat. »Raus damit, und zwar jetzt«, sage ich herrisch.

Gabi nickt.

»Ich bin nicht allein«, sagt George. »Wir sehen uns später.« Er legt auf, ehe ich noch Fragen stellen kann.

Zwanzig Minuten später sitze ich an einem der hinteren Tische des Cafés. An den Wänden hängen Zeitungsausschnitte, größtenteils alte Sachen aus der Zeit vor meiner Geburt. Heute Abend ist der Laden brechend voll und fast alle Tische sind besetzt.

Von dort, wo ich sitze, kann ich die Eingangstür sehen. George kommt herein oder besser gesagt, er stolziert hinein, und setzt sich mir gegenüber auf den Stuhl. Er schnappt sich eine Speisekarte. »Willst du was essen?«

Ich starre ihn ausdruckslos an. Er war Teil von Hart und damit auch ein Teil von mir und dann war er weg, als ich ihn am meisten gebraucht habe. Wie kann er sich so lässig verhalten? So cool? Als hätte es die letzten fünf Monate Schweigen zwischen uns nie gegeben.

»Keinen Hunger«, antworte ich, verschränke die Arme und versuche, seinen distanzierten Tonfall nachzuahmen. »Also, was gibt's, George?«

Er muss meine Angst oder meine Wut oder beides spüren, denn seine knallharte Fassade bricht. Er steht auf, umarmt mich und setzt sich wieder hin. »Ich hab vergessen, Hi zu sagen. Sorry.« Diese einfache, vertraute Geste katapultiert mich in die Zeit zurück, als alles noch normal war. Und für den Bruchteil einer Sekunde tue ich so, als hätte sich nichts geändert und wären wir immer noch Freunde, und mein Herz macht einen Hüpfer.

»Ich bin gestern Abend auf dem Heimweg an Harts altem Haus vorbeigefahren«, gesteht er.

»Unwahrscheinlich, da du ganz woanders wohnst.«

Mit einem Achselzucken kippt George seinen Stuhl zurück und balanciert ihn auf zwei Beinen. Er hat noch den grauen Schatten eines blauen Auges. »Ich nehme aus Angewohnheit einen Umweg, okay?«, gesteht er.

Ich weiß nicht warum, aber ich fühle eine seltsame Erleichterung, weil ich weiß, dass George Hart auch nicht vergessen hat. Dass er auf seine eigene Weise über seine Erinnerungen wacht. »Jedenfalls«, fährt er fort, »hab ich Jameson dort parken sehen. Was soll der Scheiß, Slay? Findest du das nicht seltsam?«

Jupp. Es ist seltsam.

»Hat er dich gesehen?«, frage ich und versuche, die Überraschung zu verbergen, die mir wahrscheinlich ins Gesicht geschrieben steht.

»Nee. Du weißt, dass ich mich genauso gut tarnen kann wie Hawkeye.« George lächelt und für einen Moment sieht er wie der alte, verspielte, lebenslustige Typ aus, der in den meisten meiner Kindheitserinnerungen vorkommt. Er lehnt sich vor und stützt seine Ellbogen auf den Tisch. Ich erkenne das Ende oder den Anfang eines Tattoos auf seinem Unterarm, aber es verschwindet unter seinem Ärmel, sodass es unmöglich ist, das ganze zu sehen. »Wie auch immer«, fährt George fort, »er hat einfach nur wie besessen auf das Haus gestarrt.

Ich wollte ihm sagen, dass er verschwinden soll, aber er hat so verloren ausgesehen, weißt du?«

Ich weiß nicht mal, wie ich verarbeiten soll, was George mir erzählt. Warum sollte Jameson vor Harts altem Haus abhängen? Was hat das mit mir zu tun? Hat Hart ihm gesagt, er solle dorthin gehen oder so?

»Was bedeutet das wohl?« Ich fühle mich, als würde ich an einem Felsvorsprung hängen, meine Finger rutschen ab und egal was ich tue, ich kann mich nicht gut genug festhalten, um mich hochzuhieven.

George nickt dem Kellner zu und wir bestellen beide einen Burger und Limo. »Woher zum Teufel soll ich das wissen?«, erwidert er. »Ich dachte, du könntest es mir sagen, da du und Jameson jetzt so *dicke* seid.«

»Lass den Sarkasmus, George. Ich hab meine Gründe.« Ich kaue auf meiner Unterlippe herum und grüble.

»Und die wären? Gib mir einen guten Grund und ich lass dich in Ruhe.«

Ich setz ein Pokerface auf: »Ich geb dir mehr als einen. Er benimmt sich wie der netteste Typ der Welt und er ist witzig und …« Ich atme tief durch und lege die Karten auf den Tisch. »Gabi hat eine Tarotlesung für ihn gemacht.« Ich will ihm nicht gestehen, dass ich laut den Karten mein Herz verlieren werde, also drücke ich es so aus: »Und sagen wir einfach, sie haben bestätigt, dass etwas im Busch ist.«

George starrt mich so lange an, dass meine Wangen anfangen zu glühen. Schließlich meint er: »Nett. Wunderbar. Klingt, als ob … du auf ihn stehst.«

Ich keuche so heftig, dass ich glaube, den ganzen Sauerstoff aus dem Raum gesaugt zu haben. »Jorgé. Das kann doch nicht dein Ernst sein.«

»Kein Wunder, dass der Typ auf dich steht. Du führst ihn an der Nase rum.«

Jetzt bin ich stinksauer. Und zwar nicht, weil George mir Vorwürfe macht, sondern weil in seinen Worten ein Funken Wahrheit steckt. Ich fühle mich besser, wenn ich in Jamesons Nähe bin, und das erfüllt mich mit Schuldgefühlen. Es ist an der Zeit, wieder zur Sache zu kommen. »Hast du ihm jemals zurückgeschrieben? Um ihn zu fragen, warum er über mich reden will?«

George tippt auf seinem Handy herum. »Grad eben.«

Ich greife nach seinem Handy und lese Georges Antwort auf Jamesons Bitte, mit ihm zu reden.

Was gibt's

Drei blinkende Punkte zeigen mir, dass Jameson bereits zurückschreibt.

Ein paar Sekunden später starre ich auf die Nachricht, die bloß lautet: **Morgen. Nach dem Training.**

28

Hart/Jameson

Ich bemerke die neuen Lücken in meinem Gedächtnis.

Es fehlen nicht nur Stunden, sondern ganze Tage. Ich erinnere mich zum Beispiel daran, dass ich mit meinem Dad angeln war, aber nicht an die Fahrt dorthin oder daran, was wir aßen oder wo wir schliefen. Und ich erinnere mich daran, wie ich mit Ruby und ein paar Freunden am Strand Volleyball spielte, doch ich weiß nicht mehr, wann oder was sie anhatte oder was wir danach taten. Es ist, als würde man ein Buch lesen und auf eine leere Seite stoßen und dann auf eine weitere. Und als es endlich weitergeht, weiß man nicht mehr, was man verpasst hat, nur dass etwas verloren gegangen ist.

Und das macht mich stutzig.

Auf dem Weg zur Schule frage ich Lourdes: »Ich weiß, dass ich meine Erinnerungen verliere, aber heißt das auch, dass ich Jamesons dazugewinne? Und wie funktioniert das?«

»Das ist schwer zu erklären«, sagt sie und flicht sich weiter ihr Haar über die Schulter. »Dein Geist ist Teil deines *wahren*

Ichs. Nicht die Erinnerungen, die du behältst. Ergibt das einen Sinn?«

»Nicht mal ansatzweise.«

Lourdes dreht sich zu mir um. »Du wirst irgendwann viele von Jamesons Erinnerungen haben, bloß werden sie mit den Erfahrungen deines Lebens verschmelzen – mit *Harts.* Du wirst zwar nicht mehr *deine* speziellen Erinnerungen haben, aber du wirst immer noch du selbst sein. Dein Geist wird sich überhaupt nicht verändern.«

Ich versuche, ihrer Erklärung zu folgen, nur ... »Also, die Dinge, die zu meinem Geist gehören, werden mir nie verloren gehen.«

»Theoretisch schon. Doch dein Gedächtnis ist kein Teil davon«, sagt sie. »Es ist ein tieferes *Gefühl*, das man nicht erklären kann.«

»Du meinst, wie ein Instinkt?«

»Nicht ganz.«

Ich werfe ihr einen total verwirrten Blick zu. »Verklicker's mir auf menschliche Art, Lourdes.«

»Stell dir das so vor«, sagt sie und klingt dabei schon beinahe frustriert. »Du spielst Musik.«

»Richtig.«

»Du wirst dich nicht mehr daran erinnern, *wie* du das Instrument spielen gelernt hast, sondern nur daran, dass du es kannst. Denn das ist ein Teil deines Geistes.«

Ich glaube, ich beginne zu verstehen. Irgendwie. »Aber Ruby ist auch ein Teil meines Geistes, also würde die logische Schlussfolgerung bedeuten, dass ...«

»Es bedeutet nicht, dass du dich an eure gemeinsame Zeit erinnern wirst«, sagt sie. »Manchmal ... ich meine, es ist selten, aber manchmal kann der Geist eine tiefere Verbindung aufrechterhalten, ohne in der Lage zu sein zu erklären, warum man so fühlt. Man weiß nur, dass etwas tief in einem begraben ist, nur …« Sie verstummt und starrt aus dem Fenster.

Mein Puls beschleunigt sich. »Nur was?«

»Das kommt selten vor, Hart«, sagt sie mit einem Hauch von Trauer in der Stimme. »Es ist nahezu unmöglich, diese Art von Verbindung aufrechtzuerhalten.«

Ich halte an dem *Nahezu* fest. Das reicht. Für den Moment.

Die Nachmittagssonne brennt unerbittlich auf den Sportplatz nieder und es fühlt sich an wie das Höllenfeuer.

Das wäre nicht das Ende der Welt, wären da nicht der drei Kilo schwere Helm und die schwere Uniform und die Dutzende von Augenpaaren, die mich anstarren, um zu sehen, woraus ich gemacht bin. Oder nicht gemacht bin. Und alles, woran ich denken kann, sind zwei Dinge:

1. Ich werd die ganze Saison auf der Bank sitzen.
2. Scheiße!

Vor ein paar Tagen wäre es mir egal gewesen, auf der Ersatzbank zu sitzen, aber das änderte sich in dem Moment, als mir klar wurde, dass ich nicht nach Stanford gehen, in Colorado landen, Ruby verlassen würde, wenn ich verlor. Und ganz ehrlich? Jamesons Leben wurde zu früh beendet und ich will nicht, dass er als der Quarterback in die Geschichte eingeht, der auf dem Spielfeld versagt hat. Ich will, dass er als Champion abtritt.

Coach Feldman hat mich die letzten dreißig Minuten das Training nur von der Seitenlinie aus beobachten lassen. »Soll ich mich aufwärmen?«, frage ich, weil ich das Bedürfnis verspüre, meine nervöse Energie abzubauen.

Er schüttelt bloß den Kopf.

Ich weiß nicht, wieso er mich bestraft, aber während ich den Jungs zusehe, die wie kleine Götter das Feld auf und ab laufen, beginne ich, die Formation der Spielzüge zu erkennen. Ich verstehe die Bedeutung der kryptischen Ausrufe, erst langsam, dann mit voller Wucht. Alles kommt zu diesem Körper zurück, wie ein Lied, lyrisch und poetisch und mit einer treibenden Kraft, die mich dazu bringt, Football spielen zu *wollen.*

Martin joggt herüber und zutscht Gatorade, bevor er sich zu mir umdreht und leise flüstert, damit Coach Feldman es nicht hört: »Sicher, dass es dir gut geht?«

Ich nicke.

»Dreh da draußen nicht durch, verstanden? Du passt auf dich auf.«

Ich lächele. Martin ist ein guter Kerl, der nie hätte aufhören dürfen, Posaune zu spielen.

Auf der Tribüne sitzen noch ein paar Nachzügler, die das Training verfolgen. Lourdes ist darunter. Sie sitzt mit einem Buch auf dem Schoß allein da. Ab und zu schaut sie auf und wirft mir einen Blick zu oder zuckt mit den Schultern, was so viel bedeutet wie: *Ich langweile mich. Unterhalte mich, Mensch.*

Mit vor der Brust verschränkten Armen und einer silbernen Pfeife um den Hals wendet sich der Coach an mich. »Bereit, Crash?«

»Jetzt?«

»Wann sonst?«

Ich nicke und setze meinen Helm auf, als wäre es reine Routine. Ich geb's nur ungern zu, aber es ist ein tolles Gefühl, aufs Spielfeld zu laufen. Die Jungs jubeln, als die Offensiv- und Defensivtrainer sie in der Nähe der Fünfzig-Yard-Linie zum Huddle zusammenführen.

Der Coach ist mir dicht auf den Fersen. Alle knien sich hin und schauen hinauf in die gleißende Sonne, die auf Feldmans kahlen Kopf scheint.

»Also gut, Jungs«, sagt er. »Es war eine harte Zeit, aber Jameson ist wieder da. Und wenn er so werfen kann wie neulich, haben wir vielleicht eine Chance auf die Meisterschaft.«

»Sollen wir ihn schonen, Coach?«, fragt jemand.

Ich erwarte von Feldman, dass er sagt: »Ja, er ist gerade erst aufgewacht.« Doch vermutlich nehmen Footballspieler das nicht so eng, denn er sagt: »Sind wir hier im Kindergarten?«

Halt! Was ist mit es langsam angehen lassen?

Ein paar der Jungs verbergen hinter ihren Händen ein Lächeln. Tristan blickt sie finster an und sagt: »Werdet verdammt noch mal erwachsen.«

Ich nicke Tristan zu, was so viel heißt wie: *Danke, dass du mir den Rücken freihältst.* Coach Feldman brummt: »Fang an der Zwanzig-Yard-Linie an und treib die Verteidigung in die Endzone.«

Richtig. »Den ganzen Weg bis in die Endzone?« Ich hatte auf ein paar kurze Pässe gehofft. Damit ich mich aufwärmen kann, bevor ich um den Sieg kämpfen muss.

Feldman lächelt nicht, antwortet nicht, runzelt nicht mal die Stirn. Er geht einfach weg.

Als sich meine Offensive zusammenfindet, wird mir so übel, dass ich befürchte, kotzen zu müssen. »Gebt mir bloß 'ne Sekunde«, murmele ich.

Mit brodelndem Magen drehe ich mich um und gehe ein paar Schritte außer Hörweite der anderen. »Okay, Jamesons

Körper«, flüstere ich. »Du wirst mich jetzt nicht im Stich lassen, verstanden? Du musst dich dran erinnern, wie man dieses Spiel spielt, werfen wie ein Champion, den Ball von den Bösewichten fernhalten, darfst dir nichts brechen oder getötet werden. Du schaffst das besser, denn ich geh auf keinen Fall nach Colorado.«

Jemand hinter mir sagt: »Was macht er da?«

Tristan kommt zu mir rüber. »Hey, Mann. Alles okay?«

»Klar. Alles bestens.«

Auf wackeligen Beinen jogge ich zurück zu meinem Team. Ich scanne ihre Gesichter.

»Und?«, sagt ein Linebacker.

»Verrätst du uns die Aufstellung?«, fragt ein anderer Spieler.

»Blockschema?«

Jemand anderes fragt nach der Anzahl der Züge und in meinem Kopf dreht sich alles. Ich werfe einen Blick in Lourdes' Richtung, die ihre Augen mit der Hand abschirmt und jede meiner Bewegungen beobachtet.

»Legt einen Zahn zu«, schreit der Coach.

Mit einem wissenden Lächeln reicht mir Tristan den Ball. »Machen wir es wie in alten Zeiten.«

Ich drehe den Football zwischen den Händen. Und dann passiert es.

Die Worte kommen aus meinem Mund, bevor ich überhaupt realisieren kann, wie bizarr sie klingen. »Nevada 414.«

Die anderen mustern mich mit Stielaugen, als wär ich gestört. »Ernsthaft?«, sagt einer der Typen. »Ist das nicht ein bisschen großspurig?«

»Kriegst du das hin?«, frage ich und sehe den Spielzug vor meinem geistigen Auge.

Er schnaubt. »Geht das mit deinem Wurfarm?«

»Kümmer du dich mal nicht um meinen Arm. Lauf dich einfach frei und fang den Ball, ja?«

Nevada 414 ist einer der langen Spielzüge. Die Fünfzig-Yard-Bombe, um das Feld freizumachen und die Verteidigung in Bedrängnis zu bringen. Der Coach will, dass ich bis in die Endzone werfe? Na klar doch.

Wir gehen in Position. Und ich erkenne sofort, dass ich den richtigen Spielzug gewählt habe. Die Verteidigung der anderen Seite ist nicht in der richtigen Formation, um sich darauf vorzubereiten.

Ich halte meine Hände bereit, um den Snap von meinem Center zu übernehmen. Die Täuschungszählung kommt mir so einfach über die Lippen, als würde ich das schon mein ganzes Leben lang tun. Mein Center gibt den Ball an mich ab. Ich trete einen Schritt zurück, warte und renne los, weil ein hundert Kilo schwerer Linebacker mit Volldampf auf mich zurast.

Ich scanne das Feld. Meine Augen sind auf Tristan gerichtet, das Ziel.

Er ist fast in Position. Ich weiche einem kräftigen Arm aus.

Dann noch einem. Ich renne quer über das Feld.

Rennen. Atmen. Ausweichen. Rennen. Atmen.

Tristan nimmt die Beine in die Hand, schneidet nach links, dann ist er frei.

Noch ein Schritt.

Und dann lasse ich den Ball segeln.

Ich schwöre, ich höre das Zischen, als der Ball direkt in Tristans wartende Hände fliegt und er ihn in die Endzone bringt.

Alle flippen aus. Das Blut pulsiert in meinen Ohren. Hände klatschen auf meinen Helm. Ich fliege, werde auf Schultern gehoben. Wir laufen auf die Endzone zu. Dann sehe ich sie.

Ruby steht am hinteren Ende der Pfosten, wo wir gerade den Touchdown gemacht haben. Schweiß tropft mir in die Augen und mein Blick auf sie verschwimmt. Lächelt sie?

Ein scharfer Pfiff lässt die Jubelrufe so schnell verstummen, wie sie begonnen haben.

Als ich zurück ins Mittelfeld renne und mich dort umdrehe, ist Ruby verschwunden.

Das Training dauert noch zwei Stunden und sosehr ich es auch hassen will, ich liebe es doch. Ich liebe den Tatendrang, den Nervenkitzel und den Druck bei jedem Spielzug und ich verstehe endlich, dass dieser Körper für dieses Spiel gemacht wurde und er das weiß.

Nach dem Training stoppt mich Tristan auf dem Weg zu den Umkleideräumen. »Na, wie war's, wieder auf dem Feld zu stehen, alter Junge?«

Ich spüre das Adrenalin, das durch diesen Körper rauscht. »Erstaunlich.« Und es ist wahr.

Tristan klopft mir auf die Schulter. »Fühlt sich gut an, wie in alten Zeiten.«

Ich nicke, immer noch high vom Spiel. »Du hast ein paar fantastische Fänge gemacht. Darauf zähle ich beim Homecoming in zwei Wochen.«

»Hör zu«, sagt Tristan und schaut in die Ferne. »Letztes Jahr waren die Tigers gegen jedes Team außer uns ungeschlagen, aber dieses Jahr?« Jetzt guckt er mich ernst an. »Sie besiegen jeden mit fast doppelt so vielen Punkten.«

»Du glaubst nicht, dass wir sie schlagen können.«

»Das hab ich nicht gesagt. Es ist nur …« Tristan hält inne, spannt den Kiefer an. »Wenn wir gegen sie verlieren, dann Adiós Stanford, für uns beide und … hallo Colorado für dich.«

Er weiß also von Richards Drohung, mich nach Colorado zu schicken.

»Reitet dein Dad immer noch auf dir herum?«, fragt er.

Mit einem Nicken sage ich: »Hey, hör mal, selbst wenn es mit Stanford nicht klappt, gibt es viele andere gute Unis, auf die du gehen kannst, oder?«

Tristan runzelt die Stirn. »Auf keinen Fall. Und wenn du glaubst, dass dein Dad dich auf eine zweitklassige Uni gehen lässt …« Er beendet den Satz nicht. Muss er auch nicht.

»Richtig.«

»Und du wusstest, Jameson, du *weißt* …« Seine Stimme nimmt einen flehenden Ton an. »Damit Stanford auf uns aufmerksam wird, müssen wir einen Haufen Touchdowns mit mindestens sieben Punkten aufstellen. Das ist unsere Chance, Kumpel. Unsere einzige Chance.«

»Warum erzählst du mir das alles?«

»Weil ich mich voll reinhänge und wenn du so spielst wie heute, können wir es schaffen. Wir können in die große Liga aufsteigen, wie wir's immer geplant haben. Das Powerduo.«

Verstanden. Er will wissen, ob ich noch mit dem Herzen dabei bin. Denn wenn dem nicht so ist, wird Tristan wahrscheinlich auch keinen Fuß auf den Campus von Stanford setzen. Er braucht mich genauso sehr wie ich ihn. Ich starre ihn entschlossen an. »Ich bin dabei.« Und ein Teil von mir glaubt es. Als ob mir die Idee von Stanford vielleicht gefallen könnte. Oder diese Footballsache länger zu machen.

Ein Lächeln breitet sich auf seinem Gesicht aus. »Zur Hölle, Mann, yeah. Zur Hölle, yeah.«

Nachdem ich geduscht habe, gehe ich zu meinem Auto. Halb benommen von den Footballerinnerungen, die mir vorhin durch den Kopf geschossen sind, starre ich aus der

Windschutzscheibe. Die Sonne geht gerade unter und färbt den Himmel orangerosa. Wird es immer so sein, wenn ich für den Rest meines Lebens in diesem Körper lebe? Aufgeputscht von einer Freude, die gar nicht meine eigene ist? Oder war's das?

Ich rufe Richard an. Er meldet sich nach dem zweiten Klingeln. »Jameson.«

»Hey, äh … ich wollt fragen, ob …« Mein Mund ist trocken, meine Zunge fühlt sich geschwollen an. »Wenn ich das Homecoming nicht packen sollte, gibt's da eine Chance, dass ich erst *nach* meinem Abschluss nach Colorado komme? Du weißt schon, damit ich mein letztes Jahr hier beenden kann?«

Sein Innehalten gibt mir Hoffnung. Für eine Sekunde.

»Jameson, ich hab diesen Deal schon zu oft mit dir gemacht, um noch mitzuzählen. Und jedes einzelne Mal hast du es vermasselt. Wir wissen beide, dass dich so ein Fehlschlag aus der Bahn werfen würde. Und wenn das passiert, trinkst du.«

Ich schlucke schwer. »Jetzt ist es anders.«

»Das hatten wir alles schon mal. Hör zu.« Sein Tonfall ändert sich sofort und ich weiß, dass er mir gleich einen Haufen gequirlte Scheiße servieren wird. »Du hast die Wahl, Jameson. Das ist dein Moment.« Wenn das eine aufmunternde Rede sein soll …

Richard fährt unaufhaltsam fort. »Du bist nicht von den Toten auferstanden, um dich von den Tigern überrollen zu lassen.«

Ich bin überhaupt nicht von den Toten auferstanden, Richard.

Wir legen beide auf und ich gucke auf die Uhr. Da trudelt eine Nachricht von George ein.

Planänderung. Wir treffen uns im Jab.

Warum sollte er sich dort mit mir treffen wollen? Es ist ein bekanntes Boxstudio, wo die Kämpfe immer blutig enden, und da ich davon heute schon genug hatte, will ich das lieber nicht.

Doch im Moment brauche ich wirklich einen Freund. Einen Freund von Hart.

Ich fahre zum Jab.

29

Ruby

Das Büro meiner Therapeutin ist klein und hat hellgelbe Wände. Ein paar Sukkulenten stehen auf der breiten Fensterbank und ein Regal ist mit lauter Sanduhren in allen Größen und Farben bestückt.

In einer Ecke brennt Patschuli-Weihrauch.

Heute trägt Aera ein hellblaues Sommerkleid mit einem weißen Blazer darüber. Ihr dunkles Haar reicht perfekt gestylt bis zu ihren Schultern.

»Es ist schon ein paar Wochen her, seit wir uns zuletzt gesehen haben«, sagt sie und setzt sich mir gegenüber.

Ich nicke und auf der Suche nach einem Anker, an dem ich mich festhalten kann, lasse ich meinen Blick durch den Raum schweifen. Ich beobachte, wie die dünnen Weihrauchschwaden aufsteigen.

»Und, wie waren die letzten Wochen?«, fragt Aera leise, was mir verblüffenderweise ein entspannendes Gefühl gibt. Geborgenheit.

»Schrecklich«, gebe ich zu. »Ich …« Ich atme tief durch und beschließe, gleich zur Sache zu kommen, zum eigentlichen

Grund meines Hierseins. Eine objektive Meinung. »Glaubst du an ein Leben nach dem Tod?«

Aera scheint die Frage zu überraschen. Ich bin ein bisschen stolz, dass mir das gelungen ist. Sie erholt sich schnell und sagt: »Ist es wichtig, was ich glaube?«

»Also, ja. Damit du verstehst, was ich dir jetzt sage, musst du mir schon irgendwie glauben.«

»Dann ist heute wohl dein Glückstag.«

Und so erzähle ich es ihr. Ich erzähle ihr, dass Jameson aufgewacht ist, mich gesucht hat, vielleicht wie ein Geist auf den Felsen im Nebel stand und verschwunden ist. Ich erzähle ihr von der Tarotlesung mit den Karten, die nie falschliegen, von der Botschaft, die Jameson angeblich für mich hat und vielleicht in der Musik enthalten ist, die er jetzt auf wundersame Weise zu spielen vermag.

Dann erzähle ich ihr, dass er jetzt anders ist, sich gewandelt hat. Dass ich sogar zu seinem Training gegangen bin, um ihn auf dem Spielfeld zu sehen, und ich keine Ahnung habe warum. Dass es war, als wäre ich dorthin gezogen worden, und es ein seltsames und verwirrendes Band gibt, das uns miteinander verbindet. Als ich fertig bin, erwarte ich von ihr, dass sie sagt, ich habe mir ein Szenario ausgedacht, um meinem Schmerz zu entgehen, dass das viele Leute tun und es keine Schande ist.

Doch das sagt sie nicht. Aeras braungraue Augen durchbohren meine. Dann sagt sie zu meiner Überraschung: »Wie fühlst du dich bei all dem?«

Wie ich mich fühle? Stottere ich?

»Nein, ich möchte nur wissen, was du denkst. Deine professionelle Meinung? Hast du von so etwas schon einmal gehört?«

»Ruby.«

Mein Name enthält eine Botschaft. Eine ganze Unterhaltung, die bedeutet: *Es ist nicht wichtig, was ich denke; es ist wichtig, was du fühlst.*

Ich verknote meine Finger und starre auf sie hinunter. Das Sonnenlicht des späten Nachmittags fällt ins Büro und die Stille zwischen uns ist so vollkommen, dass ich nur das Ticken der Uhr hören kann.

Ich blicke sie an. »Im Park ... ich meine, im Auto, als wir weggefahren sind, habe ich ... gelacht. So richtig gelacht.«

Ihre Miene ist unverändert, genauso ruhig und angenehm wie zuvor. »Erzähl mir mehr darüber.«

»Wie es sich angehört hat oder ...?«

»Wie hast du dich dabei gefühlt?«

Da ist es wieder, dieses Wort. *Fühlen.* »Ich hab mich schrecklich gefühlt ... nicht am Anfang. Zuerst hat es sich wirklich gut angefühlt, aber danach? Ich hab mich gefühlt, als würde ich Hart oder sein Andenken verraten.«

»Meinst du, Hart würde wollen, dass du lachst?«

Ich bin beeindruckt, wie schnell Aera solche Fragen aus dem Ärmel schüttelt. Diese zwingt mich beinahe zum Lächeln. Natürlich würde er das wollen. Genau das hat ihn zu Hart gemacht. Wenn er hier wäre, neben mir säße, würde er sich nachdenklich das Kinn reiben, auf Aera zeigen und sagen: »Sie hat recht.«

Doch ich will nicht lachen. Nicht wenn er nicht auf dieser Welt ist. »Ja, ich denke schon, aber er ist nicht hier, um mir das zu sagen.« *Warum ist es dann wichtig?*

Aera mustert mich und sagt: »Hast du immer noch diesen Traum?«

»Jede Nacht.«

Sie macht sich auf dem kleinen Block auf ihrem Schoß eine Notiz. »Und diese Nachricht. Was erhoffst du dir davon?«

Tränen treten mir in die Augen. Ich fühle, wie die Gefühle in meiner Brust aufsteigen und mir die Kehle zuschnüren. »Ich will wissen, dass es Hart gut geht. Dass er nicht allein ist.« *Dass er mich auch vermisst. Gott, bin ich jetzt egoistisch?*

Aera reicht mir ein Taschentuch. »Und die Tarotlesung. Macht es dir Angst, dass du wieder lieben könntest?«

Augenblicklich erhebt sich in mir eine Eiswand. »Das hat niemand gesagt. Es ging darum, womöglich mein Herz zu verlieren, und das kann tausend Dinge bedeuten, wie loslassen oder …« Ich schniefe. »Warum sollte ich also Angst haben?«

»Was ist dann das Problem?«

»Woher soll ich das wissen?« *Ist das nicht dein Job?*

»Nimm dir einen Moment und lass das Gefühl, was auch immer es ist, in deinen Körper eindringen. Wo spürst du es?«

Ich halte mich am Rand meines Sessels fest und starre auf den mit Blumen gemusterten Teppich. Er hat einen Kaffee- oder Teefleck, der aussieht, als wäre er zu fest geschrubbt worden. »Überall«, sage ich schließlich. »Bis in die Knochen. Aber deswegen bin ich nicht hier.«

Aera wartet darauf, dass ich mehr sage.

»Ich möchte nur eine Antwort, eine zweite Meinung. Glaubst du, dass das alles zusammenhängt? Oder glaubst du, ich bin einfach verrückt? Dass ich mir was einbilde?«

Ich erwarte, dass sie mir eine Gegenfrage stellt, doch sie tut es nicht, sondern sagt: »Ich weiß nicht, ob es einen Zusammenhang gibt. Nur du könntest das erkennen, aber ich glaube nicht, dass du dir etwas einbildest. Ich glaube, dein höheres Selbst führt dich und wenn du still und leise bist und wirklich zuhörst, findest du die Antworten bereits in dir. Und bevor das geschehen kann, musst du bereit sein, in dich zu gehen und ehrlich zu sagen, was du fühlst.«

Ich stelle mir vor, wie sie an der Uni nach allen möglichen Formulierungen gesucht hat, um dieses Wort zu verwenden. *Fühlen. Fühlen. Fühlen.*

Ehrlich darüber sein, wie ich mich fühle? Meint sie das Schuldgefühl in meiner Brust für einen Gedanken, der mich immer wieder beschleicht und den ich nicht wahrhaben will? Einen Gedanken, der nicht aus Worten besteht, sondern aus einem Bild, einem Bild von meinem Leben. Einem richtigen Leben. Lachen und lächeln und segeln und schwimmen und schlafen ohne Albträume. Ich hätte nie gedacht, dass ich mich so fühlen könnte, aber ich vermisse das Wasser so sehr. Ich vermisse das Gefühl, dass es mich wie ein sicherer Kokon umhüllt. Ich vermisse, wer ich war ... als das Wasser noch mein Freund war. »Ich glaube, dass ich *doch* irgendwie Angst habe.«

»Kannst du mir sagen, was *hinter* der Angst steckt?«

Ich schaue auf, wische mir eine Träne ab und knülle das Taschentuch zusammen. Ich habe schreckliche Angst, die Worte auszusprechen. Wenn sie einmal ausgesprochen sind, weiß ich, dass es kein Zurück mehr gibt.

»Ruby?«, drängt sie sanft.

»Ich spüre Hoffnung.«

Die Palmen vor Aeras Büro wiegen sich in der leichten Brise, die vom Meer ein paar Blocks entfernt herüberweht. Es ist so ein schöner Tag, dass ich beschließe, zu Fuß in Richtung des Cafés zu gehen, in dem ich mich mit Serena treffen soll, denn ich glaube, ich kann ihr das alles nicht länger verheimlichen.

Du findest die Antworten bereits in dir.

Was soll das bedeuten? Wenn ich die Antworten hätte, bräuchte ich Aera nicht. Ich bin in meinen Gedanken versunken und starre in den wolkenlosen blauen Himmel, als ich jemanden anremple.

»Oh, tut mir leid«, sage ich schnell und erkenne erst jetzt Lourdes.

»Ich habe auch nicht hingesehen«, ruft sie und lacht leicht.

»Was machst du hier?«, frage ich überrascht. Wir sind im Geschäftsviertel, nicht dort, wo normale Leute spazieren gehen.

»Ich habe mich verirrt.«

Ich verstehe nicht, was sie meint, und sie muss mir die Verwirrung ansehen, denn sie erklärt: »Ich gehe gerne zu Fuß, biege in unbekannte Straßen ein und gucke, wo ich lande. Außerdem ist Laufen eine gute Möglichkeit, um eine neue Stadt kennenzulernen.«

Ich verstehe ihr Verlangen, sich treiben zu lassen, ohne ein Ziel vor Augen durch die Straßen zu wandern. Ich weiß nicht, ob mein Mund einfach von meiner Therapiesitzung aufgewärmt ist, aber ich platze heraus: »Ich will die Welt bereisen.« All die versteckten Ecken, die nicht auf irgendeiner Forbes-Bestenliste stehen.

Lourdes neigt den Kopf und lächelt leicht. »Das klingt fantastisch.« Ihr Blick streift das Gebäude hinter mir mit dem großen fetten Schild, auf dem HELPING HANDS THERAPY steht.

Am liebsten würde ich lügen, doch Lourdes hat etwas an sich, das ich nicht benennen kann. Sie ist wie diese Person, die man im Urlaub trifft und einem das Gefühl gibt, sie schon ewig zu kennen, und der man Dinge erzählen kann, weil man sie nie wiedersehen wird.

»Hier hat meine Therapeutin ihre Praxis«, sage ich und beantworte damit eine Frage, die Lourdes nicht gestellt hat.

»Das ist cool. Hilft es?«

»Manchmal ja, manchmal nein«, erwidere ich ehrlich.

»Ich wollte schon so lange jemanden aufsuchen, aber in meiner Heimat gibt es niemanden, dem ich mich anvertrauen kann.«

»In ganz London nicht?«

»Die guten sind alle schon vergeben«, antwortet sie und lacht.

»Na ja, Aera ist schon cool. Sie hat mir bei einigen Sachen geholfen und vielleicht einen Platz frei, wenn du willst ... ich meine, solange du hier bist.«

Lourdes' Augen wandern wieder zu dem Schild. »Okay. Das wär vielleicht ganz gut. Danke.«

Ich erinnere mich an ihre Bitte, sie herumzuführen, und ich fühle mich gut, außerdem mag ich sie. Sie hat das, was meine Mom positive Energie nennt, also sage ich: »Hey, ich bin auf dem Weg, um mit einer Freundin Kaffee zu trinken.« Ich zeige die Straße hinunter. »Willst du mitkommen?«

Lourdes lächelt. »Gerne.«

Ein paar Minuten später sind wir die drei Blocks zu einem kleinen Café gelaufen, das sich im hinteren Teil eines kleinen Buchladens befindet. Es riecht nach Papier, Kaffee und sonnengetränkter Erde. Was für ein Riesenschock, dass Serena noch nicht da ist. Nein, nicht wirklich. Sie kommt immer zu spät.

Sobald wir unsere Bestellungen aufgegeben haben, besetzen wir einen kleinen Tisch in der Ecke, wo ein Bücherstapel zurückgelassen wurde.

»Und, wie gefällt es dir hier?«, frage ich und schiebe die Bücher beiseite. »Es muss so anders sein als in London.«

»Ich finde es sehr schön und ruhig. Es wird traurig sein, wieder zu gehen.«

»Doch nicht vor dem Abschluss, oder?«

»Ich bin nur dieses Semester hier, aber vielleicht muss ich schon früher gehen.«

»Wie das?«

»Meine Arbeit hier wird getan sein«, erwidert Lourdes wehmütig. Ihr Blick gleitet zurück zu mir. »Ich meine, dass meine Mom mich vielleicht früher nach Hause holen muss. Das ist eine lange Geschichte.«

Mein Kaffee und ihr Tee kommen an. Während sie umrührt, sagt sie: »Ich weiß, es geht mich nichts an und ich sollte mich wahrscheinlich nicht einmischen, aber ...«

»Ja?«

»Jameson ist nicht er selbst.«

Ich spüre einen scharfen Stich in meiner Brust. »Ist mir aufgefallen.«

Lourdes' Blick fliegt zu dem trüben Fenster, das dringend geputzt werden muss. Sie tippt mit den Fingern auf den Bücherstapel. »Glaubst du, dass sich Menschen ändern können?«

Will sie mir schon wieder einreden, dass Jameson der beste Mensch der Welt ist?

»Manchmal«, gestehe ich. »Kommt wahrscheinlich drauf an.«

Sie wendet sich wieder mir zu und fragt: »Glaubst du, dass Liebe Menschen verändern kann?«

Ich gieße ein bisschen Kaffeesahne in meine Tasse und beobachte, wie sie sich in einem weißen Strudel auflöst. »Ja, und du?«

»Manchmal.« Sie lächelt. Blinzelt. Holt tief Luft. Lehnt sich zurück. »Wenn du nicht darüber reden willst, verstehe ich das, aber Jameson ... Er hat mir von Hart erzählt.«

Zum ersten Mal erstarre ich nicht bei der Erwähnung seines Namens. Liegt es daran, dass Lourdes ihn nicht kannte? Macht es das einfacher? Ich habe das Gefühl, als würde sich eine kleine Tür in mir öffnen, und ich möchte ihr von ihm erzählen, davon, wie sehr ich ihn liebe und vermisse. »Er war unglaublich.«

»Erzähl mir von ihm.«

Diese vier Worte öffnen die Tür ein wenig mehr und unversehens rede ich und erzähle und erinnere mich. Lourdes hört zu, ohne auch nur einmal diesen mitleidigen Blick zu bekommen, den so viele andere Menschen auflegen. »Er war ein hoffnungsloser Fall«, sage ich und lache leise. »Er hatte diese Phobie vor Keimen, als ob sie es auf ihn abgesehen hätten. Und er mochte nicht mal thailändisches Essen. Ich meine, wer mag bitte kein thailändisches Essen?« Plötzlich merke ich, dass ich zu lange geredet habe, aber Lourdes? Sie sitzt da, ihr Blick ist auf mich gerichtet, als würde sie an jedem meiner Worte hängen. »Er war wirklich etwas Besonderes«, ende ich.

Lourdes trinkt einen Schluck von ihrem Tee. »So eine Liebe ist selten. Das weißt du, oder?«

Ich bekomme einen Kloß im Hals, der so groß ist wie Alaska. »Ja, ich weiß.«

»Es tut mir wirklich leid für dich.«

Ich bringe ein knappes Lächeln zustande. »Danke, aber es ist nicht deine Schuld, dass er nicht mehr hier ist.«

Sie nimmt noch einen Schluck Tee, legt den Kopf schief. »Jameson war einmal verliebt.«

Jetzt erstarre ich.

»Er hat sie letztes Jahr kennengelernt«, fährt sie fort. »Ihr Name war Elle. Er hat mir gesagt, dass es Liebe auf den ersten Blick war. Und sie hat ihn verändert. So hatte ich ihn noch nie gesehen.«

Jameson hat also nicht gelogen. Es war kein Trick, damit ich mich ihm öffne. Warum rast mein Puls? Ist es heiß hier drin? »Sind sie immer noch … zusammen?«

»Sie ist bei einem Kletterunfall ums Leben gekommen.«

Das Café schrumpft auf einen winzigen Bruchteil seiner selbst zusammen und es ist, als würde ich durch nichts als Rauch und Schatten sehen. »Oh nein, das tut mir so leid. Das ist furchtbar.« Die anderen Worte, die ich sagen möchte, gehen unter: *Wie groß ist die Wahrscheinlichkeit, dass uns beiden das passiert ist?*

Mein Verstand beginnt, das Ungesagte zusammenzufügen. Hat er deshalb angefangen, so viel zu trinken? Und dann packt mich ein schweres Grauen. Offensichtlich hat er niemandem in der Schule von Elle erzählt, sonst hätte ich von ihr gehört. Selbst die bestgehüteten Geheimnisse auf unserem kleinen Campus sind höchstens so was wie *einen Tag lang gut aufgehoben.* Stellt euch vor, jemanden zu lieben und zu verlieren und den Kummer darüber nicht teilen zu können.

Lourdes senkt die Stimme. »Ihr beide habt mehr gemeinsam, als ihr denkt.«

Ich hätte mir nie vorstellen können, dass ich mit Jameson Romanelli jemals etwas anderes gemeinsam haben würde als unsere Feindschaft. Also meinen Frust über seine bloße Anwesenheit und seine Irritation darüber, dass ich ihn anders als so viele andere in der Schule nicht wie einen König behandle.

Ich realisiere erst, dass ich die Frage laut stelle, als sie im Raum steht: »Glaubst du, dass der Tod eine Art Band hat oder eine magnetische Kraft, die Menschen zueinanderzieht?« Das muss es sein. Das muss der Grund sein, warum ich mich Jameson auf seltsame Weise verbunden fühle. Wir haben beide etwas Größeres als die Liebe verloren. Wir haben die Zukunft verloren, die uns ewige Liebe versprach.

»Ein Band«, wiederholt Lourdes und denkt über meine Wortwahl nach.

»Ich weiß, es klingt seltsam.«

»Ganz und gar nicht. Es klingt … fast richtig.«

»Fast?«

Sie nimmt einen Schluck Tee und sagt kurz darauf: »Aber was, wenn es etwas anderes ist?«

Etwas anderes?

Ich komme nicht dazu zu fragen, denn im selben Moment stürmt Serena lächelnd herein. »Ruby, ich habe die tollsten Neuigkeiten!«

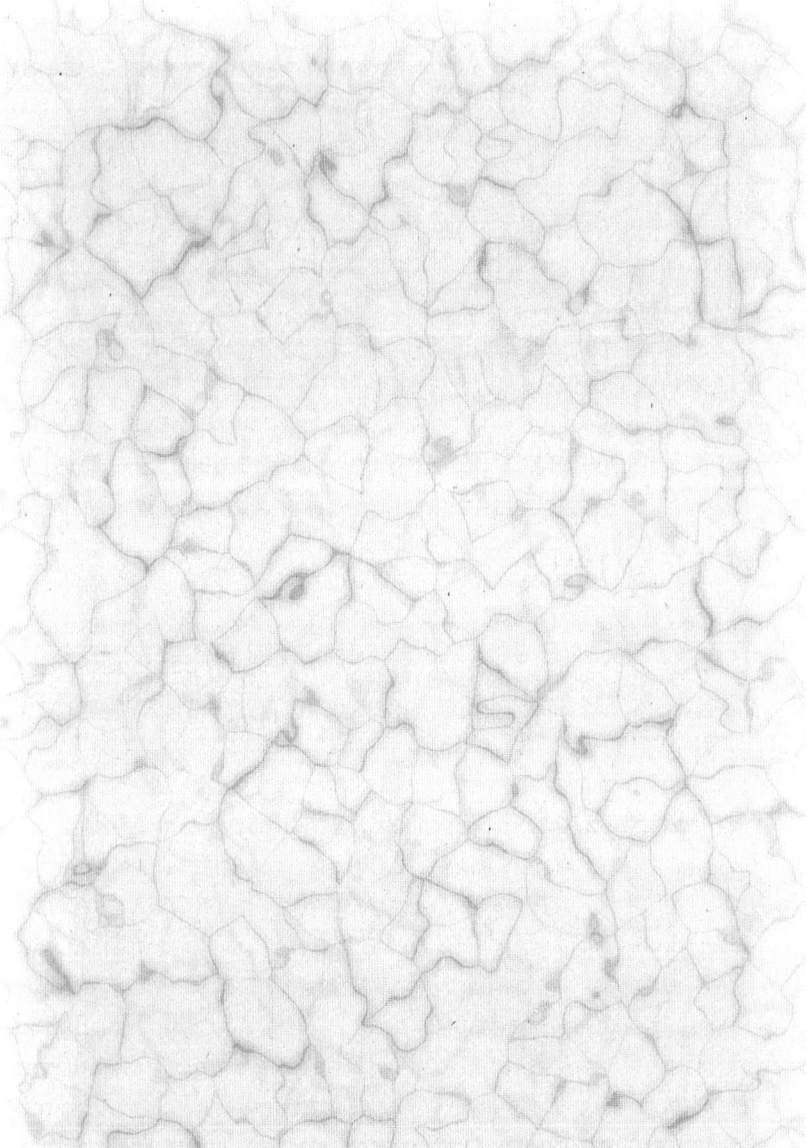

30

Lourdes

Für jedes Element des Universums, ob sichtbar oder unsichtbar, gibt es Regeln. Es gibt ein Gesetz, das vorschreibt, dass die Waage ausbalanciert sein muss. Dass auf jede Aktion eine Reaktion folgt. Doch manchmal gerät die Waage für kurze Zeit aus dem Gleichgewicht. Ein Atemzug. Ein Wimpernschlag. Ein Herzschlag.

Letztendlich muss sie immer wieder austariert werden.

Doch mein Einverständnis, Hart zu helfen, um mir selbst zu helfen, bringt diese Ordnung definitiv durcheinander, wenn auch nicht für lange. Meine Hilfe wird das unvermeidliche Ergebnis nicht ändern, aber vielleicht kann ich ihn und Ruby einander näherbringen, was ihm Hoffnung geben wird. Das wird ihm den Übergang erleichtern. Und wenn ich ihm seine letzten Momente erleichtere, reicht das vielleicht aus, um mir wieder einen Platz in den Reihen der Engel zu verschaffen. Oder auch nicht.

In meinem menschlichen Körper fühle ich Dinge ... wie Schuld. Schuldgefühle, weil ich ihm versprochen habe, ihm von nun an die Wahrheit zu sagen, was ich bisher jedoch nicht getan habe. Ich darf ihm nie sagen, dass ich diejenige bin, die ihm jede Nacht seine Erinnerungen nimmt. Dass es meine Pflicht ist, egal wie furchtbar es sich anfühlt.

Und bald wird er sich selbst vergessen. Er wird den Schmerz vergessen. Er wird vergessen, *warum* er das alles getan hat. Immer wieder werden die Erinnerungen wie Träume verblassen, bis er sich an die allerletzte klammert. Er *wird* Ruby vergessen.

Dann wird er keine andere Wahl haben, als sie gehen zu lassen.

31

HART/JAMESON

Sobald ich das Jab betrete, bekomme ich kaum noch Luft. Es ist heiß und stickig und riecht wie übler Fußpilz. Die Fenster sind mit Folien zugeklebt, die die Welt ausblenden. An ausgerissenen Haken baumeln Leuchtstoffröhren über den Kämpfern, die grunzend auf die Säcke und aufeinander einschlagen.

Das Jab ist eine Art Underground-Fightclub.

Ich sehe mich nach George um, aber er ist nirgends zu entdecken.

Ein paar Leute sehen auf, werfen mir Blicke zu und erinnern mich mit stummen Botschaften daran, dass ich nicht zum Klub gehöre.

Ein Gebäudewart kommt mir mit einem Eimer schaumigem Wasser entgegen, bei dessen Anblick sich mir der Magen umdreht.

»Hey, ich suche George«, sage ich. »Wissen Sie, wo er ist?«

Der Mann deutet auf das andere Ende des Studios. »Durch die Tür hier.«

Ich gehe zu der Tür, die zu einem Lagerraum mit lauter Regalen voller Geräten und Ausrüstung führt. Durch die kleinen Fenster in der Decke fällt schwindendes Sonnenlicht. Ich höre Stimmen, bevor George hinter einem der Regale auftaucht, gefolgt von seinen älteren Brüdern Raul und Naldo.

Beide sind größer und wirken viel einschüchternder als George.

Sie haben Tattoos an den Armen und am Hals, kurzgeschorene Haare und einen knallharten Blick.

Doch sie sind auch die coolsten und loyalsten Typen, die ich je getroffen habe. Sie haben George immer gesagt, dass er nie kämpfen darf, aber das hat sie nicht davon abgehalten, uns ein paar gute Tricks beizubringen, um jemandem zu entkommen, der uns wehtun will. Natürlich kam es nie dazu, denn niemand war je verrückt genug, Georges legendäre Hermanos zu verärgern.

»Hey«, rufe ich und versuche cool zu bleiben.

»Hey«, erwidert George etwas reservierter. »Das sind meine Hermanos, Naldo und Raul.« Er bleibt stehen, stellt *mich* nicht vor.

Ich bin mir nicht sicher, ob ich ihnen die Hand schütteln soll, entscheide mich aber dagegen, denn sie nicken mir nur zu. Naldo sagt: »Du bist also der Nahtodtyp.«

Ich reibe die feste Stelle in meinem Nacken und lasse es einfach über mich ergehen. »Jepp.«

»Verrückt«, meint Raul und schüttelt den Kopf. »Hast du das weiße Licht am Ende des Tunnels gesehen, wie es immer in den Filmen gezeigt wird?«

»Nee.« Ich denke, je weniger ich sage, desto besser.

»Einmal wurde ich so hart niedergeschlagen, dass ich weißes Licht gesehen habe«, gibt Naldo zu.

Raul schürzt die Lippen und boxt seinen Bruder in die Brust. »Das Einzige, was du gesehen hast, war dein Knockout!«

George lacht darüber und ich kann nicht anders, als einzustimmen.

Raul sagt zu George: »Schließ gut ab«, bevor er und Naldo abhauen.

»Abschließen?«, frage ich George. »Du arbeitest hier?«

»Wir haben den Laden vor einem Monat gekauft.« George verschränkt die Arme vor der Brust. »Hör zu, ich will ehrlich zu dir sein.«

»Okay.«

»Ich bin froh, dass du nicht ins Gras gebissen hast, aber ich red mit dir nicht über Ruby. Sie ist ein absolutes No-go, verstanden?«

Ich kämpfe gegen das Lächeln an, das sich auf meine Lippen schleichen will. Mann, ich liebe George und wie sehr er sie beschützt. »Warum wolltest du dich dann hier mit mir treffen?« Meine Nachricht hat deutlich gesagt, dass ich mit ihm über Ruby sprechen will, nicht dass das noch eine Rolle spielen würde. Ich glaube, ich habe bei ihr einen Fuß in der Tür.

»Um dir das selbst zu sagen, damit das klar ist wie Kloßbrühe. Klar?«

»Klar.« Ich nehme den Raum in Augenschein und versuche zu erschließen, warum George so mit dem Kämpfen auf Kriegsfuß steht. Er hat Gewalt immer gehasst, meinte, sie stehe im genauen Gegensatz zu seinem moralischen Kompass und seiner poetischen Seele.

»Was ist, wenn jemand wirklich eine Tracht Prügel verdient hat?«, fragte ich ihn einmal. Er lachte bloß und sagte: »Dann würde ich ihm sagen, er soll sein Bestes geben, denn guck dir dieses Gesicht an.«

Dann lachte oder lächelte er nicht mehr, sondern sah eher aus wie eine Granitwand, die in letzter Zeit einige Schläge einstecken musste.

Meine Neugierde brennt mir ein Loch in die Brust, also sage ich: »Ich dachte, du kämpfst nicht.«

George ignoriert die Worte und kommt einen Schritt auf mich zu. Seine Miene verfinstert sich. »Willst du mir sagen, warum du vor Harts altem Haus rumgehangen hast?«

Scheiße.

Ich dachte, ich wäre vorsichtig gewesen. Wie kann ich ihm das erklären, ohne gegen die kosmischen Regeln zu verstoßen und mich so sehr in die Patsche zu reiten, dass mir die Augäpfel aus dem Kopf springen? Ich beginne mit der altbewährten Litanei. »Es ist schwer zu erklären, aber als ich im Koma lag, wusste ich, dass ich sterben würde.«

George guckt unbeeindruckt.

In diesem Moment höre ich ein Klicken, gefolgt von einem Knurren. Im Handumdrehen kommt ein Rottweiler durch die Tür gerannt.

»Josie!«, schreit George und packt die Hündin am Halsband, bevor sie mich bei lebendigem Leib fressen kann. Ihre dunklen Augen sind auf mich gerichtet. Sie schnüffelt in der Luft, winselt. Dann, in einer beeindruckenden Demonstration von Stärke und Willenskraft, befreit sie sich aus Georges Griff.

Mein Überlebensinstinkt erwacht zum Leben und ich mache Anstalten wegzulaufen, aber Josie ist schon an mir dran. Sie springt an mir hoch, leckt mein Gesicht ab und wedelt mit dem Schwanz. Warte! Ich erinnere mich plötzlich daran, wie sie Jameson auf Martins Party angeknurrt hat.

Heilige Scheiße! Josie kennt mich. Sie weiß, dass ich Hart bin! Ich wusste schon immer, dass Hunde einfühlsamer sind als Menschen. Meine Gedanken rasen durch die Möglichkeiten dieser Enthüllung, bis mir klar wird, dass Josie nicht sprechen kann; sie kann Ruby oder George oder sonst jemandem nicht sagen, dass sie mich spürt, falls es überhaupt so ist.

»Was zum …?« Georges Stimme ist leise. Fassungslos.

»Hey, Süße«, murmele ich und reibe zwischen Josies Ohren, so wie sie es mag. Ich lasse mich vor ihr auf die Knie fallen und schaue ihr direkt in diese großen, wunderschönen braunen Augen. »Du kennst mich«, flüstere ich ihr ins Ohr. Es fühlt sich so gut an, von jemandem erkannt zu werden, dass ich es ihr sagen möchte.

Ihre Antwort ist ein leises Wimmern.

George beobachtet uns misstrauisch. »Sie kann dich nicht ausstehen. Was ist hier los?«

»Vielleicht sieht sie, dass ich mich verändert habe.«

George sieht nicht überzeugt aus.

Josie rollt sich zufrieden zu meinen Füßen zusammen und streckt mir ihren Bauch entgegen, damit ich sie kraulen kann. In der Nähe ihres Hinterbeins befindet sich eine kleine Narbe von ihren Vorbesitzern, was in mir den Wunsch weckt, diese Menschen am liebsten unter die Erde zu bringen.

Ich richte mich auf, indessen Josie tief ausatmet und die Augen schließt, als würden ihre Lider einen Zentner wiegen.

»Du hast was über dein Koma gesagt«, meint George und sein Blick wandert von Josie zu mir.

Wie kann ich die Wahrheit formulieren, ohne das kosmische Gesetz zu brechen? Ich gehe es langsam an. »Ja, äh … es war seltsam und als ich aufwachte, konnte ich Gitarre und Klavier spielen.«

»Na herzlichen Glückwunsch.«

»Du verstehst es nicht. Es ist neu. Ich meine, ich konnte vorher keine Instrumente spielen.«

»Oh, du bist also einer dieser Freaks, die vom Blitz getroffen werden oder eine Nahtoderfahrung haben und dann coole Sachen machen können, die sie vorher nicht konnten, wie ganze Bücher auswendig lernen und so?« Er bleibt auf der Hut, guckt mich mit dieser Miene an ... Derselben, die er immer aufsetzte, wenn er stark wirken wollte, obwohl er eigentlich Angst hatte. »Warum erzählst du *mir* das alles und was hat das damit zu tun, dass du vor Harts Haus rumhängst?«

Ich wollte einfach das Gefühl haben, wirklich nach Hause zu kommen, dass mein Vater noch dort auf mich wartet. Es ist schon komisch, wie selbstverständlich man die alltäglichen Dinge nimmt, die man für so banal hält, bis man sie verliert. Dinge wie Hotdogs bei Sonnenuntergang grillen oder die Schritte von jemandem hören, der durch die Tür kommt, oder einen Streit darüber, wer zwischen den Couchkissen die Fernbedienung verschludert hat.

Ich sage zu George: »Ich habe ... einen Geist gesehen.«

»Einen Geist.«

Ich versuche, meinen Namen auszusprechen, aber er will nicht heraus. Ich will ihm sagen, dass ich Harts Geist gesehen habe und Hart will, dass ich etwas tue. Ursprünglich wollte ich das mit Ruby ausprobieren, aber ich dachte, es wäre zu grausam, wenn es schiefgeht, also probiere ich es mit George aus. Es ist nicht astrein, aber ich will, dass mein bester Freund eine Verbindung zwischen mir und Jameson sieht. Dass ich nicht tot bin. *Komm schon, George! Setz die Puzzleteile zusammen.*

Im Idealfall erregt mein kleiner Plan nicht die Aufmerksamkeit der Engel. Und eigentlich denke ich, es ist das Risiko wert. Die Uhr wird ohnehin Mitternacht schlagen und wenn ich auf dem Ball festsitze, dann soll es so sein. Was ist das Schlimmste, was sie tun können? Mir einen Haufen Lügen in den Mund legen?

»Hast du getrunken?«, fragt George mit zusammengekniffenen Augen.

»Nee, Mann. Damit bin ich durch.«

»Ja, Ruby hat mir gesagt, dass du angeblich anders bist, aber sie hat mir nichts von einem Geist erzählt. Also, wer war's? Irgendein Typ von der National Football League? Deine Oma?«

»Niemand von denen.« Ich halte den Atem einen Moment zu lange an und warte darauf, dass sich eine Schar von Engeln auf mich stürzt und mir einen Dolch ins Herz rammt, weil ich versucht habe, ihre Knebelregeln zu umgehen. Langsam füge ich hinzu: »Du kanntest ihn auch.«

Sein Gesicht wird kreidebleich. Ich sehe, wie er langsam zu verstehen beginnt, bevor er ein winziges Flüstern hervorbringen kann. »Hart?«

Ich stoße einen kurzen, trockenen, ungläubigen Laut aus. Beginne zu lächeln, aber dann stürzt er sich auf mich, stößt mich gegen die Wand und packt mich am Kragen. »Was für ein verdammtes Spiel spielst du da? Erwartest du ernsthaft, dass ich dir glaube, dass du Hart gesehen hast?«

Hart *gesehen?* Nein! Backspace, löschen. Reset. *Ich bin Hart!*

Doch wie immer kommen die Worte nicht heraus. Josie ist jetzt auf den Beinen. Sie jault, bellt und tänzelt im Kreis um uns herum.

»Du hörst mir jetzt ganz genau zu«, knurrt George und packt mich fester. »Wenn du dich Ruby noch ein Mal näherst, wenn du noch ein Mal Scheiße über Hart erzählst, dann reiß ich dir die Zunge raus.« Eine dicke Ader tritt auf seine Stirn und er schubst mich von sich weg. »Hast du überhaupt nur eine Ahnung, was sie verdammt noch mal durchgemacht hat?«

Etwas in mir rastet ein. Impulsiv schiebe ich meine Hände unter seine Arme und ducke mich, drehe mich frei. Das ist eine der Bewegungen, die uns seine Brüder beigebracht haben, als wir Kinder waren.

Josie schnüffelt an der Luft zwischen uns und fängt an zu wimmern und George weicht erschrocken zurück.

»Hör zu«, erwidere ich und hole tief Luft. »Ich weiß, dass Ruby viel durchgemacht hat, und ich würde ihr nie wehtun. Ich dachte nur, du solltest wissen ...«

»Wo hast du diese Bewegung gelernt?«

Siehst du es jetzt, George? Siehst du endlich, dass ich es bin?

Die Wahrheit brennt in meiner Kehle. »Ich ... Ich ...«

»Raus!«

»George.«

»Jetzt!«

Als ich gehe, blicke ich Josie an. Bin dankbar, dass mich jemand erkennt, aber es ist ein beschissenes Gefühl, dass mein Plan gerade vor meinen eigenen Augen in die Hose gegangen ist. Josie will mir folgen, doch George hält sie fest.

Als ich nach Hause fahre, kann ich nur daran denken, wie viel schlimmer ich die Dinge gerade gemacht habe. George telefoniert wahrscheinlich gerade mit Ruby, um die ganze Sache zu besprechen, damit sie auf Distanz bleibt. Was bedeutet, dass ich Schadensbegrenzung betreiben muss.

Bloß wie?

Sie sah so abweisend aus, als sie vorhin aus meinem Auto ausgestiegen ist. Ich weiß, was dieser Blick bedeutet. *Bleib mir vom Leib.*

Während ich zusehe, wie der letzte Schimmer des Tages im Meer versinkt, fühle ich eine unendliche Leere und frage mich, wie viele Erinnerungen ich heute Nacht verlieren werde. Und ich wünschte, die Nacht würde nie kommen.

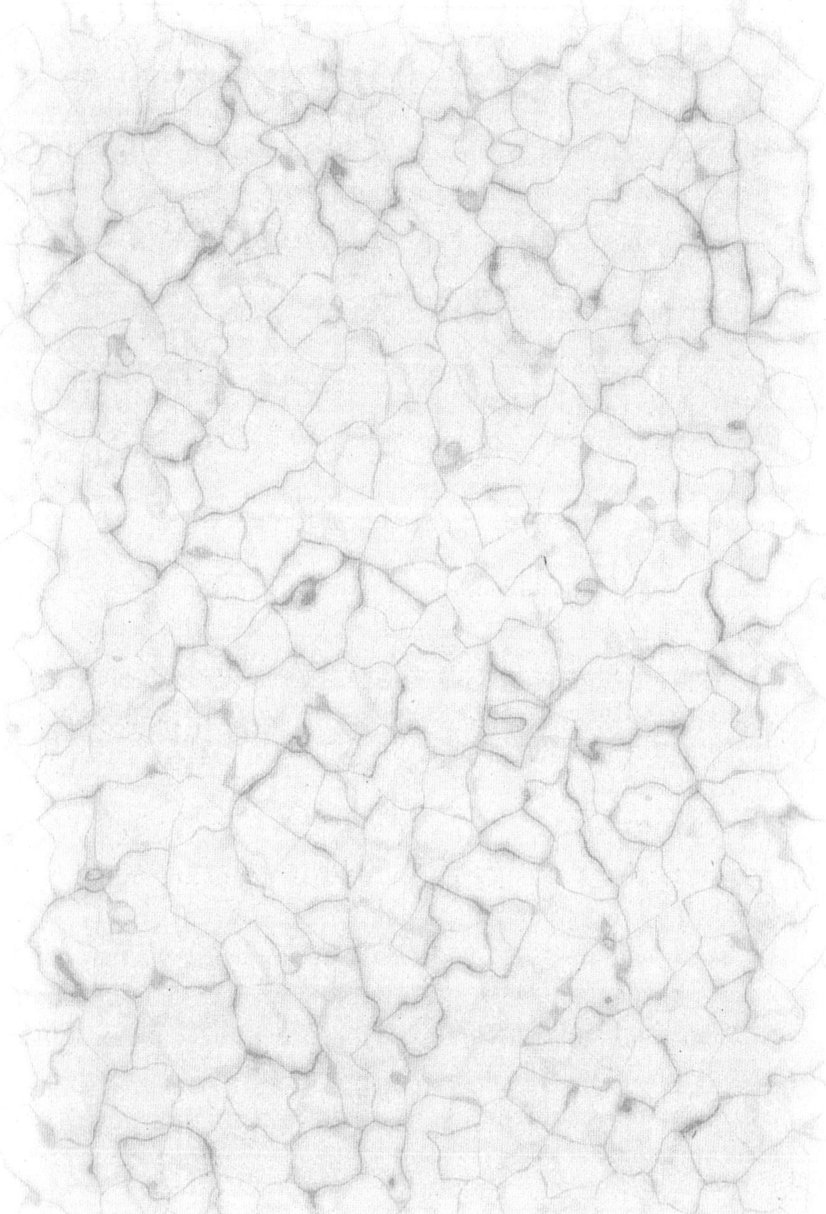

32

Ruby

Serenas »tollste Neuigkeiten« lauten, dass sie mir einen Job bei Pepe's Pizza Palace besorgt hat.

Sie hat gewartet, bis Lourdes weg war, um es mir zu sagen. Hauptsächlich weil sie keine Fremden mag und »Neuigkeiten« nicht gern mit jemandem außerhalb unseres kleinen Kreises teilt.

Wir verlassen das Café und fahren zu mir nach Hause. Als wir dort ankommen, habe ich keine Ausreden mehr, um den Job nicht anzunehmen.

»Sieh mal«, sagt Serena, als wir durch die Küche auf mein Zimmer zugehen. »Du hast gesagt, du willst beschäftigt bleiben. Du kannst dir deinen eigenen Zeitplan machen. Und der Bonus ist, dass du mit mir arbeiten darfst!«

Ich seufze. Und damit hat sie mich am Wickel. »Denk an all das Geld, das du sparen kannst, um nächstes Jahr nach dem Abschluss zu reisen.«

Noch vor ein paar Wochen wäre das nicht so der Wink mit dem Zuckerstückchen gewesen wie jetzt.

»Ich hab dir doch gesagt, dass ich das nicht mehr möchte.« Ich höre, wie die Worte aus meinem Mund kommen, aber selbst *ich* glaube ihnen nicht. Nicht mehr. »Ruby, seit wir Kinder waren, hast du immer gesagt, dass du die Welt sehen willst. Weißt du noch, als du Flugbegleiterin werden wolltest? Und dann Pilotin?« Serena rollt mit den Augen und lacht. »Du hast sogar darüber nachgedacht, dich einer Zirkustruppe anzuschließen.«

Ich werde nicht auf ihr Nostalgiehäppchen hereinfallen.

»Hör zu«, sagt Serena und wird wieder ernster, »ich weiß, dass der Plan war, mit Hart zu gehen, aber nur weil sich der Traum geändert hat, heißt das nicht, dass er nicht wahr werden kann.«

Ich weiß, dass sie recht hat. Schuldgefühle plagen mich bei dieser Entscheidung. Hart würde wollen, dass ich lebe, träume und all die Dinge tue, auch wenn sich meine Situation geändert hat.

Zu meinem sechzehnten Geburtstag hat mir Hart eine Weltkugel geschenkt, aber es war kein normaler Globus mit harter Oberfläche, sondern weich wie ein Ball, und dazu gab es bunte Nadeln, damit ich die Orte markieren konnte, an die ich beziehungsweise wir gehen würden. Zwei Monate später ging er kaputt und als ich es ihm sagte, meinte Hart: »Ich kauf dir einen neuen.«

Typisch Hart.

»Den nächsten werd ich auch kaputt machen.«

»Vielleicht hast du zu viele Nadeln reingesteckt«, stichelte er.

»Vielleicht will ich einfach an zu viele Orte gehen und das ist eine Art Zeichen.«

Hart zog mich in seine Arme und küsste mich auf den Kopf. »Du solltest überall hingehen, Ruby. Auch wenn es den Globus kaputt macht.«

Jetzt stelle ich mir vor, wie er auf meinem Bett sitzt, mir und Serena zuhört und seinerseits an den Saiten seiner Gitarre zupft. »Wie würdest du dich fühlen, wenn ich meine Musik aufgeben würde, Rubes?«

Ich fänd's furchtbar. Genau das macht dich doch aus.

Aber hier stehe ich und habe alles aufgegeben, was ich liebe: das Wasser, meinen Traum vom Reisen – sogar mich selbst. Ich schätze, ein Teil von mir hat Angst, dass es nur eine weitere Sache ist, die mir entrissen werden kann, wenn ich mir wieder erlaube, mir etwas zu *wünschen.* Doch ist ein Leben ohne Verlangen überhaupt lebenswert?

»Na gut, okay«, sage ich zu Serena. »Was ist das für ein Job? Und sag mir nicht, dass ich eins dieser Mäusenarren-Kostüme tragen muss, denn das wird auf keinen Fall passieren.«

»Es sind nicht alle Narren. Und Mäusenarren sind so süß«, sagt Serena und lässt sich auf mein Bett plumpsen.

»Wenn ich mich für den Job verkleiden muss, bin ich raus.«

»Keine Verkleidung«, verspricht Serena. »Du wirst als Eventkoordinatorin arbeiten.«

Ich setze mich auf den Stuhl an meinem Schreibtisch und lege meine Füße drauf. »Also, im Grunde würde ich mich den ganzen Tag mit Rotze, Kotze und allgemein ekelhaften Sachen bei Kindergeburtstagen herumschlagen.«

Serena prustet. »Und vergiss nicht den Koordinatorinnenpart. Du suchst die Deko aus, verteilst Wertmarken und machst Fotos von all den glücklichen kleinen Gesichtern.«

Meine Zähne bohren sich in meine Unterlippe, denn ich überlege, ob ich ihr von meinem Erlebnis im Park mit Jameson erzählen soll. Ein Teil von mir will sie unbedingt einweihen, aber der andere hat gegen ihre Logik einen massiven Schutzwall errichtet, mit dem ich jetzt nicht ringen möchte.

In dieser Nacht wache ich wieder aus demselben Hart-Traum auf, den ich ständig habe. Wie immer war er im Nebel verschwunden, bevor ich ihn erreichen konnte.

Ich setze mich in der Dunkelheit auf und gucke auf mein Handy. Endlich hat George auf eine meiner vielen Nachrichten geantwortet. Ich erwarte einen Haufen Details, aber alles, was ich bekomme, sind zwei Zeilen: **Dieser Typ treibt verdrehte Psychospielchen. Ich hab ihm gesagt, er soll sich dir nicht mehr nähern.**

Mir ist übel. Und gleichzeitig bin ich stinksauer. Wie kommt George auf die Idee, kontrollieren zu wollen, mit wem ich spreche? Und doch spricht er meine schlimmste Befürchtung aus: dass Jameson das Feuer ist, an dem ich mich verbrennen werde, wenn ich unvorsichtig genug bin, ihm zu nahezukommen. Ich stelle mir alle möglichen Szenarien vor, die George zu einer solchen Reaktion veranlasst haben könnten. Was ist zwischen den beiden passiert? Oder will George einfach nur recht behalten?

Ich schieße eine Antwort zurück: **Was soll das bedeuten? Wir müssen reden.**

Hellwach gehe ich in den Wintergarten, wickle mir eine Decke um die Schultern und klettere die Leiter an der Wand hinauf, die zum Dach führt. Von hier aus kann ich nur Ausschnitte des dunklen Himmels sehen. Die dicken, belaubten Äste des Platanenbaums hängen schützend über mir. Mom wollte den Baum schon fällen, aber ich konnte den Gedanken nicht ertragen, ihn zu töten.

»Aber die Aussicht«, war ihr Argument.

Und ich flehte: »Aber der Baum.«

Ich greife nach meinem Handy und setze mich. Meine Gedanken drehen sich und trotz Georges Warnung kann ich nicht aufhören, an Elle zu denken, daran, dass Jameson verliebt war und sie für immer verloren hat, und das macht etwas mit mir – ein unerträgliches Gewicht breitet sich in meiner Brust aus und ich fühle mich noch schlechter, dass ich aus seinem Auto gesprungen bin.

Wäre Aera hier, würde sie mich auffordern, meine Schuldgefühle zu erforschen. Sie würde mir sagen, dass ich mich der Situation stellen muss, sobald ich die Antwort weiß. Also gehe ich in mich und realisiere bald, dass meine Schuldgefühle nicht nur mit unserem Gelächter zu tun haben; in Wahrheit fühle ich mich schuldig, weil Jameson etwas Schreckliches durchgemacht hat und er eine zweite Chance verdient, weil er nicht so ist, wie ich dachte, und …

Ich reiße ein Blatt von einem Ast und drehe es zwischen meinen Fingern.

In Wahrheit fühle ich mich schuldig, weil ich mit ihm befreundet sein *möchte*. Ich will herausfinden, warum ich diese seltsame, unerklärliche Verbindung zwischen uns spüre, aber ich habe Angst, dass mir die Antwort nicht gefallen wird.

Mit einem tiefen Seufzer beschließe ich ihm zu schreiben, öffne die App und beginne, meine Entschuldigung an Jameson zu tippen, doch die richtigen Worte fallen mir nicht ein und meine Hände zittern. Ich denke immer besser, wenn ich etwas laut ausspreche, also diktiere ich.

»Hey, es tut mir leid wegen gestern. Ich wusste nicht, dass du die Wahrheit sagst.«

Das lässt ihn wie einen Lügner klingen. Ich lösche die Nachricht und versuche es erneut.

»Hey, ich bin's. Ich habe mich nur gefragt, ob ich in deinem Auto einen Ohrring vergessen habe.«

Das lässt *mich* wie eine Lügnerin klingen. Ich stöhne.

Beim nächsten Versuch sage ich: »Hey, Jameson. Es tut mir leid, dass ich gestern so komisch war, aber ... alles fühlt sich so verdreht an und das mit Elle tut mir echt leid. Lourdes hat es mir erzählt und ich weiß, wie du dich fühlst. Ich meine, nicht genau, aber Hart zu verlieren ...« Ich halte inne, greife nach einem dünneren Ast. »Ich schätze, das Leben läuft nicht immer so, wie man es sich vorstellt, und dann fragt man sich, was man als Nächstes tun soll, weil diese neue Zukunft nicht in den ursprünglichen Plan passt. Wie ... du.« Ich rubble mir über die Stirn und seufze. »Warum machst du mich so verrückt?«

Ich will den Strom meiner Gedanken löschen, drücke aber versehentlich auf den bösen kleinen blauen Pfeil, der meine Nachricht stattdessen sendet.

Scheiße! Scheiße! Scheiße!

Eine volle Minute starre ich die Nachricht an. Wenn ich sie lange genug angucke, kann ich sie vielleicht mit reiner Willenskraft löschen. Nur *verliere* ich sie gerade.

Ich klettere die Leiter hinunter und renne in Gabis Zimmer, ohne mir die Mühe zu machen, sie sanft zu wecken. Mit zwei kräftigen Schubsern und einem »Ich habe gerade die größte Dummheit der Welt begangen!« reiße ich sie aus dem Schlaf.

Gabi rührt sich. Stöhnt. Zieht sich ein Kissen über ihren Kopf. »Das ist schön.«

»Gabi!«, flüsterschreie ich.

»Erzähl mir das morgen früh«, murmelt sie verschlafen.

Ich schaue auf die Uhr. Es ist zwei Uhr morgens. »Es *ist* Morgen!« Keine Antwort.

Ich schüttele sie heftig. »Wach! Auf! Wir müssen zu Jameson fahren, in sein Haus einbrechen und sein Handy stehlen!«

»En serio?«, knurrt Gabi, dreht sich um und knipst ihre Nachttischlampe an. Ihr lockiges Haar steht in alle Richtungen ab und trotzdem schafft sie es, süß auszusehen. »Ich war mitten in einem richtig guten Traum und du hast ihn vermasselt!«

»Hörst du mir überhaupt zu?«, fauche ich. »Ich habe grad mein Leben vermasselt.«

»Kann ich mir kaum vorstellen.«

Mit angehaltenem Atem zeige ich meiner Schwester die Nachricht. Ich beobachte, wie ihre dunklen Augen sie in der einen Sekunde überfliegen, diese in der nächsten größer werden und eindeutig bestätigen, dass die Welt untergegangen ist.

»Oh, Mann«, sagt sie. »Warum zum Teufel hast du das abgeschickt?«

»Hab ich nicht! Das war mein dummer Finger. Der Sendepfeil ist wirklich winzig und ... ich konnte nicht schlafen, okay? Ich wollte mich bei Jameson entschuldigen, weil ich dachte, dass er lügt, und ich hatte wohl ein schlechtes Gewissen wegen Elle, weil ich weiß, wie ...«

»Ruby.« Meine Schwester nimmt meine Hände in ihre und zwingt mich, ihr in die Augen zu sehen. »Du musst atmen und dich beruhigen.«

»Wie kannst du nur so entspannt bleiben?« Das ist es, was ich an Gabi am meisten hasse und zugleich liebe. Sie schwimmt mit dem Strom. Sie gibt so viel leichter auf als ich. Meine Schwester weiß, wann sie aufgeben muss. Ich nicht. Ich werde verbissen sterben.

»Weil wir es nicht ändern können«, sagt sie.

»Gabi! Er wird mich für verrückt halten, wenn er das liest.«

»Das tut er wahrscheinlich sowieso schon.«

Ich ziehe die Brauen so fest zusammen, dass ich einen stechenden Schmerz in meiner Stirn spüre. »Das ist überhaupt nicht lustig.«

»Alter, um zwei Uhr morgens ist nichts lustig.« Sie gähnt inbrünstig. »Sag ihm einfach, was passiert ist.«

»Die Wahrheit?«

»Ja, das funktioniert manchmal.«

Ich werfe mich auf ihr Bett und stöhne.

»Hör zu, das war kein Zufall«, sagt Gabi und schiebt sich eine Locke aus dem Gesicht. »Verstehst du denn nicht? Die ...«

»Wenn du jetzt sagst, dass das Universum meinen Daumen dazu gebracht hat, diese Nachricht loszuschicken, raste ich aus.«

Gabi liest sich die Nachricht noch einmal durch. »Okay, so schlimm ist es nicht. Ich meine, der letzte Teil, dass du nicht mit ihm gerechnet hast und er dich verrückt macht ...«

»Ich hab halb geschlafen«, lüge ich. »Und ich meinte das in Bezug auf diese ganze Situation ... und jetzt wird er denken ...«

»Ja, du sendest definitiv gemischte Signale.«

»Das ist nicht hilfreich.«

Ihre Augen finden meine. Sie hält meinen Blick gefangen. Und dann stellt sie die Frage, von der ich hoffte, sie würde sie bleiben lassen. »Was hast du *wirklich* gemeint, als du das gesagt hast?«

Seht ihr? Das ist die Sache mit kleinen Schwestern. Sie durchschauen deinen Bullshit sofort.

»Nichts«, antworte ich so schnell, dass sie mir natürlich nicht glauben wird. Draußen zirpt eine Grille. Die Uhr an der

Wand tickt. Und ich warte darauf, dass Gabi etwas sagt, dass sie eine andere Perspektive hat, meine Therapeutin spielt. Doch sie tut nichts von alledem, sondern sagt so leise, dass ich es kaum höre: »Hast du Gefühle für Jameson?«

Das war's. Ich explodiere. »Das kann doch nicht dein Ernst sein!« Ich nehme mir vor, meiner Schwester alle Gründe zu nennen, warum ich niemals auch nur einen Krümel für Jameson Romanelli empfinden könnte, um ihr zu zeigen, wie absurd diese Idee ist. Doch sobald ich anfange zu reden, biege ich irgendwo falsch ab und kriege die Kurve nicht mehr. All diese Wahrheiten strömen aus Pandoras geöffneter Box in mir heraus und lassen sich nicht mehr aufhalten. »Ich kann ihn nicht ausstehen. Ich meine, ich konnte ihn nicht ausstehen, und dann ist er aus dem Koma aufgewacht und jetzt fühle ich diese seltsame Verbindung. Dann haben wir zusammen gechillt und eigentlich war er gar nicht so schlecht, sogar richtig nett. Am Ende habe ich herausgefunden, dass er auch verliebt war und jemanden verloren hat. Und da ist was in mir zerbrochen und es fühlt sich an« – ich atme zittrig ein – »als wären wir durch etwas Größeres verbunden, und vielleicht hat Hart ihn deshalb ausgewählt.«

Ich höre jemanden aufatmen und bin mir nicht sicher, ob es Gabi oder ich war.

Gabi weitet die Augen und ihr Mund formt ein kleines Oh. »Ich glaube, du hast recht, dass Hart ihn ausgesucht hat.«

Tränen treten in meine Augen und ich bin zu müde, um sie zurückzuhalten. Eine kullert über meine Wange. Auch die Augen meiner Schwester werden feucht. Sie war schon immer eine mitfühlende Heulsuse.

Meine Brust fühlt sich warm an und zieht sich zusammen. »Was, wenn deine Vermutung richtig ist?«, flüstere ich und beginne langsam, aber stetig zu glauben, was zuerst unmöglich schien. Immerhin hatte Gabi nur ein Wort gehört: *Nachricht*. Und sie kam zu dem Schluss, dass Hart versucht, mit mir zu reden. Ich gebe zu, ich wollte Gabis Vorhersage glauben, aber es fühlte sich zu gefährlich an, als wäre die Enttäuschung zu schmerzhaft, wenn sie sich irrte, und dann erzählte Jameson mir weder etwas über Hart *noch* über die Nachricht, also dachte ich ausnahmsweise, dass meine Schwester falschlag, aber jetzt …

»Was ist, wenn Hart wirklich versucht, von der anderen Seite mit mir zu kommunizieren?«, frage ich. »Das hieße, dass er irgendwo am Leben ist. Oder?« Die Hoffnung fühlt sich sowohl zerbrechlich als auch mächtig an.

In diesem Moment klingelt mein Handy. Meine Schwester und ich schrecken überrascht zusammen und starren die Nachricht von Jameson auf meinem Handy an.

Wer ist das?

Mein ganzer Körper verkrampft sich. »Das ist doch wohl ein Scherz, oder?«, murmele ich und erschaudere. »Das meint er nicht ernst, richtig?«

»Vielleicht ist er zu verschlafen und nicht ganz bei sich, weißte?«

Ich tippe mir über meiner Antwort die Finger wund und ehe ich sie losschicken kann, sendet er mir ein **Willst du mich grad auf den Arm nehmen** mit einem lachenden Emoji und fragt: **Warum bist du so spät noch wach?**

Ich gucke zu meiner Schwester hinüber, die mir total auf die Pelle rückt. »Kannst du mal bisschen rüberrutschen?«

»Und das hier verpassen? No way.« Gabi kratzt sich am Kinn und guckt wieder auf mein Handy, dessen Display ich von ihr abgewendet halte.

Ich hatte einen schlechten Traum, antworte ich.

Same.

Worum ging's bei dir?

Ich halte den Atem an und frage mich, ob er wiederkehrende Träume von Elle hat.

Ich wurde von Schildkröten mit scharfen Reißzähnen angegriffen. Es können nur Vampirschildkröten gewesen sein.

Ich lache. Gabi lehnt sich näher heran. »Was ist so lustig?«

»Vampirschildkröten«, murmele ich, bevor ich zurückschreibe: **Klingt heftig.**

War's auch. Wovon hast du geträumt?

Mir läuft es kalt den Rücken herunter, weil ich nicht weiß, wie ich die Frage beantworten soll. Also beschließe ich, dass es an der Zeit ist, reinen Tisch zu machen, um vom Thema abzulenken. **Wir sollten über meine Nachricht reden.**

»Gut, pack die Situation an und bring es hinter dich«, ermutigt mich Gabi. Ich werfe ihr einen verwirrten Blick zu, als Jameson gerade schreibt:

Ich weiß, was du meinst …

Er tippt immer noch und erspart mir meine Frage: *Worüber?*

Während ich warte, hämmert mein Herz so stark, dass ich sicher bin, dass es gleich aus meiner Brust springt.

Dass das alles verrückt ist.

Ich nicke, als ob er mich sehen könnte. »Siehst du, er hat es nicht falsch verstanden«, meine ich zu Gabi, deren Augen sich immer noch an den Bildschirm heften. »Was soll ich jetzt sagen?«

»Geh aufs Ganze. Stell die große Frage: ›Was ist Harts Nachricht?‹«

»Auf keinen Fall. Das ist zu direkt und sollten wir nicht persönlich darüber reden?«

Meine Schwester zuckt mit den Schultern. »Passiert. Und ich weiß es nicht.«

»Gabi!«

»Schick ihm ein Daumenhoch?«

Ich gucke finster und starre auf den Bildschirm. »Daumen sind so klischeehaft.«

»Ach ja?«

Ich kaue auf meiner Unterlippe herum und Gabi wirft ein: »Sag ihm, dass du seine Musik hören willst.«

»Oh! Gute Idee.« Ich tippe: **Wegen der Gitarre und dem Klavier ...**

Blitzschnell antwortet Jameson:

Wie wär's mit 20 Uhr. Bei mir.

Mir gefällt, dass er keine Fragezeichen verwendet. Trotzdem kann ich ihm nicht das Oberwasser überlassen. Ich schreibe zurück. **20:30.**

Er schickt ein Daumenhoch. Aus Versehen lächele ich.

33

HART/JAMESON

Als ich vom Training nach Hause komme, höre ich ein paar Songs und lächele so breit, dass mir die Wangen wehtun, denn Ruby kommt vorbei.

Und vielleicht weil ich das Gefühl habe, dass ich ihre stählerne Fassade ein wenig durchbrochen habe. Die Tatsache, dass sie letzte Nacht nicht schlafen konnte und daran dachte, Jameson eine Nachricht zu schreiben, und dann, dass sie sagt, was sie geschrieben hat? *Warum machst du mich so verrückt?*

Bin ich ihr *Nächster*? Ich gebe zu, das grünäugige Monster namens Eifersucht hat seinen Kopf erhoben und zeigt seine Reißzähne, weil sie all das zu Jameson sagt, nicht zu mir. Aber vielleicht weiß sie auf einer tieferen Ebene, dass ich es bin? Zumindest rede ich mir das ein. Sie muss doch die Verbindung zwischen uns spüren, oder?

Und sobald ich ihr einen meiner Songs vorspiele, wird sie wissen, dass ich es bin. Das muss sie. Ich meine, auf keinen Fall hätte Jameson Zugang zu diesen Songs. Also wird sie logischerweise eins und eins zusammenzählen.

»Hör auf herumzutigern«, stöhnt Lourdes, während sie hin- und hermarschiert.

»Glaubst du, dass es klappen wird?«, frage ich zum hundertsten Mal.

Sie rollt mit den Augen und seufzt. »Sei einfach so natürlich wie möglich. Verkrampf dich nicht und denk nicht zu viel nach. Das machst du immer.«

»Du kennst mich noch nicht lange genug, um das zu wissen. Und bitte sag mir nicht, dass das in meiner Akte stand.«

»Deine gesamte Seelenkarte ist in dieser Akte«, meint sie und erstarrt dann, als hätte sie mir gerade etwas offenbart, was sie nicht hätte aussprechen sollen.

Seelenkarte? Ich will gerade fragen, was sie gemeint hat, doch da sagt sie: »Weißt du schon, welchen Song du ihr vorspielen wirst?«

»Du meintest, ich soll nicht zu viel darüber nachdenken. Kannst du bitte nicht dauernd rumlaufen?«

»Das ist nicht dasselbe, wie einen Plan zu haben, Hart!«

Mein Magen kollabiert. »Vielleicht sollte ich erst für dich spielen.«

Lourdes schüttelt den Kopf. »Wie ich schon sagte, das muss natürlich sein. Nur, du weißt schon ...« Sie fuchtelt unbeholfen mit ihren Händen herum. »Setz dich einfach hin, spiel und lass es raus.«

Ich wische meine verschwitzten Handflächen an meiner Jeans ab. »Und was ist mit dir? Wirst du hier sein und Gute-Engel-Vibes senden oder so?«

»Ich sagte doch, ich muss die Engelagenten ablenken.«

»Wie willst du das anstellen?«

Lourdes schnaubt. »Mein Kumpel bei den Engeln hat mir gesagt, dass die Mächtigen neugierig sind, wie mein Dilemma ausgeht. Das bedeutet, dass sie mich beobachten, also werd ich einen kleinen Wutanfall haben, der ihre Aufmerksamkeit auf jeden Fall auf sich zieht. Sie lieben Dramen.«

»Was hast du vor?«

»Ist das wichtig? Aber es wird dir nicht viel Zeit verschaffen, also beeil dich, okay?«

Nach der Dusche ziehe ich mir eine Jogginghose und ein T-Shirt an. Ich schlage das Tagebuch auf, das neben meinem Bett liegt und in das ich immer noch jede Nacht Erinnerungen schreibe, die längst verschwunden sind, wenn ich aufwache. Heute Morgen musste ich feststellen, dass mich wieder Erinnerungen verlassen haben. Ich kann nicht genau sagen welche, aber wenn ich nach meinem Vater oder einer Musikstunde oder meiner ersten Autofahrt suche, finde ich nur graue Schatten.

Aber hey, das ist schon okay. Mir geht's gut, solange ich mich an Ruby und ihre Marienkäfer erinnere.

Ich gehe runter in den Musikraum.

Es ist 8:05 Uhr. Ich gehe auf und ab.

8:10 Uhr. Ich checke mein Handy. Zwei neue Einladungen zum Feiern, die ich unbeantwortet lösche.

8:15 Uhr. Ich würd mich am liebsten übergeben.

Es klingelt. Ich renne zur Tür, atme tief durch, um mich zu beruhigen, bevor ich sie öffne, und als ich es tue, steht sie da. Sie tut ganz lässig, die eine Hand in der Hosentasche, der lockere Pullover entblößt ihre linke Schulter und ihr Haar ist nach rechts gekämmt.

Sie ist wunderschön.

Ich merke, dass ich sie anstarre, als sie sagt: »Bittest du mich herein?«

»Oh, sorry. Na klar. Komm rein. Willst du was trinken?«

»Wunschlos glücklich.« Rubys Blick wandert von links nach rechts, während sie das Foyer mit seinen riesigen Türbögen in Augenschein nimmt. Ich führe sie in mein Musikzimmer. Das Meer hat den größten Teil der Sonne verschluckt und taucht den Himmel in Dunkelheit. »Wow«, sagt Ruby und geht zum Fenster hinüber. »Die Aussicht ist toll.«

Ich nicke und weiß plötzlich nicht, wohin mit meinen Armen. Soll ich sie verschränken? Die Hände in die Taschen stecken? Sie nutzlos an meinen Seiten hängen lassen? Ich verschränke meine Hände hinter meinem Kopf und atme ein. Und wieder aus. »Ja, das dachte ich auch, als ich es zum ersten Mal gesehen habe.«

Ruby dreht sich zu mir um und ihr Blick fällt auf das Klavier. Ich sehe die Veränderung in ihren Gesichtszügen, aber ich kann nicht sagen, ob sie traurig oder nervös ist oder etwas anderes. »Warum ist es zugedeckt?«

Mir war klar, dass sie das Klavier oder zumindest den verräterischen Zigarettenfleck erkennen könnte, was die ganze Sache in einen Strudel von Ausreden verwandeln könnte, die für sie einfach nur wie lauter Bullshit klingen würden. Also habe ich ein Laken über den Stutzflügel geworfen.

»Um, es, äh ... vor der Sonne zu schützen«, murmele ich.

Glücklicherweise nimmt sie mir die Ausrede ab und nickt. »Also.«

»Also.«

Sie zögert, zupft an den Ärmeln ihres Pullovers. »Also, Lourdes hat mir von Elle erzählt und ich wollte sagen, dass es mir wirklich leidtut. Und wenn du jemals über sie reden willst ... Ich bin für dich da.«

»Sie war alles für mich«, sage ich. Die fünf Worte lassen meinen Puls in die Höhe schnellen und ich bin mir nicht sicher, ob das an meinen Gefühlen für Ruby liegt oder daran, dass Jamesons Körper sich an Elle erinnert. So oder so, es ist verrückt.

»Ich weiß, was du meinst«, haucht Ruby. »An manchen Tagen denke ich, ich werd nie über Hart hinwegkommen.«

Ein plötzlicher stechender Schmerz in meiner Brust droht mir das Herz herauszureißen. »Ich versteh schon.« Meine Stimme zittert. Ich blicke aus dem Fenster, dann wieder zu Ruby. »Ich hab gehört, dass es für dich auch sehr schlimm war. Tut mir leid.«

Ruby mustert mich mit einer Intensität, die mir das Gefühl gibt, nackt zu sein. »Ich habe deinen Brief bekommen, den du mir nach Hart geschickt hast.«

Einen Brief? Ich habe keine Ahnung, wovon sie spricht.

»Warum hast du's mir nicht einfach selbst gesagt?«, fragt sie.

Ich zucke mit den Schultern, versuche auszusehen, als wär ich voll im Bilde, und merke, dass ich die Post-Koma-Gedächtnisverlustkarte ziehen muss. »Daran erinnere ich mich nicht wirklich.«

»In deinem Brief stand, dass es nie leichter werden wird, aber besser, bis ich wieder atmen kann.«

Respekt für Jameson blüht in mir auf. Er hat die Liebe seines Lebens verloren und war trotzdem in der Lage, Ruby ein wenig Unterstützung zu bieten. Wenn er nur das Gefühl gehabt hätte, dass er mit ihr reden kann, wäre vielleicht alles anders gelaufen.

»Ich habe dir nicht geglaubt«, meinte Ruby. »Gott, ich war so erfüllt von der Wut und dem Schock und all diesen Gefühlen, dass ich nicht wusste, wohin damit. Ich konnte mir keine Welt vorstellen, in der ich jemals wieder atmen könnte.«

Innerlich fühle ich mich, als befände ich mich im freien Fall und würde trotzdem nie auf dem Boden aufkommen. Ich werde einfach immer weiter fallen und fallen, ohne jemals innezuhalten. Ruby verschränkt ihre Arme sanft vor der Brust. »Aber jetzt glaube ich, dass ich es kann. Ich meine, wieder atmen. Vielleicht kann alles wieder gut werden, weißt du?«

Ich nicke und kämpfe gegen die Tränen an, die in meine Augen schießen. Nichts wäre mir lieber, als wenn sie das Gefühl hätte, heilen und weitermachen zu können. Doch ich würde lügen, wenn ich nicht zugeben würde, dass ich auch nicht will, dass sie mich vergisst oder aufhört, mich zu lieben. »Ihr kanntet euch ewig, seid zusammen aufgewachsen. So ein Verlust ist schwer zu verkraften.«

Ruby sieht aus, als wolle sie leicht lächeln, aber stattdessen holt sie tief Luft und sagt: »Erzähl mir von ihr.«

Ich bin im Moment verloren, in Rubys Bann, und frage mich, wann das kosmische Gesetz wie ein Hammer auf mich niederprasseln wird. Also formuliere ich meine Worte sorgfältig. »Sie hatte dieses Lachen, das alles besser machte. Ich mochte, wer ich war, wenn ich mit ihr zusammen war, als wäre ich in jeder Hinsicht besser.« Ich tippe auf das Klavier und weiche Rubys Blick aus, weil ich befürchte, dass ich etwas Dummes tun könnte, wie sie zu küssen. »Es war, als wären wir füreinander geboren.«

Ruby schlingt ihre Arme um sich. »Willst du was Komisches hören?«

Ich nicke.

»Hart wäre dankbar gewesen, zuerst aus dieser Welt zu gehen, weil er immer dachte, das sei besser, als mich zu verlieren, aber er konnte nie sehen, wie schrecklich es für diejenigen ist, die zurückbleiben.« Sie presst ihre Lippen fest aufeinander. »Wir sind diejenigen, die den Verlust verkraften müssen.«

Meine Füße setzen sich von allein in Bewegung und wollen zu ihr gehen, aber ich kämpfe gegen den Drang an. Damit ich sie nicht umarme. Ruby lächelt und schüttelt den Kopf, als wäre sie mit diesem Teil des Gesprächs fertig. »Wusstest du, dass er eine Phobie gegen Keime hatte?«

Ich stoße ein wissendes Glucksen aus. »Ja, ich glaube, davon habe ich gehört.« Dann erstarre ich, denke, dass ich mich verteidigen sollte, und füge hinzu: »Aber er war ein toller Typ. Supercool. Begabt. Alle mochten ihn.«

Ruby zieht zweifelnd eine Augenbraue hoch. Mustert mich. »Du hast ihn nicht wirklich gekannt.«

»Ich meine, das hab ich alles gehört.«

»Ja, er war all diese Dinge, aber er hatte auch viele Fehler, Jameson.«

Autsch. Ich würde wirklich gerne fragen: *Was denn so?* Doch das könnte unser lockeres Gespräch ruinieren.

»Genau wie Elle«, antworte ich. »Sie hatte eine gebogene Nasenscheidewand und hat geschnarcht wie ein Bär.« Die Erinnerung kommt mühelos an die Oberfläche. Und unversehens tauschen Ruby und ich lustige Geschichten aus, die uns als Menschen mit vielen Makeln darstellen, wie meine Sturheit und ihr einseitiges Denken. Sie denkt natürlich, dass ich von Elle spreche, doch eigentlich geht es nur um Ruby. Ihr Bedürfnis, nach ihrem Bauchgefühl zu handeln, und mein Bedürfnis zu planen. Meine Besessenheit davon, pünktlich zu sein, und ihre Laissez-faire-Einstellung, dass es keine Zeit gibt. Schon bald ist eine Stunde vorüber und wir sitzen noch immer auf dem Sofa und versuchen, einander mit Geschichten zu übertreffen.

Ich fühle mich lebendig und frei und als ob uns nichts etwas anhaben kann.

Ruby lächelt und streicht sich eine Strähne hinters Ohr, als sie sagt: »Ich glaube, ich hätte Elle gemocht. Wir haben eine Menge gemeinsam.«

Ich nicke und zupfe an einem losen Faden am Kissen des Sofas. »Sie ist ... war ... erstaunlich.«

Viel zu schnell senkt sich die gefürchtete Stille über den Raum. Draußen vor dem Fenster ist der Himmel inzwischen schwarz und der tief hängende Mond kaum zu sehen. Ich kämpfe gegen das extreme Bedürfnis an, Ruby zu küssen, sie in den Arm zu nehmen und sie einzuatmen und darüber zu streiten, welchen Film wir uns ansehen werden. Ich will einfach nur ihre Berührung spüren.

Sie wirft einen Blick auf ihr Handy. »Oh, wow. Ich kann nicht glauben, dass wir schon so lange miteinander reden.«

»Es ist leicht, mit dir zu reden.«

Ihre Augen finden meine. »Dito.«

Ein unerwarteter Anflug von Eifersucht zerrt an mir, doch ich verdränge ihn in dem Moment, in dem Ruby sagt: »Also, was das Klavier angeht.«

Ich klatsche in die Hände und gehe hinüber. Plötzlich zittere ich so sehr, dass ich befürchte, sie könnte es sehen. Ich setze mich auf die Bank und wische meine verschwitzten Handflächen an meiner Jeans ab. »Wie gesagt, ich hatte vorher noch nie gespielt und dann ...« Ich bringe den Satz nicht zu Ende, weil meine Finger die Kontrolle übernommen haben, die Tasten berühren und Beethovens *Mondscheinsonate* spielen.

Mein Gehirn hat offensichtlich eine Fehlzündung. Nein! Stopp! Das ist nicht das richtige Stück. Es ist, als wäre ich besessen, und je mehr ich versuche aufzuhören, desto mehr spiele ich. Auf halbem Weg schaffe ich es, meine Hände zu heben.

Ich sehe zu Ruby hoch.

Ihre dunklen Augen sind auf mich gerichtet, erfüllt von Überraschung und Verwunderung, die ich wahrscheinlich nicht verdient habe. »Wow«, flüstert sie, »das war ... unglaublich. Du bist wirklich gut.«

Total verwirrt reibe ich mir den Nacken, schneide eine Grimasse und frage mich, was eben passiert ist. Vielleicht brauchte dieser Körper nur eine Aufwärmphase? Na gut. Aber jetzt bin ich bereit, einen meiner Originalsongs zu spielen. So wie zuvor für Lourdes.

»Hör zu«, bitte ich Ruby und versuche mich zu sammeln, »das ist vielleicht komisch, okay?«

Ihr Gesichtsausdruck wird weicher und sie steht auf und kommt zu mir.

»Seltsam?«

»Du wirst sehen.«

Ich positioniere meine Hände. Beginne zu spielen.

Doch was dann passiert, ist ganz und gar nicht, was ich geplant habe.

34

RUBY

Jamesons Finger gleiten über eine Taste, dann zwei, drei. Die Noten kommen mir fast bekannt vor und doch kann ich nicht genau sagen wieso, denn er spielt so schmerzhaft langsam, als wüsste er nicht mehr, welche Taste er als Nächstes anschlagen soll.

Plötzlich beschleunigt er das Tempo und alles geht schief, furchtbar schief. Ich unterdrücke eine Welle der Enttäuschung und des Entsetzens. Dieses Lied kann keine Botschaft von Hart sein. Ich habe es noch nie gehört und bin sicher, wenn er durch seine Musik kommunizieren wollte, würde er es nicht superkryptisch machen.

Außerdem spielt Jameson lausig. Er ist längst nicht mehr so gut wie vor ein paar Minuten noch, als er mich mit der *Mondscheinsonate* umgehauen hat. Ich will nicht glauben, dass Gabi die Karten falsch gelesen hat. Dass Jameson vielleicht keine Nachricht von Hart überbringen soll. Aera sagte, dass Verleugnung mächtig ist. Ist es das, das hier? Oder irgendein Wunscherfüllungsscheiß und mein Verstand spielte mir einen Streich?

Jameson reißt die Arme hoch, als hätten die Tasten Feuer gefangen. Sein Brustkorb hebt und senkt sich, hebt und senkt sich, als wäre er außer Atem. Und ich habe dieses unerklärliche Verlangen, zu ihm zu gehen, meine Arme um ihn zu legen. Allein bei dem Gedanken daran dreht sich mir der Magen um.

»Bist du okay?«, frage ich leise, weil ich Angst habe, ihn zu verletzen, denn er sieht aus, als stünde er kurz vor einer Panikattacke.

»Ich … Ich verstehe das nicht«, sagt er und guckt mich verwirrt an.

Ich beschließe, dass dies der richtige Moment ist. Der Moment, in dem ich es tun werde. Ich habe nichts zu verlieren außer dem Hoffnungsschimmer, der mir neues Leben geschenkt hat, doch sich an einen Schimmer zu klammern, ist nicht wirklich leben. Ich atme tief durch und frage: »Geht es hier um Hart?«

Sein Blick wandert zu mir und sein Mund bewegt sich, hält dann jedoch inne.

Ich wende mich ab, unfähig, ihm ins Gesicht zu sehen, als ich sage: »Ich weiß, das klingt verrückt, aber meine Schwester … Sie liest Tarotkarten, und, na ja, sie glaubt, dass du eine Botschaft von Hart hast, was, wie ich weiß, bizarr klingt, bloß dachte ich, vielleicht ist die Musik seine Art, mit mir zu kommunizieren …«

Jameson sagt nichts, also fahre ich fort.

»Und weil du jetzt seine beiden Instrumente spielst und George meinte, du wärst vor Harts Haus gewesen, dachte ich natürlich, dass es irgendeine Verbindung zwischen dir und Hart geben muss, wie vielleicht, als du im Koma lagst. Vielleicht versuchst du, mir das zu sagen.« Ich kaue auf meiner

Unterlippe. Meine Stimme bricht, wird leiser. »Du wolltest mir etwas sagen, stimmt's?«

Jameson nickt.

Meinem Herzen sind gerade tausend Flügel gewachsen. Es schlägt – schlägt – schlägt wild in meiner Brust. Das. Ist. Es. Ich drehe mich zu ihm um und schließe die Lücke zwischen uns. »Du hast also eine Nachricht?«

Jameson steht auf, sodass wir auf Augenhöhe sind. Brust an Brust. Auge in Auge.

»Ruby«, raunt er schließlich.

Unsere Blicke richten sich fest aufeinander. Und einen Moment lang glaube ich, etwas zu sehen, ein Flackern von etwas Vertrautem, das ich nicht benennen kann. Etwas, das mich zu ihm zieht. Auf einmal nehme ich seine Hand locker in meine. Ein kleiner Energiestrom huscht über meine Haut. »Sag's mir.«

Jameson drückt meine Hand. »Er will, dass du glücklich bist.«

35

Hart/Jameson

Ich fühle den Schmerz am ganzen Körper, wie ein Krebs, der mir die Haut ganz langsam mit seinen Scheren abtrennt. Ich war so nahe dran, die richtigen Noten zu spielen, aber dann ...

Dies ist der Moment, in dem es zu spät ist, um auch nur ein paar Minuten zurückzuspulen, ehe mir schmerzlich bewusst wird, dass es immer so sein wird. Ich bin nicht zurückgekommen, um Rubys Herz wiederzugewinnen. Man hat mich nicht zurückkommen lassen, um mich wieder mit Ruby zu vereinen. Ich bin zurückgekommen, um zu lernen ... Ich ersticke fast an dem Schmerz. Um zu lernen, wie ich sie loslassen kann.

Das Elend überschwemmt mich in Wellen, bis ich das Gefühl habe, nicht mehr auf meinen eigenen zwei Beinen stehen zu können.

»Also ... hast du wirklich ...« Rubys Unterlippe zittert. »Mit ihm gesprochen?« Ihre Stimme zittert und bricht schließlich. Wie traurig.

»Wir haben nicht wirklich geredet«, zwinge ich mich zu sagen. »Es ist schwer zu erklären, aber du solltest wissen, dass …« Ich halte inne, weil ich vermute, dass die Engel mir meine Worte stehlen werden. Überraschenderweise tun sie das nicht. »Er liebt dich.« *Für immer.* »Es geht ihm gut.« *Selbst wenn sie mir jede Erinnerung an dich nehmen, werde ich einen Weg finden, an dir festzuhalten.* »Und er will, dass du glücklich wirst.« *Du musst mich gehen lassen.*

Mein Herz bricht.

Tränen rinnen über ihre Wangen.

Ich will gerade nur, dass alles verschwindet, und ihr den Schmerz nehmen. Ich greife nach ihr. »Ruby.«

Sie tritt zurück. »Das war's also? Er will, dass ich glücklich werde?« Sie wischt sich mit beiden Händen die Tränen weg. »Auf keinen Fall. Das sieht Hart nicht ähnlich. Er würde mehr zu sagen haben. Ich meine, der Kerl hätte nie die Klappe halten können, selbst wenn es ihm das Leben gerettet hätte.« Ein jämmerliches Lachen entreißt sich ihrer Kehle. »Warum hast du mir das nicht im Park gesagt?«

»Mein Gedächtnis ist … und ich … ich wusste nicht, ob ich es könnte oder sollte oder …« Ich unterlege die Wahrheit mit einer kleinen Notlüge: »Ob du mir glauben würdest.«

Sie sieht zu mir hoch. Ich will mich in dem flüssigen Dunkel ihrer Augen verlieren, in denen einst meine Zukunft lag. Meine Ruby. Ich will sie festhalten, in meine Arme ziehen und nie wieder loslassen. Doch das würde mich lediglich zu einem egoistischen Bastard machen.

»Ich wollte dich nicht zum Weinen bringen«, wispere ich und wünschte, es wäre genug.

Ruby geht zum Fenster und starrt in die Schwärze der Nacht hinaus. Ihr Spiegelbild lässt sie wie einen traurigen, niedergetretenen Geist aussehen. »Neulich«, sagt sie schließlich, »nachdem du aus dem Koma aufgewacht warst, als wir uns die Hand gaben. Hast du es auch gespürt?«

Was gespürt? Ich habe keine Ahnung, wovon sie spricht. Sie muss die Verwirrung auf meinem Gesicht sehen, denn sie tritt zurück und räuspert sich. Ihr Fuß bleibt an dem Laken hängen, das dadurch vom Klavier gezogen wird.

Ich hoffe inständig, dass sie es nicht bemerkt, aber sie dreht sich um und ich erkenne genau, wann sie das Offensichtliche begreift. Sie erstarrt. Ihr Blick fällt auf den Brandfleck der Zigarette. Alles in mir wird kalt.

»Das ist Harts Klavier ...« Sie schüttelt den Kopf, scheint sich in sich zurückzuziehen. »Was ... Wie ...?« Ihr Gesichtsausdruck verwandelt sich in weniger als zwei Sekunden, Schmerz wird zu Wut. »Sein Vater hat das gespendet. Woher hast du ...?« Ihre Stimme hebt sich. »Hast du ... gewusst, dass es seins war?«

Es bringt nichts zu lügen. »Ja, ich wusste es.« Ich atme tief ein und bringe hervor: »Aber es ist nicht so, wie du denkst.«

Ruby kämpft mit sich selbst, trifft aber schließlich eine Entscheidung. Eine Entscheidung, die mir nicht gefallen wird. »Was denke ich?«, fordert sie mich heraus.

Doch das ist für mich keine Herausforderung. Ich kenne sie besser als jeder andere Mensch. »Du denkst, dass das alles unmöglich ist«, antworte ich ihr. »Dass du Dinge fühlst, von denen du glaubst, dass du sie nicht fühlen solltest.«

»Du kennst mich nicht!«

Ich sollte es auf sich beruhen lassen, aber ich mache weiter, schleudere ihr die Wahrheit entgegen. »Du denkst, dass du glücklich sein willst, aber du fühlst dich zu schuldig.«

»STOPP!«

»Und du willst die Botschaft nicht akzeptieren, denn wenn du den Schmerz loslässt … lässt du Hart gehen.«

Sie weicht zurück und streckt ihre Hand aus, um meine Worte abzuwehren. Ihr Blick ist kalt und distanziert. »Ich möchte, dass du etwas für mich tust.«

»Alles.«

»Ich will, dass du dich von mir fernhältst.« Sie dreht sich auf dem Absatz um, packt ihre Schuhe und rennt aus dem Haus.

Ausnahmsweise mache ich mir nicht die Mühe, ihr zu folgen.

36

RUBY

Ich lasse den Motor an und fahre mit quietschenden Reifen los, ohne eine Richtung im Kopf zu haben, bis ich fünf Minuten später sehe, wo ich gelandet bin.

Bei Harts Haus. Das Licht ist an und mir ist schwer ums Herz. Die Werkstatt wird umgebaut, aber das Haus sieht noch genauso aus wie zuvor: rotes Ziegeldach, ordentlich getrimmter Rasen im Vordergarten.

Ich wische mir die Tränen von den Wangen, während Jamesons Worte in meinem Kopf widerhallen. *Ich fühle eine Verbindung zu dir.*

Doch das war nicht das, was ich wollte, nicht, was ich erwartet hatte. Ich war mit dieser falschen Hoffnung zu Jameson gegangen, nur um zu erfahren, was ich bereits weiß. Hart will, dass ich glücklich werde. Aber Hart hat nicht zu entscheiden, wie ich trauere, wie ich mein Leben ohne ihn verbringe.

Und dann fing Jameson an, all diese Dinge zu sagen, die mir einen Schauer über den Rücken jagten: *Du fühlst Dinge, von denen du glaubst, dass du sie nicht fühlen solltest. Du denkst, dass du glücklich sein willst, aber du fühlst dich zu schuldig. Und du willst die Botschaft nicht akzeptieren, denn wenn du den Schmerz loslässt, lässt du Hart gehen.* Es war, als ob er mir direkt in die Seele blickte. Wie konnte er diese Dinge wissen? Dinge, die ich mir nicht einmal selbst eingestehen wollte.

Ein Auto fährt vor Harts Haus vor. Pizzalieferung für die Airbnb-Mieter. Mir wird übel. Ich lege eine Hand auf meinen Bauch, kämpfe nicht dagegen an, als meine Sicht verschwimmt, und denke an eine Zeit zurück, als noch Hart und ich da im Haus waren, Pizza aßen und uns Horrorfilme anguckten. In meiner Vorstellung hat er seine Schuhe ausgezogen und liegt mit einem Arm hinter dem Kopf auf dem Sofa. Ich liege neben ihm und werfe ihm und mir Popcorn in den Mund, während Hart mir sagt, wie schlecht der Film ist und dass er Albträume haben wird.

Er küsst mich sanft. Immer wieder. Er schmeckt wie Butter und Salz. Ich möchte für immer in diesem Augenblick bleiben, aber die Fantasie vergeht und ich sitz bloß weiter in meinem Auto, wo die Klimaanlage so stark bläst, dass ich eine Gänsehaut bekomme. Es ist mir egal. Mir ist alles egal, außer dass ich Jameson und all diese Gefühle für immer loswerden will.

Die Botschaft der Meerjungfrau aus meiner Tarotlesung schießt mir durch den Kopf.

Wachse über die Grenzen deines Herzens hinaus.

Dann erkenne ich ihn. Den wahren Grund für meine Wut. Ich bin wütend, weil mir Jameson wichtig ist, weil ich mich auch mit ihm verbunden fühle, und zwar nicht, weil ich glaube, dass er eine Botschaft von Hart hat, sondern weil er ist, wer er ist, wer er geworden ist, und wie ich mich bei ihm fühle.

Ich unterdrücke einen weiteren Schluchzer. Und einen Augenblick lang stelle ich mir vor, wie Hart mir zugewandt auf dem Beifahrersitz sitzt. *Du kannst mich jetzt loslassen.*

Ich schüttele den Kopf und bedecke mein Gesicht. »Niemals.«

Sei nicht so ein Dickkopf.

»Ich werd dich niemals gehen lassen.«

Dein Herz ist der größte und beste Ort auf dem Planeten. Du hast dort Platz für mehr Menschen als mich. Es ist Zeit loszulassen.

»Das hast nicht du zu entscheiden!«

Mein Handy klingelt. Es ist Gabi.

Ich räuspere mich und gehe ran. »Hey.«

»Jameson hat mich eben angerufen.«

Ich spüre, wie aufgedunsen mein Gesicht vom vielen Weinen ist. »Damit du es weißt.«

Gabi wird still. Dann: »Ich weiß, dass er sich um dich sorgt. Und ich weiß, dass du seine Botschaft eigentlich gar nicht hören wolltest, oder?«

»Natürlich wollte ich das!«

»Nein, Ruby«, sagt sie zärtlich. »Du wolltest nur Hart.«

Die Wahrheit ihrer Worte lässt mich in den dunklen Abgrund der Vergessenheit stürzen, den ich selbst geschaffen habe.

»Hat er dir von Harts verdammtem Flügel erzählt?«, frage ich entrüstet.

»Komm heim.«

Heim. Warum habe ich das Gefühl, dass ich nie wieder daheim sein werde?

Ich verziehe nachdenklich den Mund und blicke auf Harts Haus. Wissen die Mieter, dass in diesen Wänden Hunderte

Erinnerungen stecken? Das Taubheitsgefühl beginnt an meinen Füßen und breitet sich in meinen Beinen und in meiner Brust aus. Ich lasse es gewähren. »Warum zum Teufel hat er Harts Flügel?«

Gabi seufzt. »Du willst nicht, dass ich darauf antworte.«

Ich habe keinen Zweifel daran, dass meine Schwester glaubt, dies alles sei Teil eines kosmischen Plans. Sie hat leicht reden, denn es ist nicht ihr Herz, das ihr ein zweites Mal aus der Brust gerissen wurde.

»Ruby, komm einfach heim. Dann können wir alles besprechen.«

»Besprechen? Was gibt es noch zu sagen? Nichts! Hart kommt nicht zurück und du hast recht, seine Botschaft hat mich nicht aufgemuntert, weshalb ich mich frage, ob alles so dunkel und grausam ist. Warum mir überhaupt eine Botschaft schicken? Warum lässt er mich nicht einfach in Ruhe?« *Warum lässt er mich nicht einfach gehen?*

Gabi sagt nichts. Ich hülle mich in den Mantel der Taubheit, lasse sie in meine Knochen und mein Herz sickern, so tief, dass ich nicht spüre, wie die letzten Tränen auf meinem Gesicht versiegen.

»Ich muss los.« Ich lege auf, bevor meine Schwester noch ein Wort sagen kann.

Das Licht auf der Veranda geht aus und ich entscheide mich.

Ich rufe Miriam an und hinterlasse eine Nachricht. »Ich möchte *Ladybug* verkaufen.«

37

Hart/Jameson

Eine Woche ist vergangen.

Ruby will nicht mit mir reden.

Sie reagiert nicht auf meine Anrufe oder Nachrichten. In der Schule guckt sie mich nicht mal an. Sogar Gabi meinte, ich solle sich mal alles beruhigen lassen. Ich solle Ruby Zeit geben, aber es ist so: Ich habe keine Zeit. Laut Lourdes habe ich noch etwa eine Woche, vielleicht nur noch ein paar Tage, aber irgendetwas in mir sagt, dass mir nicht mal so lange bleibt. Und ich will nichts, als diese Tage mit Ruby verbringen. Auch wenn ich weiß, dass ich sie nie dazu bringen kann, die Wahrheit zu sehen. Selbst wenn es nur darum geht, mich zu verabschieden.

Meine Erinnerungen scheinen jetzt schneller zu verschwinden. Heute Morgen konnte ich mich nicht daran entsinnen, wie ich Ruby zum ersten Mal geküsst habe. Nur dass da ein Boot war. Mann, das hat mich umgehauen.

Also habe ich mich mit dem Training abgelenkt, um mich auf das große Homecoming-Spiel nächste Woche vorzubereiten, habe mit Tristan und Martin abgehangen und Solojamsessions veranstaltet. So wie jetzt, da ich am Strand sitze, meine Gitarre wie eine Rettungsleine umklammere und einen Song spiele, den ich vor ein paar Jahren über die Jahreszeiten und einen Cowboy namens Hoss geschrieben habe.

Die Sonne verschwindet hinter einer Wolke und die Luft kühlt sofort ab.

Mitten in der Bewegung halte ich inne. Ich starre die Gitarre in meinen Händen an, verloren, unsicher, was die nächste Note ist. Dann versuche ich, das Lied zu summen, um weiterzukommen. Da ist nichts als gähnende Leere. Die Luft in meinen Lungen strömt in einem einzigen niedergeschlagenen Atemzug aus mir heraus und es fühlt sich an, als würde der kalte Schatten meines alten Lebens über mich hinwegkriechen.

Ich lege die Gitarre weg und stecke die Hände in die Taschen. Trotz meiner Wut und meiner Enttäuschung breitet sich Panik in mir aus. Also konzentriere ich mich wieder auf die Noten, an die ich mich erinnere, und bleibe immer bei der vergessenen hängen. Und dann lasse ich den Kopf sinken, drücke die Daumen in meine Augenhöhlen und denke an Ruby. Ich halte mir vor Augen, wie sehr ich sie liebe, auch wenn die Erinnerung daran verblasst. Ist es das, was Liebe ist? Eine Sammlung von Erinnerungen? Oder ist es mehr?

Ich höre sie, bevor ich sie sehe. Lourdes setzt sich neben mich auf die ausgefranste Decke und gräbt ihre nackten Zehen in den kühlen Sand. »Du hast einsam ausgesehen. So ganz allein.«

Ich drehe mich zu ihr um und fühle mich leer. Tränen brennen in meinen Augen. »Ich vergesse die Musik. Die ... Songs, die ich geschrieben habe.«

Ihr Gesichtsausdruck ist eine seltsame Mischung aus Kälte und Mitgefühl. »Tut mir leid.« Doch was sie wirklich meint, ist: *Du wusstest, dass das passieren würde.*

Ja, vielleicht. Ich wusste nur nicht, dass es so sehr wehtun würde. Ich stoße einen verärgerten Seufzer aus, der nicht annähernd ausreicht, um auszudrücken, wie wütend ich bin oder wie wenig ich diese Wut unter Kontrolle habe. Am liebsten möchte ich meine Faust in etwas hineinrammen. Ich habe noch nie in meinem Leben auf etwas einschlagen wollen, also weiß ich, dass Jamesons Körper so auf Wut reagiert. Vielleicht wusste Jameson etwas, das mir entgangen ist. Vielleicht würde es sich jetzt unglaublich gut anfühlen, gegen eine Wand zu schlagen.

»Sorry«, wiederhole ich leer und balle und öffne meine Faust. »Okay. Tja, auch ein *Sorry* gibt mir mein Leben nicht zurück.« Ich find's zum Kotzen, wie ich mich bei diesen Worten fühle, und noch mehr kotzt es mich an, dass wir immer wieder auf diesen Streitpunkt zurückkommen, als ob das Wiederaufgreifen irgendwie was ändern würde.

Die Wellen brausen auf, fallen aber schnell in sich zusammen, ehe sie ans Ufer branden.

»Du wirst immer noch deine Musik haben«, sagt sie.

»Musik, ich werde *Musik* haben«, betone ich, »aber nicht meine, Lourdes. Niemals meine.« Das ist so, als würde man einem Schriftsteller sagen, dass er zwar immer noch schreiben, aber nie mehr die Geschichten zu Papier bringen kann, die er sich ausgedacht hat, die seine Welt geformt haben. Und ist dieser Anfang nicht wichtig? Beeinflusst nicht jede Geschichte oder jede Melodie die nächste?

Lourdes schweigt. Ich kann's ihr nicht mal verübeln. Was kann sie schon sagen? Wir haben das doch schon eine Million

Mal durchgekaut. Von der Seite werfe ich einen Blick auf den Engel. Sie starrt in die Wellen. Ihre Augen sind hypnotisch auf sie gerichtet.

Das ist ein guter Zeitpunkt, um ihr meine Entscheidung bezüglich Ruby mitzuteilen. Ich wollte dem Engel nicht die Wahrheit sagen, weil ich sie nicht laut aussprechen wollte, weil ich dachte, wenn ich das tue, wäre sie für immer in Stein gemeißelt. »Ich glaube, ich habe alles noch schlimmer gemacht für Ruby«, sage ich schließlich.

»Was meinst du?«

»Ich habe sie gezwungen, weiter an mich zu denken, ich habe ihr nicht erlaubt …« Ich atme tief ein. »Ich glaube … ich weiß jetzt, dass ich sie gehen lassen muss.« Der Schmerz in diesen Worten lässt mich taumeln.

Lourdes fährt mit einem Finger durch den Sand. »Du willst sie einfach aufgeben?«

»Nein, ich werde ihr ihre Freiheit zurückgeben, Lourdes. Wenn ich sie wirklich liebe, muss ich ihr helfen, mich gehen zu lassen. Das ist jetzt mein einziges Ziel.«

Ich starre aufs Meer hinaus, seine Weite, den Horizont, der mich nur an Ruby erinnert. Und ich spüre, wie Lourdes mich anstarrt, als wüsste sie nicht, was sie als Nächstes sagen soll, aber ich hoffe, es ist kein Plan, um mir die Sache auszureden. Ich habe mich entschlossen. Die ganze Zeit habe ich nur an mich gedacht, obwohl ich daran hätte denken sollen, was am besten für das einzige Mädchen ist, das ich jemals lieben werde.

Dann sagt der Engel zu meiner Überraschung: »Ich verstehe.«

»Echt?«

»Vielleicht ist es das, worum es hier geht, Hart. Dir helfen, zu lernen, loszulassen.«

Ich fühle mich gebrochen und betäubt zugleich, eine seltsame Art der Kapitulation.

Wir sitzen eine Weile schweigend da, bis ich frage: »Was ist mit dir? Gibt es irgendetwas, womit ich dir helfen kann?« Ich weiß, dass sie nicht auf die Erde zurückkehren und die ganze menschliche Sache noch einmal machen will. Ich kann's ihr echt nicht verdenken.

»Ich glaube nicht, dass meine guten Taten auch nur eine einzige Delle hinterlassen haben«, sagt sie. »Zuerst dachte ich, es läge daran, dass ich mit meinen Absichten nicht ganz aufrichtig bin, aber dann habe ich mich darauf eingelassen und es gefiel mir, Menschen zu helfen, Freundlichkeit zu teilen und zu versuchen, die Welt zu einem besseren Ort zu machen. Bloß ist es alles falsch; es ist, als ob ich den richtigen Weg nicht finden könnte.«

»Woher weißt du das?«

Sie berührt mit der Hand ihre Brust und sagt: »Ich kann es hier spüren. Nichts verschiebt sich, alles fühlt sich zu klein, zu unbedeutend an. Und es tut mir so leid, dass meine Versuche, dir mit Ruby zu helfen, so erfolglos waren. Ich komme mir so nutzlos vor. Am Anfang dachte ich, dass das, was du wolltest – wieder mit Ruby zusammen zu sein – unmöglich sei, doch dann sah ich die Tiefe deiner Liebe und das hat mich oder zumindest meinen Glauben an die Macht der Liebe verändert.«

»Vielleicht ist es das, was du lernen solltest?«

In diesem Moment höre ich eine Kakofonie von Schreien hinter mir.

Es ist Victoria, gefolgt von fünf anderen Mädchen, die die letzten Treppenstufen hinunterhüpfen, jede in einem rosafarbenen Jogginganzug mit einem silbernen, auf die Brust gestickten Stern. Ich erkenne es als das Emblem des Tanzstudios und weiß, dass es ihre Tanzschulfreundinnen sind.

»Jameson!«, ruft sie und winkt ekstatisch.

Gekicher folgt.

Lourdes und ich stehen auf.

Victoria kommt atemlos, lächelnd und überschwänglich an, wie es nur Kinder vermögen. »Das ist mein Bruder«, stellt sie mich strahlend ihren Freundinnen vor.

Ein dunkelhaariges Mädchen mit großen Augen fragt: »Du bist der Footballspieler?«

»Jawohl«, antworte ich und versuche, ihrer enorm guten Laune gerecht zu werden, scheitere aber kläglich. »Hey, Kleines«, sage ich, »ist es okay für euch, allein hier unten zu sein?«

Victorias Lächeln verfinstert sich. »Mommy ist da oben«, sagt sie und zeigt auf das Deck, wo Whitney vom Rand aus winkt. »Und ich bin groß genug, um hier zu sein, solange ich nur bis zu den Knöcheln im Wasser stehe.«

»Ja«, stimmt eines der anderen Mädchen ein. »Wir sind auf jeden Fall groß genug.«

»Spielst du Gitarre?«, fragt eine andere Freundin und verbirgt ihren Mund hinter einer Hand, mit der anderen deutet sie auf mein Instrument.

Ich nicke und schenke ihr ein Lächeln.

Noch mehr Gekicher.

»Ich bin seine Cousine von der anderen Seite des großen Teichs«, sagt Lourdes mit einem eindringlichen Ton, was ich als *Ich bin viel cooler, als er es je sein wird* deute.

»Spiel uns einen Song«, sagt Victoria.

Ich reibe mir den Nacken und sage: »Bin ganz schön fertig.«

Die Mädchen der Balletttruppe ziehen alle gleichzeitig einen Schmollmund und es ist, als hätte jemand aus dem Ballon der Begeisterung die Luft rausgelassen.

»Du hast gesagt, er würde uns ein Lied vorspielen«, sagt ein großes Mädchen hinten und schaut Victoria stirnrunzelnd an.

Victoria wirft mir einen flehenden Blick zu. Ich kann sie auf keinen Fall hängen lassen.

»Okay, eins«, lenke ich ein und nehme die Gitarre von der Decke. Ich stimme einen alten Song von Maroon 5 an, vor allem weil er nur ein paar Akkorde hat und sich leicht wiederholen lässt. Die Mädchen tanzen, wirbeln herum und springen wie kleine Ballerinas über den Sand.

Ich habe erst drei Viertel des Liedes gespielt, als die Balletttruppe das Interesse verliert und ans Ufer eilt, mit den Füßen in den seichten Wellen plantscht und vor jedem neuen Brecher, der sie verfolgt, mit freudigem Geschrei davonläuft.

»Ich will echt nicht wieder so klein sein«, meint Lourdes trocken und deutet auf die Kinder.

Ich versuche, die Stimmung mit einem »Ich weiß nicht« aufzulockern. »Kind zu sein, hat seine Vorteile.«

Sie hält ihre Hand hoch. »Hart, bitte.«

»Warum hast du ihn Hart genannt?«, fragt Victoria. Ich hatte sie nicht kommen hören, aber jetzt steht sie vor uns und mustert uns mit zusammengekniffenen Augen.

Mein Mund wird trocken und meine Kehle schnürt sich zu. »Was hast du gerade gesagt?«, frage ich.

»Lourdes hat dich Hart genannt.«

Ich könnte dieses Kind küssen.

»Aber du bist Jameson«, sagt sie und wischt sich die Nase mit dem Ärmel ab.

Lourdes lehnt sich näher heran. »Victoria, kannst du mir einen Gefallen tun?«

»Was denn?«

»Ich möchte, dass du da rübergehst.« Lourdes zeigt auf das Strandhäuschen, das gut drei Meter entfernt ist. »Und tu so, als ob du mich und Jameson nicht hören würdest.«

»Wie soll ich das denn machen? Ihr seid echt laut.«

»Tu einfach so, als wärst du auf der Bühne«, sagt Lourdes zu Victoria. »Wie bei einem Theaterstück.«

»Ich tanze, ich schauspielere nicht. Soll ich tanzen, während ihr redet?«

»Wenn du willst, ja«, sagt Lourdes, während Victoria schon zur Hütte hüpft und uns sagt, dass sie nur eine Minute Zeit hat, weil ihre Freundinnen auf die Eimer und Schaufeln warten, die sie holen soll.

Lourdes wendet sich an mich. »Sag mir, was du Ruby gerne sagen würdest.«

Victoria wirbelt im Kreis. Der Engel und ich starren uns an, während die Sonne im Meer versinkt und auf seiner Oberfläche funkelnde Strahlen hinterlässt.

»Dass ich sie liebe«, sage ich laut. »Dass ich … Hart bin.«

»Hast du das gehört?«, fragt Lourdes Victoria.

Victoria hört auf, sich zu drehen, und kommt herüber. Der Ausdruck in ihrem kleinen Gesicht verwandelt sich in pure Verwirrung. »Wer ist Hart?«

Ich gehe in die Hocke, sodass ich mit Jamesons kleiner Schwester auf Augenhöhe bin, und sage einfach: »Ich.« Ich werfe einen Blick gen Himmel, halb in der Erwartung, dass ein Blitz nur Meter von mir entfernt einschlägt, doch nichts geschieht.

Victoria runzelt die Stirn. »Du heißt Jameson.«

»Der bin ich ja auch.«

»Bist du jetzt deshalb so nett?«

Mein Herz hämmert gegen meine Rippen.

»Ist das wie bei *Freaky Friday*?«, fragt sie. »Du und Jameson habt getauscht?«

Lourdes sagt überraschenderweise nichts, sondern starrt sie nur an, als stünde sie unter Schock.

»So ungefähr«, antworte ich, »aber ich bin immer noch dein Bruder.«

Victoria blinzelt mich an. »Wirst du zurückwechseln?« Ich nicke. Schlucke. »Irgendwann.«

Jamesons kleine Schwester starrt mich mit diesen blauen Augen an. Sie lehnt sich näher heran. »Wer ist Ruby?«

»Ein Mädchen …«

»Deine *Freundin*?«, sagt sie und grinst.

Ich erwidere das Lächeln. »Ein Mädchen, das ich liebe. Und zwar sehr.«

Eine der Freundinnen ruft nach Victoria. Sie ignoriert sie, legt den Kopf schief und mustert mich. »Wo ist Jameson gerade, wenn du hier bist?«, fragt sie mich.

»Er spielt Football«, entgegne ich und versuche, nicht zu ernst zu wirken, um sie vor der Wahrheit zu schützen. »Er ist glücklich.«

»Okay«, sagt sie mit einem entschiedenen Nicken. Sie wirbelt herum, um zu ihren Freundinnen zurückzukehren, doch dann dreht sie sich zurück. »Wenn Jameson zurückkommt … Ich hoffe, dann ist er wie du.«

In diesem Moment spüre ich es. Die Liebe, die Jameson für dieses Kind empfand. Ehe ich ein weiteres Wort sagen kann, rennt Victoria zurück zum Meer. Sobald sie außer Hörweite ist, flippe ich aus. »Lourdes, wie ist das möglich?«

Lourdes runzelt die Stirn und scharrt mit der Schuhspitze im Sand.

»Ich habe versucht, ihr direkt zu sagen, dass ich Hart bin, bloß die Worte … wollten nicht kommen«, sage ich und mein Puls rast. »Aber dann konnte ich ihre Fragen über Hart – ich meine, mich – beantworten.«

»Mmm«, summt Lourdes.

»Ich bin kurz davor, in die Luft zu gehen, und das ist alles, was du zu sagen hast?«

»Ich bin keine Hellseherin!«, argumentiert Lourdes.

»Aber das ist deine Welt! Müsstest du nicht die Regeln kennen?«

»Kennst *du* jedes Gesetz in diesem Land?«

Da hat sie recht. »Wie wäre es mit einem wilden Engelsraten?«

»Ich *vermute*, Victoria hat die Wahrheit gesehen, weil sie so jung und unschuldig ist. Babys und Kinder können manchmal Engel und Geister sehen, weil sie noch nicht von dieser materiellen Welt vereinnahmt wurden.«

»Was heißt?«

»Es heißt, dass Victoria immer noch an das Gute in der Welt glaubt und noch nicht das Trauma und die Schuld und Selbstverachtung erfahren hat und …«

»Das ist deprimierend.«

»Wie wahr.«

»Glaubst du, dass dasselbe bei Ruby funktionieren würde?«

»Sie hat zu viel Trauma, Schuldgefühle und Selbstverachtung in diesem Leben erfahren«, wiederholt Lourdes, als wäre es beim ersten Mal nicht schon schlimm genug gewesen. »All das wird sie daran hindern, die absolute Wahrheit zu erkennen. Ihr reiferer Verstand wird diese Art von Phänomenen total ablehnen.«

»Aber sie glaubt doch an dieses ganze übernatürliche Zeug!« Lourdes wirft mir einen zweifelnden Blick zu.

»Gut, nur was ist, wenn Victoria Ruby die Wahrheit sagt?«

»Warum sollte Ruby einer Siebenjährigen glauben?« Lourdes schüttelt zweifelnd den Kopf. »Sie wird es nur für einen grausamen Trick halten und das wird alles noch schlimmer machen.«

Die Wahrheit ihrer Worte nagt an mir. Ich finde es furchtbar, dass sie recht hat.

»Wird sich Victoria an irgendwas davon erinnern?«, frage ich.

»Unwahrscheinlich.«

»Wie lange noch?«

»Einen Tag, eine Woche ... jeder ist anders. Aber Erinnerungen werden immer im Schlaf ausgelöscht.«

»Das ist so was von scheiße.«

»Ich mach die Regeln nicht.«

In dieser Nacht kämpfe ich wie immer darum, wach zu bleiben. Es ist echt ätzend zu wissen, dass jedes Mal, wenn ich ein Nickerchen mache, Teile von mir fortgewaschen werden, ohne dass ich es merke. Und schon bald werden diese Teile in einer Weise von Bedeutung sein, die ich noch nicht definieren kann. Während ich einschlafe, kommt mir eine Idee, die so einzigartig und perfekt ist, dass ich wieder aufschrecke.

Ohne lange nachzudenken, schreibe ich Gabi: **Kannst du meine Karten lesen?**

Ich warte und starre in der Dunkelheit auf den Bildschirm.

Bitte schreib zurück. Bitte.

Es kommt ein einziges Wort. **Wann?**

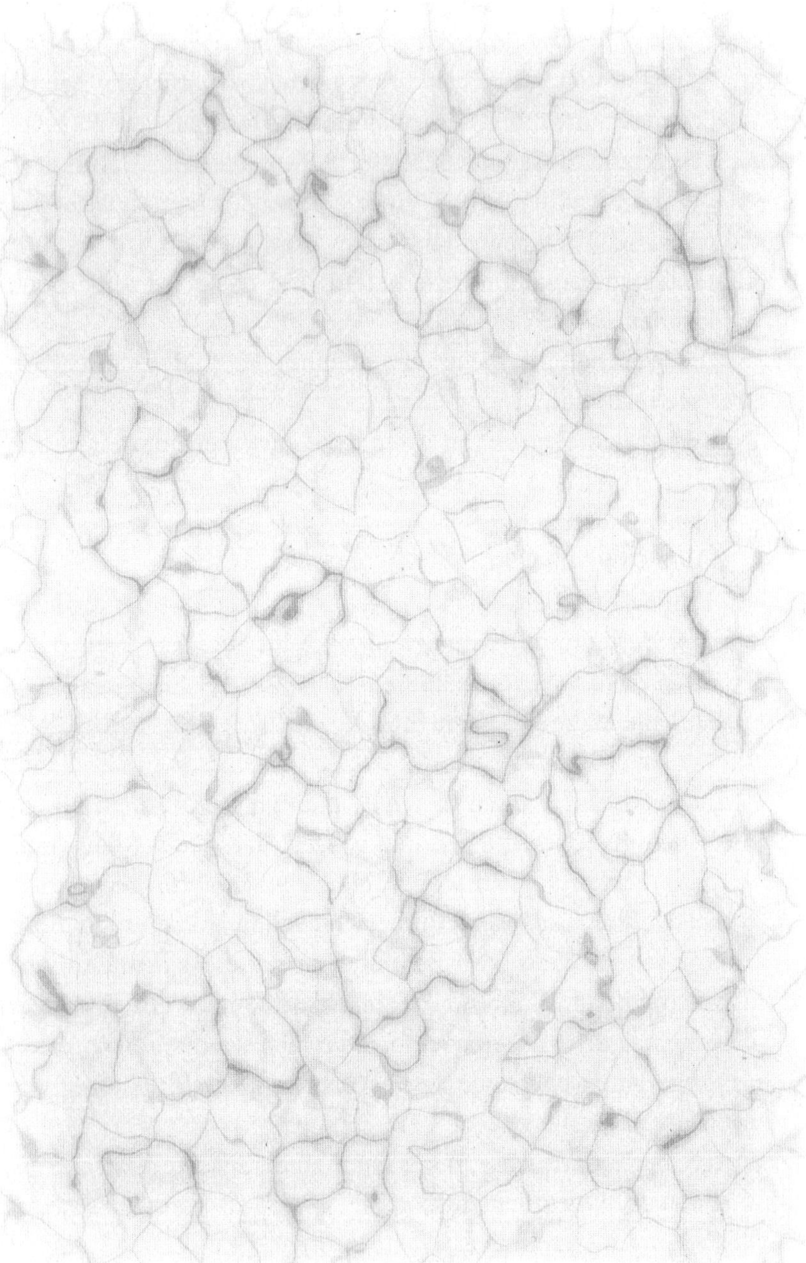

38

Ruby

Es ist sieben Uhr abends und ich weiß, dass das Schwimmteam gerade sein Training beendet hat, und so mache ich mich auf den Weg zum Hallenbad auf dem Campus. Mit dem Schlüssel, den ich nie zurückgegeben habe, schließe ich auf, schalte das Licht an und dimme es auf die niedrigste Stufe. Ich war seit Monaten nicht mehr hier und der Geruch von Chlor ist wie ein Ansturm auf meine Sinne, ein Strom von Erinnerungen.

In der Halle ist es still, bis auf ein leises Summen, das von einer Wand kommt. Ich ziehe mich bis auf den Badeanzug aus und stelle mich an den Rand des Beckens, wo ich ein verschwommenes Spiegelbild von mir sehe, vielleicht eine andere Version meiner selbst, zu der ich noch nicht herangereift bin.

Ich weiß nicht warum, aber mein Herz hämmert und ich bin mir nicht sicher, ob vor Aufregung, Nervosität oder purer Angst. Im Moment stehe ich vor der Wahl, langsam in den Pool zu waten oder einfach einzutauchen.

Hart würde mir sagen, ich solle es langsam angehen lassen.

Mit einem tiefen Atemzug springe ich kopfüber hinein. Mein Unterfangen ist chaotisch, planlos, doch das Plätschern im kühlen Nass belebend. Ich sinke bis zum Boden des drei Meter tiefen Beckens und strample wieder nach oben.

Ich erwarte, dass Angst in mir aufkeimt, aber das passiert nicht. Stattdessen legt sich eine berauschende Ruhe über mich, während ich in gleichmäßigen Freistilzügen durch das Wasser gleite.

Jeder abgemessene Atemzug fühlt sich wie ein Sieg an, ein Zeichen, dass ich lebe. Ich schwimme zum gegenüberliegenden Rand und stoße mich von der Wand ab, um von vorn zu beginnen, und als ich die andere Seite des Beckens erreiche, brennen meine Lungen. Meine Muskeln erinnern sich an alle Züge. *Ich* erinnere mich.

Nach ein paar Runden atme ich tief durch und lasse mich auf den Grund des Beckens sinken, wo ich im Schneidersitz verharre. Alles ist still und friedlich. Hier fühle ich mich unantastbar. All die Gefühlsturbulenzen meines Lebens sind wie weggewischt. Und ich liebe es. Dieses Gefühl einer Zukunft, in der ich wählen kann, in der mich Trauer und Traurigkeit nicht gefangen halten. Loslassen bedeutet nicht vergessen. Es bedeutet nur, sich für den Moment zu verabschieden.

Das Bedürfnis nach Luft kommt zu früh und als sich der Druck in meiner Lunge aufbaut, steigen mir die Tränen in die Augen. Ich schaue durch das Wasser nach oben und stelle mir vor, dass wie früher so oft Hart am Beckenrand sitzt. Sein Bild ist verschwommen, aber ich weiß, dass er lächelt und mir die Daumen nach oben zeigt. Er sagt: »Es ist okay. Es wird alles wieder gut.«

In diesem Moment erinnere ich mich an die Worte meiner Mom.

Am Ende lasse ich mich lieber von der Liebe brechen, als sie nie gespürt zu haben.

Während ich an die Oberfläche strample, wird mir klar, dass wir, auch wenn die Liebe immer mit einem Abschied endet, die Wahl haben zuzulassen, dass sie uns verändert. Ob wir zulassen, dass sie uns zu einer besseren Version unserer selbst führt ... selbst wenn das bedeutet, dass wir irgendwohin aufbrechen müssen.

Auch wenn das bedeutet loszulassen.

39

Hart/Jameson

Gabi und ich beschließen, uns am nächsten Abend im Tito's Tacos zu treffen, einer Tacobar mit kleinen Tischen an der Strandpromenade.

Ich hatte einen beschissenen Tag. Ich habe das Footballfeld verpestet, vergessen, einen Geschichtsaufsatz über die Bedeutung der Demokratie abzugeben, und von George zwischen den Stunden den Mal de ojo – den bösen Blick – bekommen. Ja, ich freue mich schon den ganzen Tag auf Gabi und ihre übernatürlichen Talente.

Ich entdecke sie in der hinteren Ecke. Sie versteckt sich unter einer Baseballmütze, lehnt sich in einem orangefarbenen Plastikstuhl unter einem Tischschirm lässig zurück und tippt mit auf der Nasenspitze festgeklemmter Sonnenbrille auf ihrem Handy herum. Sie ist so anders als Ruby, bis auf den entschlossenen Blick, den sie beide haben, wenn man ihnen etwas verbieten will.

»Hey«, rufe ich und ziehe einen Stuhl heran. Vor Gabi liegt ein halb aufgegessener Burrito, der mich daran erinnert, wie tragisch es ist, dass dieser Körper Tortillas hasst.

»Du siehst verdammt gut aus«, sagt sie.

»Das ist besser, als ich mich fühle.«

»Ja«, antwortet sie mitfühlend. »Ruby hat sich in ihrem Schneckenhaus verkrochen. Sie kommt schon wieder raus.«

Ich nicke. »Danke, dass du das machst. Ich hab gehört, dass du wirklich gut bist.«

»Wenn du über die Lesung Rubys Gedanken und Gefühle beeinflussen willst, wird das nicht klappen.«

Ich brauche keine Tarotlesung, um sie zu beeinflussen. Oder um in ihr Herz zu gelangen. Ich kenne sie fast so gut wie mich selbst.

»Ich versuche nicht, sie zu beeinflussen«, versichere ich Gabi.

Sie holt die Karten aus ihrer Tasche und legt sie vor mich hin. »Was willst du dann?«

»Ich muss wissen, dass es ihr gut gehen wird.«

»Du brauchst keine Lesung, um dir das zu sagen.«

Ich begegne ihrem Blick und biete ihr ein verschämtes Grinsen. »Bitte?«

»Sie liegt dir wirklich am Herzen.«

»Das tut sie.« *Mehr, als du dir vorstellen kannst.*

Gabi mustert mich, als wäre sie sich nicht sicher, was sie von mir oder vielleicht von der Bitte halten soll. »So funktioniert das nicht und selbst wenn, würde Ruby mich umbringen. Bei der Lesung muss es um dich gehen.«

Ich fühle mich besiegt, ehe wir überhaupt angefangen haben. Gabi hat noch nie zuvor meine Karten gelesen. Ich wollte nie wissen, wie meine Zukunft aussieht, denn es war mir wichtig, sie immer nach meinen eigenen Vorstellungen zu gestalten. Jetzt winde ich mich auf meinem Stuhl und denke, dass dies vielleicht ein Fehler war.

»Ich denke, vielleicht sollten wir das nicht tun.«

»Nicht?«

»Ich will meiner Zukunft nicht zu früh begegnen, verstehste?«

Gabi mustert mich mit diesen dunklen, weisen Augen, die sie viel älter erscheinen lassen, als sie ist. »Ich glaube, du hast mich aus einem bestimmten Grund gerufen. Lass uns einfach drei Karten legen und sehen, ob es etwas gibt, was dir deine Ahnen oder das Universum sagen wollen.«

Psch. Ich habe genug vom Universum. Doch vielleicht hat sie recht. Was können drei kleine Karten schon schaden? »Also, wie funktioniert das? Soll ich eine Frage stellen oder ...?«

»Hier«, sagt sie und schiebt mir das Deck zu. »Fang an zu mischen, damit die Karten dich kennenlernen.«

Ich tue, was sie sagt. Die Rückseite jeder Karte sieht aus wie ein gemaltes Bild eines ruhigen blauen Ozeans mit goldenen Strudeln um den Kartenrand.

Gabi lehnt sich zurück und verschränkt die Arme. »Warum hast du Harts Klavier?«

»Ich habe ihn auf einem Flyer bei Bright's gesehen«, sage ich ruhig, während eine Möwe neben meinem Schuh einen Tortillachip aufpickt. »Dort war sonst nichts ausgestellt.«

Gabi scheint das zu glauben. »Das hat Ruby ganz schön aus dem Konzept gebracht.«

»Ich weiß«, entgegne ich und mische weiter, »und es war dumm, das in Betracht zu ziehen.«

»Ja, stimmt«, sagt sie, aber nicht auf eine verletzende Weise. Es ist einfach die Wahrheit. »Bist du bereit?«

Ich nicke und lege die Karten vor mir auf den Tisch. Eine frische Meeresbrise fegt über uns hinweg und in der Ferne ballen sich graue Wolken. Für den Bruchteil einer Sekunde denke ich, dass das Universum einen Sturm schickt, um mich zu töten, doch dann wird mir klar, wie lächerlich das klingt. Trotzdem lasse ich meinen Blick nicht zu weit und nicht zu lange von dem bedrohlichen Himmel abschweifen.

»Es ist cool, dass du das kannst«, sage ich. »Wie auf die andere Seite sehen.«

»Ich *sehe* nicht wirklich ... Ich bekomme eher eine Botschaft. Mach weiter. Du musst dir drei Karten aussuchen und sie umdrehen.«

Ich drehe den Gehängten um, die Fünf der Schwerter und die Königin der Schwerter, auch bekannt als Schneekönigin.

Gabi saugt an ihrer Unterlippe, studiert die Karten und beginnt: »Der Gehängte bedeutet loszulassen, sich zu ergeben. Hör auf zu versuchen, das Ergebnis zu kontrollieren, denn das kannst du nicht, egal was passiert.«

Das weiß ich schon, denke ich und starre auf die Karte, auf der das brutale Bild eines gequälten Mannes in einem Netz zu sehen ist.

Gabi sagt: »Hmm ... das ist komisch.«

»Was?«

»Kennst du die Fünf der Schwerter? Sie bedeutet im Grunde, dass alles seinen Preis hat, und sie fragt, ob du bereit bist, diesen zu zahlen, was ... in gewisser Weise im Widerspruch zu dem Gehängten steht, der dich auffordert, dich zu ergeben.«

Habe ich nicht schon den ultimativen Preis bezahlt?

Ihr Blick schweift zur letzten Karte. »Und das ...« Sie studiert die Karte, das Bild einer Frau, die ein Schwert ergreift, während um sie herum Schnee fällt. »Die Schneekönigin ist furchterregend. Sie regiert die rauesten Länder unter furchtbaren Bedingungen. Sie ist ein echter Haudegen, wenn du weißt, was ich meine. Diese Karte bedeutet, dass du in ihre Fußstapfen trittst.« Ihre Augen flackern zu meinen hin. »Nein, sie bedeutet nicht, dass du ein harter Kerl bist.«

»Richtig.«

Ein zaghaftes Lächeln umspielt ihre Mundwinkel und sie fährt fort. »Es mag den Anschein haben, dass alles gegen dich steht, aber du musst weitermachen.« Gabi zögert, starrt auf die drei Karten. »Du scheinst zwei Möglichkeiten zu haben. Die eine liegt außerhalb deiner Kontrolle und die andere ... Wenn du bereit bist, den Preis dafür zu zahlen, wird sich alles fügen.«

Mein Herz schlägt mir gegen die Rippen und alles, was ich vor ein paar Minuten noch zu wissen glaubte, hat die Flatter gemacht. Zwei Möglichkeiten? Heißt das, dass ich das Steuer noch herumreißen kann? Bloß wie? »Äh, können die Karten diese beiden Ergebnisse genauer beschreiben?«

»Das können nur die Ahnen. Das ist der nächste Schritt.« Gabi steckt sich ein Paar AirPods in die Ohren, wahrscheinlich um die Umgebungsgeräusche zu übertönen, ergreift die Karten, hält sie an ihre Brust und schließt die Augen. Ein Blitz zuckt über den Himmel und in diesem Moment ertönt ein Bellen. Ich drehe mich um und entdecke Georges Hündin, Josie, die mich aus einem guten Stück Entfernung anbellt und sich gegen ihre Leine stemmt.

Mit auf mich gerichtetem Blick kniet George langsam nieder und befreit sie.

Josie rennt über die Promenade und zwischen den Tischen hindurch. Ein paar Gäste schrecken zurück. Möwen ergreifen die Flucht.

Mein erster Gedanke ist: *Hetzt er mir jetzt ernsthaft seinen Hund auf den Hals?*

Im selben Moment reißt Gabi die Augen auf und ein Keuchen entweicht ihrem Mund.

Josie springt mich an, klettert auf meinen Schoß und beginnt, mein Gesicht zu lecken. Ich lache, schiebe sie zurück und kraule ihren Hals. »Hey, Süße.«

George macht sich auf den Weg zu uns und ich drehe mich zu Gabi um und streichele weiter Josie.

»Was haben die Ahnen gesagt?«, frage ich Gabi.

Sie runzelt die Stirn und schüttelt vehement den Kopf. »Nichts.«

In diesem Augenblick beginnt es zu regnen. Fette Tropfen prasseln auf den Sonnenschirm und schräg auf uns herab, als würden sie uns suchen. George duckt sich unter den Schirm und packt Josie am Halsband; er sieht die Karten, als Gabi sie gerade zurück in ihre Tasche schiebt. »Was zum Teufel macht ihr hier?«, fragt er.

Ich ignoriere ihn und frage Gabi: »Was meinst du mit nichts?«

»Ich muss mit dir reden«, sagt George zu mir.

»Später«, erwidere ich und versuche, mehr Schutz vor dem Regen zu finden. »Gabi, was haben die Ahnen gesagt?«, frage ich noch einmal, weil ich spüre, dass sie über das, was sie ihr gesagt haben, nicht allzu glücklich ist.

Der Regen wird stärker, trifft mein Gesicht, meinen Hals, meine Arme. Gabi versteckt sich unter ihrem Basecap und schneidet eine Grimasse. Die Leute machen sich auf den Weg zu ihren Autos. »Wir sollten von hier verschwinden.«

George sagt: »Nicht später. Jetzt sofort.«

Windböen fegen über die Promenade, Plastikverpackungen und anderer Müll wehen über den Boden. Der Donner dröhnt in meinen Ohren.

Ich strecke eine Hand in Georges Richtung aus. »Gabi, bitte.«

George knurrt. »Wen interessieren schon die Ahnen, wenn ich mit dir reden muss. JETZT.«

»Hör auf, so unhöflich zu sein«, schnauzt Gabi George an. Der Kerl sieht aus, als würde er gleich explodieren.

Gabis Blick trifft meinen. »Willst du es wirklich wissen?«

»Ja!«

Mit einem tiefen Atemzug offenbart sie mir ihr Wissen. »Sie sagten: ›Herzen werden brennen, bevor sie brechen.‹«

Teil Drei

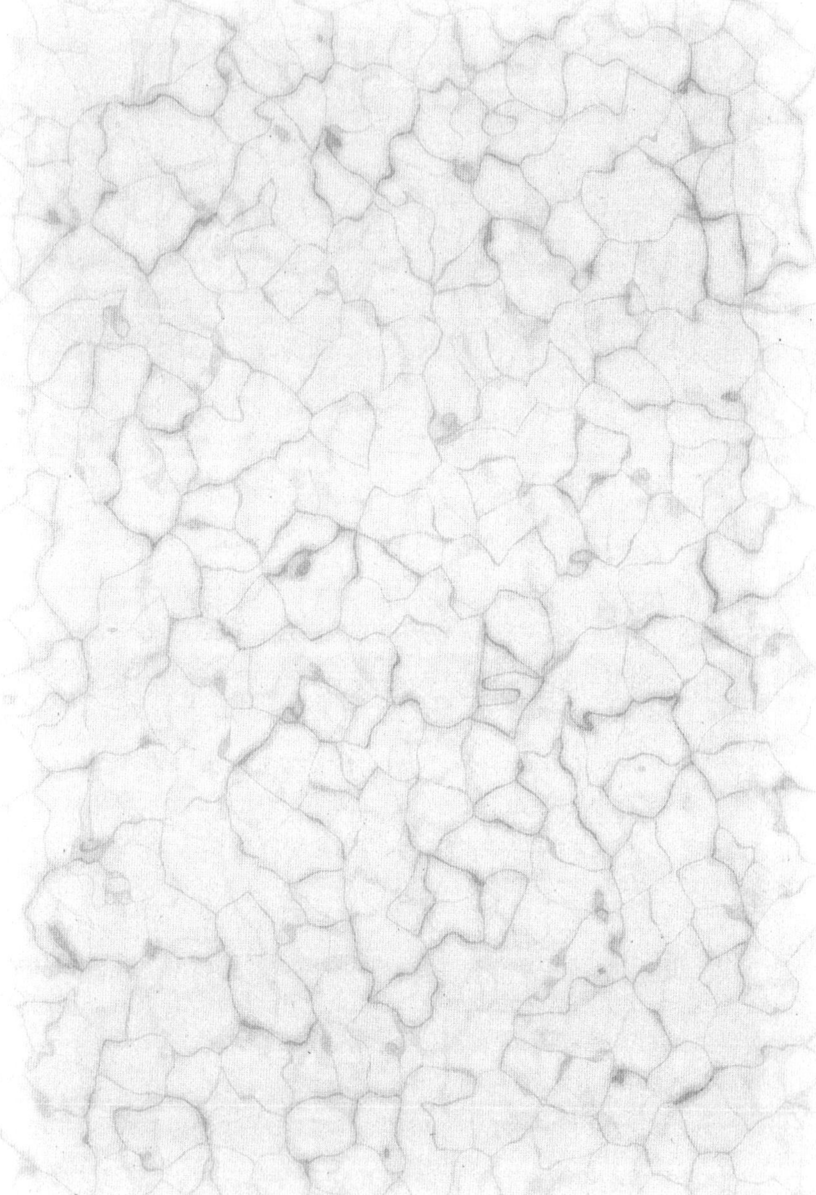

40

Ruby

Serena holt mich zur Arbeit ab.

Ihr Auto riecht nach Bacon und Kaffee und an den Essensresten im Fußraum des Beifahrersitzes erkenne ich, dass sie immer noch über ihr Leben nachdenkt. Das tut sie jedes Mal, wenn sie eine wichtige Entscheidung treffen muss. Erstens muss sie ständig in Bewegung sein, was bedeutet, dass sie gerne im Auto sitzt und irgendwohin fährt. Zweitens braucht sie Nahrung, um ihren brillanten Verstand am Laufen zu halten, und Junkfood ist im Grunde ihr Beruhigungsmittel. Und schließlich erstellt sie Heavy-Metal-Playlists, zu denen sie jammt, um die ganze Anspannung »abzubauen«.

Ich drehe die Lautstärke der Stereoanlage herunter und blicke ihr in die Augen. »Das war ein wirklich guter Song«, murrt sie und weicht ein paar Zentimeter zurück, als ob ich sie angreifen würde.

Ein immer stärker werdender Regen prasselt gegen die Windschutzscheibe.

»Ist alles okay bei dir?«, frage ich sie. Es ist eine überfällige Frage, die jedoch darum bettelte, gestellt zu werden.

»Definier okay.«

»Hast du in den letzten Tagen mal geduscht und ein bisschen geschlafen?«

»Wow«, sagt sie kopfschüttelnd, »du hängst die Messlatte wirklich niedrig.«

»Im Ernst jetzt.«

»Mir geht's gut«, sagt sie und stellt die Scheibenwischer an. »Es ist nur das College. Es ist ja nicht so, dass ich eine Entscheidung für immer treffe, wie zum Beispiel zu heiraten, oder?« Sie hält eine Minitüte Doritos hoch. »Willst du einen?«

»Nein danke.«

»Na klar.«

»Was soll das bitte heißen?«

»Das bedeutet, ich merke, dass was mit dir los ist«, sagt sie.

Ein Teil von mir sehnt sich danach, es ihr zu sagen, aber der andere Teil will nicht mit ihrem Unglauben konfrontiert werden, der sich immer wie Missbilligung anfühlt. Doch wenn ich mich weigere, wird sie es mir trotzdem aus der Nase ziehen und auf eine seltsame Art und Weise habe ich das Gefühl, dass dies ein Teil des Loslassens ist. Während wir also zu Pepe's fahren, fange ich an zu reden. Erzähle von meinen Gefühlen für Jameson (zumindest von denen, die ich verstehe), davon, dass ich wieder schwimmen war und wie toll sich das angefühlt hat. Und davon, dass ich mich in einem Tauziehen mit meinem eigenen Herzen befinde, das in entgegengesetzte Richtungen gerissen und gezogen wird, und nicht weiß, welcher Weg der richtige ist, außer dass ich weiterziehen muss.

Serena unterbricht mich kein einziges Mal, wirft keine einzige Frage ein, rollt kein einziges Mal die Augen oder seufzt. Sie hält ihren Blick auf die Straße gerichtet und nickt gelegentlich.

»Das war's also«, ende ich und warte auf ihre Antwort, die im Moment nur darin besteht, dass sie sich mit den Fingern durch die Haare fährt.

Ich weigere mich, ihr weitere Fragen zu stellen, so was wie: *Hast du mich gehört? Was meinst du? Bin ich verrückt?*

Der Regen prasselt jetzt schneller und hämmert auf die Erde nieder. »Und, war das Wasser warm?«, fragt Serena schließlich.

Ich kichere und werfe ihr eine zerknüllte McDonalds-Tüte an den Kopf. »Ist das alles, was du zu sagen hast?«

»Oh«, sagt sie und tut überrascht. »Wolltest du, dass ich etwas Bestimmtes sage?«

Ich liebe sie dafür, dass sie versucht, die Spannungen abzubauen, die ich wie einen überquellenden Koffer mit ins Auto gebracht habe.

»Danke für dein offenes Ohr«, sage ich schließlich.

»Also, Jameson, hm?«

Ich lehne meinen Kopf gegen das Beifahrerfenster, betrachte eine Allee von Bäumen, die in schneller Folge vorbeiziehen, und lasse meinen Blick in die Ferne schweifen, sodass sie zu Grau- und Grüntönen verschwimmen. »Ja«, gebe ich zu, denn ich bin es leid, alles für mich zu behalten. »Aber auch nicht wirklich, wenn das Sinn ergibt. Ich meine, es ist eher ein Gefühl, das ich bekomme, wenn ich mit ihm zusammen bin. Ehrlich gesagt kann ich es nicht genau beschreiben, aber er ist mehr, als er zu sein scheint.« *Und jedes Mal wenn ich mit ihm zusammen bin, läuft mein Solarplexus auf Hochtouren und mir wird schwindelig. Alles ergibt einen Sinn, auch wenn ich weiß, dass es das nicht sollte, und ich habe das Gefühl, endlich wieder ins Leben zurückzukehren.*

»Du glaubst, es liegt daran, dass er dir Harts Botschaft überbracht hat?«

Ich drehe mich zu ihr um. »Du glaubst das alles nicht, oder?«

Serena zögert, presst die Lippen aufeinander und gibt dann zu: »Irgendwie … schon.«

Ich schnaube. »Warte … was? Wo ist die *Ich muss es sehen, um es zu glauben-Serena* hin?«

An einer roten Ampel hält sie an und blickt in den Rückspiegel. »Ich habe es gesehen.«

»Ich habe keine Ahnung, wovon du sprichst.«

»Es ist dir anzusehen. Ich merke, dass es dir besser geht. Das Leben fällt dir wieder leichter, du bist mehr wie du selbst und das fühlt sich an wie Magie.«

Als sich der Regen zu einem steten Rinnsal abschwächt, fahren wir auf den Parkplatz des Pepe's. Mein Verstand strauchelt immer noch über alles, was Serena gesagt hat. Sie stellt den Motor ab und schaut mich an. »Ich glaube dir das mit Harts Botschaft und dieser unerklärlichen Verbindung zu Jameson und … all den Rest.«

»Warum gerade jetzt?«

»Ruby, du würdest dir das alles nicht antun, wenn du nicht wirklich darauf vertrauen würdest, und da ich dir vertraue …« Sie hebt eine Schulter. »Ich schätze, ich glaube jetzt an das Übernatürliche.«

Ich wusste nicht, dass es sich so gut anfühlen würde, Serena auf meiner Seite zu wissen, dass sie mir von ganzem Herzen glaubt. »Wow … das bedeutet mir eine Menge.«

»Und was hast du jetzt vor?«, fragt sie.

»Ich werd mein Leben leben.«

41

HART/JAMESON

»Was glaubst du, bedeutet das: *Herzen werden brennen, bevor sie brechen*?«, frage ich, während der Sturm weiterzieht und einen leichten Nieselregen zurücklässt, der sich eher wie Nebel über uns legt. Hört sich ehrlich gesagt nicht gut an. Nicht mal annähernd. Klingt eher wie das Ende der Welt.

George ist der Letzte, den ich normalerweise nach so etwas fragen würde, aber Gabi war so schnell weg, dass ich keine Chance hatte, auf eine Interpretation zu drängen. Ich habe nicht einmal versucht, sie aufzuhalten, weil ich weiß, dass sie auf dem Weg ist, Ruby zu treffen und die Botschaft der Ahnen zu überbringen, was nur etwas Gutes bedeuten kann – eine zweite Chance, eine weitere offene Tür.

George antwortet nicht. Er wirft mir nur noch mehr stechende Blicke zu. »Du musst mit mir kommen.«

Ich lache sarkastisch. »Versuchst du mich zu verhaften?«

In diesem Moment schlendern Naldo und Raul die Promenade entlang auf uns zu, als wären sie geklonte Agent Smiths aus der Matrix, ganz ruhig und gemächlich, als gäbe es den Regen gar nicht.

»Was zur Hölle hast du vor?«, rufe ich, als ich bemerke, dass er seine Hermanos zur Unterstützung angerufen hat.

»Zum Teufel noch mal«, sagt George lässig. »Du kommst jetzt mit oder wir tragen dich hier raus.«

Jamesons Körper reagiert, will kämpfen, aber ich verdränge den Wunsch zuzuschlagen, denn erstens würden sie mir dann die Fresse polieren und zweitens, na ja, würden sie mir die Fresse polieren.

Eine Minute später sitzen wir im Auto. Josie rollt sich neben mir zusammen und döst, als würde ich nicht gleich ermordet werden. Niemand spricht und ich erwarte fast, dass sie mir einen Sack übers Gesicht ziehen und mich an einen unbekannten Ort bringen, doch das tun sie nicht.

Wir halten vor dem Jab.

»Was machen wir hier?«, frage ich perplex.

»Wirste schon sehen«, sagt George ominös, als wir uns alle auf den Weg ins Gebäude machen.

Das Studio ist leer, bloß riecht es immer noch nach Schweiß und Angst. Oder bin das vielleicht ich? Ich bin kein totaler Angsthase, aber Naldo und Raul sind das, was ich Faustkönige nennen würde. Keiner gewinnt gegen sie. Und ich meine niemanden. Also ja, ich bin ein bisschen nervös, hier allein mit ihnen und ihren nicht allzu netten Blicken zu sein.

Josie dreht sich im Kreis und lässt sich auf dem kühlen Boden nieder, ihre Augen sind auf mich geheftet, wie um zu sagen: *Tut mir leid, ich wünschte, ich könnte helfen, aber niemand hier spricht Hundisch.*

George holt sich ein Paar Handschuhe aus einem Regal und reicht mir ebenfalls eins.

»Alter, ich kämpfe nicht mit dir«, sage ich.

George ist schon dabei, einen Handschuh zu schließen, als Naldo sagt: »Du kannst entweder gegen ihn oder gegen uns kämpfen.«

»Hört mal«, beginne ich, »wenn es um unser Treffen vor ein paar Tagen geht ...«

»Darum geht es nicht«, sagt George. »Hör auf zu reden und steig in den Ring.«

Wann ist er so ein tougher Kerl geworden? Ich meine, ich wusste immer, dass George unter der Oberfläche viel härter ist, als er durchscheinen lässt, aber jetzt ist es, als ob er von innen nach außen gekehrt wurde.

Nachdem Naldo meine Handschuhe geschlossen hat, steige ich in den Ring. George sagt zu seinen Hermanos: »Ich regel das.« Sie nicken beide und verschwinden in das Büro am anderen Ende des Studios.

»Wenn wir schon kämpfen«, sage ich, »dann sollte ich wenigstens die Regeln kennen.«

»Keine Regeln.«

Oh. Perfekt.

George fängt an, wie eine Art wiederauferstandener Apollo Creed auf den Zehen zu hüpfen. Was für ein Bullshit! Sparring ist okay, aber ich hasse echte Kämpfe und er weiß das. Er kommt mit Blutlust in den Augen und schwingenden Fäusten auf mich zu. Ich ducke mich und schaffe es, seinem Angriff auszuweichen. Gut, dass Jamesons Körper eine hochtrainierte Maschine ist, um Angreifern aus dem Weg zu gehen. Doch ich kann George nicht für immer ausweichen.

Irgendwann werde ich ihn schlagen müssen oder er wird mich schlagen. Das habe ich davon, dass ich mir gestern gewünscht habe, ich hätte etwas zum Verprügeln.

Ich hebe meine Hände hoch, um mich zu schützen, und versuche, mich an alles zu erinnern, was Naldo und Raul uns beigebracht haben.

George wirft einen rechten Haken, gefolgt von einem Schlag gegen mein Kinn. Benommen sacke ich auf die Knie. Wut verzehrt jeden Zentimeter meines Körpers. Ich spucke ein bisschen Blut aus, lache und stehe auf.

Und dann geht er auf mich los, mit einer Bewegung, die uns seine Hermanos erst letzten Sommer beigebracht haben. Eine, die wir immer und immer wieder geübt haben. Plötzlich ist es, als ob ich von außen auf ihn herabschaue und alles in Zeitlupe sehe. Die Art und Weise, wie er vorrückt, wie sich sein Oberkörper dreht, wie er seine rechte Hand hochhält, um sein Kinn zu schützen, ich weiß, dass ein Cross Jab kommen wird.

Wie ein Uhrwerk holt seine linke Hand aus; ich pariere den ersten Schlag und dann den zweiten. Instinktiv beginne ich, mich zu ducken und auszuweichen. Das habe ich gelernt, als ich mir alte Videos von Jack Dempsey, einem der größten Boxer aller Zeiten, angesehen habe. Naldo und Raul waren so begeistert von dieser Bewegung, dass ich sogar versucht habe, sie ihnen beizubringen, aber sie haben es nie mit dem gleichen Rhythmus oder der gleichen Geschwindigkeit hinbekommen. George auch nicht, also nannten sie es den typischen Hart-Move.

Ich ducke meinen Kopf und lasse meine Schultern sacken, bewege mich in einer Acht von einer Seite zur anderen und bin bereit, hochzuschnellen und George es richtig spüren zu lassen, aber er weicht zurück. Er starrt mich mit weit aufgerissenen Augen an.

»Ich wusste es«, haucht er so leise, dass ich ihn kaum hören kann.

»Wovon zum Teufel redest du da?«, spucke ich, während das Adrenalin weiter durch meine Adern pumpt.

Er lässt sich rückwärts in die Seile fallen und schüttelt den Kopf. »Du bist es. Du bist … Hart.«

Ich starre George an, ohne auch nur zu blinzeln.

Ich bin mir ziemlich sicher, dass er gleich hyperventilieren wird.

Ich öffne meinen Mund und schließe ihn wieder. Ich will schreien: JA! Am liebsten will ich George so fest umarmen, dass ich ihm die Rippen breche. Doch ich spüre, wie sich die rücksichtslosen Lügen bilden, die ich immer auftischen muss … dank des Universums. Also bedecke ich meinen Mund mit einem Handschuh und grunze unverständlich vor mich hin.

George berührt das Kreuz, das an einer Kette um seinen Hals hängt, und murmelt etwas zu Santa Maria. »Hab ich recht?«

Ich nicke. Ich warte darauf, dass die Guillotine des Universums auf mich niedersaust und mir den Kopf abschlägt. Mit schmerzhafter Langsamkeit und großer Mühe würge ich hervor: »Wie …«, Pause, »hast …«, Pause, »du«, Pause, »das rausgefunden?«

Georges Augen bleiben in ihrem permanenten *Heilige Scheiße*-Modus stecken. »Ich muss mich hinsetzen. Und ich brauche einen Drink. Gott …«

»George, du musst dich beruhigen.«

Er haut mit seinen Handschuhen auf seine Knie. »Mich beruhigen. Richtig. Denn tote Menschen … kommen zurück … andauernd.« Er blickt zu mir auf und blinzelt erschöpft. »Wie kannst du nur so ruhig sein?«

»Ich hatte mehr Zeit, um …«

»Oh Shit, hast du Jameson getötet?«

»Nein!« Ich will die Übernahme erklären, aber ich will das Universum nicht in Versuchung führen.

George schaukelt jetzt vor und zurück und versucht ohne Erfolg, seinen Handschuh mit den Zähnen zu öffnen. »Du hast gefragt, woher ich das weiß. Mit deiner Besessenheit von Ruby geht's los. Dann kommt, dass du nicht trinkst, keine Partys mehr feierst, nicht mit den üblichen Leuten abhängst und wirklich anständig bist. Du hast Ruby für dich gewonnen! Und sie hat mir von der Gitarre und dem Klavier erzählt und ich dachte immer noch, das passt einfach nicht, Mann. Aber am Ende finde ich heraus, dass du vor deinem alten Haus rumhängst?« Er schüttelt den Kopf. »Josie war aber der letzte Streich. Und das alles? Das hat mich dazu gebracht, es testen zu wollen, und ich dachte, der beste Weg wäre zu sehen, ob du deinen Move machst, und das hast du und ... niemand sonst macht diesen Scheiß so wie du.« George wirft mir einen misstrauischen Blick zu. »Ein weiterer Test. Worüber haben wir zuletzt gesprochen? Ich meine, als du noch du selbst warst.«

Ich knie mich neben ihn und lächele. »Meinst du, als wir bei der Party darüber geredet haben, wie heiß Marina ist, oder darüber, was für ein Angsthase du warst?«

George knurrt halb und lacht gleichzeitig schallend, als er seine Arme um mich wirft. Ich erwidere seine Umarmung und möchte am liebsten weinen, weil mich endlich jemand erkennt. Mein bester Freund sieht mich und ich bin hin- und hergerissen, ob ich wie ein kleines Kind in die Luft springen und mich ausheulen soll. Ich habe zu große Angst, das zu feiern, was George weiß, denn was macht das schon in einer Woche oder so, wenn alle meine eigenen Erinnerungen verschwunden sind und Georges noch früher. Also bleibe ich auf der Hut.

Er zieht sich zurück und schlägt mir gegen die Seite des Kopfes. »Du Mistkerl! Einfach so abzutauchen! Du hast's vermasselt, Mann. Betrachte den rechten Haken als Rache.« Er mustert mich und murmelt dann: »Echt mutig, dieses kleine Kind zu retten.«

Ich zucke wortlos mit den Schultern, erleichtert, als George die Situation mit einem tiefen Lachen auflockert. »Wenigstens siehst du jetzt besser aus.«

»Du bist so lustig. Haha.«

»Also ... wie ist es passiert?«

»Ich wünschte, ich könnte es dir sagen. Wirklich. Aber ... kann ich nicht.«

»Okay, gut. Du machst das schon.« Seine Augen irren auf dem Boden umher. Dann springt er mit einer einzigen fließenden Bewegung auf die Füße und ruft: »Wir müssen es Ruby sagen!«

»Glaubst du, ich hätt's nicht schon versucht?« Ich stehe auf. »Ich weiß nicht, wie das funktioniert, George, aber glaub mir, du wirst es ihr nicht sagen können. Ich ... Ich kann nicht glauben, dass ich überhaupt in der Lage bin, mit dir darüber zu reden. Normalerweise ist meine Zunge in einer Mangel oder wenn ich es wirklich darauf ankommen lasse, wird die Wahrheit zur Lüge verdreht, die geradezu aus mir heraussprudelt.«

»Das ist wie bei *Die Körperfresser kommen* oder so ein Scheiß.«

»Äh, keine Aliens, George.«

»Du weißt, was ich meine. Jameson lag im Koma und Bum, hast du ihn übernommen, wie eine Reinkarnation.«

»Reinkarnation ist eine Art Wiedergeburt.«

Er winkt mit einem Handschuh in meine Richtung. »Das ist dasselbe. Was zählt, ist, dass ich es herausgefunden habe, denn hey, ich bin ein gottverdammtes Genie.«

Josie setzt sich auf, streckt ihren dicken Hals, gibt ein riesiges Gähnen von sich und lässt sich mit einem Grunzen wieder nieder.

Wir lachen zehn Sekunden lang wie in alten Zeiten, bevor ich George eine simple Zusammenfassung der Geschehnisse gebe. Ihm erzähle, was passiert ist, wie es ist, in diesem Körper zu leben, und was die Regeln sind, oder zumindest die, die ich kenne. »Vielleicht können wir darüber reden, weil ich es selbst herausgefunden habe«, meint er.

Lourdes hat mir gesagt, dass das Universum den Einfallsreichtum der Menschen belohnt oder so was in der Art. Ist etwa das hier passiert? Und so gut es sich auch anfühlt, mein Herz ist doch wie eine Brezel, denn es wird nicht von Dauer sein. Das ist alles bald vorbei und was wird es dann gebracht haben?

»Oder du hast den unschuldigen Verstand eines Fünfjährigen«, scherze ich.

George grinst und bricht in ein zufriedenes Lächeln aus. »Scheiße, ich würde mich freiwillig in ein Kleinkind zurückentwickeln, wenn ich dich dafür zurückbekomme.«

Er zieht seine Handschuhe aus und kramt sein Handy aus der Tasche.

»Was machst du da?«, frage ich.

»Ich teste deine Theorie«, sagt er und tippt auf dem Bildschirm herum. »Vielleicht bin ich die magische Anomalie und kann das für dich regeln.«

Ich höre das Handy am anderen Ende klingeln und dann Rubys verärgerte Stimme. »Kein guter Zeitpunkt, George.«

Ehe ich ihm das Handy entreißen kann, um die nächsten Schritte zu überlegen, sagt er zu Ruby: »Du wirst es nicht glauben, aber ich …« Er hält inne. Ich sehe die Anspannung in seinem Gesicht. Er kneift die Augen zusammen und brummt etwas vor sich hin. »Ich habe gerade … einen Schlüssel gefunden, den ich verloren hatte.«

Ruby sagt: »Glückwunsch. Ich muss los.« Dann legt sie auf.

George dreht sich zu mir um und starrt mich aus weit aufgerissenen Augen an. »Ich wollte ihr sagen *Hart ist zurück*, aber es war, als könnte ich die Worte nicht formen, und heraus kam bloß dieser erfundene Scheiß über einen verlorenen Schlüssel.«

»Willkommen in meiner Welt.«

Wir öffnen die Vordertür des Jab, um etwas frische Luft zu schnappen.

Ein kühler Luftzug weht herein und bringt ein paar Regentropfen mit sich.

»Ich kann dir also nicht mit Ruby helfen«, sagt George ernüchtert und lehnt sich gegen den Türrahmen, »und dir läuft die Zeit davon, weil dein Gedächtnis bald weg ist und meins auch den Geist aufgibt und deine Engelsfreundin Lourdes …« Er hält inne und sieht mich an. »Ich wusste schon immer, dass mit diesem Mädel etwas nicht stimmt. Total schlechter Akzent.«

Ich gluckse. »Aus dieser Sache kannst du mir nicht heraushelfen, George.«

»Mein Abuelo hat mir immer gesagt, ich solle an Milagros glauben und meine Novenen beten und all das, aber er hat mir nie erzählt, dass der Himmel so gestrickt ist, Mann. Die stehlen Erinnerungen. Verdammt, was für ’ne Nummer.«

Ich reibe mir den Nacken und bringe bloß ein »Jepp« hervor.

Wir stehen Schulter an Schulter in der Stille und sehen uns einer Zukunft gegenüber, die keiner von uns will.

»Du darfst nicht aufgeben«, sagt er beharrlich. »Ich kann Ruby erzählen, was für ein aufrechter Kerl du bist. Du weißt schon, dem Jameson-Fanklub beitreten.«

»Das könntest du. Aber du kennst Ruby …«

»Sie lässt sich nicht verarschen«, sagt George. Er senkt den Kopf und zupft an einem Riss in seiner Nagelhaut. »Sie ist nicht über dich hinweg.«

Ich spüre den Schmerz in meiner Brust. »Ich weiß. Bloß … ich will, dass sie weiterzieht.«

George schüttelt den Kopf, als hätte er sich verhört, und meint: »Wie kannst du das sagen?«

»Weil ich sie liebe und ihr nicht noch mehr Schmerzen zufügen will.«

George nickt. »Ich schätze, dich zweimal zu verlieren, wäre …« Er beendet den Satz nicht, denn es gibt keine Worte, die diese Art von Leid beschreiben könnten, und ich werde ihr das auf keinen Fall antun.

42

Ruby

Draußen regnet es in Strömen, aber die Kinder auf Rainbows Party zu ihrem sechsten Geburtstag scheinen das nicht zu bemerken oder sich nicht daran zu stören. Sie interessieren sich nur für die Arcade-Spiele und die bakterienverseuchte Ballgrube.

Ich decke den langen Tisch für die widerliche dreistöckige Eistorte in Form einer Krone, während Serena einigen der Sechsjährigen, die ihre Tokens auf mysteriöse Weise immer wieder »verlieren«, neue aushändigt. Aber solange die Großeltern bereit sind, die Rechnung zu zahlen, soll es uns recht sein.

Klingeln und Läuten und nervige hohe, karnevalsähnliche Gongs hallen in den vier Wänden von Pepe's Pizza Palace und meinem Schädel wider. Also muss ich mir immer wieder ins Gedächtnis rufen, wozu ich das mache. Fernweh.

Ich bemerke, wie Rainbow ein kleineres Mädchen vom Eingang der Röhrenrutsche wegschiebt, und will gerade hinübergehen, als eine klatschnasse Gabi mit panischem Blick durch den Eingang rennt, was mich innehalten lässt.

Ich gehe ihr entgegen. »Was ist los?«

»Es ist ... Jameson.«

Eis füllt meine Adern. Ich bin mir nicht sicher, ob ich aus Angst oder Furcht reagiere. »Ich will nicht über ihn reden.« Doch eigentlich will ich sagen: *Geht es ihm gut?*

»Hey«, ruft unser Boss Ray mir zu. »Die Torte?«

Ich nicke und hebe einen Finger, um zu signalisieren: *Nur eine Sekunde.* »Hör zu, Gabi ...« Ich muss ihr sagen, dass ich all das hinter mir gelassen habe, all das Wünschen und Hoffen, dass ich beschlossen habe, mit meinem Leben weiterzumachen. Dass Hart das so wollen würde.

Doch sie zieht mich bereits von der Fiesta weg und zum Eingang, wo wir mehr Privatsphäre haben. »Ich habe seine Karten gelesen.«

»Du hast WAS?!« Ich zwinge mich tief durchzuatmen, ehe ich den ganzen Laden zusammenschreie.

»Er wollte es nicht«, gesteht sie. »Ich meine, nicht für sich selbst.«

»Für wen dann?«

Sie windet sich, beißt sich auf die Unterlippe und schneidet eine Grimasse, bevor sie sagt: »Er wollte sichergehen, dass es dir gut gehen wird.«

Ich spüre, wie die Gefühle mit mir durchgehen wollen, aber dann erstarre ich und will gerade *warum* fragen, als ich beschließe, dass ich mein Wort halten muss, all das loszulassen. »Ich kann das nicht tun.«

Ich will mich gerade umwenden und davongehen, doch da packt Gabi meinen Arm und reißt mich zu sich herum. »Ruby, bitte!«

Ich drehe mich um und sehe meine Schwester an. »Wenn du mich liebst, lässt du den ganzen Jameson-/Hart-Kram sein, denn ich bin fertig damit.«

Gabi braust auf. »Hör auf, so ein sturer Feigling zu sein! Ich weiß, dass das scheiße ist. Pech. Aber bloß weil du sagst, es ist vorbei, ist es das noch lange nicht. Hör mir einfach zu. Die Ahnen haben gesprochen. Sie sagten …«

Sie kommt nicht zum Ende, weil wir in Dunkelheit getaucht werden.

Kinder schreien. Eltern schalten ihre Handylampen ein. Serena ruft, dass alle ruhig bleiben sollen. Ray flucht und murmelt etwas über einen beschissenen Generator.

Ich übernehme die Verantwortung, sammele die Kinder ein und führe sie in die Mitte des riesigen Raums. »Ist das nicht ein lustiges Abenteuer?«, sage ich.

»Nein«, schreien einige, gefolgt von »Ich hasse Dunkelheit«, gefolgt von »Meine Party ist ruiniert, Lady!«

Und ich schätze, das ist sie auch, denn zwanzig Minuten später, als der Notstromgenerator immer noch nicht funktioniert, müssen wir evakuieren und alle nach Hause schicken. Rainbows Großeltern verlangen eine Rückerstattung. Ray sieht aus, als würde er gleich an die Decke gehen. Und dann sind da noch die Kinder, die weinen, schniefen und quengeln. Aber nichts ist so laut und eindringlich wie Rainbows Schrei: »Ich will meine Torte!«

»Sie schmilzt schon«, sagt ihre Großmutter. »Das wird alles auf den Ledersitzen landen!«

Ihr Großvater nickt düster und er und seine Frau beginnen, die restlichen Kinder einzusammeln.

»Ich will meine Torte!«, schreit Rainbow wieder und ballt die Hände zu Fäusten, wobei ihr Gesicht blau zu werden droht.

Ich lehne mich an ihr verwöhntes kleines Ohr und flüstere: »Hier spukt es und die Torte wird gerade von einem Geist gegessen.«

Sie quiekt, zittert und rennt nach draußen und ich komme nicht umhin, mich ein bisschen zufrieden zu fühlen.

Mit dem schlechtesten Timing des Universums ruft George an. »Kein guter Zeitpunkt.« Dann erzählt mir der Spinner, dass er einen verlorenen Schlüssel gefunden hat.

Nachdem Serena und ich Rainbows Geschenke in das Auto ihrer Großeltern gepackt haben, derweil diese von trockenen Sitzen aus zusehen, lade ich die letzten Sachen ein und schließe die Heckklappe. Sie rasen im Regen davon, der in Strömen auf uns niederprasselt.

Gabi hat versucht, uns mit einem Regenschirm zu schützen, aber es war sinnlos. Wir sind alle bis auf die Unterwäsche klatschnass.

Als wir wieder drinnen sind, wende ich mich an Serena und Gabi. »Ich bin eine Hexe.«

Serena wringt gerade ihr Haar aus und Gabi bedient sich an der schmelzenden Torte. »Warum?«, fragen sie wie aus einem Munde.

»Ich wollte so sehr, dass die Party vorbei ist, und da habe ich mir so etwas in der Art gewünscht.«

Serena sagt: »Na, kannst du dir dann für mich einen Lamborghini wünschen?« Sie macht sich auf den Weg, um Ray mit dem Generator zu helfen.

»Diese Torte ist göttlich«, murmelt Gabi und leckt die Schokolade von ihrem Löffel ab. »Da sind kleine Goldflecken drin.« Sie leuchtet mit der Taschenlampe ihres Handys, um es mir zu zeigen.

»Hey«, sage ich entschuldigend, ziemlich sicher, dass ich vorhin zu schnell in die Luft gegangen bin. Ich weiß, dass sie nur helfen will. »Tut mir leid.«

»Es ist dein Leben«, antwortet sie mürrisch und schiebt sich ein weiteres Stück Torte in den Mund.

»Das ist es.«

Sie guckt zu mir hoch. »Also willst du vermutlich nicht wissen, was die Ahnen gesagt haben?«

Ist das eine Art umgekehrte Psychologie? »Warum?«

»Das Licht ging genau da aus, als ich es dir sagen wollte, Ruby.«

»Reiner Zufall.«

»Vielleicht.«

Meine Entschlossenheit schmilzt genauso schnell dahin wie die Torte oder vielleicht ist meine Neugierde gewachsen, aber so oder so muss ich es wissen. »Gut, wenn du dich dann besser fühlst, kannst du es mir jetzt sagen.«

Sie zögert, gönnt sich noch einen Bissen.

»Sei kein Arschloch, Gabi.«

Ein langsames Lächeln breitet sich auf ihrem Mund aus. »Ich hatte dir die Nachricht schon geschrieben, als du der Kleinen erzählt hast, die Geister würden sie holen.«

»Ich habe nie gesagt, dass die Geister sie holen würden«, protestiere ich. »Und sie ist eine Tyrannin. Sie hat es todsicher verdient. Also, sagst du's mir jetzt oder nicht?« Ich würde auf meinem Handy nachsehen, aber ich weiß nicht mehr, auf welchem Tisch ich es liegen gelassen habe.

Gabi legt ihren Löffel ab, atmet theatralisch ein und sagt: »Sie meinten, dass ›Herzen brennen werden, bevor sie zerbrechen‹.«

Die Nachricht der Ahnen trifft mich irgendwo zwischen meinem Herzen und meiner Seele. Ich explodiere. »Mein Herz ist doch schon gebrochen!« Ich weiß nicht mal, wie ich den Teil mit dem Brennen deuten soll.

»Ich glaube nicht, dass es um *dein* Herz geht ... vielleicht?«

Du klingst sehr selbstbewusst, Schwesterherz! »Dann um welches ...?«

Gabi zieht mich in eine Umarmung. »Ich glaube, Jameson ist derjenige, der einen Preis zahlen muss.«

Ich sitze in meinem Auto vor Miriams Privatschloss. So haben Hart und ich es immer genannt, weil es so riesig und exzentrisch ist und wie eine kleine Burg mit einem Wassergraben und allem Drum und Dran aussieht.

Als ich vorhin angerufen hatte, erschien es mir wie eine gute Idee – als ob ich endlich den Stöpsel aus all meinem Kummer und meiner Traurigkeit ziehen würde. Doch jetzt zweifle ich an dieser Entscheidung.

Der Regen hat sich in kalten Nebel verwandelt. Ich starre auf das Foto mit dem halb niesenden Hart in meinen Händen hinunter. Er sieht urkomisch aus, gefangen in einem Moment zwischen einem Atemzug und dem nächsten.

Atmen ... der bloße Akt fühlt sich so zerbrechlich an.

Eine Minute später gehe ich über den gepflasterten Hof und Miriam empfängt mich an der Tür.

Sie trägt einen eleganten seidenen Jogginganzug, der sie wie einen Soapstar der 1980er-Jahre aussehen lässt. Und das gelingt ihr vorzüglich.

»Sieht aus, als wärst du in den Regen geraten«, sagt sie.

»Das ist eine lange Geschichte.«

Eine Minute später stehen wir in ihrem Wohnzimmer, das mit Sofas und Sesseln in Schottenmuster eingerichtet ist. An den jagdgrünen Wänden hängen Ölgemälde und ich fühle mich wie auf einer Zeitreise in ein englisches Jagdschloss.

Miriam setzt sich mir gegenüber, die Hände elegant im Schoß verschränkt. »Setz dich doch, Ruby.«

Ich habe Angst, ihre Möbel mit meinen nassen Klamotten zu ruinieren, vor allem mit dem Poloshirt von Pepe's Pizza

Palace, das so demütigend an meinem Oberkörper herunterhängt, als hätte es einmal einem Riesen gehört.

Ich setze mich auf die Kante eines Sessels und komme gleich zur Sache. »Also, ich möchte wissen, ob du die *Ladybug* zurückkaufen willst oder ob du mir helfen kannst, sie zu verkaufen.«

Miriam mustert mich mit kühler Miene. Sie nimmt ein Martiniglas zur Hand, das ich bis jetzt noch nicht gesehen hatte, und nippt wortlos daran. »Ich bin gerne bereit, sie zurückzukaufen, aber willst du das wirklich?«

Ich nicke und versuche, wie eine kontrollierte, nicht klatschnasse Boss-Bitch auszusehen.

»Darf ich fragen warum?«

»Sie sollte nicht weggesperrt in einem Schuppen vergammeln«, sage ich. »Sie muss auf dem Wasser sein.« Ich rutsche hin und her und kann mir nicht helfen. Miriam war immer cool, supergroßzügig und höflich zu mir. Warum also ist das so schwer?

Ich befürchte, sie wird widersprechen, aber stattdessen nickt sie, kippt ihren Martini in einem einzigen Zug hinunter, wobei sie es schafft, anmutig zu wirken, und sagt: »Du hast recht. Sie sollte auf dem Wasser sein. Wie viel willst du für sie?«

Ich fühle mich plötzlich wie ein Hinterhofdealer. »Ähm ... Ich habe noch nicht groß drüber nachgedacht.«

»Man sollte immer den Preis kennen.« Miriam steht auf, geht zu einem antiken Schreibtisch und holt aus einer Schublade einen Notizblock. Sie kritzelt etwas darauf und reicht ihn mir. Bei der Zahl, die ich dort sehe, fallen mir fast die Augen aus dem Kopf. Ist die *Ladybug* mit all den Reparaturen, die Hart vorgenommen hat, wirklich so viel wert? Ich merke erst, dass ich den letzten Teil laut ausgesprochen habe, als Miriam sagt: »Sie ist mehr wert als das.«

Ich schaue auf. Unsere Blicke treffen sich. Meine Brust zieht sich schmerzhaft zusammen.

»Wie wäre es damit?«, schlägt sie vor und bewahrt mich davor, flehend auf die Knie zu sinken. »Ich strecke meine Fühler nach potenziellen Käufern aus und wenn jemand anbeißt, kannst du dich entscheiden.«

Ich lege meine Hand über den Block und nicke.

»Und noch etwas«, fügt sie hinzu und atmet tief ein. »In jener Nacht ...«

»Ich möchte wirklich nicht darüber reden.«

»Das musst du wissen«, sagt sie. »Ich habe Hart gefragt, warum er das Boot *Ladybug* genannt hat, und er hat mir eine Geschichte erzählt ... darüber, wie er dich zum ersten Mal gesehen hat.«

Heiße Tränen brennen in meinen Augen.

»Ich habe einmal jemanden geliebt«, sagt sie steif. »Und wie du habe ich ihn verloren, nicht durch den Tod, sondern durch eine schreckliche Krankheit, die ihm den Verstand geraubt hat.«

»Das ... das wusste ich nicht. Tut mir sehr leid.«

»Wie solltest du auch? Ich erzähle es kaum jemandem«, knurrt Miriam fast. »Verstehst du denn nicht, dass wir die Glücklichen sind? Wir durften die Enormität von etwas spüren, das nur wenige Menschen kennen oder fühlen, und ich weiß, du willst das vielleicht nicht hören, aber Ruby, es war geliehene Zeit, ein Geschenk.«

Ich atme einmal ein ... zweimal, dreimal.

Ich bedaure bloß das eine, nämlich dass ich Harts Liebe für selbstverständlich hielt. »Ich dachte, er wäre für immer an meiner Seite«, murmele ich. Dass es immer diese spektakuläre

Zukunft vor uns geben würde, die nur darauf wartet, von uns gelebt zu werden.

Miriam sieht mich mitfühlend an.

Ich stehe auf, um zu gehen. Miriam begleitet mich zur Tür und sagt: »Als ich Hart gefragt habe, wie jemand, der so jung ist, so sehr lieben kann, hat er gelacht und gesagt, dass die Liebe sich nicht um Alter oder Geschlecht oder Herkunft oder sonst was kümmert. Ich meinte, dass Liebe manchmal nicht erwidert wird. Und dann hat er was Bemerkenswertes gesagt.«

»Was?«

»Er meinte, Liebe braucht nicht mehr als ein Herz.«

Als ich nach Hause komme, schläft meine Mom vor dem Fernseher auf dem Sofa und Gabi nimmt die Dusche in Beschlag. Ich will nichts als ein heißes Bad und mein Bett. Auf dem Schreibtisch in meinem Zimmer liegt ein Briefumschlag. Er wurde in Mexico City abgestempelt. Mit rasendem Herzen reiße ich ihn auf. Darin finde ich einen Zettel, auf dem steht:

Mi querida, ich habe ein bisschen Zeit gebraucht, um den Mut zu haben, Harts Sachen durchzusehen, aber letzte Woche war es so weit. Ich habe das gefunden. Ich weiß, dass es für dich bestimmt ist.

Con amor,
Mr. Augusto

Ich ziehe ein kleines Samtkästchen aus dem Umschlag. Darin befindet sich ein zartes Goldarmband. Das Licht fängt zwei goldene Anhänger ein, die in der Mitte baumeln.

Ein Marienkäfer und ein Boot.

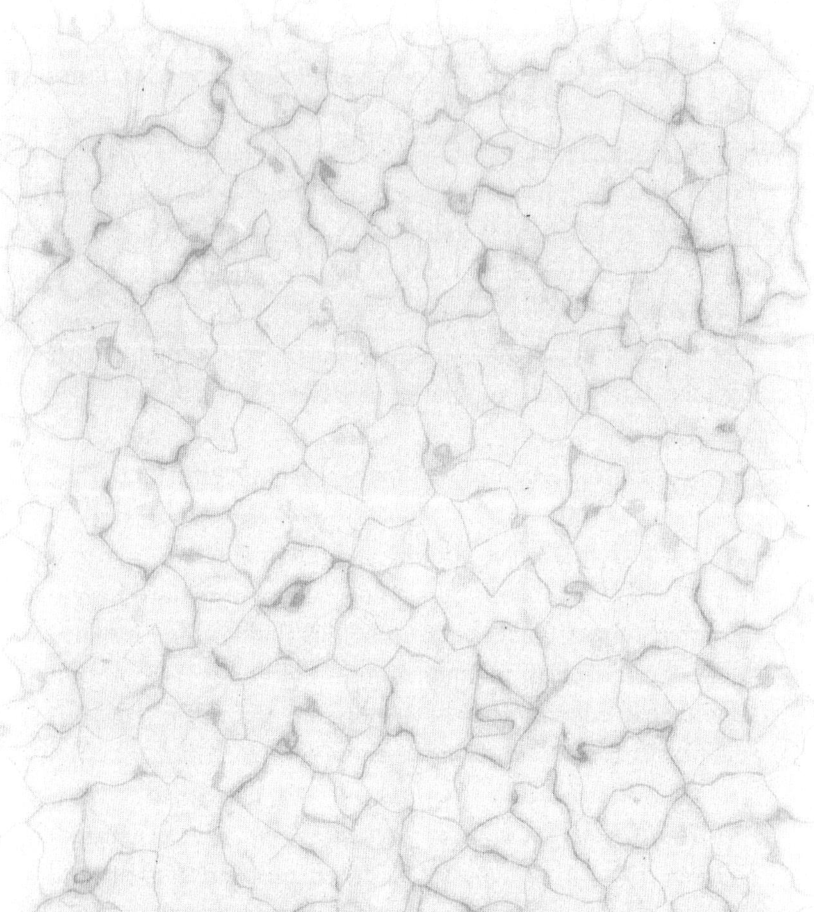

43

Hart/Jameson

Ich werde von einem bellenden Hund geweckt.

Mein erster Gedanke ist *Josie*, aber ihr Gebell ist zu laut und ich höre lediglich ein Kläffen.

Die Sonne ist kaum aufgegangen, doch ich steige neugierig aus dem Bett und gehe nach draußen auf den Balkon. Das Kläffen kommt von einem kleinen schwarzen Hund in einem karierten Pullover, der gerade mit Lourdes am Strand Fangen spielt.

Während ich zuschaue und mich frage, woher der Hund kommt und wer ihm diesen Pulli angezogen hat, checke ich mein Gedächtnis nach der Person, auf die es ankommt. Ruby. Sie ist immer noch da und befreit Marienkäfer aus ihrem Netzgefängnis, aber etwas steht zwischen mir und der Erinnerung, wie ein Geist, der eine Wand zwischen uns hin- und herschiebt. Schon bald wird sie für immer verschwinden.

Ich werfe mir ein T-Shirt über und jogge die Treppe hinunter, um mit Lourdes zu sprechen. »Wo kommt der Hund her?«, frage ich und erschrecke den Engel, sodass sie zusammenzuckt. Das ist neu.

»Hart«, brummt sie mit kühlem Blick.

»Lourdes.«

Sie lächelt. In den letzten Wochen habe ich festgestellt, dass sie nur drei Arten zu grinsen hat: (1) *Fordere mich nicht heraus. Ich habe immer recht.* (2) *Ich bin an nichts von dem interessiert, was du gerade sagst*, und (3) *Dies ist eine Fassade, um eine Wahrheit zu verbergen, die du wirklich nicht erfahren sollst.*

Heute Morgen ist Nummer drei an der Reihe.

»Nettes Hündchen«, sage ich und hocke mich hin, um das kleine Fellknäuel zu streicheln, das meine Hände ableckt und so heftig mit dem Schwanz wedelt, dass ich Angst bekomme, es könnte sich das winzige Rückgrat brechen.

»Sein Name ist Dante«, informiert mich Lourdes. »Das steht für Inferno. Denn er ist wie der dritte konzentrische Kreis der Hölle.«

»Welcher war das noch mal?«

»Völlerei. Er ist ein anhänglicher, nimmersatter Streuner.«

»Ja, kann ich mir gut vorstellen«, sage ich und kraule Dantes Bauch. »Woher hast du ihn?«

»Er ist mir nach Hause gefolgt«, meint Lourdes mit einer leidenden Grimasse, von der ich weiß, dass sie eigentlich ein Lächeln ist.

»Du bist also im Tierheim reingelegt worden.«

»Das habe ich davon, wenn ich versuche, eine gute Bürgerin zu sein.«

Ich werfe einen kleinen Ball in Richtung Meer und Dante läuft hinterher.

»Warum bist du schon so früh wach?«, frage ich.

Lourdes hält ihren Blick auf die Wellen gerichtet, die sich am Ufer brechen. »Ich habe vergessen, wie es sich anfühlt, mehr Zeit zu wollen.«

Ich reagiere nicht … nicht sofort. Es ist, als müsste ich ihre Worte noch ein wenig sacken lassen. Ein paar Augenblicke später sage ich: »Ja, das ist so ziemlich die Absurdität des menschlichen Daseins. Wie in Dantes Inferno. Es ist niemals genug.« Lourdes dreht sich zu mir um. Ihre Augen sind voller Mitgefühl. Plötzlich bereue ich, dass ich das Wort *menschlich* gebraucht habe. Es erinnert sie nur daran, wie ihre Zukunft aussehen könnte.

»Hey, hör zu«, sage ich schnell. »Es hilft keinem von uns, über die Vergangenheit nachzudenken. Und außerdem habe ich wirklich unglaubliche Neuigkeiten.«

Dante kommt so schnell den Strand hinaufgerannt, dass ich kaum sehen kann, wie sich seine kleinen Beine bewegen.

»Wie unglaublich?«, fragt Lourdes. »Du übertreibst doch nicht, oder?«

»George hat mich erkannt«, gestehe ich und vermute, dass ich das vielleicht hätte früher sagen sollen, aber tief in mir habe ich befürchtet, dass er mir dadurch weggenommen wird. Das hielt an, bis mir klar wurde, dass genau das sowieso passieren würde. »Er weiß, dass ich Hart bin.«

Lourdes sieht mich überrascht an und sagt beinahe flüsternd: »Er hat es herausgefunden?«

»Wie ist das möglich? Ich meine, wie kommt es, dass das Universum ihn nicht mit einem Blitz getroffen hat?«

Dante lässt den Ball zu meinen Füßen fallen, die Zunge hängt ihm seitlich aus dem Mund, während er aufgeregt wartet. Ich rubbele ihm über seinen kleinen Kopf und werfe den Ball diesmal weiter weg. Er rennt ihm hinterher.

»Vielleicht weil er die Teile selbst zusammengesetzt hat.« Ein kurzes Zögern, dann räuspert sie sich. »Er wird diese Erinnerung verlieren.«

Das habe ich erwartet, aber es macht die Erkenntnis nicht leichter. »Wie lange hat er noch?«

»Normalerweise zwei oder drei Nächte, je nachdem, wie wichtig du ihm bist, wie viel Vorgeschichte ihr habt.«

Ich hoffe auf drei Nächte, tippe aber auf zwei.

Das Training ist zermürbend, doch es ist ein notwendiger Schmerz, wenn ich für das Homecoming-Spiel bereit sein will. Stellen an meinem Körper schmerzen, von denen ich nicht einmal wusste, dass sie existieren. Aber ich habe mir die Seele aus dem Leib gespielt. Es war ein tolles Gefühl, auf dem Feld zu stehen, Spielzüge zu bestimmen, den Ball zwischen den gegnerischen Spielern wie durch ein Nadelöhr zu spielen und ein paar Touchdowns zu ergattern. Es ist die einzige Zeit, in der ich nicht über meine Probleme nachdenke.

Auf dem Weg aus den Umkleidekabinen klatsche ich meine Jungs ab und schlag ein oder zwei Einladungen aus, mit ihnen Pizza zu essen und abzuhängen. Anscheinend haben sie den Wink mit dem Zaunpfahl verstanden, denn ich werde endlich nicht mehr mit Nachrichten bombardiert.

In diesem Moment klingelt mein Handy. Ich krame sofort in meiner Tasche, denn tief im Inneren hoffe ich, dass es Ruby ist.

Sie ist es nicht. Ich gehe mit einem lockeren »Hey« ran.

»Jameson«, sagt Richard, als hätte er jemand anders erwartet.

»Was ist los?« Ich weiß nicht, ob er die Kälte in meiner Stimme hören kann. Wahrscheinlich nicht, wenn man bedenkt, dass er ein so distanzierter Vater ist, dass er sein Kind nicht mal wirklich kennt.

»Ich wollte dir sagen, dass ich zum großen Spiel komme«, sagt er. »Ist das nicht großartig?«

Oje, mir fällt eine Million anderer Adjektive für diese Nachricht ein. In Wahrheit bin ich so überrascht, dass ich gar nicht weiß, was ich sagen soll: *Bleib zu Hause, mach dir keine Mühe, ich will dich nicht hier haben.* Alles von dem Obengenannten passt, oder?

»Okay«, murmele ich. Ich bleibe am Rand des Footballfelds stehen und lehne mich unter dem letzten schwindenden Sonnenstrahl gegen einen Pfosten. Mir wird klar, dass ich, selbst wenn Richard kein Arschloch wäre, nichts mit ihm zu tun haben will. Ich hab schon einen Vater, einen Dad, den ich immer noch nicht gehen lassen kann. Aus irgendeinem Grund trifft mich diese Erkenntnis mitten ins Herz. Die Realität, in Jamesons Körper eingesperrt zu sein, sein Leben durchstehen zu müssen, ohne eine Chance auf Bewährung.

»Ich habe eine ganze Feier geplant«, fährt Richard fort und nervt mich mit jeder Silbe, die aus seinem Mund kommt.

»Was ist, wenn wir nicht gewinnen?«

Ich höre, wie er scharf nach Luft schnappt. Okay, ich hab offensichtlich das Falsche gesagt.

»Wenn?«, sagt er kalt. »Du bist ein Champion, Jameson. Ein Romanelli. Wir verlieren nicht.«

Ach ja, richtig! Ganz vergessen, Dick!

Nachdem wir aufgelegt haben, biege ich um die Ecke zum Parkplatz und sehe sie auf der Motorhaube meines Autos sitzen. Ich würde ihre Silhouette überall erkennen, sogar im Dämmerlicht.

Mein Herz macht einen Rückwärtssalto und ich flitze hinüber. Ruby sieht auf. Ihr Blick ist freundlich, aber ich sehe nicht die Spur eines Lächelns. Sie hatte schon immer ein beneidenswertes Pokerface. »Hi«, sagt sie, als wäre es völlig normal, auf der Motorhaube meines Autos zu chillen.

»Hi.« Ich tue mein Bestes, um ruhig zu bleiben, aber sie sieht unglaublich aus und ich muss gegen den Drang ankämpfen, meine Arme um sie zu legen und sie nicht mehr loszulassen.

»Gabi hat mir von deiner Tarotlesung erzählt«, gesteht sie.

Ich bin mir nicht sicher, was sie vorhat, also spiele ich mit. »Okay?«

»Sie sagte, du wolltest zuerst wissen, ob es mir gut gehen würde. Was erwartest du, was passieren wird?«

Ich wähle meine Worte mit Bedacht und es ist, als würde ich mich durch ein Minenfeld bewegen. Ich will nichts Falsches sagen oder etwas, das sie verletzen könnte. »Wie ich schon sagte, du bist mir wichtig.«

Ich wippe auf meinen Füßen herum und wünschte, sie würde mich nicht so ansehen, mit dieser Intensität, die meinen Puls in die Höhe treibt. Sie presst ihre Lippen aufeinander und blickt auf ihre Hände. Ihre Stimme ist sanft, kontrolliert. »Wenn Hart dich gewählt hat, dann bedeutet das, dass er dir vertraut.«

Mein Herz bricht auf und nichts als Sehnsucht strömt heraus. Eine Sehnsucht, sie zu berühren, sie zu halten, sie zu küssen, ihr zu sagen … *Du wirst es für immer sein.*

Sie atmet tief durch und blickt auf. »Wie wär's, wenn wir von vorne anfangen?« Sie streckt ihre Hand aus. »Ich bin Ruby.«

44

Ruby

Da ist es wieder. Dieser Wärmeschub, der durch meine Hand und meinen Arm hinaufschießt, sobald wir uns berühren.

Jameson gibt null Signal, dass er etwas Ungewöhnliches fühlt.

Langsam rutsche ich von seiner Motorhaube und stelle mich vor ihn. Er hat sich sein nasses Haar unordentlich hinter die Ohren geschoben und guckt mich unverwandt an. Ich kämpfe nicht dagegen an, was ich mir nicht eingestehen wollte, aber er ist so attraktiv, dass mir das Herz schier überläuft.

Mit zittriger Hand greife ich nach ihm und berühre seinen Unterarm. Was mache ich da nur? Doch meine Finger fahren bereits über die schlanken Muskeln unter seiner Haut. Die seltsame Hitze breitet sich in meiner Handfläche aus und ich erschaudere. So etwas habe ich noch nie gespürt. Es ist beängstigend und überraschend zugleich.

Jameson atmet scharf ein und ich schaue auf.

Er schließt die Augen, nimmt meine Hand und schließt seine Finger um sie. Ich fühle mich, als wären wir gegensätzliche

Magnete, die einander anziehen. Näher und näher. Ich will ihn in meine Arme ziehen. Ich will …

Ein Schauer läuft mir den Rücken hinunter und ich trete zurück, unterbreche die Verbindung und versuche, mein rasendes Herz zu beruhigen. Dafür bin ich nicht hergekommen. Ich bin hergekommen, weil ich erkannt habe, dass ich nicht will, dass sein Herz bricht oder verbrennt oder was auch immer Gabi gesagt hat. Ich bin hier, weil Hart loszulassen nicht bedeutet, vor Jameson davonzulaufen.

Jameson sagt leise: »Ich bin froh, dass du hier bist.« Und in diesem Moment, in dem schummrigen Dämmerlicht, sehe ich etwas in seinen Augen, ein Flackern, einen Hauch von Gefühl, ein vertrautes Glitzern, das in der einen Sekunde da und in der nächsten schon wieder verschwunden ist.

Ich schwimme in einem Meer der Verwirrung, als Jameson fragt: »Was ist deine Lieblingsfarbe, Ruby?«

»Was?« Ich verziehe das Gesicht und versuche, die Fassung wiederzuerlangen. »Fragst du mich das jetzt ernsthaft?«

»Du hast gesagt, dass du neu anfangen willst, und das bedeutet, wir sind uns fremd, also sollten wir uns kennenlernen, oder nicht?« Er lächelt wie ein kleines Kind, das gerade ein neues Fahrrad bekommen hat. Eine leichte Brise weht über den Parkplatz.

Ich atme seinen Duft ein, einen holzigen Kieferngeruch, und einzig und allein dadurch möchte ich ihm näher kommen. Nahe genug, um seinen Atem auf meiner Haut zu spüren.

45

HART/JAMESON

Ruby rümpft die Nase und zum zweiten Mal innerhalb von zweiunddreißig Sekunden will ich sie küssen. Und ich hätte es beinahe getan, als sie mich vor einer Sekunde berührt hat. Ich hätte fast den Verstand verloren ... Ihr so nahe zu sein und in diese dunklen, stürmischen Augen zu sehen, die Wärme ihrer nackten Haut auf meiner zu spüren ... Dann habe ich mich schlagartig erinnert, dass sie Jameson gegenübersteht, und die aufflammende Eifersucht in meiner Brust hat den Bann gebrochen.

»Fragen so was wirklich Fremde?«

»Dieser Fremde fragt es«, erwidere ich ihr spielerisch. Obwohl ich weiß, dass ihre Lieblingsfarbe blau ist wie das Meer.

»Grün«, sagt sie und überrascht mich mit ihrer Antwort. »Wie der Schwarzwald in Deutschland.«

»Warum nennt man einen Wald schwarz, wenn er grün ist?«

Mit einem leichten Lachen fragt sie: »Was ist deine Lieblingsfarbe?«

Ich lasse meine Tasche fallen und lehne meinen Kopf in den Nacken, als ob ich den Himmel studieren würde. Ich hatte nie wirklich eine Lieblingsfarbe, aber in diesem Moment habe ich eine Idee, was es sein könnte. »Hmm … irgendwas zwischen Grau und Schwarz.«

»Das ist keine Farbe.«

Ich zeige gen Himmel. »Von wegen.«

»Na schön«, brummt sie. Sie schenkt mir ihr elektrisierendes Lächeln, das wahrscheinlich ein ganzes Stadtnetz erleuchten könnte. »Lieblingsessen.«

»Ich berufe mich auf das Recht zu schweigen.«

Sie blickt finster drein und ich beeile mich, die Frage zu beantworten, die sich in ihrem Kopf bildet. »Ich habe noch nichts gefunden, was mir am besten schmeckt.«

»Okay«, sagt sie und nickt. »Lieblingsbaum.«

»Warte, was ist dein Lieblingsessen?«

Sie lächelt. »Ich bin mir noch nicht sicher.« Dann: »Jetzt komm schon, Lieblingsbaum.«

»Echt jetzt?«, sage ich.

»Jupp.«

Eine Platane, wie die in deinem Garten. Wo du mir zum ersten Mal gesagt hast, dass du mich liebst.

»Äh … ich kenne mich nicht genug aus, um das zu wissen«, sage ich. »Was ist dein Lieblingsbaum?«

»Die Platane.«

Mein Herz schlägt höher.

»Deine Lieblingsbeschäftigung am Samstagmorgen.«

»Das ist einfach«, entgegne ich und lehne mich an mein Auto, sodass sich unsere Schultern fast berühren. Funken sprühen und durchzucken meinen ganzen Körper. Das muss genug sein, sage ich mir. Ich muss jeden Moment nutzen, jedes bisschen Zeit, das ich mit Ruby verbringen kann, bevor meine Erinnerungen an sie für immer verschwinden. Und vielleicht will ich tief in mir, dass sie sich in Jameson verliebt, denn selbst wenn ich mich nicht mehr an sie erinnere, wird sie wenigstens glücklich sein und ich werde sie immer noch in meinem Leben, in meinem Herzen tragen. »Ich würde am Strand joggen gehen und gute Musik hören, wenn niemand in der Nähe ist und der Nebel so dicht ist, dass man nicht weiß, wohin man geht, und es ist auch egal, weil es so ist, als wäre man der letzte Mensch auf dem Planeten.«

Ruby hebt ihr Kinn und sieht mich an. Das goldene Licht des Sonnenuntergangs verblasst langsam, der Himmel ist dunkler geworden und ich kann bloß noch die Konturen ihrer Gesichtszüge erkennen, nicht genug, um ihren Blick zu lesen. Mit einem Kichern sagt sie: »Das ist wirklich detailliert.«

In ihren Augen steht eine Frage geschrieben, die sie nicht stellt. »Was ist mit dir?«, will ich wissen.

»An einem neuen Ort aufzuwachen und den ganzen Tag vor mir zu haben. Ich will etwas Neues entdecken.«

»Was entdecken?«

»Ich denke, ich werd's wissen, wenn ich an dem Ort angekommen bin.«

Ich sehe, wie sie lächelt, als sie das sagt.

»Lieblingsfilm?«, fragt sie.

»*Ghostbusters*«, platze ich aus dem Nichts heraus. Und stelle fest, dass es seltsamerweise Jamesons Lieblingsfilm sein muss, wofür ich ihm mehr Respekt entgegenbringe.

»Original oder Neuverfilmung?«

Ich schnaube. »Das Original, Ruby. Immer. Und bei dir?«

»Es ist eine Mischung aus *Psycho* und *Shining*.«

Ich fühle eine plötzliche Leere. Eine Lücke in meiner Erinnerung, bevor sie geantwortet hat. Ich konnte mich nicht an ihren Lieblingsfilm erinnern. »Scheint ziemlich gewalttätig.«

»Das ist Football auch.«

Unerwartetes Gelächter bricht aus meiner Brust. »Nicht wirklich. Hast du nicht die ganzen Helme und Polsterungen gesehen?« Ich gehe ein paar Schritte und drehe mich so, dass wir uns gegenüberstehen. »Apropos, kommst du zum Spiel?«

»Mhmmm ... Ich bin kein großer Footballfan, aber ich überleg's mir.«

»Es könnte brutal werden, sogar blutig«, ziehe ich sie auf.

Ruby zieht spielerisch die Brauen zusammen. »Na, in *diesem* Fall muss ich es vielleicht in Betracht ziehen.«

Ich nicke ermunternd und bin voller Hoffnung, dass sie da sein wird.

»Ich habe gehört, dass ein paar Scouts kommen, um dich zu beobachten«, sagt sie.

»Ja, aber darüber weiß ich nicht allzu viel.«

»Stanford, hm?«

»Puh, anscheinend weißt du mehr darüber als ich.«

»Wir leben in einer kleinen Stadt, gehen auf eine kleine Schule ...«

»Komisch, dass wir uns eben erst kennengelernt haben, oder?«

Das bringt mir ein echtes Ruby-Lachen ein. »Im Ernst«, sagt sie. »Das ist wirklich cool, dass eine Uni wie diese dir Scouts schickt, die dir beim Spielen zusehen wollen.«

»Ja, aber eigentlich ist das Richards Ding.«

Sie schaut mich verwirrt an, also sage ich: »Dick, mein Vater.«

Wieder lacht sie. »Oh, verstehe.« Sie neigt den Kopf und streicht sich die Haare über die rechte Schulter. »Aber du liebst Football.«

»Ja, aber nicht, wenn der Preis dafür ist, nicht mehr ich selbst zu sein.«

»Wie meinst du das?«

Ich zucke mit den Schultern. »Ich ... Manchmal frage ich mich, warum ich wirklich spiele. Weil ich es liebe? Oder weil Dick es von mir erwartet?«

»Ich meine, wen kümmert es, wenn du es gerne tust, oder? Du solltest einfach tun, was dich glücklich macht.«

»Warum überzeugst du Dick nicht beim Spiel davon?«

»Du überzeugst mich gerade richtig davon, zu deinem Spiel zu kommen, Jameson«, meint sie sarkastisch.

Ich schaue auf. »Was ist mit dir? Was würdest du gerne machen?«

»Ich will reisen.« Sie zögert, sucht nach den richtigen Worten. »Um herauszufinden, wer ich bin, schätze ich. Ich weiß, dass das jeder sagt ... Deshalb find ich's total doof, das *auch* zu sagen.«

»Na ja, vielleicht sagen es alle, weil's stimmt.«

Sie stößt einen tiefen Seufzer aus. »Ich schick dir Postkarten nach Stanford.«

»Ach wirklich?«

Sie hebt ihren kleinen Finger und ich hake meinen bei ihr ein. In diesem Moment sehe ich das Armband. Es ist mir total vertraut, aber ich kann es nicht einordnen. Ich weiß nur, dass ich eine Verbindung dazu spüre. Ich durchforste mein Gedächtnis, bis sie sagt: »Ich geh jetzt besser.«

»Soll ich dich fahren?« Ich stottere jetzt praktisch.

»Ich bin mit dem Auto hier.«

Ich will nicht, dass sie geht. Aber sie hat sich schon zum Gehen gewandt. »Ruby?«

Sie wirft mir über die Schulter einen Blick zu. Eine dunkle Haarsträhne fällt ihr ins Gesicht und verschwindet in den Schatten.

»Ich bin froh, dass er mich gewählt hat.«

Ich brauche nicht *Hart* zu sagen.

Sie hat schon verstanden.

46

Ruby

Ich träume wieder von Hart.

Wie immer stolpere ich durch den dichten Nebel in Richtung seiner Stimme. Eine Form nimmt Gestalt an. Ich laufe auf ihn zu.

Er ist so nahe.

Und dann … beginnt er zu verblassen.

Verzweiflung ergreift mein Herz. Ich stürze auf ihn zu. Meine Hand durchdringt den Nebel und greift nach seiner. Seine Haut ist warm und weich. Ich reiße ihn herum, um sein Gesicht zu sehen.

Es ist Jameson.

Ich schrecke auf und schaue auf meinem Handy nach, wie spät es ist. Fünf Uhr dreißig. Ich weiß, dass ich nicht mehr einschlafen werde. Außerdem rieche ich den Kaffee. Meine Mom war schon immer eine Frühaufsteherin und ausnahmsweise bin ich ihr dankbar.

Nachdem ich mir selbst einen Kaffee gekocht habe, finde ich sie auf der Terrasse sitzend vor. Sie hat sich eine Decke um die Schultern gelegt, schlürft ihr Getränk und liest ein Buch.

»Du bist früh auf«, sagt sie mit ihrer rauen Morgenstimme.

Ich schließe meine Hände um meine Kaffeetasse, setze mich in den Stuhl neben sie und blicke auf den bunten Garten hinaus, der sich an einen Holzzaun schmiegt.

»Konntest du nicht mehr schlafen?«, fragt sie.

»Ich hatte denselben Traum«, gestehe ich ihr und halte den Blick auf die Blumen gerichtet. Hart hat uns vor Jahren geholfen, die Kletterrosen zu pflanzen. Ich hatte Hausarrest für etwas, woran ich mich nicht einmal mehr erinnern kann. Hart war Hart und kam mit einer Schaufel und Handschuhen vorbei. Mom konnte ihm und seinem verdammten Charme nie widerstehen. Er tat so, als wüsste er, was er mit den Rosen tat, aber dann erwischte ich ihn dabei, wie er alle paar Minuten googelte. Doch das war mir egal. Er war da und Hausarrest zu haben, hatte sich noch nie so gut angefühlt.

Mom legt ihre Hand auf meine. »Du bist ja ganz kalt.« Sie nimmt ihre Decke ab und legt sie mir um die Schultern. »Willst du drüber reden?«

Ich schüttele den Kopf und spiele mit dem Armband, das Harts Dad mir geschickt hat.

»Okay«, wispert sie. Das ist eines der Dinge, die ich an ihr liebe. Sie drängt nie und weiß immer, wann sie etwas auf sich beruhen lassen muss. Ganz im Gegensatz zu mir.

Ich wärme mich an einem Schluck von meinem Kaffee und schaue zu den letzten sichtbaren Umrissen des Mondes hinauf.

Sie sagt: »Ich habe gestern Miriam im Fitnessstudio gesehen.«

Mir dreht sich der Magen um. Ich weiß, dass Miriam ihr erzählt hat, dass ich die *Ladybug* verkaufen will, sonst hätte meine Mom das nie erwähnt. »Bitte versuch nicht, es mir auszureden«, murmele ich.

»Das hatte ich nicht vor.«

»Gut.«

Meine Mom schenkt mir ein zaghaftes Lächeln, aber ich weiß, dass sie zweifelt, ob es sicher ist, ein ernsteres Gespräch mit mir anzufangen. Kurz nachdem Hart gestorben war, hielt sie mich stundenlang im Arm und schob ihre eigene Trauer beiseite, während ich in ihren Armen schluchzte. In den ersten zwei Wochen schlief ich bei ihr, konnte kaum ein Auge zutun und wachte meistens weinend auf. Sie sagte mir kein einziges Mal, wie ich mich fühlen sollte; sie sagte mir kein einziges Mal, dass es vorbeigehen würde. Sie hielt mich einfach nur fest, streichelte mir übers Haar und ließ mich alle meine Tränen weinen.

Und kein einziges Mal hat sie mir (anders als alle anderen) gesagt, dass Hart will, dass ich glücklich bin. Dafür liebe ich sie mehr als je zuvor.

»Ich weiß, dass es sich anfühlt, als ob du nie wieder du selbst sein wirst, dass du nie wieder etwas Gutes fühlen wirst ...«

»Mom ...« Ich will sie nicht an ihren eigenen Liebeskummer erinnern. »Ich weiß ... Ich meine, ich glaube, ich sehe etwas Licht am Ende des Tunnels. Nicht dass ich ihn jemals vergessen oder den Verlust ganz überwinden werde, aber vielleicht kann mein Herz heilen und vielleicht wird die Narbe nie verblassen und dabei kann ich Hart ja immer bei mir tragen, oder?«

Liebe braucht nicht mehr als ein Herz.

Mom nickt bloß und schenkt mir ihr schönstes Lächeln, das nicht traurig sein sollte, es jedoch ist.

»Ich habe gestern Abend mit Tía Lydia gesprochen«, sagt sie und wechselt so das Thema. »Ich nehme an, sie hat mit deiner Schwester über ein Bild von Jameson Romanelli gesprochen?«

Ich erstarre. Mist. Wie viel hat Gabi Tía erzählt? Ich denke an all unsere Gespräche zurück, bis mir klar wird, was wahrscheinlich passiert ist. Lydia brauchte wahrscheinlich mehr Informationen für ihre »Lesung«, wie einen Namen, eine Hintergrundgeschichte oder etwas anderes, und meine Schwester, die helfen wollte, gab ihr alles.

Ich schüttele den Kopf. »Das ist eine lange Geschichte.«

»Mmm.«

Mom kauft mir das offensichtlich nicht ab.

»Das ist nur eine Schwesternsache, Mom«, versuche ich sie zu überzeugen, weil ich weiß, dass sie das respektieren wird.

Sie hebt die Brauen und seufzt. »Okay, aber sei einfach vorsichtig. Ich mag den Gedanken nicht, dass er dich anlügt.«

Lügen?

Es ist, als hätte sie mir gerade heißes Öl in die Kehle geschüttet. Es dauert eine Sekunde, bis ich die Frage stellen kann. »Wovon redest du?«

Mom blinzelt mich unschuldig an, jedes Flattern eine Botschaft: *Ich dachte, du wüsstest es. Trete ich ins Fettnäpfchen? Frag deine Tía.* »Lydia sagte, dass sie endlich eine Botschaft bekommen hat. Und zwar dass er ein Mentiroso ist.«

Niemals. Das glaub ich nicht. Tía irrt sich in Bezug wegen Jameson. Sie muss falschliegen. Doch die Wahrscheinlichkeit dafür geht gegen null. Das heißt, es gibt eine andere vernünftige Erklärung dafür, dass er als Lügner abgestempelt wurde. »Hm.«

»Hm, was?«

Ich zucke mit den Schultern und schlucke die Wut hinunter, die mich praktisch verschlingt, um ihre Löwenmama-Instinkte nicht zu wecken. »Ich finde es nur seltsam, dass sie es dir erzählt und nicht Gabi.«

Jeder Zentimeter in mir sträubt sich gegen das, was, wie ich weiß, als Nächstes kommt.

»Sie hat es Gabi erzählt.«

Meine Haut kribbelt. Winzige schwarze Punkte rauben mir die Sicht. Jameson ist nicht der, der er vorgibt zu sein. Georges Worte schießen mir durch den Kopf: *Dieser Typ treibt verdrehte Psychospielchen.* Und meine Schwester, die Verräterin, hat mir nichts davon gesagt.

Ich zittere, bin kurz davor zusammenzubrechen, aber ich verberge es hinter einem lässigen Seufzer. Mom hat null Ahnung, dass Jameson mir etwas bedeutet. Dass er mir nicht egal ist. Dass ...

Daran kann ich im Moment nicht denken.

Ich muss mich darauf konzentrieren, was ich meiner Schwester antun werde, sobald ich ihr verräterisches Gesicht erblicke.

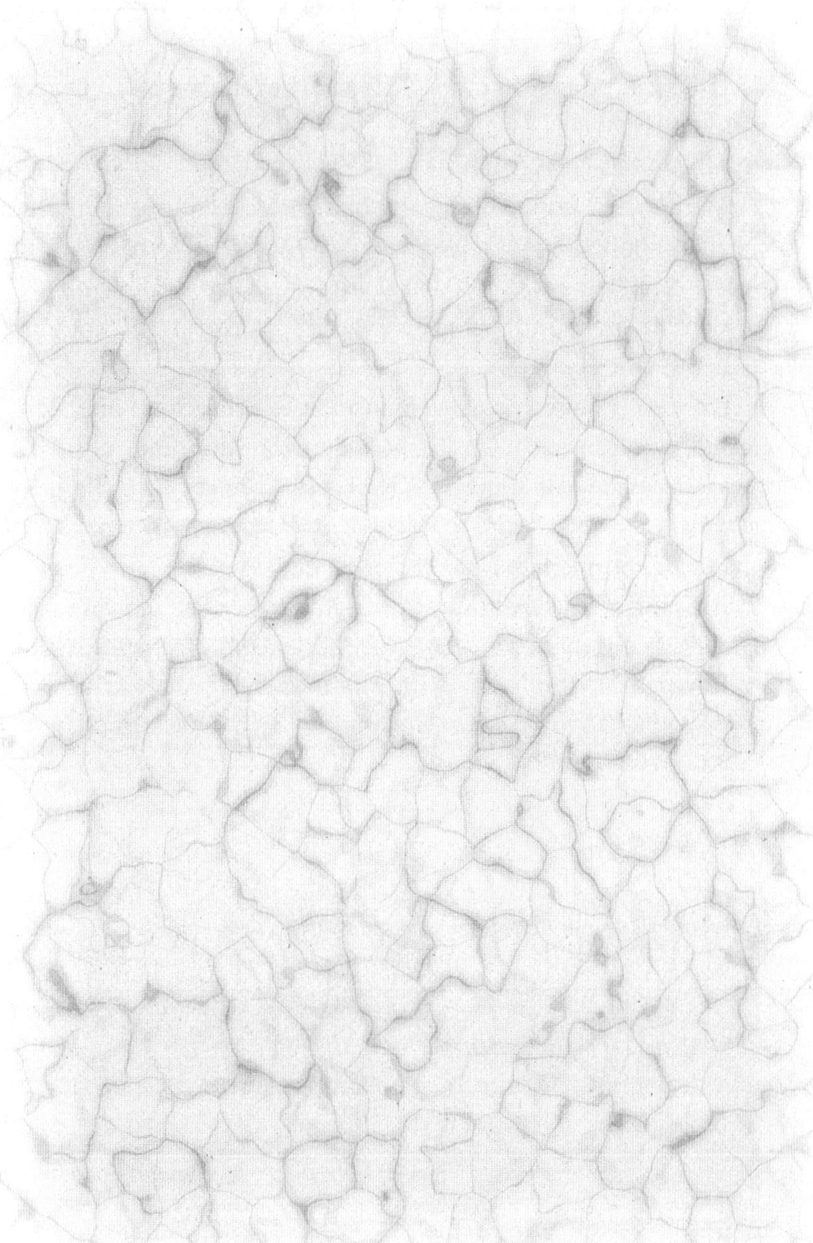

47

Ruby

Ich warte, bis Gabi und ich auf dem Weg zur Schule sind, um es mit ihr auszutragen. Wäre Mom dabei, würde sie nur den Schiedsrichter spielen und sich in ihre ohnehin schon aufgestachelte Neugier hineinsteigern, aber so gut sie es auch meint, nicht zu viele Fragen zu stellen, sie hat ihre Grenzen.

In der Sekunde, in der ich aus der Einfahrt fahre, formuliere ich die Worte in meinem Kopf, aber ich schaffe es nicht, sie herauszubringen. Die Wut und der Schmerz brennen sich ihren Weg meine Kehle hinauf. Also nehme ich mir ein paar Minuten Zeit, um mich unter Kontrolle zu bekommen, während Gabi über den schlimmsten Biotest ihres Lebens schwadroniert.

»Mom sagt, du hast mit Tía Lydia gesprochen«, sage ich, bereit wie eine gut getimte Granate zu explodieren, wenn Gabi die Unschuldige spielt.

Zu ihrem Glück und zu meiner Überraschung sagt sie: »Halt an.«

Ich parke am Bürgersteig in unserer Nachbarschaft. Ein feiner Nebel erfüllt die Morgenluft. Ein Mann joggt am Wagen vorbei. Eine Frau auf der gegenüberliegenden Seite schiebt einen Buggy. Eine Gruppe Kinder wartet an einer Schulbushaltestelle. Während wir uns auf engstem Raum mit unseren aufbrausenden Gefühlen auseinandersetzen, dreht sich das Leben um uns herum weiter. Ich schalte den Wagen ab und gucke meine Schwester an. »Wie konntest du mir das nur verschweigen?« Ehrlich gesagt bin ich verblüfft – und beeindruckt – über meine kontrollierte Stimme.

Gabi steigt aus dem Auto und ich folge ihr. Sie geht die Straße hinunter. »Willst du jetzt wirklich vor mir weglaufen?«, fauche ich und folge ihr dicht auf den Fersen.

»Ich lauf nicht weg«, entgegnet sie und beschleunigt. »Ich denke nach. Außerdem habe ich hier draußen bessere Chancen zu entkommen, falls du versuchst mich zu ermorden.«

»Du musst nachdenken?«, wiederhole ich. »Darüber, wie du dich aus dieser Sache herauswinden kannst?«

Sie sagt dreißig Sekunden lang nichts, dann bleibt sie in der Nähe der Basketballplätze stehen. Ein paar Kinder spielen gerade HORSE. Am Rand dieses Platzes liegen verstreut Lunchboxen und Rucksäcke.

»Und?«, frage ich, unfähig, auch nur eine Sekunde länger geduldig zu sein.

Gabi hält abrupt inne und sieht mich an. »Ich stelle mir vor, auf welche Art du in die Luft gehen wirst, Ruby. Und hätte ich dir die Wahrheit gesagt, hättest du bloß darauf bestanden, dass du nichts mit Jameson zu tun haben willst. Aber ihr seid jetzt echte Freunde und er hat die Situation erträglicher für dich gemacht und ich wollte das nicht kaputtmachen.«

»Aber er lügt, Gabi.« Ich bin so aufgebracht, dass ich gar nicht weiß, was ich mit meinen Händen, allen meinen Gliedmaßen, meinem ganzen Wesen machen soll.

»Menschen lügen aus allen möglichen Gründen, Ruby.« Warum betont sie jeden Satz mit meinem Namen, als wäre ich zu blöd, um ihr mächtiges Yoda-Geschwafel zu verstehen? »Wir alle lügen jeden Tag«, fügt sie hinzu. »Aus allen möglichen Gründen und ich denke, auch Jameson hat seine Gründe. Und was soll's, dass Tía gesagt hat, er sei nicht der, für den er sich ausgibt? Das muss man deshalb noch lange nicht wörtlich nehmen.«

Hitze schießt mir in die Wangen. »Warum beschützt du ihn?«

Aus dem Augenwinkel sehe ich einen Ball, der durch die Luft auf Gabi zufliegt. Ich strecke meinen Arm aus, um ihn abzufangen.

»Sorry«, ruft ein Mädchen, als ich den Ball zurückwerfe.

Gabi verengt die Augen zu Schlitzen. »Du wolltest, dass er mich trifft, stimmt's?«

»Ich wär nicht böse drum gewesen«, gestehe ich und runzele die Stirn, als der Schulbus vorfährt.

Die Kinder blicken auf, laufen zu ihren Sachen und steigen in den Bus. Gabi und ich werden es nie pünktlich zur Schule schaffen, aber es ist mir auch egal.

»Was, wenn er sich hinter einer Maske versteckt, weil er Angst hat?«, fragt Gabi. »Oder was, wenn er vorgibt, etwas zu sein, das er nicht ist, nur um dazuzugehören? Wie jeder andere Mensch auf der Seaside High.«

Jamesons Worte von gestern Abend drängen sich in meine Erinnerung.

Ja, aber nicht, wenn der Preis dafür ist, nicht mehr ich selbst zu sein.

Ein Ball rollt mir vor die Füße. Jemand muss ihn vergessen haben. Ich schnappe ihn mir und drehe mich zum Bus, doch der ist schon weggefahren. Also versuche ich einen Freiwurf in Richtung der Körbe, ohne jedoch das süße Zischen zu hören. Nur leere Luft, die dröhnt: *Du hast nicht getroffen.*

Gabi schnappt sich den Ball, ehe ich ihn wieder aufheben kann, und wirft ihn mühelos in den Korb.

»Es geht nicht um Jameson«, sage ich und werfe wieder daneben. »Es geht um dich. Um uns. Du hast mir wichtige Informationen verschwiegen.«

Gabi dribbelt den Ball, stellt sich wie die schlimmste Angeberin an die Dreipunktelinie, zielt mit der sorgfältigen Genauigkeit eines Profis und versenkt den Ball erneut. Bloß zu meiner Verteidigung muss ich sagen, dass sie auf diesen Plätzen spielt, seit sie drei Jahre alt ist. Ich habe ihr stets gesagt, sie solle sich einer Mannschaft anschließen, und ihre Ausrede war immer dieselbe: »Das würde mir den ganzen Spaß verderben.«

Sie dreht sich zu mir um. »Ja, ich hab's dir verschwiegen. Und ich würd's wieder.«

Ich bin fassungslos und starre sie mit offenem Mund an. Sie reicht mir den Ball. »Du bist dran.« Ich nehme den Ball ohne die Absicht, ihn zu werfen, und knurre wütend. »WARUM?«

»Weil du jetzt dran bist.«

»Warum würdest du es wieder tun? Wir sind Schwestern, verdammt!«

»Weil du überreagierst und ich nicht will, dass du etwas Wichtiges mit Jameson sabotierst, weil du zu sehr damit beschäftigt bist, nach Gründen zu suchen, um wütend oder sauer zu sein oder was auch immer.«

»Ich reagiere NICHT ÜBER!« Ich werfe den Ball in Richtung Korb und diesmal umkreist er den Rand, als wäre er nicht sicher, ob er rein- oder rausfallen soll. Er geht rein. Das bewahrt mich vor der garantierten Demütigung.

Gabi atmet langsam ein und bläht dabei ihre Nasenflügel. »Es tut mir leid. Ich hab dich lieb. Das weißt du doch. Ich habe es nicht getan, um dich zu verletzen. Und wenn du mir verzeihst, darfst du mich in der nächsten Runde schlagen.«

Ich kann nicht anders. All mein Ärger und meine Frustration schmelzen dahin, als ich meine viel zu kluge kleine Schwester und ihre guten Absichten betrachte. Sie hat recht, dass ich überreagiere, doch wegen Jameson liegt sie falsch. Durch ihn fühle ich mich weniger einsam, mehr ausgefüllt, und nichts, was Tía denkt oder vorhersagt, wird daran etwas ändern. »Ich verzeihe dir«, sage ich, »aber du musst zur Schule laufen.«

Ich renne los, sprinte zurück zum Auto. Meine Schwester mag im Vergleich zu mir eine gute Basketballspielerin sein, aber meine Beine sind länger und ich schlage sie in jedem Rennen.

»Ruby!«, schreit sie und versucht, mich einzuholen.

Ich lächele. Sie lacht. Ich werde dieses Rennen auf jeden Fall gewinnen.

Die Schule zog sich hin. Ich war mit meinen Gedanken überall, nur nicht bei den Themen, mit denen ich mich befassen sollte. Na ja, hauptsächlich ging es um Jameson. Ich hatte denselben Satz immer und immer wieder in mein Notizbuch geschrieben: *Er ist nicht der, der er vorgibt zu sein. Er ist nicht der, der er vorgibt zu sein.*

Ich fühlte mich wie Jack in *Shining*, der in dem großen alten Raum im Overlook Hotel sitzt und immer wieder denselben Satz tippt, weil ich das Gefühl habe, dass mir der Halt in der Realität zu entgleiten droht.

Und zu allem Überfluss hing Jameson beim Mittagessen mit George ab. Als ich hinüberging, um herauszufinden warum, taten sie ganz unschuldig, als wäre es die natürlichste Sache der Welt.

Ich habe George seither tausendmal das Gleiche geschrieben: *Warum chillst du mit Jameson?*

Er hat bis vor einer Sekunde nicht geantwortet. Ich lasse mich auf mein Bett fallen und schaue mir seine Antwort an: **J ist ein cooler Typ. Du solltest ihm eine Chance geben.**

Bin ich gerade in den Kaninchenbau gefallen? Wer BIST du?

George antwortet nicht. Natürlich nicht. Warum *lässt* er so eine Bombe platzen und schweigt dann?

Ich starre meine Schranktür an. Wäre ich in einem Horrorfilm, würde dort drinnen etwas lauern, mich beobachten und darauf warten, dass ich die Tür öffne. Aber das Einzige, was mich eigentlich mehr ängstigt als eine unbekannte Dunkelheit, ist Harts Liederbuch. Ich hatte noch nicht die Kraft, es zu öffnen, um herauszufinden, ob er jemals den Text des Songs aufgeschrieben hat, wegen dem er in der Nacht vor seinem Tod so aufgeregt war. Solange ich lebe, werde ich das Glitzern in seinen Augen nicht vergessen. Die Aufregung in seiner Stimme. Ich atme tief ein. Halten. Halten. Ausatmen. Wenn ich wirklich weiterziehen will, muss ich es tun. Ich öffne die Tür, greife in den Karton und ziehe das abgenutzte braune Buch heraus. Auf der ersten Seite steht eine handgeschriebene Nachricht an jeden, der das Buch findet. Ich sehe Harts Gekritzel, seine Adresse und Telefonnummer … Der Schmerz durchzuckt mich wie ein Blitz, sodass ich nicht sicher bin, ob ich die Seite umblättern kann.

Mein Armband baumelt über dem Buch, das Boot und der Marienkäfer berühren kaum die Seite.

»Ich schaffe das«, flüstere ich gerade, als es an der Tür klingelt. Ich höre, wie Mom antwortet, und dann sind Schritte zu hören, ehe sich meine Tür öffnet und Mom auch schon den Kopf hereinsteckt. »Eine Lourdes ist hier, um dich zu sehen?«

Lourdes? Woher weiß sie, wo ich wohne? Eine Sekunde später steht sie in meinem Zimmer und sieht sich um, als hätte sie noch nie ein solches Chaos gesehen. »Ich hoffe, es macht dir nichts aus, dass ich dich so überrumple.«

»Schon gut … Ist alles okay?«

Sie nickt. »Ich wollte nur mal raus aus dem Haus und ein bisschen rumlaufen. Jameson hat mir gesagt, wo du wohnst. Ich war in der Gegend und dachte, ich komme einfach mal vorbei.«

Eigentlich bin ich froh über die Ablenkung. »Willst du was trinken?« Ihr Blick fällt auf das Songbuch. »Nein danke.« Dann, wie davon angezogen, kommt sie rüber und setzt sich direkt neben das offene Buch. »Du schreibst Gedichte?«

Ich schüttele den Kopf und vermute, dass dies eine Art Test für meine Entschlossenheit ist, weiterzuziehen und über Hart zu sprechen, ohne in meiner Trauer zu versinken. »Es war Harts Songbuch«, gestehe ich ihr.

Sie berührt es nicht, sondern betrachtet nur die Seite, und ich kann sehen, dass sie die Worte liest. Seltsamerweise bin ich froh, seine Musik mit jemandem teilen zu können.

Sie tippt mit dem Fuß auf den Boden und meint: »Ich kann die Melodie in meinem Kopf hören.«

»Du kannst Noten lesen?«

Sie nickt. »Wow … das ist wirklich beeindruckend.«

»Er war sehr talentiert«, sage ich mit einem traurigen Lächeln.

»Hast du irgendwelche Fotos von ihm?«

»Nur eins ... Ich meine, ich habe Tausende, aber die anderen ... Ich konnt's nicht aushalten, sie anzugucken, also hab ich sie in meiner Cloud gespeichert.« Ich ziehe mein Handy aus meiner hinteren Jeanstasche, scrolle, um das Foto zu finden, das ich von Hart beim Niesen gemacht habe, und zeige es Lourdes.

Ihr Blick bleibt auf seinem Gesicht haften, als würde sie ihn kennen.

»Es ist nicht das beste Bild«, sage ich abwehrend, »aber ich mag es.«

Lourdes schenkt mir ein aufrichtiges Lächeln, das mich bis in die Zehenspitzen erwärmt. »Ein Gesicht, das man nicht vergessen kann«, antwortet sie freundlich.

Ich gluckse leise. »Das ist wahr.«

»Kann ich noch mehr lesen?«, fragt sie und deutet auf das Buch.

»Klar.«

Ich weiß nicht warum, aber es fühlt sich richtig an. Es fühlt sich gut an, mit jemandem über Hart zu reden, der ihn nicht kannte, aber durch seine Musik vielleicht einen Eindruck von ihm bekommt.

Ich beobachte, wie Lourdes durch die Seiten blättert, nickt, mit dem Fuß auftippt, lächelt und gedankenlos an einem Ohrring zupft, als würde sie die Musik mitreißen.

»Wow ... das ist besser als gut. Das ist ... Ich weiß, das klingt komisch«, sagt sie und zögert dann, als würde sie auf meine Erlaubnis warten oder vielleicht sehen wollen, ob ich mit »komisch« mitgehe.

»Ja?«

»Es ist, als würde man in seine Seele blicken«, sagt sie leise. »Und es sind nicht die Texte oder die Noten, sondern vielleicht die Art und Weise, wie sie zusammenpassen, als gäbe es keine andere Möglichkeit, sie zu komponieren, als genau so, wie sie sind?« Sie schnaubt und steht auf. »Ich klinge wie eine Verrückte.«

Ich bin so unglaublich glücklich, dass jemand anderes es versteht, dass ich nur sagen kann: »Du hast absolut recht. Hart hat mir immer gesagt, dass Musik ... ein Schlüssel ist, der die Tür zu den Geheimnissen des Universums öffnet.«

Lourdes' Lächeln verblasst langsam, als hätte ich das Falsche gesagt. »Na, ich wollt ja bloß mal kurz vorbeischauen«, sagt sie. »Ich geh jetzt besser wieder.«

Als sie fort ist, fühle ich mich ermutigt und blättere durch die Seiten des Buchs, durch die Lieder, die ich so gut kenne. Ich hoffe, wünsche, sehne mich danach, dass der letzte Song darunter ist. Ich brauche ihn. Ich will nicht glauben, dass dieses Lied mit ihm gestorben ist.

Mein Blick fällt auf einen Vers. Einen Anfang ...

Meeresrauschen, über mir die Gischt
Mondschein am Segelmast erlischt.
Zu den Sternen recken unsere Hände sich empor.
Ja, oh, ja. Die Zukunft steht uns bevor.

Erst als Tränen über meine Wangen rinnen, realisiere ich sie. Ich lese die Strophe immer wieder und beginne zu verstehen. Dieser Song handelt von uns. Und neben dem Text sehe ich die Worte, die seine Muse waren.

Es war schon immer Ruby,
Von dem Moment an, als ich sie zum ersten Mal sah.
Bei ihr heißt es immer: »Öffne deine Augen.«

Sie ist der Abschied und der Anfang und das Vielleicht, das mich umhüllt.
Sie ist die Geschichte, der ich bis zum Ende zuhören werde.
Das ist es. Das ist Ruby. Und so wird es immer sein.

Ich fahre mit meiner Hand über jedes einzelne Wort und erinnere mich an diese Nacht. Wie wir auf dem Rücken lagen, die Arme einander entgegengestreckt, unsere Fingerspitzen sich fast streiften.

Ich erinnere mich an das ungute Gefühl in meinem Bauch, dass sich etwas anbahnte, bald nichts mehr so wäre wie früher. Und ich erinnere mich daran, wie ich ihn angefleht habe, nicht aufs Meer hinauszufahren, sondern bei mir zu bleiben. Doch er war so entschlossen, sich das Geld dazuzuverdienen, um die *Ladybug* abzubezahlen.

Salzige Tränen strömen mir über die Wangen und in den Mund, als ich die Anhänger um mein Handgelenk berühre und mich frage, ob es die falsche Entscheidung ist, das Boot zu verkaufen.

Als ich mir den Text noch einmal ansehe, wird mir klar, dass er unser Lied nie zu Ende geschrieben hat. Er hat nie die Worte niedergeschrieben, die ihm in dieser Nacht in den Sinn kamen. Sie liegen auf dem Grund des Ozeans.

Ich renne zu meinem Schreibtisch und schnappe mir einen Stift. Dann schwebt meine Hand über der Seite.

Ich will mehr Worte. Ich will den Rest des Liedes. Ich will meinen Hart. Mit zittriger Hand schreibe ich: *Bitte hilf mir, dich gehen zu lassen.*

48

Ruby

Ich beschließe, nicht zum Homecoming-Spiel zu gehen.

In Wahrheit bin ich viel zu nervös dazu. Fragt nicht warum. Ich hab mich noch nie für Football interessiert, aber dieses Spiel ist für Jamesons Kariere wichtig – von den Scouts bis zu seinem Dad – und wenn ich dort wäre, würde es mich noch nervöser machen als ohnehin schon. Klar, es war ein steiniger Weg mit Jameson. Doch selbst in Anbetracht von Tias Enthüllung vertraue ich ihm ... irgendwie. Ich vertraue meinem Bauchgefühl. Und mein Bauchgefühl sagt mir, dass er ein guter Kerl ist, der viel Schreckliches durchgemacht hat und meinen Schmerz und meine Trauer besser verstehen kann als jeder andere.

Ich lerne gerade für einen Chemietest, um mich abzulenken, als Gabi in mein Zimmer stürmt, gefolgt von Serena und Inez.

Sie tragen alle blau-goldene Trikots, um beim Spiel zu zeigen, dass sie Riesenfans des Teams sind. »Ich hab doch schon gesagt, dass ich nicht mitkomme«, murre ich.

Gabi wirft mir ein Sharks-Trikot zu. »Vergiss es«, fauche ich.

»Hör mal«, mischt sich Serena ein, »es ist okay, wenn du nicht zum Spiel gehen willst, aber das heißt nicht, dass wir die Sharks nicht zu dir ins Wohnzimmer holen können.«

»Das Spiel wird live gestreamt«, meint Gabi fröhlich, als ob das alle meine Panikprobleme lösen würde.

Ich klappe mein Chemiebuch zu und stehe auf. »Ihr solltet das Spiel nicht verpassen. Es ist ein Heimspiel.«

»Wir werden's nicht verpassen«, sagt Inez und lächelt.

In diesem Moment kommt George mit einer Tüte Chickenwings herein. »Hab ich die Fiesta verpasst?«, ruft er.

»Was machst du hier?«, frage ich erstaunt.

»Mann, ich bin hier, um unseren Jungen spielen zu sehen.«

»Unseren Jungen?« Ich bin so verdutzt, dass ich nicht mal blinzeln kann. »Fühlst du dich nicht wohl?«

»Wie du gesagt hast, er hat sich verändert, okay?«

Binnen fünfzehn Minuten hat mich Jamesons Fangruppe ins Wohnzimmer vor den Fernseher gezerrt, wo Nachos, Guac, Miniburritos und Chickenwings auf uns warten.

Mom rollt mit einem Koffer an der Wohnzimmertür vorbei. Sie muss für die Arbeit an die Küste reisen. Ich helfe ihr mit dem Gepäck und als sie mich zum Abschied umarmt, sagt sie: »Halt dein Handy griffbereit, sei brav und mögen die Engel über dich wachen.« Dann bekreuzigt sie mich wie immer und geht.

Als ich wieder drinnen bin, beobachte ich, wie die Mannschaft unter einem Türbogen aus Luftballons auf das Spielfeld läuft und die Menge tobt. Jameson läuft an der Spitze, winkt mit der rechten Hand und trägt seinen Helm in der linken.

Er sieht aus wie ein Titan, selbstbewusst und stark. Es scheint ihn überhaupt nicht nervös zu machen, dass dieses Spiel für seine Zukunft so wichtig ist.

Mein Magen zieht sich zusammen. Und der Geruch des Essens macht mich nur noch nervöser. Ich will wirklich, dass Jameson gewinnt, er von Stanford angeworben wird. Doch dann muss er besser spielen als je zuvor.

Die Sharks gewinnen den Münzwurf.

Das Spiel beginnt.

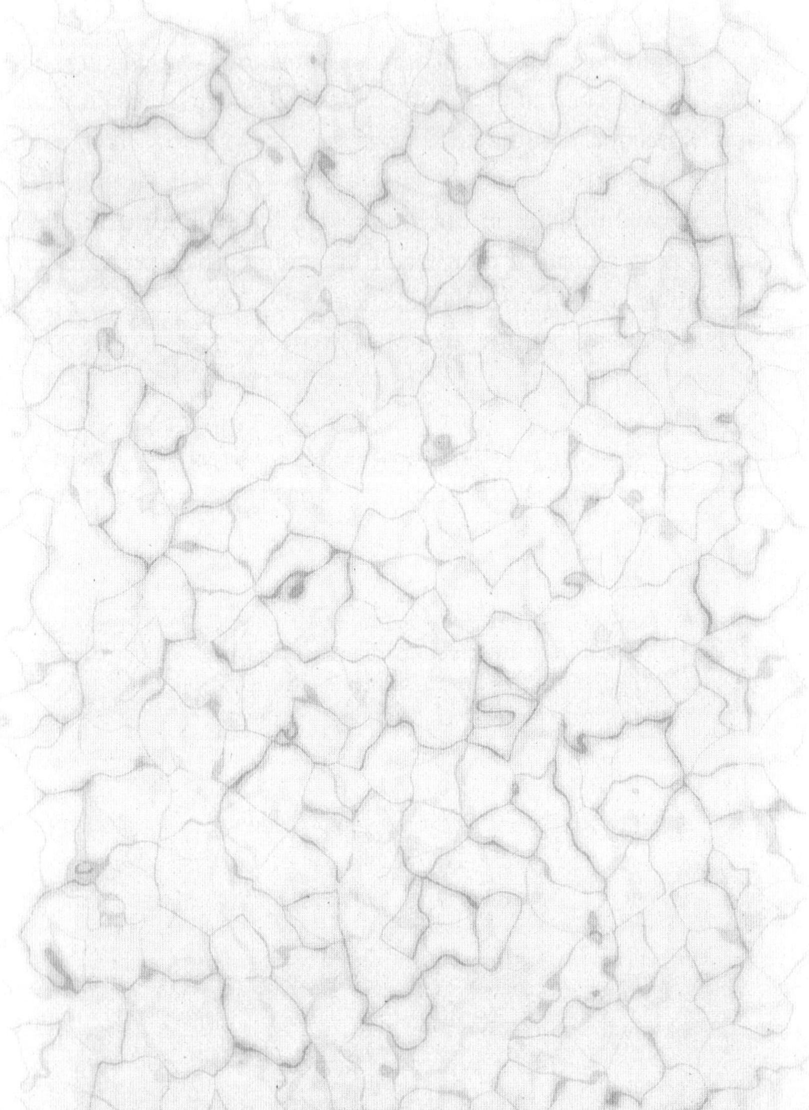

49

Hart/Jameson

Wer hätte gedacht, dass so viele Menschen in dieses Stadion passen würden? Die Welt besteht nur noch aus Blau und Gold und die Menge stampft mit den Füßen und singt etwas, das ich nicht verstehen kann.

Und dann höre ich es. »Crash. Crash. Crash.«

»Sie lieben dich, Mann.« Martin klopft mir auf die Schulter.

»Oder sie hoffen, dass ich von der Tigers-Verteidigung abpralle.«

Martin lacht. »Nee. Das ist auch für dich wie eine Heimkehr, verstehst du?«

Ich hüpfe auf den Zehenspitzen. Irgendwas ist in meinem Schuh, vielleicht ein Stein oder so.

Ich nehme die Stollen von meinem Schuh. Ein kleiner rosa Barbieschuh fällt heraus.

Martin lacht schallend.

Und dann erinnere ich mich. Victoria hatte mir gesagt, ich solle nach einem Glücksbringer Ausschau halten. Ich werfe einen Blick über meine Schulter. Sie und Whitney stehen auf der Tribüne bei der Fünfzig-Yard-Linie und schwenken ein selbst gebasteltes Schild mit der Aufschrift WIR LIEBEN DICH, JAMESON.

»Äh, du solltest vielleicht den Helm aufsetzen«, meint Martin. »Geht los.«

»Martin!«, rufe ich und halte ihn auf. »Falls ich später vergesse, es dir zu sagen: Du spielst fantastisch.«

Er wirft mir einen skeptischen Blick zu. »Du bist echt ein verdammt komischer Typ.«

»Als wär dir das neu.«

Martin boxt mich in die Schulter, lacht und sagt: »Zur Abwechslung mal was Gutes.«

Im Huddle versuche ich den Jungs mit meiner kleinen Ansprache Mut zu machen, die in etwa so lautet: »Hört zu, sie sind jetzt auf unserem Rasen. Und niemand kommt hierher und lässt uns auflaufen. Also, lasst uns das Spiel gewinnen.«

Martin knurrt: »Er meint, dass wir ihnen den Ball so weit in den Arsch schieben werden, dass sie nicht mehr zu den Bussen laufen können.«

Haargenau das.

Wir stellen uns auf. Unser erster Zug ist ein Laufspiel, um die Sache aufzulockern. Wir schaffen es bis zur Elf-Yards-Linie. Die Menge rastet aus. An die Stelle meiner Nerven tritt das Adrenalin und ich brenne darauf, diesen Ball wie eine Rakete abzufeuern.

Tristan taucht rechts von mir auf und guckt mich erwartungsvoll an. Ich sollte ihm den Ball mit einem Screen-Pass zuwerfen, aber die Verteidigung ist darauf vorbereitet. Also ändere ich den Plan und beginne mit meiner Täuschungszählung. Die Offensive Line rennt los. Der Ball wird ins Spiel gebracht.

Ich trete zurück und nehme das Feld in Augenschein. Tight End Sean Mathison flitzt über das rechte Feld. Tristan schlängelt sich durch die Verteidigung, rennt auf die vierzig, fünfzig ...

Ich muss zugeben, der Kerl ist talentiert. Er ist so gut, dass Mathisons Verteidiger ihn loslässt, um Tristan hinterherzurennen. Genau das wollte ich. Perfekt.

Ich trete aus dem Pocket, meinem Spielraum, und schaffe es gerade noch, einem Verteidiger auszuweichen. Ich werfe den Ball zu Mathison an der rechten Seitenlinie. Er fängt ihn. Außerhalb des Spielfeldes.

Scheiße!

Ich schaue zu Coach Feldman an der Seitenlinie hinüber. Richard, den ich von Fotos her kenne, ragt direkt hinter ihm auf, die Augen auf mich gerichtet, als könnte er mich mit einem einzigen Blick zum Champion machen. Am liebsten würde ich das Spiel verlieren, nur um den Bastard zur Weißglut zu bringen, aber dafür habe ich zu großen Respekt vor Jameson.

Unser nächster Spielzug ist ein Snap. Ich fange ihn. Plane eine Täuschung. Mein Ziel ist unser Running Back, der zurückfällt und den Ball knapp dreißig Meter weit zu einem wartenden Tristan trägt, der ihn in die Endzone bringt.

Die Menge tobt, Füße stampfen, das Echo donnert durchs ganze Stadion. Richard klatscht langsam, als ob er noch nicht beeindruckt wäre.

Durch unsere Verteidigung erreichen die Tigers gerade mal drei Punkte. Wir hingegen erkämpfen uns im Rest des Viertels und im darauffolgenden Viertel hart siebzehn Punkte. Doch zu Beginn des dritten Viertels, nachdem Feldman uns angeschrien hat, keinen Zentimeter nachzugeben, knickt unsere Verteidigung ein und die Tigers schaffen es mit einem einzigen Laufspiel bis in die Endzone. Der entstandene Rückstand von sieben Punkten ist zu knapp. Der Coach der Tigers scheint das auch so sehen, denn er entscheidet sich für ein Extrapunktspiel – um den Rückstand auf sechs Punkte zu verringern – und wenn sie uns dann aufhalten und noch einen Touchdown erzielen, gibt es kein Unentschieden, sondern einen Sieg. Seine Entscheidung bringt die Menge auf den Tribünen zum Schweigen.

Ich halte den Atem an. Ihr Quarterback lässt sich zurückfallen, schaut nach links, nach rechts. Er muss den Ball höherwerfen, als es ihm lieb ist, um seinem Receiver von knapp eins achtzig eine Chance gegen unseren Eins-Neunzig-Safety einzuräumen. Der Receiver springt, schnappt sich den Ball aus der Luft, geht zu Boden.

Ich atme nicht. Und dann ... verliert er den Ball, ehe der Receiver landet. Unsere gesamte Seitenlinie reißt die Fäuste hoch, schreit und hüpft, als hätten wir schon gewonnen. Ich? Ich reiße mich zusammen. Es ist noch nicht vorbei.

Wir brauchen einen Sieg.

Doch verdammt, die Verteidigung der Tigers läuft auf vollen Touren und sie halten uns bis zu den letzten fünf Minuten des vierten Viertels in Schach. Nachdem wir uns bis zur Fünfunddreißig-Yard-Linie des gegnerischen Teams vorgekämpft haben, stellen wir uns erneut auf. Ich erkenne, dass die Verteidigung bereit für uns ist. Angst brodelt in mir. Doch ich bin mir sicher, dass die Zellen, Nerven und Muskeln dieses Körpers schon einmal hier waren. Oder zumindest verlasse ich mich darauf.

Ich mache das universelle Zeichen für ein Time-out, berate mich mit dem Coach, der diesmal auf Nummer sicher gehen will, aber irgendwas sagt mir, dass die Verteidigung genau das erwartet.

Zurück auf dem Spielfeld stellt sich die Verteidigung neu auf, als hätte sie das gesamte Gespräch zwischen mir und Coach Feldmann an der Seitenlinie mitgehört. Ich beginne wieder meine Täuschungszählung und zweifle an meinem eigenen Vorhaben. Doch dann ändere ich den Spielzug in letzter Minute.

Ich setze auf einen Snap. Meine Line geht voll mit und schützt mich, während ich nach rechts ausbreche und die rechte Seite des Feldes entlanglaufe. Die Endzone ist in Sicht und alles verlangsamt sich in diesem Moment. Ich schwöre, ich höre Jamesons Stimme in meinem Kopf flüstern: *Vermassel es nicht.*

Jemand kommt von rechts auf mich zu. Ich ignoriere ihn. Ich bin so nahe dran.

Meter. Zentimeter.

Und gerade als ich hochspringe, meine Arme, den Ball und meine ganze Hoffnung in Richtung Endzone strecke, werde ich von einem Helm getroffen.

Schmerz schießt mir das Rückgrat hinunter.

Und alles wird schwarz.

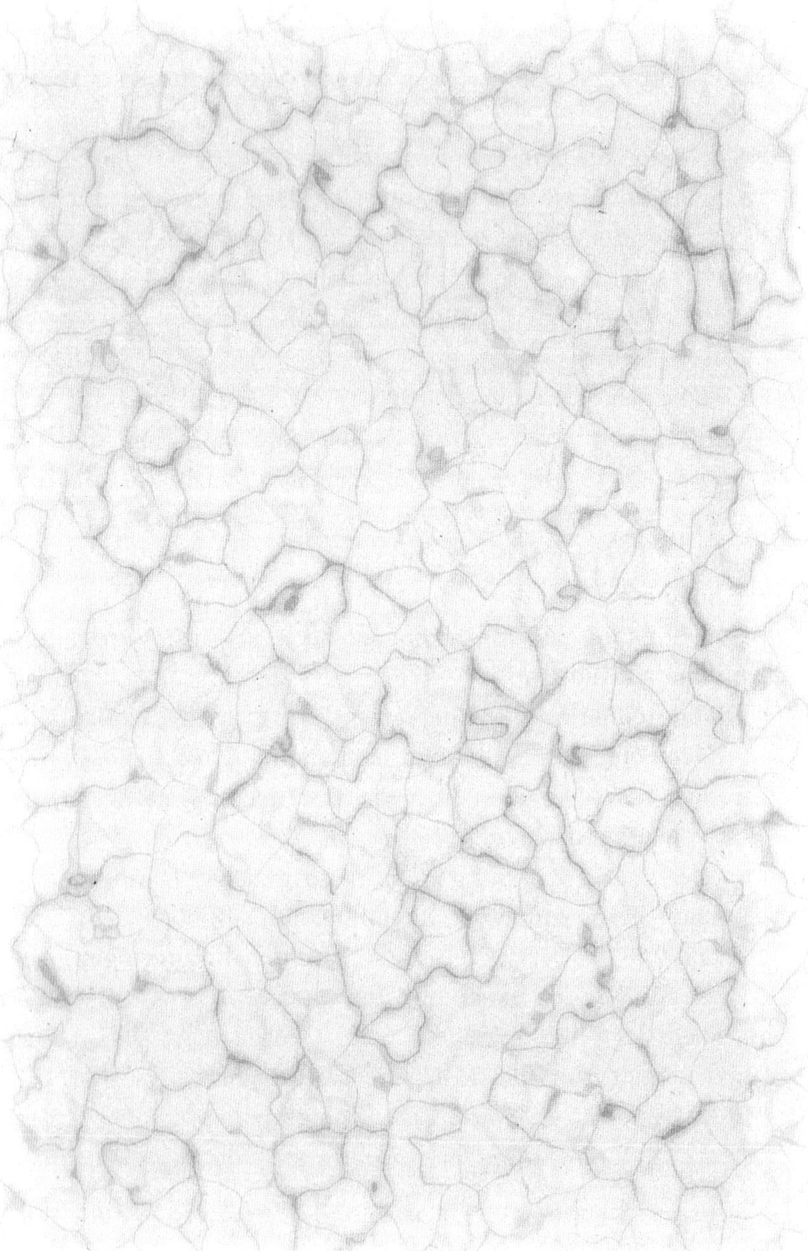

50

RUBY

Er steht nicht auf.

Er. Steht. Nicht. Auf.

Die albtraumhaften Szenen werden immer wieder in Schleife eingeblendet. Und jedes Mal erscheint es brutaler: Jameson, der durch die Luft fliegt, wie die Helme zusammentreffen, Jamesons Helm davonfliegt, wie er zu Boden sackt, der Verteidiger auf ihn draufspringt.

»Steh auf!«, schreie ich. Eine Gefühlswoge breitet sich in meiner Brust aus und steigt in meiner Kehle auf, als sein Coach und die bereit stehenden Sanitäter ihn umringen. Alle Spieler haben sich hingekniet. Ich warte.

Gabi legt den Arm um mich. George geht auf und ab und schreit zwischen Flüchen: »WIRF DIE VERDAMMTE FLAGGE!« Er will, dass der Schiedsrichter ein Foul markiert. Serena übertönt ihn und Inez singt jetzt praktisch das Ave-Maria.

Es wird alles gut wird zu meinem Mantra.

Jameson wird auf eine Trage gehoben.

Ist er wach? Bewusstlos? Atmet er?

Und dann ... Und dann reckt er den Daumen nach oben und die Menge bricht in erleichterten Jubel aus, den ich bis hierher spüren kann. Etwas löst sich in mir.

Gabi, George und Inez jubeln und feiern, aber all das tritt in den Hintergrund, weil sich eine kleine Stimme in mir regt, die sagt, dass ich zu ihm gehen muss.

Als ich in der Umkleide ankomme, habe ich schon alle katastrophalen Gedanken durch, die ein Mensch haben kann, und noch mehr. Und meine Hoffnung, dass er sich nichts gebrochen oder wirklich verletzt hat, ist so groß, dass ich Angst bekomme, sie könnte mich erdrücken.

Ich halte nicht lange genug inne, um meine Gefühle zu verarbeiten – dass mir Jameson doch viel wichtiger ist, als ich dachte. Dass unsere Bindung stärker ist, als ich dachte. Dass sein Unfall mich daran erinnert hat, wie sich alles in nur einem Wimpernschlag verändern kann.

Durch die Tür an der Südseite betrete ich das Gebäude. Es dauert eine Sekunde, bis sich meine Augen an den langen, dunklen Korridor gewöhnt haben. Und dann sehe ich die Umrisse einer Gestalt.

Jameson?

Ich weiß nicht, ob mir Licht und Schatten einen Streich spielen oder es daran liegt, dass mein Herz in meinen Ohren hämmert, aber für den Bruchteil einer Sekunde sehe ich Hart auf mich zukommen. Bis er nicht mehr da ist.

Niemand ist hier.

Ich blinzele, eile aus dem Schatten ins Licht der Umkleidekabine.

Jameson sitzt auf einem Untersuchungstisch. Sein Coach ist bei ihm.

Er blickt auf, als würde er mein Auftauchen spüren. »Ruby?«

»Bist du okay?«, frage ich und bleibe in der Tür stehen.

Er lacht humorvoll. »Eine Beule.«

Sein Coach labert etwas davon, dass er sich ein paar Minuten ausruhen soll, bevor er raus an die Seitenlinie kommen soll, dann verschwindet er.

Seitenlinie? Jameson wird also nicht wieder eingesetzt? Ich halte den Atem an und Übelkeit steigt mir die Kehle hoch. In diesem Spiel liegt seine gesamte Zukunft. Scheiße! Ich wünschte wirklich, ich könnte das für ihn fixen.

»Tja, du hast mir Gewalt versprochen«, versuche ich zu scherzen, während ich auf ihn zugehe, weil ich mir unsicher bin, was das *Richtige* zu sagen wäre.

Er stößt ein kleines grunzendes Lachen aus und kneift sich mit den Fingern in den Nasenrücken.

»Hey«, sage ich. »Alles okay?«

»Ja, liegt bloß an den Medikamenten. Die benebeln mich.«

Ich bin ihm jetzt so nahe, dass seine Knie fast meine Beine berühren. »Tut mir echt leid«, flüstere ich. »Aber das war schon ein ziemlicher Auftritt.«

»Ach ja?« Er schickt sich an aufzustehen, sackt jedoch benommen gegen mich. Ich kann ihn gerade noch aufrecht halten, bevor ich ihn zurück zum Tisch schiebe, wo er sich hinlegt. »Ich wusste, ich hätt die Pille nich' nehmen sollen«, murmelt er. Seine Worte werden immer undeutlicher.

»Soll ich den Coach zurückrufen?«, frage ich besorgt.

Er guckt zu mir hoch und schenkt mir ein albernes, halb betrunken wirkendes Lächeln. »Nee. Wird schon besser werden. Bin ja froh, dass du hier bist.«

Dann schließt er die Augen. Ich beobachte, wie sich sein Brustkorb hebt und senkt. Die Uhr an der Wand tickt. Die fernen Echos des Spiels finden ihren Weg in die Umkleidekabine. Er driftet in den Schlaf, wird ruckartig wieder wach.

Ich sitze ein paar Minuten bei ihm und denke, dass er gut daran tut, sich auszuruhen. Ab und zu murmelt er unzusammenhängendes Zeug.

Ich weiß nicht seit wann, aber auf einmal liegt meine Hand auf seinem Arm. Mein Daumen bewegt sich dort in langsamen Kreisen.

Er sagt etwas. Ich stehe auf und lehne mich über ihn, um zu verstehen, was ihm über die Lippen kommt: »Immer.«

Ich warte.

»Es war schon ...« Sein Flüstern setzt kurz aus, aber ich kenne den Rest. Mein Herz sackt mir wie ein schwerer Stein in den Magen. Jameson runzelt die Stirn und seine Worte kommen in einer Melodie heraus, beinahe als würde er singen. »Unsere Hände ...« Er summt jetzt.

Ich halte den Atem an, als sich weitere Worte auf seinen Lippen bilden. Gemurmel.

»Recken zu den Sternen sich empor.«

Ich strauchele rückwärts. Die Temperatur im Raum sinkt um hundert Grad. Warum kennt Jameson den Text von Harts unvollendetem Song? Verwirrung macht sich in mir breit und erstickt jeden rationalen Gedanken.

»Hart?« Meine Stimme bricht, ist ein zitterndes, kaum hörbares Wispern.

Jamesons Lider flattern. Blau wie der Ozean. Sein Blick findet den meinen. »Elle?«

51

HART/JAMESON

Das Gesicht, das ich vor mir verschwimmen sehe, ist eines aus einer Erinnerung, die nicht die meine ist.

Elle.

Und dann klärt sich meine Sicht. »Ruby«, flüstere ich.

Es scheint sie nicht zu kümmern, dass ich sie gerade mit dem Namen eines anderen Mädchens angesprochen habe, oder wenn doch, lässt sie es sich nicht anmerken. Sie tippt mir mit einem zittrigen Finger an meine Stirn. »Immer noch benommen?«

»Irgendwie schon.« Ich setze mich auf und der Raum dreht sich.

»Whoa!«, ruft Ruby und drückt mich wieder auf den Rücken. »Du musst dich ausruhen.«

»Mir geht's gut«, murmele ich und kämpfe mich in eine sitzende Position. Was zum Teufel hat der Coach mir gegeben?

»Willst du ein bisschen Wasser oder was anderes?«, fragt sie und guckt verstört. »Warum lächelst du so?«

»Weil du dir Sorgen machst, wenn ich verletzt werde.«

Sie grummelt kurz vor sich hin und verdreht die Augen. »Natürlich mach ich mir Sorgen, wenn du verletzt wirst. Ich bin kein herzloses Weibsbild.«

»Definitiv nicht.«

Sie lächelt nur, verschränkt die Arme vor der Brust und kaut auf ihrer Unterlippe.

»Spuck's einfach aus«, murre ich, denn ich sehe, dass sie etwas belastet und sie nicht weiß, wie sie's loswerden soll.

»Was meinst du?«

»Was immer du auf dem Herzen hast.«

Nach einem schnellen Blick über die Schulter sagt sie: »Diese Umkleide stinkt wie alte Socken.«

Ich lache und fahre mir mit der Hand durchs Haar.

Sie tritt einen Schritt zurück, atmet tief durch und ringt die Hände. »Du ... ähm ... Du hast ein paar Dinge gesagt – eigentlich gesungen –, als du geschlafen hast.«

»Echt?«

»Dinge, die nur Hart wusste.« Ihre Stimme bricht und mein Herz auch. Sie erzählt mir von dem Song, von *Für immer ist nicht auf ewig*, und mir schwirrt der Kopf.

»Ich glaube, ich versteh's«, sagt sie.

Ich setze mich auf. Mir schnürt sich die Kehle zu. »Wirklich?«

Sie blickt zu Boden und sagt: »Lourdes war bei mir und hat Harts Songbuch gesehen. Hat sie dir davon erzählt? Hast du's daher gewusst?«

Ich hatte keine Ahnung, dass Lourdes bei Ruby war oder meine Songs gesehen hat. Warum hat sie mir das nicht gesagt? Aber selbst für Ruby ist das ein großer Schritt. Ich merke, dass sie sich immer tiefer verstrickt und versucht, das alles zu verstehen.

Rubys erwartungsvolle Augen ruhen nun auf mir. Die Hoffnung ... Sie bringt mich fast um. Vor ein paar Wochen hätte ich den Himmel angefleht, ihr die Wahrheit sagen zu können, aber jetzt? Ich will nicht, dass sie mich zweimal verliert. Also zwinge ich mich zu einer Lüge. »Ja, sie hat mir davon erzählt. Äh ... Ist das okay?«

Ruby senkt den Blick wieder und nickt. »Musik ist dazu da, geteilt zu werden, richtig?«

Ich strecke die Hand aus, nehme ihre in meine und drücke sie. Sie lässt mich gewähren. »Er hat dich geliebt«, raune ich und ringe um die richtigen Worte. »Ich ... kann es manchmal fühlen.«

Ruby erstarrt. Dunkle Augen bohren sich so intensiv in meine, dass ich glaube, unter ihrem Blick dahinzuschmelzen. Sie sagt so leise, dass ich mich näher vorbeugen muss: »Du hast nach Elle gerufen.«

Jamesons Körper rief nach Elle. Das sagt mir, dass die Zeit des Vergessens immer näher rückt. Ich streichele sanft ihren Handrücken und wünschte, ich könnte ihr die Wahrheit sagen.

»Ruby ...«

Sie wirft ihre Arme um mich. Zuerst ist es distanziert und dann nähern sich unsere Körper langsam wie zwei Magnete und es gibt keinen Hauch Abstand mehr zwischen uns. Ich vergrabe mein Gesicht in ihrem Haar. Es riecht frisch, nach Zitronen, vertraut. Sie umarmt mich fester. Warum fühlt es sich wie ein Abschied an?

Bitte lass nicht los.

Als wir uns langsam trennen, bleibt ihr Blick an mir haften. Ihre Augen sind betörend, ihr Blick weit weg, verloren im Moment. Sie ist mir so nahe, dass ich ihren Atem schier auf meinem Gesicht spüre. Wenn ich mich nur ein paar Zentimeter weiter vorlehne, werden sich unsere Lippen treffen. Alles in mir will nachgeben. Sie küssen, sie schmecken. Sie reckt mir ihre Lippen entgegen. Ihr Körper zittert.

Die Tür öffnet sich und Lourdes, Whitney und Victoria stürmen herein.

Ruby springt zurück, wischt sich mit einer Hand übers Gesicht, räuspert sich und setzt ein Lächeln auf, das beinahe glaubhaft wirkt. Ich stelle sie einander vor, obwohl ich etwas benommen nuschle, aber es ist Victoria, deren Kinnlade so weit herunterfällt, dass eine Faust hineinpasst. »*Du* bist Ruby?«

Ruby sieht neugierig und fragend zu mir rüber, dann konzentriert sie sich wieder auf Victoria. »Allerdings.«

Victoria lächelt bloß, als Ruby weggeht, um mir Zeit mit meiner Familie zu geben. Ich möchte ihr hinterherlaufen, sie anflehen, nicht zu gehen, zu bleiben, damit ich sie bis zum letzten Moment im Blick behalten kann.

Whitney sagt: »Du bist ein schrecklicher Sohn, Jameson. Wie konntest du mir nur solche Angst einjagen?«

»Ja, ähm … ich brauchte den Touchdown.«

Victoria quiekt und wirbelt durch den Raum. »Jetzt, wo's dir wieder besser geht, kannst du morgen zu meiner Aufführung kommen!«

»Mal sehen«, sagt Whitney sanft.

»Ich werd da sein, Kleines.«

Whitney und Victoria gehen, doch Lourdes bleibt zurück und richtet meine Decke. »Das war unvorsichtig.«

»Wegen der Aufführung?«

»In die Endzone zu rennen.«

»Du hast dir Sorgen um mich gemacht«, necke ich sie und begreife endlich, warum sie so wütend ist.

»Ach, halt doch die Klappe.«

Ich lächle. »Lourdes, der allmächtige Engel, hat sich Sorgen um mich gemacht. Oh, Lourdy, ich bin so gerührt.«

Sie bedenkt mich mit ihrem grimmigen Blick. »Nenn mich noch einmal Lourdy und ich werd dich auslöschen.«

»Können Engel das überhaupt?«

»Wir sind nicht so anders als Dämonen, Hart.« Sie setzt sich auf die Kante des Behandlungstisches. »Unsere Zeit ist fast um.«

Ich nicke und wünschte, sie hätte mich nicht daran erinnert. Und als ich sie ansehe, wird mir klar, wie egoistisch ich gewesen bin. »Ich bin so ein Arsch.«

Sie zieht eine Augenbraue hoch, was mir *Erzähl mir mehr* signalisiert.

»Es tut mir wirklich leid, dass wir uns so sehr auf mich konzentriert haben, dass ... ich nichts getan habe, um dir zu helfen.«

»Du hast mir gezeigt, dass die menschliche Liebe stark sein kann, dass sie von Dauer sein kann«, gesteht Lourdes leise. »Ich würd sagen, das ist 'ne Menge.«

Ich weiß ihre Worte zu schätzen, aber ich fühle noch immer einen Berg Schuld. Nach ein paar Sekunden in völligem Schweigen sage ich: »Ich hab von ihr geträumt.«

»Ruby?«

»Elle«, sage ich und der Name tut weh.

Lourdes starrt mich stumm an, als warte sie darauf, dass ich etwas anderes sage. »Es ist seltsam«, gestehe ich. »Wie ich Ruby liebe, aber dieser Körper Elle liebt und das ist so verschieden. Als gäbe es so viele Versionen von Liebe, je nachdem, wie stark und echt und tief sie bei einem Menschen ist, verstehste?«

Lourdes nickt. »Ich verstehe.«

»Und ich erinnere mich nicht an meinen letzten Geburtstag«, offenbare ich ihr. »Oder an den davor. Oder an Spanisch oder an das Homecoming-Spiel im letzten Jahr. Oder an all die Songs, die ich je geschrieben habe, nur daran, dass ich sie geschrieben habe. Und ich kann mich nicht einmal an das Gesicht meines Vaters erinnern.«

Lourdes' Stimme ist einfühlsam, sanft. »Das ist der Lauf der Welt.«

Ich bin zu schwach und müde, um über den *Lauf der Welt* zu diskutieren.

Draußen am Spielfeldrand sehe ich Richard zum ersten Mal in natura. Aus der Nähe ist er größer, gut gebaut, unbestreitbar einschüchternd. Er schenkt mir ein kleines *Braver Junge*-Lachen und zieht mich in eine halbherzige Umarmung. »Junge, das war der Hammer. Ich hab eben mit dem Scout gesprochen. Wir sind alte Freunde.«

Verstehe. Deshalb war er nicht in der Umkleide. Er hat sich um mein künftiges Business gekümmert.

»Stanford hat's gefallen, was sie zu sehen bekommen haben, trotz deiner Verletzung«, fügt er hinzu. »Die wollen mit dir reden. Es ist kein Angebot, aber es ist genug ... für den Moment.«

»Ja, sicher«, murmele ich, aber ich fühle es nicht. Jamesons Körper auch nicht.

»Du hast's wirklich drauf ankommen lassen. Das war eine verdammt waghalsige Aktion.«

»Tja, hat sich gelohnt.«

»So was kann man in der Oberliga nicht machen.«

Oberliga. Will ich da überhaupt hin? Und Jameson? Vermutlich hab ich noch viel Zeit, um das herauszufinden, aber gerade jetzt bin ich einfach nur froh, dass ich Ruby nicht verlassen muss, um nach Colorado zu ziehen. Und sobald Richard das bestätigt, sehe ich meinem Team zu, wie es einen hauchdünnen Sieg erringt.

Es wird viel gejubelt, gelacht und geklatscht. Wir haben die Tigers gerade offen und ehrlich von ihrem Thron gestoßen. Ich bin von Jubel umgeben und freue mich für das Team, aber ich bin nicht ganz da, weil ich überlege, wie ich meine letzten Tage mit Ruby verbringen kann.

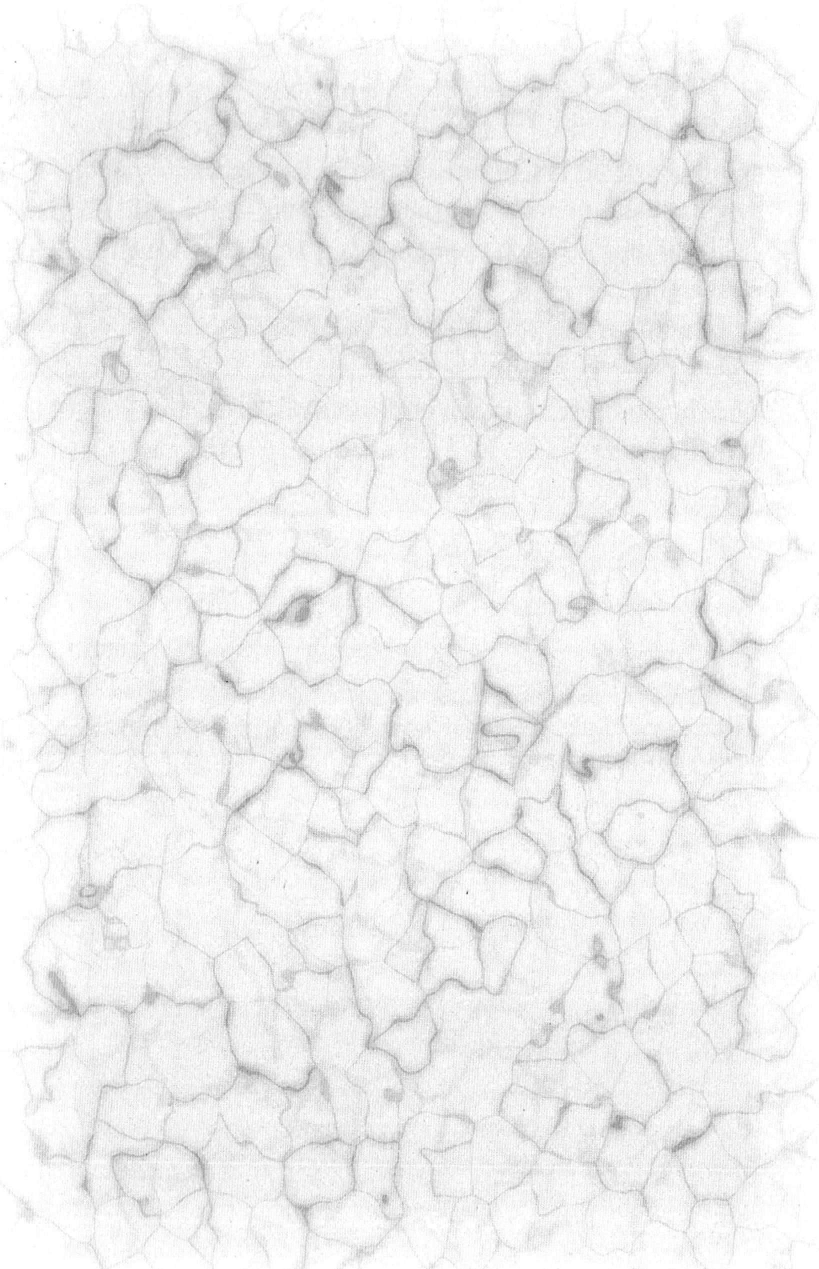

52

RUBY

~ Zwei Tage vor dem Ende ~

Als ich nach Hause komme, sind George und Serena schon fort, meine Schwester ist in der Küche und räumt die Reste unserer Fiesta weg.

Ehe ich auch nur ein Wort herausbringen kann, hat sie mich in ihre Arme gezogen, als hätte sie mich seit Jahren nicht mehr gesehen. »Es wird alles gut«, sagt sie überzeugt und klopft mir auf den Rücken. »Es ist überall in den Medien zu lesen. Alle sagen, es geht ihm gut.«

»Warum siehst du dann so besorgt aus?«, frage ich überrascht.

»Weil ich weiß, dass zwischen euch beiden etwas passiert ist.«

»Woher?«

»Dein Gesichtsausdruck, als du durch die Tür kamst.« Sie setzt sich an den Tisch, atmet tief ein und verschränkt die Hände. »Ich bin bereit. Erzähl mir alles.«

Nachdem ich die ganze Geschichte aus der Umkleidekabine wiedergegeben habe, starrt Gabi mich ohne zu blinzeln an, als würde sie jedes einzelne Wort analysieren. »Ihr ... habt euch fast geküsst?«

Ich nicke und mein Herz rast. Ich will, dass meine Schwester mir etwas sagt, das Sinn ergibt. Sie soll mir erklären, warum ich Jameson so gerne geküsst hätte. Und ich hätte es getan. Ich wäre in seine Arme gefallen, hätte mich auf seinen Kuss eingelassen, wenn seine Familie nicht hereingekommen wäre. Aber vermutlich kenne ich die Antwort schon.

»In diesen paar Sekunden«, sage ich mit zitternder Stimme, »war es, als würde ich mit Hart sprechen, Gabi. Es ist, als wäre er irgendwo dadrin, und deshalb fühl ich mich mit Jameson verbunden.« Deshalb wollte ich ihn küssen. Deshalb will ich ihn *noch immer* küssen.

Die Augen meiner Schwester huschen hierhin und dorthin, nur nicht zu mir. Sie steht auf und beginnt, die Spülmaschine einzuräumen. »Lass uns mal in die Karten gucken.«

»Ich brauche die Karten nicht. Ich fühle es« – meine Hand wandert zu meinem Solarplexus – »hier drinnen.«

Ihr Blick trifft den meinen. »Heißt das, du verlierst dein Herz?«

Mir wird schwindelig. Ich lasse mich auf einen Stuhl fallen, lege meinen Kopf auf den Tisch und schließe die Augen, um mir das Blau von Jamesons Augen in Erinnerung zu rufen. Die Art, wie mein Körper auf ihn reagiert hat. Wie er mich mit so viel Sehnsucht in seinem Blick angesehen hat, dass es mich an Hart erinnerte.

Herzen werden brennen, bevor sie brechen.

»Bist du okay?«, fragt Gabi leise. »Das ist der denkbar schlechteste Zeitpunkt, um auszuflippen, Ruby.«

»Ich flippe nicht aus«, bringe ich heraus und drücke meine Stirn wieder gegen den Tisch. Ich verliere bloß meinen Verstand.

Gabi setzt sich neben mich.

»Ich denke ... Ich meine, ich *fühle* ... ich muss Jameson reinlassen. Ich weiß, es klingt so abwegig.« Der Gedanke schneidet tief und hinterlässt eine raue Kummerscharte in meiner Brust, die ich nicht spüren will. Ich gucke zu ihr hoch.

»Erinnerst du dich an die Botschaft der Ahnen, dass Herzen erst brennen werden, bevor sie brechen?«

»Ja, und du dachtest, sie würden über Jamesons Herz sprechen.«

Sie kaut an einem Fingernagel herum. »Vielleicht deuten wir es nur nicht richtig.«

»Gabi«, flüstere ich, »ich habe das ungute Gefühl, dass mir die Zeit davonrennt.«

»Ja, ich auch.«

»Das hilft.«

»Wäre es dir lieber, wenn ich dich anlüge?«

Ich richte mich auf und stöhne. »Nein. Aber du bist meine Schwester und es ist deine Aufgabe, mich aufzumuntern.«

Sie sieht aus, als wolle sie einen Rückzieher machen, dann überrascht sie mich: »George weiß etwas.«

Ich denke an seine kryptische Bitte zurück, »J« eine Chance zu geben.

»Als du gegangen bist«, fährt Gabi fort, »ist er auf und ab gegangen wie ein verdammter Tiger im Käfig und hat mich nervös gemacht, also habe ich ihn gefragt, was los ist. Ich meine, er mag Jameson nicht einmal wirklich, also warum ist er so ausgeflippt, dass er verletzt wurde, oder?«

»Stimmt.«

»Er sah mich mit diesem wilden Gesichtsausdruck an und sagte: ›Alle Menschen verdienen eine zweite Chance.‹ Als ich ihn nach mehr fragte, murmelte er bloß etwas, das ich nicht verstanden habe, und ging. Und dann hab ich mich daran erinnert, wie er neulich am Strand auftauchte, als ich Jameson seine Karten gelesen habe.«

»Was?« Ich springe auf und stoße dabei fast den Stuhl um. »Du hast mir nie gesagt, dass er da war.«

»Upsi. Hab ich total vergessen! Ich war so auf die Ergebnisse der Lesung konzentriert, dass es mir egal war, dass George kam, aber er war so wütend, Ruby. Und er hat Jameson immer wieder gesagt, dass sie reden müssen. Und Josie war so aufgeregt, Jameson zu sehen, wie ...« Sie bricht abrupt mitten im Satz ab. Alle Farbe schwindet aus ihrem Gesicht. Ihr Mund bewegt sich wie der eines Fischs, aber es kommt nichts heraus.

»Gabi, alles gut?« Ich fächle ihr mit einer Serviette Luft zu.

»Ist das überhaupt möglich?«, flüstert sie.

»Bitte sprich in vollständigen Sätzen, die in mir nicht den Wunsch wecken, mir die Augäpfel mit einem stumpfen Gegenstand herauszureißen.«

»Verstehst du nicht? Hunde fühlen Dinge ...«

»RED KLARTEXT!«

»Hunde denken nicht wie Menschen und sie können Dinge fühlen und Josie rannte zu Jameson, als würde sie ihn *kennen.*«

»Warte!« Ich kann das nicht schnell genug verarbeiten, obwohl ich das Gefühl habe, dass mein Gehirn auf Hochtouren arbeitet. »George hat mir erzählt, dass Josie Jameson immer gehasst hat. Ich habe Josie vor Monaten auf Martins Party gesehen und sie hat ihn angeknurrt, als würde sie ihn gleich angreifen, und jetzt sagst du mir, dass sie ihn abgöttisch liebt?«

In fassungslosem Schweigen beginne ich, meine jüngsten Erinnerungen mit Jameson durchzugehen: das seltsame Déjàvu, wie er mich gesucht, wie er vor Harts Haus gewartet hat, die ersten paar Noten, die er gespielt hat und die sich wie ein

Hart-Song anhörten, bevor er aufgab, wie ich geglaubt habe, ihn in jener Nacht auf der Klippe gesehen zu haben, sein Klavier, Tías Botschaft, dass er nicht das ist, was er zu sein scheint. Oh Gott. Es passt alles zusammen. Und dann sind da noch diese seltsamen Träume und dass er sich verändert hat und die Wärme, die ich spüre, wenn wir uns berühren, aber …? Das unsichtbare Band, das uns zusammenhält. Ich könnte noch viel mehr aufzählen. Ein kalter Schauer durchfährt mich und die Worte sind raus, ehe ich sie zurückhalten kann. »Josie hat Hart gespürt«, wispere ich. »Oder vielleicht einen Teil von ihm. Ich bin mir nicht sicher, wie das alles funktioniert, aber George muss es auch herausgefunden haben, denn sonst wäre er auf keinen Fall im Team Jameson. Deshalb hat er in der Mittagspause mit Jameson abgehangen. Und deshalb hat er mich gebeten, ihm eine zweite Chance zu geben. Ich werd ihn umbringen, weil er's mir nicht gesagt hat!«

Gabi nickt, als wäre sie ein Wackeldackel. »Heiliger Santos!«

»Bilde ich mir das alles nur ein?«, frage ich und suche nach einem Anschein von Logik, während sich mir die Kehle zuschnürt.

»Was sagt dir deine Intuition?«

Ich schüttele den Kopf. »Was sie mir schon die ganze Zeit zu sagen versucht hat, ich habe die Teile bloß nicht zusammengesetzt. Ein Teil von Hart ist irgendwie in Jameson drin.«

»Du musst einen Weg finden, mit ihm in Kontakt zu treten!«, ruft Gabi aufgeregt und reibt sich krampfhaft die Stirn. »Ich meine, vielleicht hat er die ganze Zeit versucht, dich zu erreichen.«

»Warum? Um mir zu sagen, dass ich glücklich werden soll?«

»Oder vielleicht etwas anderes, etwas Größeres.«

Tränen des Unglaubens treten mir in die Augen. »Wie komme ich an ihn ran?«

»Ich weiß nicht … Dein Herz brennen lassen?«

Ich starre sie stumm an. Mustere die ernste Miene meiner Schwester. Ich erwarte fast, dass sie aufsteht und mir sagt, dass sie nur scherzt. Doch nein, sie starrt mich einfach weiter an. Bleibt ernst. »Wir sind hier nicht in einem kitschigen Liebesroman.«

Gabi ergreift meine Arme und zwingt mich, ihr in die Augen zu sehen. »Das ist nicht der richtige Zeitpunkt, um deine Intuition infrage zu stellen. Wir reden hier über Hart, Ruby. Das ist es, was die Ahnen gesagt haben. Ich dachte, sie meinen, du würdest dich wieder verlieben, aber was, wenn das gar nicht so ist?« Gabi redet mit jedem Atemzug schneller. »Was ist, wenn sie sagen, dass du Jameson dein Herz öffnen musst, um Hart näherzukommen? Als wäre er vielleicht der Schlüssel. Oder die Tür zu Hart oder was auch immer. Verdammt! Jetzt ergibt das alles einen Sinn.«

»Sinn ergeben? Das macht es schon lange nicht mehr.« Mir ist heiß und meine Haut kribbelt überall. Ich weiß, dass meine Schwester recht hat, vielleicht nicht in den Details, aber sie ist auf dem richtigen Weg. Ich spüre es in meinem Bauch. Die Hitze auf meinen Lippen, die noch von unserem Beinahekuss herrührt, sagt mir, dass wir richtigliegen. »Die Ahnen hätten dir das alles auch einfach im Klartext sagen können«, knurre ich.

»Sie sprechen oft in Rätseln«, meint Gabi ruhig. »Es ist nervig, aber vielleicht langweilen sie sich auch nur.«

Abwesend fange ich an, das Geschirr abzuspülen. »Okay, Gabi«, sage ich irgendwann, als ich mich damit abfinde, was ich zu tun habe. Ein Schwarm Schmetterlinge explodiert in meinem Bauch. »Ich werde Jameson reinlassen.«

»Die Ahnen haben sich klar ausgedrückt. Herzen müssen brennen …«

Ich starre sie an, als wäre sie diejenige, die mich dazu zwingt. Eigentlich zwingt mich niemand zu irgendetwas. Das ist meine Entscheidung. Mein Herz zu verlieren bedeutet, mich nicht zurückzuhalten. Es bedeutet, den Impulsen nachzugeben. Es bedeutet … mein Herz brennen zu lassen, weil ich weiß, dass es brechen wird. Doch ich werde es tun und noch viel mehr, wenn das heißt, auch nur einen einzigen zusätzlichen Moment mit Hart zu bekommen.

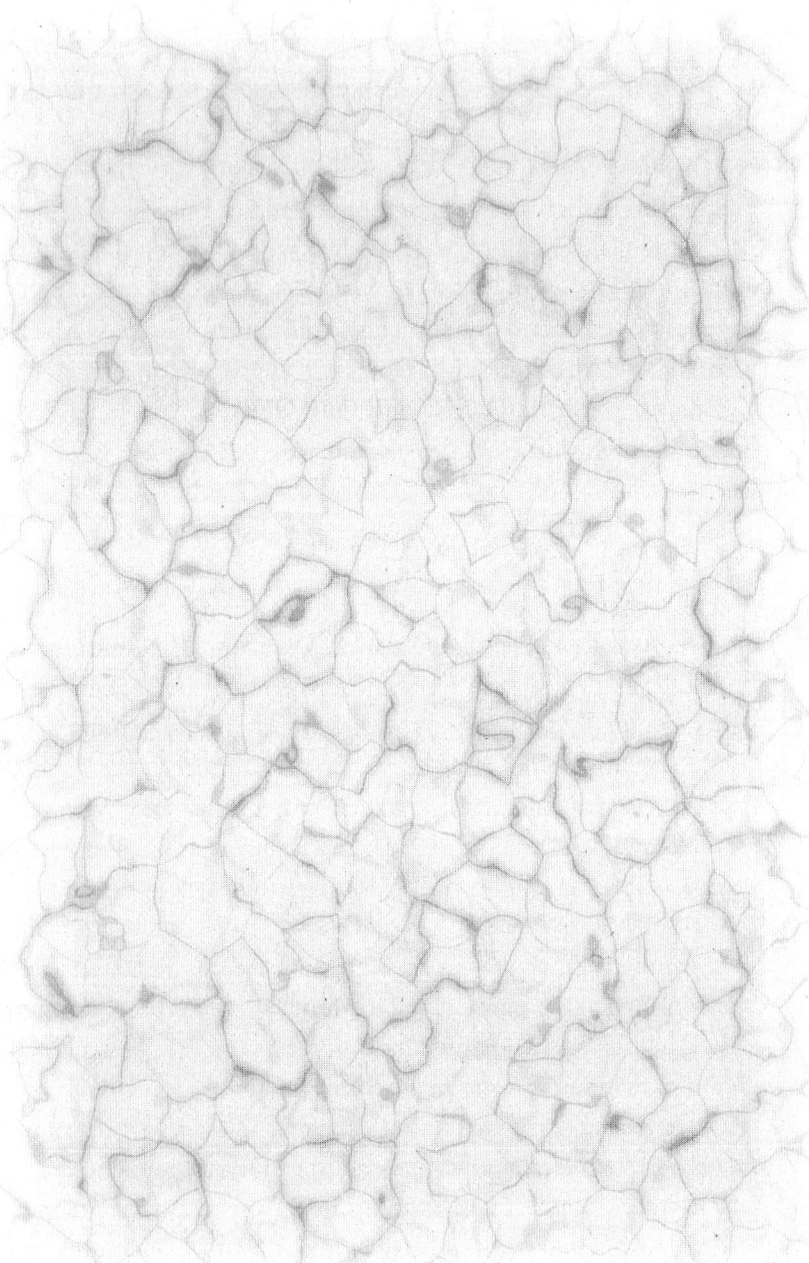

53

Hart/Jameson

~ Einen Tag vor dem Ende ~

Ich erwache im Morgengrauen.

Wie immer gehe ich als Erstes meine Erinnerungen durch. Es ist, als würde man auf ein leeres Feld blicken, von dem man weiß, dass es mit stattlichen Bäumen bepflanzt sein sollte, aber die Bäume sind alle zu Asche verbrannt und nichts ist übrig als der aufsteigende Rauch in der kühlen Morgenluft.

Ich kann mich nicht mehr an mein altes Haus oder mein Zimmer darin erinnern oder daran, welche Kurse ich letztes Jahr in der Schule belegt habe. Ich kann mich nicht mehr an die Stimme meines Dads erinnern oder an das Kind, das ich vor dem Ertrinken gerettet habe. Meine Atmung beschleunigt sich, doch ich schlucke die Panik hinunter und greife nach der einzigen Erinnerung, die zählt. Ruby.

Da ist sie mit all den Marienkäfern, die um sie herumfliegen. Doch jetzt spüre ich einen Schmerz, den ich nicht beschreiben kann. Einen Schmerz, der mir sagt, dass meine Zeit abläuft. Ich kann es fühlen. Und dann ist da noch die Art, wie sie mich umarmt hat, wie sie mich fast geküsst hat. Oder

Jameson. Ein Funke Eifersucht entflammt in meiner Brust. *Nein*, denke ich. Irgendwie *muss sie gewusst* haben, dass ich es war.

Eine kleine Stimme erhebt sich in mir: *Aber was, wenn nicht?*

Kann ich damit leben? In dem Wissen, dass sie weiterzieht? Damit, dass sie glücklich ist? Ist es nicht das, was ich mir immer für sie gewünscht habe? Auch wenn das bedeutet, dass ich nicht mehr Teil ihres Lebens bin, zumindest nicht als ich selbst? Die Antwort schlägt wie eine Abrissbirne in meinen Gedanken ein: ja.

Als ich mir nach dem Duschen eine Jogginghose überziehe, bekomme ich eine Nachricht von Ruby.

Bist du wach

Ich lächle, tippe: **Hi**

Wir sollten reden

Zögernd lasse ich meinen Finger über dem Touchscreen schweben. Und dann necke ich sie: **Über …**

Über den Beinahekuss? Über die unbestreitbare Chemie zwischen uns? Über die Tatsache, dass ich nur noch wenige Tage habe, um mich von Ruby zu verabschieden?

Ich kenne meine Ruby. Sie würde nie via Nachricht über etwas reden, das ihr etwas bedeutet, schon gar nicht mit Jameson. Und das tut sie auch nicht.

Einen Augenblick später klingelt mein Handy.

»Hey«, sage ich und lächele immer noch. »Du bist früh auf.«

»Hi«, antwortet sie leise. »Können wir uns heute treffen?«

Ich spüre ein Ziehen in der Brust. Sie klingt anders, doch ich kann nicht genau sagen, was es ist. Ich will gerade *Zur Hölle, ja* sagen, als ich mich an mein Versprechen an Victoria erinnere, zu ihrem Auftritt zu kommen. »Äh, klar, aber ich muss zuerst zu einer Ballettaufführung gehen.«

Ruby entfährt ein kleines Lachen. »Klingt lustig.«

»Willst du mit?«, frage ich und kriege das Bild von Rubys leuchtenden Augen und ihrem vollen Mund, der nur wenige Zentimeter über meinem eigenen schwebt, nicht aus meinem Kopf.

»Ich muss arbeiten«, entgegnet sie, wobei sie jedes Wort in die Länge zieht.

Wenn einem die Zeit davonläuft, darf man nicht um den heißen Brei herumreden, also sage ich: »Meld dich krank.«

Sie seufzt. »Ich habe Serena versprochen, dass ich ihre Schicht übernehme.«

»Wie wär's mit nach der Arbeit? Wir könnten etwas essen gehen oder so?«

»Ich habe um sieben Uhr Feierabend.«

Sobald wir aufgelegt haben, wird mir klar, dass wir einen ganzen Tag verlieren werden. Also schreibe ich ihr noch mal:

Nimm dir morgen nichts vor.

Meinst du nach der Schule?

Ich meine schwänzen.

Ich beobachte, wie die drei kleinen Punkte auf meinem Bildschirm aufblitzen und wieder verschwinden, und frage mich, was sie wohl zurückschreiben wird. *Nein? Morgen schreibe ich einen wichtigen Chemietest? Ich bekomme Anwesenheitspunkte?* Es stellt sich heraus, dass es nichts von alledem ist. Nur ein kleines schwarzes Herz, das mir *Ja* sagt.

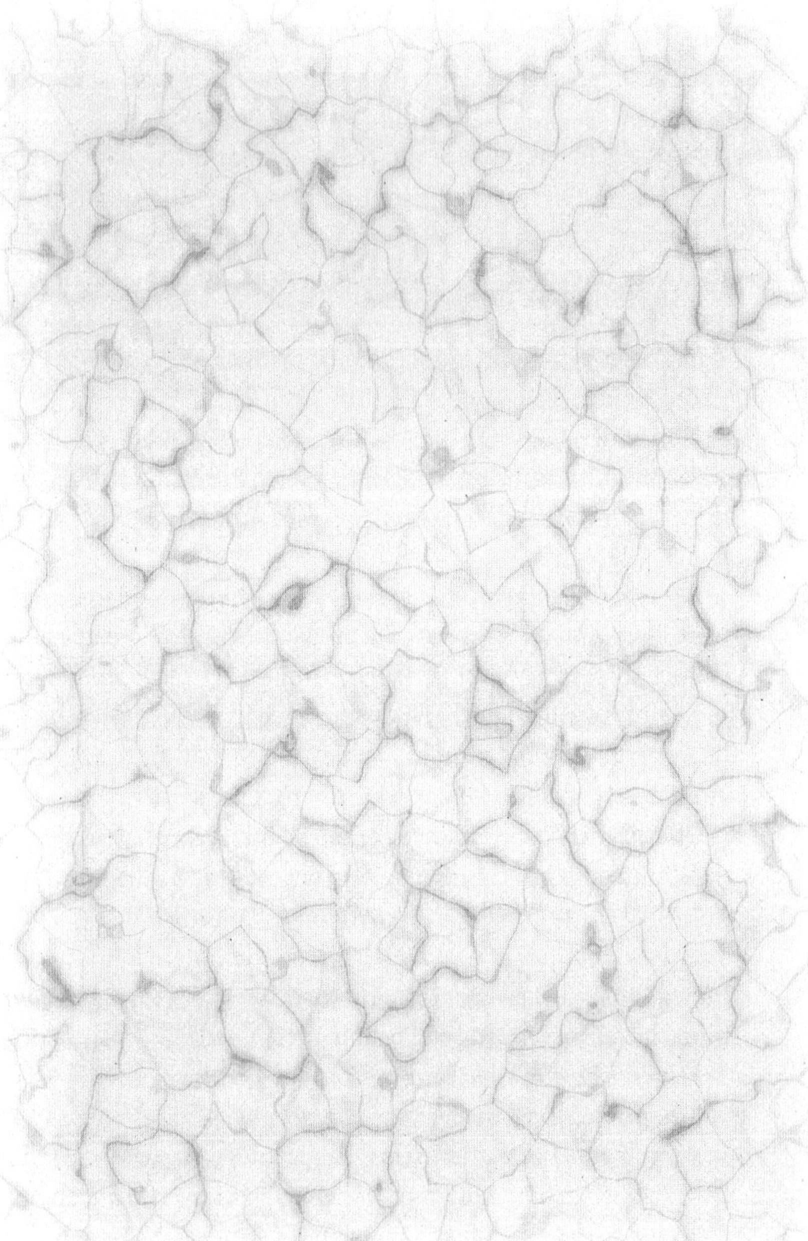

54

Ruby

Ich habe George dreimal angerufen, viermal, wenn man den Anruf im Morgengrauen mitzählt, der direkt auf seine Mailbox ging. Als er mich endlich zurückruft, renne ich gerade über den Parkplatz von Pepe's Pizza Palace.

»Dein Timing ist echt das schlechteste aller Zeiten«, antworte ich atemlos.

»Ich bin nicht derjenige, der einen *Notfall* hat.«

»Wäre es wirklich ein Notfall gewesen, wär ich jetzt schon tot.«

»Du klingst quicklebendig.«

Ich bleibe abrupt stehen, atme tief durch und kneife die Augen zusammen. »Du hast es mir nicht gesagt.«

»Ich erzähle dir viele Dinge nicht.«

»Über Jameson. Über Hart. Über all das und sag nicht, du wüsstest nicht, wovon ich rede. Ich weiß genau, dass du es weißt.« Sein Atem stockt. Wären da nicht die rasenden Autos und die schreienden Kinder im Gebäude, könnte ich ihn denken hören.

»Hey, Ruby?« Seine Stimme ist sanft und besorgt. »Es tut mir wirklich leid. Ich vermisse ihn auch, aber ich habe keine Ahnung, wovon du sprichst.«

Mein Herz krampft sich zusammen. »Ich habe eins und eins zusammengezählt, George. Josie? Der Fakt, dass du meintest, ich soll mit Jameson abhängen, dass er ein netter Kerl ist? Plötzlich seid ihr Freunde, obwohl du ihn vorher nicht ausstehen konntest? Ich weiß es.«

Ein paar Kinder rennen mit Geschenken in den Händen an mir vorbei. Ihre Eltern laufen hinterher und tippen auf ihren Handys herum.

»Wollen wir uns später treffen?«, fragt er.

»Nein, ich will, dass du mir sagst, warum du's mir nicht verraten hast«, fordere ich und meine Frustration wächst.

»Ruby, ich ... ich habe keine Ahnung, wovon du redest. Ich meine, ja, Jameson ist cool. Er hat sich seit dem Koma verändert. Aber ich schwöre bei meinem Leben, beim Leben meiner Brüder, dass ich dir nichts verheimliche.«

Etwas bricht in mir. Ich schätze, Gabi hat sich in puncto George geirrt.

Ray steht plötzlich in der Tür und winkt mich hektisch herbei. Ich will ihm zurufen, dass ich es mit kosmischen Kräften zu tun habe, die er unmöglich verstehen kann, aber ich brauche diesen Job, wenn ich nächsten Sommer reisen will. Also verspreche ich George, dass ich mich später bei ihm melden werde, und schleppe mich dann in die neonpinke Hölle.

In Pepe's Pizza Palace wimmelt es von Kleinkindern bis hin zu Zehnjährigen. Das ist die gängige Altersspanne, alles darüber ist zu cool für diesen Ort.

Ich bin für drei Geburtstagsfeiern eingeteilt und habe keine Hilfe, außer Kal, der so schüchtern und unbeholfen ist, dass er sich mit jeder meiner Anweisungen weiter in sein Schneckenhaus zurückzieht. Also eile ich von Party zu Party und erinnere mich eisern daran, wofür das alles gut ist. Und wenn Serena nicht bei der goldenen Hochzeitsfeier ihrer Großeltern wäre, würde ich die Nationalgarde losschicken, um sie herzuholen.

Da ist ein lauter Tumult, der sich wie eine Horde kreischender Mädchen anhört, und als ich aufschaue, sehe ich ein Gewimmel von rosa Trikots und Tutus. Und dann sehe ich ihn in der Mitte stehen. Jameson. Das Herz geht mir auf.

Während er die Balletttruppe hineinführt, winkt er mir zu.

»Ruby!«, ruft Victoria und rennt zu mir rüber, als würden wir uns schon ewig kennen.

»Hey, du«, rufe ich lächelnd und platze fast vor Freude, dass Jameson hier ist. Und dann erinnere ich mich an das übergroße Poloshirt, das ich trage, und will im Boden versinken.

»Hallo«, sagt er, als er vor mir auftaucht. Ich nehme jedes Detail seines Gesichts in mich auf, suche nach Hart in seiner markanten Kieferpartie, der Fülle seiner Lippen, dem Blau seiner Augen. Könnte sein Lächeln noch strahlender sein?

»Hallo«, erwidere ich, sicher, dass er mein Herz in meiner Brust hämmern sehen kann.

»Du solltest auf jeden Fall öfter Rosa tragen«, neckt er mich.

Die Röte schießt mir ins Gesicht.

Lourdes drängt sich durch die Horde kreischender Mädchen. Sie trägt eine riesige Tasche auf der Schulter und ein winziger Hundekopf lugt aus dem Inneren hervor. »Ruby, das ist *kein* Palast und ich möchte eine formelle Beschwerde einreichen.«

Ich lache – es fühlt sich gut an, vertreibt die Nervosität, Jameson so unerwartet zu sehen. Und zügelt meine Versuche, irgendwelche Anzeichen von Hart in ihm zu *erkennen.* Wie funktioniert das alles bloß?

Bevor Jameson an meine Seite treten kann, wird er von zwei Mädchen, die wohl Tokens und Pizza kaufen wollen, zur Kasse gezogen. Er zuckt mit den Schultern und schenkt mir ein strahlendes Lächeln, das mein Herz höherschlagen lässt.

»Wer ist das denn?«, frage ich Lourdes, nicke zu ihrem Hund hin und ziehe sie in eine halbe Umarmung.

»Das ist Dante«, seufzt Lourdes theatralisch.

»Er ist so süß.«

»Er ist ein Streuner.«

Dante zappelt in der Tasche und wimmert.

»Du hast ein schreckliches Timing«, murrt Lourdes und meint dann zu mir: »Gibt es hier eine Hundetoilette?«

»Ha. Nein, aber hinterm Gebäude gibt es einen kleinen unbefestigten Parkplatz.«

Lourdes seufzt. »Komm schon, Dante«, sagt sie, während sie zur Hintertür hinausgeht und mich mit Victoria allein lässt, die immer noch neben mir steht, wie ich feststelle, obwohl ihre Freundinnen längst verschwunden sind.

»Wie war der Auftritt?«, frage ich.

»Super! Ich bin nicht gestolpert.« Sie wirbelt herum, bevor sie sich an den langen Picknicktisch setzt, den einzigen, der nicht mit Glitzer oder Luftballonschlangen bedeckt ist.

»Ich wette, du bist wirklich gut.«

»Ich bringe Jameson das Plié bei.« Aus dem Eimer in der Mitte des Tisches nimmt sie einen Buntstift und beginnt, auf das weiße Papier zu kritzeln, das danebenliegt.

Ich lache bei der Vorstellung, wie der über eins achtzig große Jameson versucht, Ballett zu tanzen.

»Magst du meinen Bruder?«, fragt sie mit konzentriert zwischen den Lippen eingeklemmter Zunge, während sie ein paar Strichmännchen zeichnet.

»Allerdings«, antworte ich ohne zu zögern.

Victoria nickt, als wäre das genau, was sie hören wollte. »Er mag dich auch.«

Ray ruft nach mir, damit ich mich um ein heulendes Kind kümmere, das in der kurvenreichen Röhrenrutsche feststeckt. Gott, das ist so demütigend. Ich musste schon öfters den Helden spielen, was normalerweise bedeutet, dass ich am unteren Ende der Rutsche hochklettern und das Kind rausholen muss.

Das Kind schreit so laut, dass man meinen könnte, Freddy Krueger sei mit ihm dadrin. Oben warten mehr Kinder, die dem feststeckenden Kind hilfreiche Sachen zurufen, wie »Lass einfach los«, »Das macht doch Spaß«, »Du versaust alles«.

Ich will mich gerade auf den Weg machen, als mein Blick an Victorias Zeichnung hängen bleibt, an den Buchstaben, die sie über das große Strichmännchen schreibt, das Jameson sein muss.

HART

»Ruby!«, schreit Ray.

Doch der Ruf meines Namens dringt so dumpf an meine Ohren, als wäre ich unter Wasser. Ich bin so weit außerhalb meines Körpers, dass ich nicht mehr weiß, wo oben und unten ist. Ehrlich gesagt bin ich nicht einmal sicher, ob ich sprechen kann. »Vic… Wer … Wie …?«

Victoria folgt meinem Blick, der auf den Namen gerichtet ist. Keuchend schlägt sie die Hände über dem Namen zusammen. »Es soll ein Geheimnis sein. Nicht verraten!«

Das stecken gebliebene Kind heult jetzt. Ich eile hinüber, klettere auf die Leiter und fordere die anderen Kinder auf, auf die Brücke zu gehen. Ich zittere am ganzen Leib, meine Lungen ziehen sich schmerzhaft zusammen und jede Zelle in meinem Körper ist in höchster Alarmbereitschaft.

Jameson steht jetzt am Fuß der Rutsche und starrt zu mir hoch. »Du wirst doch nicht wirklich *da* reingehen?«, ruft er und grinst, wie um mich herauszufordern.

Eine Erinnerung schießt mir durch den Kopf. Hart war neun, stand am Fuße einer Rutsche, schirmte seine Augen gegen die Sonne ab und sagte genau diese Worte. Und mir wird klar, dass alles, jeder Moment, jeder Hinweis mich an diesen Punkt geführt hat.

In diesem Augenblick scheint alles zu verblassen. Die Partygeräusche, die grell blinkenden Lichter, das schreiende Kind. Und da sehe ich ihn.

Hart.

55

Hart/Jameson

Ruby kommt auf mich zumarschiert.

Sie sieht aus, als wollte sie mich ohrfeigen oder überfallen.

Ich mache einen Schritt zurück, aber sie ist schon da und zerrt mich aus Pepe's Pizza Palace, ignoriert die Rufe ihres Bosses und das schreiende Kind auf der Rutsche, das sie nie gerettet hat. Wir sind auf halbem Weg über den Parkplatz, als ich endlich zu ihr durchdringe. »Ruby? Was ist denn los?«

Sie dreht sich um. Ihre dunklen Augen sind wie Laser auf mich gerichtet. Ihr Brustkorb hebt und senkt sich, als könnte sie keine Luft bekommen. Sie lässt meine Hand fallen. Tritt näher, presst ihre Hände auf meine Brust und schließt die Augen. Ich kann kaum atmen.

»Ruby?«

Im nächsten Moment krallt sie ihre Hände in mein Oberteil und schaut auf. Sie fixiert mich einen Herzschlag lang. Zwei Herzschläge. Drei.

»Es gibt nur einen Weg, wie ich sicher sein kann.«

»Wovon redest du?«

Sie stellt sich auf ihre Zehenspitzen. Und dann presst sie ihre Lippen auf meine.

Ihre Lippen sind weich, tastend. Ich möchte ihren Kuss erwidern, aber ich habe Angst, sie zu verschrecken, und weiß nicht mal, was passiert.

Sie zieht mich näher an sich heran, öffnet meine Lippen mit ihrer Zunge. Jeder Nerv in meinem Körper steht in Flammen. Ich lasse los. Vertiefe den Kuss, spüre ihre Hitze, ihr Verlangen, all die Fragen, die sie stellt. Jede Faser meines Körpers antwortet bei jeder Berührung mit *Ja, ja, ja* … Dann sind ihre Hände plötzlich in meinen Haaren, unser unregelmäßiger Atem passt sich jetzt dem Rhythmus des Kusses an, hektisch, außer Kontrolle. Als wäre dies der letzte Kuss, den wir je teilen werden.

Ich will mehr von ihr.

Alles von ihr.

Sie löst sich zuerst, um nach Luft zu schnappen.

Langsam hebe ich ihr Kinn an. Die Tränen in ihren Augen sagen mir, dass der Kuss nicht für Jameson war, sondern für mich. Sie weiß es.

Mein Herz schwillt vor Liebe für dieses Mädchen an und ich bin mir nicht sicher, ob ich es unter Kontrolle halten kann. Und vielleicht kann ich nicht mit Worten bestätigen, wer ich bin, aber …

Ich halte sie fest und drücke meine Lippen auf ihre. »Weißt du, wie lange ich das schon tun wollte?«

Sie schenkt mir ein trauriges Lächeln, zwirbelt sanft mein Haar in ihren Fingern. Ihre Augen sind verträumt und weit weg. »Tut mir leid, dass ich so lange gebraucht habe, um es herauszufinden.«

56

Ruby

Wir fahren ziellos umher.

Jameson (Hart) wirft mir vom Fahrersitz aus ab und zu einen Blick zu, wie um sich zu vergewissern, dass ich noch da bin. Glücklicherweise hat Lourdes zugestimmt, sich um die Kindermeute zu kümmern, sodass wir Zeit miteinander verbringen können. Unsere Freiheit hat mich zwar auch meinen Job gekostet, aber was soll's? Das ist mir schnurz.

»Und wie funktioniert das?«, frage ich schließlich und durchbreche das Schweigen, das für mich mit der Erinnerung an unseren Kuss gefüllt ist. Der Kuss, der mir ohne den geringsten Zweifel klargemacht hat, dass Hart irgendwie in Jameson ist. Gabi hatte recht. Ich habe mein Herz brennen lassen. Ich habe mich hingegeben und ich habe gesehen, das habe ich verstanden. Aber was nun?

»Ich wünschte, ich könnte es dir sagen«, meint er.

»Dann sag es mir.«

»So funktioniert's nicht und bitte frag nicht weiter nach, denn es gibt kosmische Regeln und die sind echt scheiße.«

Ist das der Grund? War er an ein kosmisches Gesetz gebunden, das ihn daran gehindert hat, mir die Wahrheit zu sagen? Ich möchte so gerne alles wissen: wie, wann, warum, wo? Aber ich weiß, dass es keinen Sinn hat. Also begnüge ich mich mit dem, was mir gegeben wurde. Diesem Moment. Ich nicke, plötzlich unsicher, was ich sagen soll oder wie ich es ansprechen kann. »Ich … Ich weiß nicht mal, wo ich anfangen soll.«

Er greift nach meiner Hand und drückt sie sanft. »Ich auch nicht, aber vielleicht müssen wir das gar nicht. Vielleicht können wir neu anfangen.«

Neu anfangen. Ich mag die Idee. Immer noch erfüllt von Zufriedenheit, immer noch außerhalb meines eigenen Körpers schwebend, immer noch eingehüllt in die Wärme von Harts Kuss sage ich: »Also, wohin gehen wir?«

Er lächelt mich zärtlich an. »Ist das wichtig?«

Ich lehne meinen Kopf zurück gegen die Stütze und atme tief durch. »Völlig egal.«

Während wir eine dunkle, stille Straße hinunterfahren, ist das Brummen des Motors das einzige Geräusch.

Herzen werden brennen, bevor sie brechen.

Ich will nicht warten, bis das passiert. Am liebsten möchte ich für immer hierbleiben, in diesem Moment. Doch etwas sagt mir …

Sein Kiefer spannt sich an. »Wir haben nicht viel Zeit.«

»Wie viel bleibt uns?«

Sein Adamsapfel hüpft auf und ab. »Keine Ahnung.« Dann triff sein Blick meinen.

Ich lehne mich an seine Schulter, lege meine Hand auf seine Brust, spüre seinen Herzschlag.

Wir fahren schweigend weiter und ich wende den Blick nicht von ihm ab. Und obwohl es Jamesons Gesicht ist, das ich sehe, ist alles Hart. Er ist überall, im Funkeln von Jamesons Augen, in der weichen Kurve von Jamesons Lächeln, im Atem von Jamesons Lungen, im Schlag seines Herzens.

Wir fahren zu ihm nach Hause und gehen die Klippenstufen zum Ufer hinunter. Der Vollmond scheint auf das glitzernde, dunkle Meer hinab.

Er öffnet die Tür eines Häuschens, holt eine Decke heraus und breitet sie auf dem Sand aus. »Willst du was trinken?«, fragt er.

»Habt ihr dadrin eine Küche?«, frage ich neckisch.

»Na klar.«

»Ich brauch nichts, danke.«

Wir setzen uns auf die Decke und starren auf die heranrollenden Wellen, lauschen dem rhythmischen Rauschen der Brandung.

Ich lehne meinen Kopf an seine Schulter und halte seine Hand fest umklammert. »Wie ist das alles möglich?«

Er zuckt mit den Schultern. »Ich wünschte, ich könnte es verstehen.«

»Schon gut«, wispere ich. »Ich muss es nicht wissen. Es zählt bloß, dass wir zusammen sind. Ich muss nur hier bei dir sein.«

Er schaut zu mir herab, küsst mich sanft. Ich hasse es, wie sich die Welt weiterdreht, die verstreichende Zeit, die ihre Bewegung anzeigt. Ich hasse es, nicht zu wissen, wann der Herzschmerz kommen wird. Also drücke ich mich an ihn, unsere Küsse schmecken nach mehr, unsere Hände suchen nach dem, was nie genug sein wird.

Wir klammern uns aneinander, er auf dem Rücken, ich auf ihm. Jeder Kuss ist dringender als der vorige, die Sehnsucht wächst und wächst.

Er reißt sich los und blickt zu mir auf. Seine Hände sind in meinem Haar vergraben. Seine Stimme ist heiser. »Ruby.«

»Wir wissen nicht, wie lange es andauern wird«, murmele ich.

Er sucht mein Gesicht ab.

»Ich will es«, sage ich.

Er zieht sich noch weiter zurück und starrt mich mit großen Augen an. Er weiß, worum ich ihn bitte. Wir hatten uns geschworen, bis zum College zu warten. Aber jetzt ... wenn das meine einzige Chance ist. Es hätte immer Hart sein sollen. Es war, ist und wird immer Hart sein.

»Ruby«, sagt er wieder.

Ich küsse ihn, fahre mit meinen Händen über seine Brust, hinunter zu seiner Taille. Er gibt ein leises Stöhnen von sich, küsst mich tiefer. Seine Hand gleitet unter mein Oberteil, die Wärme seiner Hände jagt mir ein Kribbeln über den Rücken. Wenn ich könnte, würde ich in ihn hineinklettern und unsere Herzen miteinander verschmelzen.

Doch dann geht er auf Distanz, rollt sich weg und ich erschaudere, denn plötzlich wird mir kalt.

»Nein, nicht so«, ruft er.

»Warum?« Ich schlucke schwer. »Du hast gerade gesagt, dass wir nicht viel Zeit haben, und ich will, dass du es bist, Hart.«

Sein Kiefer zuckt im Schein des Mondlichts.

»Bist du wütend auf mich?«, frage ich ungläubig.

Er schüttelt den Kopf. »Ich will dich, Ruby. Glaub mir. Aber ...«

»Aber was?«

»Ich glaube, wir brauchen beide eine kalte Dusche.«

»Sieh mich an.«

Er senkt den Kopf und blickt mich von der Seite an, ein Grinsen umspielt seine Lippen. Da ist es. Dieses Lächeln, das ganz Hart ist.

Plötzliche Scham oder vielleicht auch Wut explodiert wie ein Feuerwerk in meiner Brust, doch ich habe keine Ahnung, wie ich es ausdrücken soll.

Er seufzt. Wartet einen Herzschlag. Zwei Schläge. Dann streicht er mit dem Daumen über meine Wange. »Ich will, dass es perfekt ist, der Zeitpunkt und der Ort und ...« Er fährt sich mit der Hand über das Gesicht und sieht mich unglücklich an. »Du hast ja keine Ahnung, wie sehr ich dich will.«

Oh, ich weiß es. Ich kann es in seiner Stimme hören, in seinen Augen sehen, in der Anspannung seines Körpers. »Gibt es etwas, das du mir verheimlichst?«, frage ich.

Sein Zögern sagt mir, dass er sich aus einem wichtigeren Grund zurückhält, als er zugeben will. Und ganz ehrlich? Ich bin unendlich erschöpft, emotional ausgelaugt. Unsere Zeit mit Streiten zu verbringen, will ich als Allerletztes.

»Yeah«, sagt er mit einem verruchten Grinsen. »Ich liebe dich, Ruby Armenta.«

Ich lasse mich wieder in seine Arme fallen. »Du bist auch nicht so schlecht, Hart Augusto.«

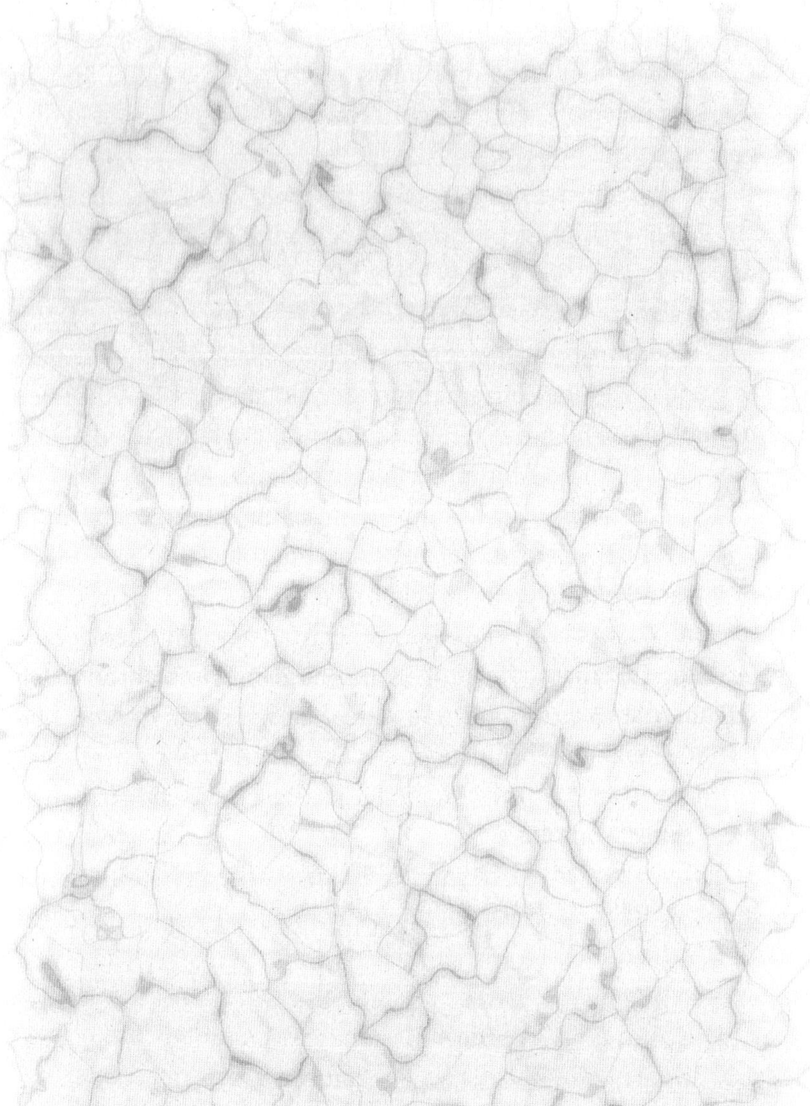

57

Lourdes

Ich habe Hart so viele seiner Erinnerungen genommen, dass er sich wie eine Hülle seiner selbst fühlen muss, doch er beklagt sich nicht. Dafür bewundere ich ihn. Ich habe ihm erlaubt, die erste Erinnerung an sie zu behalten. Es wird die letzte sein, die ich ihm nehme. Nenn mich sentimental, aber ich habe Hart lieb gewonnen. Seine Hartnäckigkeit, seinen Kampfgeist, seine Gutmütigkeit.

Ruby hat mich allerdings am meisten überrascht. Sie hat die Wahrheit entdeckt. Auch wenn sie dafür ihr verwundetes Herz öffnen musste. Und ich habe das Gefühl, dass das etwas bedeutet. Nur was?

Die Aufregung in mir ist zunächst minimal, so winzig, dass ich sie gar nicht bemerken sollte, aber ich registriere sie und bald fühlt es sich an wie immer gewaltiger brausende Wellen, die sich über einen ruhigen See erstrecken. Das ist der Moment, in dem die Idee Wurzeln schlägt. Eine Idee, die ich anfangs von mir weisen möchte, doch je mehr sie sich in mir festsetzt, desto richtiger fühlt sie sich an.

Ich werde eine heilige Regel brechen, um Hart das zu geben, wonach er sich am meisten sehnt. Wenn er gegen den Schlaf ankämpft, wenn sie erwacht, werde ich die einzige Macht einsetzen, die entscheidend genug ist, um ihm die Fähigkeit zu geben, Ruby die ganze Wahrheit zu sagen.

Die eine Sache, die sicherstellt, dass ich nach meiner menschlichen Inkarnation als Engel zurückkehren werde.

Ich werde einen einzigen Flügel aufgeben.

58

Hart/Jameson

~ Zwölf Stunden vor dem Ende ~

Rubys Mom ist auf Geschäftsreise, also haben wir bei ihr übernachtet und die ganze Nacht zusammen verbracht, miteinander geflüstert, gelacht, gerungen, rumgemacht, alte Fotos angeguckt, mein Liederbuch gelesen und auf ein unvollendetes Lied gestarrt. Auf die Worte, die aus ihrer Feder stammen, die mir das Herz brechen: *Wann wird dieser Schmerz aufhören?*

Ich hatte zu große Angst, um zu schlafen. Zu große Angst, sie auch nur einen Moment aus den Augen zu lassen. Sie hat keine Ahnung, wie sehr ich ihr gestern Abend den Wunsch erfüllen wollte, ihr Erster zu sein. Ihr Einziger. Doch das wäre nicht fair, denn in ein paar Tagen werde ich sie vergessen; ich werde den schönsten Moment unseres Lebens vergessen und das wird sie bis auf die Knochen erschüttern.

Ich verstehe jetzt, dass unsere Liebe sie zurückgehalten, Schatten auf ihr Leben geworfen und ihr nichts als Elend gebracht hat. Das will ich nicht. Ich will, dass sie glücklich wird. Und ich werde ihr das ermöglichen, solange ich kann.

Doch selbst ohne Schlaf in der letzten Nacht spürte ich, als der Morgen graute, meine Erinnerungen weiter schwinden. Ich fühlte mich weniger wie Hart als je zuvor. Also ließ ich den Blick wieder über Ruby schweifen. Ich beobachtete sie im Schlaf und kämpfte gegen die Müdigkeit an. Ich habe diesen verdrehten Sinn für Logik, dass ich sie nicht vergessen werde, solange ich sie sehen kann.

Sonnenlicht fällt durch einen schmalen Spalt zwischen ihren Vorhängen und sie öffnet ihre Augen halb, lächelt mich verschlafen an.

»Du bist immer noch hier.«

»Wo sollte ich sonst hingehen, Rubes?«

Sie streckt sich und schlingt ihre Arme um mich. »Nirgends. Du musst nur hier bei mir sein. Das ist alles. Du darfst mich nie verlassen.«

Ich lache leise. »Ich bin voll deiner Meinung.«

»Sag mir, dass du mich liebst«, haucht Ruby plötzlich.

»Ich liebe dich, Ruby Armenta.«

Wir verharren ein paar Augenblicke so. Irgendwann sagt Ruby: »Ich wünschte, du könntest mir von diesem Tag erzählen ... Ich möchte einfach alles wissen.«

»Es war furchtbar.« In der Sekunde, in der die Worte aus meinem Mund kommen, erstarre ich. Und dann ist es, als würde eine kosmische Tür in mir aufschwingen. Ich beschließe, vorsichtig zu sein und das Wasser zu testen: »Ich bin Hart Augusto.«

Ruby stützt sich auf ihren Ellbogen auf und starrt mich an. »Wie ...?«

Ich erhebe mich ruckartig auf die Knie. Meine Stimme ist voller Wut, Schrecken und Hoffnung. Auf der Stelle fließen die Tränen. »Ich bin gestorben, als ich das Kind gerettet habe, und es war schrecklich, und ich habe versucht, am Leben zu bleiben, Ruby, das habe ich wirklich, aber die Wellen waren zu stark.« Immer weiter und weiter sprudeln die Worte aus mir heraus. Von Anfang bis Ende ist es anstrengend und aufregend zugleich und einen Moment lang glaube ich, dass alles nur ein schlechter Traum war.

Ruby hält meine Hände in ihren, hört zu, zittert, nimmt alles in sich auf. Manchmal umarmt sie mich, küsst mich oder streichelt mein Haar. Als ich erschöpft zurücksacke, verzieht sie die Lippen und sagt: »Lourdes ist ein Engel?«

»Sie könnte zum Teil auch ein Dämon sein«, necke ich. Gott, ich fühle mich so frei. So lebendig. Ich erzähle ihr, dass Lourdes auch bestraft wurde und deshalb in menschlicher Gestalt auf Erden weilt.

»Wow ... das muss schlimm für sie sein.« Ruby blickt finster drein, löchert mich mit Fragen, von denen einige schwieriger zu beantworten sind als andere. Sie nimmt alles gefasst hin, ob gut oder schlecht. Endlich kann ich ihr meine Geschichte erzählen, wie viel ich ihr verheimlicht habe, warum ich ihr nicht die Wahrheit sagen konnte. Es fühlt sich besser an als gedacht, als befände ich mich in einem unglaublichen freien Fall ohne die Gefahr einer harten Landung.

»Aber George erinnert sich nicht mehr«, sagt Ruby mit einem leichten Zittern in der Stimme. Sie fährt fort, mir von ihrem letzten Gespräch zu erzählen.

Ich nicke, schlucke. Insgeheim wusste ich, dass er seine Erinnerungen verlieren würde, und wir überlegten, ob wir uns verabschieden sollten, aber beschlossen dann, dass es viel zu schrecklich wäre, und so sagten wir beim letzten Mal einfach wie schon so oft: »Bis bald.«

Plötzlich spüre ich das gleiche Gefühl, den tiefen Verlust, den ich schon spüre, seit ich in Jamesons Körper aufgewacht bin. Eine Leere, die nie gefüllt werden kann, und obwohl ich meinen Dad, George und Ruby vergessen werde, denke ich, dass man diese Art von Schmerz vielleicht für immer in sich trägt, auch wenn man ihn nicht benennen kann. Irgendwie, irgendwo weiß die Seele, dass etwas fehlt.

Ruby sagt: »Ich will nicht, dass meine Erinnerungen ausgelöscht werden. Bitte, ich möchte mich an diese Tage mit dir erinnern.«

»Es wird nur noch mehr wehtun, Rubes.«

»Das letzte Mal, als ich dich verloren habe, gab es kein Ende, keinen Abschied.« Sie setzt eine stoische Miene auf, von der ich weiß, dass sie nur Fassade ist, aber verdammt, sie ist ein Profi darin. »Diesmal will ich wissen, was auf mich zukommt, damit ich jede Sekunde mit dir nutzen kann.«

Ich halte ihre Hand fester. »Okay.«

»Aber warum glaubst du, dass du mir das alles jetzt sagen kannst?«

»Ich weiß es nicht, aber wir sollten es nicht infrage stellen. Lass uns …«

»Essen!«, quiekt sie. »Ich bin am Verhungern.«

Ich begrabe sie in einer riesigen Umarmung unter mir. »Oder wir könnten einfach hierbleiben.«

Sie wackelt mit dem Kopf und heftet ihre Augen auf mich. »Hmm … eingewickelt in die Laken mit Hart Augusto oder Essen.« Spielerisch zieht sie eine Braue hoch. »So heiß du auch bist … ich könnte wirklich etwas Orangensaft und Hash Browns vertragen.«

Ich rolle mich von ihr herunter und ziehe einen Schmollmund. »Du findest Jameson heiß?«

»Du bist nicht Jameson.«

»Aber ich habe seinen Körper.«

Ruby fährt mit ihren Händen bewundernd über meine Arme. »Ja, hast du.« Ich drücke ihr ein Kissen ins Gesicht und sie bekommt einen Kicheranfall. »Schhh ...«, brumme ich, wobei ich so breit lächeln muss, dass meine Wangen schmerzen. »Du wirst noch Gabi wecken.«

Ruby starrt mich unter dem Kissen hervor an, sodass ich nur die Hälfte ihres Gesichts sehen kann. »Auf keinen Fall. Sie schläft wie ein Stein.«

Wir frühstücken flugs und machen uns auf den Weg, ehe Gabi wach wird. Da wir einen ganzen Tag zusammen haben, beschließen wir, ihn am Strand zu verbringen. Wir fahren mit den Fahrrädern an der Strandpromenade entlang, genießen die Sonne und bodysurfen auf den eiskalten Wellen. Ich spiele auf der Gitarre. Und als sie mich bittet, ihr eines meiner Lieder vorzuspielen, geraten meine Finger ins Stocken. Ich kann mich nicht erinnern. »Ich würde lieber das hier machen.« Ich beuge mich vor und küsse sie. Glücklich erwidert sie den Kuss.

Ich erzähle ihr immer wieder Kleinigkeiten aus meiner Zeit als Jameson, zum Beispiel dass ich jetzt Tortillas hasse, was mir zuerst einen finsteren Blick und dann ein Lachen einbringt.

»Ist es eigenartig?«, fragt sie und hält sich die Hand vors Gesicht. »In seinem Körper zu sein?«

»Am Anfang war es, als würde man in eiskaltes Wasser eintauchen, aber dann hab ich mich daran gewöhnt.«

»Und Elle? Fühlst du ... irgendetwas? Ich meine, seit du in Jamesons Körper steckst?«

Ich nicke langsam. »Nur ist es nicht wie bei dir. Es ist wie diese ferne Erinnerung an jemanden, der diesem Herzen wichtig war, aber es tut nicht weh.«

Ruby schweigt und fährt mit ihren Fingern durch den Sand. »Bist du wütend?«, frage ich.

Sie sieht zu mir hoch. »Wie könnte ich das sein? Er hat sie sehr geliebt und du hast sein Herz.«

»Aber nicht seine Seele und liegt dort nicht der Kern der wahren Liebe?«

Ruby wirft mir einen zweifelnden Blick zu. »Was, bist du ein Songwriter oder so?«

Sie will zu den Docks gehen. Sie will mir ein Boot zeigen, das *Ladybug* heißt und an das ich mich zu erinnern vorgebe.

Ich schätze, das tue ich sogar irgendwie. Oder ich fühle es. Unvollständige, verschwommene Bilder schießen durch mein Gedächtnis – meine Hände, die ein Boot abschleifen, Staub, der in der Luft hängt. Und dann sind sie weg und ich rufe die Erinnerung an Ruby auf, die an dem Tag, an dem ich sie zum ersten Mal gesehen habe, im Gartenmarkt die Marienkäfer rettete.

»Ich habe Miriam angerufen und sie gebeten, die *Ladybug* zu verkaufen«, gesteht sie, während wir in das Boot klettern, das mir zugleich vertraut und unbekannt vorkommt. »Sollen wir mit ihr rausfahren?«

»Ich ... Ich bin mir nicht sicher, ob ich dazu bereit bin«, lüge ich, denn ich habe keine Ahnung, wie man dieses Boot steuert, das ich offensichtlich gekauft und repariert habe. Und ich will nicht, dass sie weiß, wie viele meiner Erinnerungen verloren gegangen sind.

»Hast du Angst, dass es gefährlich sein könnte?«, fragt sie vorsichtig.

Ich ziehe sie auf meinen Schoß, schlinge meine Arme um sie, halte sie fest, streichle die warme Haut ihrer Arme, ihrer Schultern.

Sie küsst mich, erst sanft, dann tiefer. Unsere Hände wandern umher. Ich drehe sie auf den Rücken, lege mich über sie. Küsse ihren Hals, drücke mich näher an meine Ruby.

Sie flüstert meinen Namen wie eine magische Melodie.

Dann zwinge ich mich innezuhalten. Ich setze mich auf, meine Lippen fühlen sich geschwollen an. Ihr Haar steht in alle Himmelsrichtungen ab. Der Träger ihres Kleides fällt über eine Schulter und es kostet mich jedes Quäntchen Willenskraft, nicht zu kapitulieren und meinem Wunsch nachzugeben.

»Du bist gefährlicher«, scherze ich.

Ein paar Minuten später stehen wir wieder am Ufer. Die Sonne geht bereits unter und ich fühle eine schmerzhafte Leere, während ich die *Ladybug* auf dem Wasser schaukeln sehe.

»Was willst du morgen machen?«, fragt Ruby mit einem Lächeln in der Stimme und steckt ihre nackten Zehen in den Sand.

»Wieder blaumachen?« Meine Augen brennen vor Müdigkeit, aber ich kämpfe mit aller Kraft gegen die Erschöpfung an, die mich zu überwältigen droht.

Sie lacht, ein Klang, der mich mit Liebe erfüllt und den ich nie vergessen möchte. Als sich der Himmel verdunkelt, lassen wir uns wieder in den Sand fallen. Ich halte sie fest an mich gedrückt und streichele ihren Rücken. Wenn es eine Sache gäbe, die ich nie vergessen wollen würde, wäre es die Wärme von Rubys weicher Haut.

Sie schmiegt sich zurück in meine Arme und flüstert Worte, die ich nicht mehr registriere, weil der Schlaf mich in seinen Sog zieht. Ich kämpfe gegen dessen Schwere an, frage mich, ob die Nachricht, die ich ihr hinterlassen habe, als sie nicht hingesehen hat, ausreichen wird, ob sie klein genug ist, um vom Universum übersehen zu werden. Ob unsere Liebe die Ausnahme sein kann.

»Hart?« Ihre Stimme ist jetzt weit weg. Meine Augenlider sind schwer.

»Mm?«

Ich spüre die Vibration ihrer Stimme, höre sie aber nicht, weil die Dunkelheit mich überwältigt.

Und das Letzte, woran ich mich erinnere, ist die Wärme ihrer Haut.

59

Ruby

Hart schläft stundenlang.

Ich betrachte jeden Zentimeter seines neuen Körpers. Die wenigen Haare an seinen Knöcheln, die Länge seiner Arme und Beine, seine breiten, dichten Augenbrauen, die langen dunklen Wimpern, die seine Wange beschatten. Seine Gesichtszüge sind so friedlich im Schlaf. Ich kann das Wunder kaum fassen, das hier geschieht. Dass wir diese zweite Chance bekommen haben.

Irgendwann nach Mitternacht wacht Hart auf. Ich fahre mit meinen Fingern an seiner Brust entlang, lächele und genieße das Gefühl, dass er hier ist ... bei mir.

Langsam flattern seine Lider. Er sieht mich mit seinem schläfrigen, verträumten Blick an und nimmt mich endlich wahr.

»Hallo, Schlafmütze«, flüstere ich.

Er blinzelt, mustert mich. Dann neigt er mit einem Ausdruck plötzlicher Panik den Kopf nach rechts. So weit, dass das Mondlicht seine Iriden beleuchtet. Und ich weiß es.

Hart ist fort.

60

Lourdes

Harts letzte Erinnerung war ihm am schwersten zu entringen. Er wollte sie nicht loslassen. Warum fühle ich mich wie ein Ungeheuer? Seine Erinnerungen sind nun alle ausgelöscht. Es ist vollbracht. Genau wie seine Transformation. Und das bedeutet, ich habe mich nicht bewährt. Ich werde mich nicht wieder in die himmlischen Reihen der Engel einreihen. Zumindest nicht, bis ich ein ganzes Menschenleben hinter mir habe.

Ich sehe zu, wie er schläft, sein Gesicht so friedlich. *Es ist besser so*, sage ich mir. Er kann nichts betrauern, woran er sich nicht erinnern kann. Als mir klar wird, dass Hart sich auch nicht an mich erinnern wird, fühle ich den Schmerz tief in mir.

Ein Lichtstrahl durchbricht die Dunkelheit. Meine Zeit ist abgelaufen. Ich will mich nicht von Hart trennen, um mich dem Todesengel zu stellen, der mich zu meiner nächsten Inkarnation bringen wird.

In diesen letzten Sekunden wünsche ich mir, was sich alle Menschen wünschen ... Mehr Zeit.

61

Jameson

Warum starrt mich Ruby Armenta so an?

Warum sind wir hier? Meine Erinnerung kommt langsam zurück, dann stürmt sie auf mich zu. Wir sind jetzt Freunde. Seit ich im Koma lag. Sie ist für mich da gewesen. Ich erinnere mich nicht an Details, nur dass sie cool ist und das mit Elle versteht. Ich glaube, ich habe es ihr gesagt. Vielleicht weil ich wusste, dass sie es verstehen würde. Und dann erinnere ich mich, dass ich mit Victoria zu Pepe's gegangen bin. Ruby und ich haben danach gechillt und sind hier gelandet. Warum ist alles so verschwommen?

»Warum weinst du?«, frage ich sie.

Sie wischt sich das Gesicht ab. »Tu ich nicht.«

»Ist es wegen Hart?«

Sie nickt langsam, ihr Blick ist eindringlich.

»Ja, ich kann nicht aufhören, von Elle zu träumen.« Ich reibe mir die Brust. »Es ist so scheiße.«

Wieder nickt sie.

»Das hört sich vielleicht seltsam an, aber ich fühle mich irgendwie komisch, weißt du?«

»Was meinst du?«

»Als hätte mich jemand unter Drogen gesetzt und alles ist irgendwie vernebelt und …« Ich schüttele den Kopf.

Warum sieht sie mich so eindringlich an?

»Hab ich was Falsches gesagt?«, frage ich.

»Hm?«

»Du scheinst … sauer auf mich zu sein.«

»Nein … nicht sauer … nur … Ich weiß nicht. Erinnerst du dich an irgendetwas von heute oder gestern Abend?«

Oh, Scheiße. Was habe ich getan? »Hab ich etwas Schlimmes getan?«

Ruby lächelt, aber wenig überzeugend. »Überhaupt nicht.«

»Mach ich das oft?«, frage ich. »Zeitabschnitte vergessen, meine ich?«

Sie räuspert sich. »Morgen wirst du dich besser fühlen.«

»Du scheinst dir da sehr sicher zu sein. Ist das schon mal passiert?«

»So was in der Art, ja.«

»Na ja, äh … danke, Mann. Dass du hier bist.«

»Wir sollten gehen«, sagt sie und steht auf.

Ich folge ihr und wische mir den Sand von der Jeans. Mein Blick fällt auf ein Boot, das in der Ferne an den Docks festgemacht ist, aber selbst von hier aus kann ich die großen roten Buchstaben erkennen: *Ladybug*. »Das muss der Grund sein«, murmele ich und fühle mich, als wäre ich gerade in einer Filmszene mit jemand anderem in der Hauptrolle gelandet. Mann, meine Erinnerungen sind so verschwommen, fast ein Traum.

»Wie bitte?«

Ich zeige auf das Boot. »Davon habe ich geträumt.«

»Von dem Boot?«

»Nicht genau diesem«, sage ich. »Es ging um dieses kleine Mädchen und … ein paar Marienkäfer.«

62

Ruby

Drei Tage sind verstrichen. Und ich bin allein mit all den Erinnerungen an Hart … an die Wahrheit.

Doch wie ist das möglich? Sie sollten auch verblasst sein. Oder vielleicht haben die schrecklichen kosmischen Regeln, die George und jetzt auch Hart erwischt haben, mich irgendwie ausgelassen.

Liebe braucht nicht mehr als ein Herz.

Und Gabi, die wahrscheinlich der wahre Yoda ist, weiß, dass das Ereignis eingetreten ist, vor dem die Ahnen gewarnt haben. Ich bringe es nicht über mich, ihr die Details zu erzählen, weil sie sich zu intim anfühlen, eine Erinnerung nur für mich und Hart. Aber ich verrate ihr, dass ich mich verabschieden musste. Und so niedergeschmettert ich auch bin, so unglaublich glücklich fühle ich mich auch, dass ich diesen letzten Tag mit Hart erleben durfte.

Die Schule ist das Schlimmste an der ganzen Sache. Jeden Tag fürchte ich mich davor, in den Korridoren dem Nicht-Hart Jameson zu begegnen. Demjenigen, der mich wie eine gute

Freundin behandelt und sonst nichts. Nur hin und wieder erhasche ich einen flüchtigen Blick auf das, was Hart sein könnte. Ein Neigen seines Kopfes, ein Funkeln in seinen Augen, der angespannte Kiefer. Und dann verschwindet es, ehe ich es festhalten kann.

Das sind die Momente, in denen ich spüre, wie aus meiner Brust ein Schluchzen herausbrechen will. Dann will ich am liebsten bloß zu ihm rennen, ihn in die Arme schließen, damit sich sein Herz an mich erinnert.

Die Schule ist seit einer halben Stunde aus und auf der Suche nach einem Buch für ein Forschungsprojekt über Napoleon bin ich in der Bibliothek. Ich laufe wie Falschgeld durch die Gänge.

»Ruby?«

Ich schaue auf und sehe am Ende eines Korridors Lourdes stehen.

»Hey«, begrüße ich sie, geschockt sie zu sehen. Ich dachte, sie sei dorthin zurückgegangen, wo auch immer sie herkommt. Warum ist sie noch hier? »Was tust du hier?«

»Ich wollte dich sehen.«

»Hart hat mir alles erzählt.«

Sie nickt. »Das dachte ich mir schon. Ich wollte, dass er dir die Wahrheit sagen kann. Das war das Mindeste, was ich tun konnte.«

Ich schaudere und versuche, einen klaren Gedanken zu fassen. »Ich erinnere mich noch, aber ... warum?«

»Ich kenne nicht alle Feinheiten des Universums, aber ich kann mir vorstellen, dass es was mit deiner Liebe zu tun hat, mit deinem Herzen, mit deiner Fähigkeit, das Leiden zu ertragen, um die Wahrheit zu sehen.« Lourdes lächelt. »Das Universum liebt es, wenn die wahre Liebe siegt.«

»Ich darf sie also behalten, meine Erinnerungen an Hart?« Ich hätte nie gedacht, dass ich eine solche Erleichterung, einen solchen Trost empfinden könnte. Als ich Hart zum ersten Mal verloren habe, fühlten sich meine Erinnerungen an ihn grausam an, doch jetzt? Sie fühlen sich wie das größte Geschenk der Welt an.

»Scheint so, aber das musst du nicht. Wenn du willst …«

»Nein!«, platzt es aus mir hervor. »Ich würde sie niemals aufgeben.«

»Ich dachte mir schon, dass du das sagen würdest.«

»Und was ist mit dir?«, frage ich. »Was wird jetzt mit dir passieren?«

Lourdes lächelt. »Ich habe mir etwas mehr Zeit verschafft, aber …« Sie wedelt mit einer Hand durch die Luft, zu lässig für den Moment. »Genug von mir. Ich wollte mich nur von dir verabschieden.«

Ich verspüre den plötzlichen Drang, sie zum Bleiben zu bewegen. »Ich liebe ihn immer noch. Selbst wenn …«

»Ich weiß«, unterbricht mich Lourdes. »Und irgendwie weiß er es auch.«

Sie wendet sich zum Gehen und ich klammere mich an ihre Worte. »Warte!«, rufe ich ihr nach. Sie dreht sich um und sieht mich fragend an.

»Kann ich ihn jemals zurückholen?«

Zuerst sagt sie nichts und in dieser Stille spüre ich Hoffnung in mir aufkeimen. Wenigstens für ein paar Sekunden, bis sie sagt: »Ich fürchte nicht, Ruby.«

Als ich auf dem fast leeren Parkplatz ankomme, halte ich kurz inne. George und Jameson lehnen an Georges Heckklappe.

Sie scheinen jetzt wirklich Freunde zu sein und ich frage mich, ob sie auf einer gewissen Ebene die Wahrheit kennen. Ich meine, sie stehen sich nicht supernahe, aber sie hängen zusammen ab und das macht mich echt glücklich.

Sie bemerken mich nicht, doch ich beobachte, wie sie reden und lachen. Dann sehe ich Josie. Sie stürzt sich begeistert auf Jameson, rennt auf der Ladefläche des Trucks herum und versucht, sein Gesicht abzulecken, was ihn nur noch mehr zum Lachen bringt. Er wirft einen Ball und Josie springt hinunter und rennt ihm hinterher, direkt auf mich zu.

Der Ball bleibt zu meinen Füßen liegen und ich blicke auf. Jameson starrt mich ein oder zwei Sekunden lang an. Und ich fühle mich verloren. Allein. Mein Puls beginnt zu rasen. Daraufhin breitet sich auf seinen Lippen ein Lächeln aus und er winkt. Indessen sammelt Josie ihren Ball ein und rennt zu ihm zurück. Er krault sie zwischen den Ohren und ich spüre einen schmerzhaften Druck in meiner Brust. Die süße Josie weiß immer noch, dass Hart dadrin ist. Sie spürt ihn nach wie vor.

In diesem Moment weiß ich, dass ich ihn nie aufgeben werde. Niemals. Ich muss einen Weg zu ihm zurückfinden. Ich bin mir nur noch nicht sicher wie.

Zu Hause lenke ich mich ab, indem ich mich mit meinem Laptop in mein Bett kuschele und bei einer (beliebigen) Serie abschalte, doch da klingelt mein Handy. Es ist Serena. »Bitte komm mit!«, fleht sie, ehe ich überhaupt Hallo sagen kann.

Sie meint den Abschlussball, der um eine Woche verschoben wurde, damit die Renovierungsarbeiten an der Turnhalle abgeschlossen werden konnten. »Ich bin schon im Schlafanzug.« Das ist eine schreckliche Ausrede und wir wissen es beide. Ich habe sie auf Lautsprecher gestellt, damit ich meine Serie weitergucken kann.

»Ruby! Ich will wissen, ob dir mein Kleid gefällt.«

»Schick mir ein Bild.«

»Wenn du nicht kommst, fahre ich zu dir rüber und zerre dich an den Haaren aus dem Haus.«

Ich höre Georges Stimme im Hintergrund. »George ist eben gekommen«, sagt Serena, während ich halb drüber nachdenke. »Und er sagt, du sollst deinen Arsch zum Ball bewegen.«

Gabi kommt mit einem Arm voller Klamotten in mein Zimmer gestürmt. »Hilf mir, was auszusuchen.«

Serena schreit: »Sag ihr, sie soll kommen, Gabi!«

Gabi grunzt und schmeißt die Klamotten auf mein Bett. Sie murmelt ein halbherziges »Komm«, dann: »Kannst du mir helfen, was auszusuchen?«

»Meine Güte!«, ruft Serena.

Als ich nicht antworte, fügt sie hinzu: »Jameson wird dort sein.«

In diesem Moment beschließe ich, dass es nicht gut für mich ist, allein daheim zu bleiben. Außerdem kann ich auf dem Ball Jameson sehen und beobachten und vielleicht herausfinden, wie ich ihn dazu bringen kann, sich zu erinnern. Ja, es wird höllisch wehtun, aber wenn Hart es geschafft hat, wenn er all die Wochen auf mich warten konnte, dann kann ich das auch. Egal für wie unmöglich Lourdes das hält.

»Gut!«, schnaube ich. »Wir sehen uns in einer Stunde. Ich muss mich noch kurz frisch machen.«

Kaum habe ich Gabi geholfen, ein schwarzes Minikleid auszusuchen, damit sie mit Inez losdüsen kann, trete ich vor meinen eigenen Kleiderschrank und schaue mir meine Auswahl an.

Dann sehe ich es.

Harts Liederbuch steht auf Augenhöhe im Regal und starrt mich an.

Seufzend nehme ich es heraus, setze mich auf mein Bett und blättere es durch. Ich hätte wohl wissen müssen, dass er bereits einige seiner Erinnerungen verloren hatte, da er diese Songs nicht mehr spielen konnte. Doch ich wollte nichts davon wahrhaben. Nur das Erinnern.

Regen beginnt aufs Dach zu prasseln.

Ich blättere die letzte Seite um. Zu Harts unvollendetem Songtext.

Alles in mir erstarrt.

Unter der letzten Zeile steht eine Notiz, die in unserer letzten Nacht noch nicht da war.

Bitte mich, den Song zu Ende zu schreiben.

63

Jameson

Die Musik dröhnt so laut, dass ich mir bloß noch wünsche, von hier verschwinden zu können. Es wäre viel entspannter, zu Hause zu chillen und ein bisschen Gitarre zu spielen. Es ist immer noch so verrückt zu denken, dass ich das tun kann. Dass ein Koma einem plötzlich so ein Talent verleiht. Ich meine, ich gebe es zu. Die Gitarre, das Klavier, die Musik … das war alles ziemlich beruhigend, aber es hilft sehr, wenn die Erinnerungen an Elle zu viel werden.

Einer der Jungs quasselt über irgendetwas. In der abgedunkelten Turnhalle blitzen helle Lichter auf. Die Leute tanzen in dichten Gruppen. Mein Kopf hämmert.

Und dann sehe ich sie.

Ruby Armenta. Sie ist klatschnass und kommt mit traurigem Gesichtsausdruck auf mich zu. Etwas zerrt an meinen Gefühlen.

»Alter, was hat die denn für ein Problem?«, fragt einer der Jungs, während sie immer näher kommt und ihren Blick nicht von mir abwendet.

Ein paar Jungs lachen.

»Klappe«, knurre ich.

Ich treffe sie auf halbem Wege; ich muss wissen, dass es ihr gut geht. Sie hält etwas unter ihrem Arm.

»Komm mit raus.« Sie dreht sich auf ihrem Absatz um und ich folge ihr.

Der Wind pfeift und der Regen prasselt in Strömen auf uns nieder, doch unter dem Vordach der Turnhalle finden wir Schutz. »Ruby, was ist los?«, frage ich.

Sie drückt mir das Buch in die Hand. »Die letzte Seite.«

Ich werfe einen Blick hinein und lese die Notiz unter Harts Songtext. *Bitte mich, den Song zu Ende zu schreiben.*

»Was ist das?« Der seitlich hereinfegende Wind peitscht uns den Regen ins Gesicht.

»Wirst du es tun?« Ihr klatschnasses Haar klebt ihr an Kopf und Schultern.

Ich weiß nicht, was ich sagen soll. Klar, sie ist wegen Hart durcheinander, aber das hier ist zu abgedreht.

»Ruby, ich … ich kann nicht.«

»Jameson«, sagt sie und tritt näher, ohne den Blickkontakt zu unterbrechen. »Ich flehe dich an. Selbst wenn es das Letzte ist, was du für mich tust. Versuch es einfach. Bitte.«

»Es wird ihn nicht zurückbringen«, schreie ich nun über den Regen hinweg. »Und Elle wird auch nicht zurückkommen. Das müssen wir akzeptieren.«

Sie nimmt meine Hand und drückt sie. »Okay«, haucht sie so leise, dass ich das Wort kaum verstehen kann. Dann greift sie nach oben und küsst mich sanft auf die Wange. Sie flüstert mir ins Ohr: »Wenn du noch da drin bist, schreib ihn zu Ende.«

Daraufhin dreht sie sich um und läuft zurück in den Regen.

Die Musik vom Ball dröhnt so laut, als wollte sie mit dem Sturm konkurrieren. Ich starre auf die Tür, schaue dann wieder in den Regen hinaus und beschließe, dass es Zeit ist heimzugehen.

Ich stecke Harts Liederbuch unter mein Oberteil und renne zu meinem Auto.

Zu Hause dusche ich, ziehe mir eine Jogginghose an und lasse mich auf mein Bett fallen. Ich denke über Ruby nach, darüber, wie verzweifelt sie schien. Ich setze mich auf, schnappe mir das Buch am Ende des Bettes und hole meine Gitarre. Dann spiele ich die Noten und versuche, den Text zu singen:

Meeresrauschen, über mir die Gischt
Mondschein am Segelmast erlischt.
Zu den Sternen recken unsere Hände sich empor.
Ja, oh, ja. Die Zukunft steht uns bevor.

Warum will Ruby, dass ich Harts Song zu Ende schreibe? Warum glaubt sie, dass ich das *kann*? Nur weil ich Gitarre spielen kann, heißt das nicht, dass ich jetzt ein Songwriter bin.

Ich spiele mit den Noten herum, mit der Musik. Es hat etwas an sich. Etwas, das ich nicht loslassen kann. Es erinnert mich an das Training für ein großes Spiel. Ich bin nie ganz bereit, das Feld zu verlassen, ich will immer noch einen Versuch starten, noch einen Lauf, noch einen Wurf. Eine Stunde vergeht. Zwei Stunden. Irgendwann nach Mitternacht beschließe ich aufzugeben. Ich spiele eine letzte Saite. Und dann passiert es.

Die Worte steigen in mir auf. Aus dem Nichts.

Verzweifelt suche ich nach einem Stift, schreibe den Text auf, streiche ihn durch, beginne von vorn, bis der Song sich vor mir auf der Seite ausbreitet und mich auffordert, ihn zu spielen.

Also tue ich es. Und mit jeder Note füllt sich mein Herz mit Bildern und Erinnerungen.

Dann kommen die Schritte. Ich schaue auf. Lourdes steht in der Tür.

Ich erinnere mich an den Engel.

64

Hart

»Lourdes?«

Sie blinzelt. Mustert mich. Sie kommt herüber, langsam, als würde sie sich einem Serienmörder nähern. Dann steht sie vor mir, nicht mehr in ihrer menschlichen Gestalt, und ihre Augen suchen mein Gesicht ab. Meine Gedanken fühlen sich verschwommen an und Verwirrung breitet sich in mir aus. Dass Ruby zum Ball kam und mich bat, den Song zu Ende zu schreiben, ist das Letzte, woran ich mich erinnere. Und dann trifft es mich wie eine meterhohe Welle. Meine Nachricht hat funktioniert, meine Musik war irgendwie der Weg zur Wahrheit.

»Du hast mir gesagt, ich solle Ruby diese Nachricht hinterlassen«, murmele ich, als sich die Erinnerung entfaltet.

Sie nickt. »Ich verstehe es jetzt.«

»Was verstehst du?«

»Wie Ruby und du euch erinnern könnt.«

Ich kann ihr immer noch nicht folgen.

Lourdes sagt: »Meine Strafe ist es, ein Mensch zu werden.«

»Ja, das weiß ich alles.«

»Doch durch dich und Ruby habe ich gelernt, was wahre Liebe ist: die Art von Liebe, die gibt und gibt und nichts zurückfordert. Die Art, die bereit ist, loszulassen.« Sie schaut weg, dann huscht ihr Blick zurück zu mir.

»Aber … ich dachte, du würdest wieder zum Menschen werden, da du dich vor meiner Transformation nicht bewährt hast.«

Sie schweigt einen Moment, als müsste sie sich sammeln. »Ich habe mich bewährt.«

Mein Herz macht einen Sprung. »Wie?«

»Ich … Ich …«

Warum fällt es ihr so schwer, die Wahrheit auszuspucken?

»Es ist okay«, sage ich sanft, als könnten diese Worte diesen Augenblick erschüttern. »Du kannst es mir sagen.«

»Du würdest es nicht verstehen.«

»Versuch es doch.«

Ihre Augen leuchten in einem violetten Licht und sie flüstert: »Ich habe meine Flügel aufgegeben.«

Ich bin mir nicht sicher, ob ich sie richtig verstanden habe. »Hm? Was meinst du? Sollten sie nicht verschwinden, sobald du ein Mensch geworden bist?«

»Ja, aber sie waren meine Verbindung, mein Versprechen, in den Himmel zurückzukehren.«

»Und ohne sie …« Das Opfer, das sie gebracht hat, kann ich kaum fassen. »Aber warum?«

»Sie waren das größte Opfer, das ich bringen konnte. Ich gab den ersten Flügel«, fährt sie fort, »um dir die Möglichkeit zu geben, Ruby die Wahrheit zu sagen.«

Der Schock, der mich bei ihrem Geständnis durchfährt, reicht beinahe aus, damit meine Knie nachgeben, und dann wird mir klar, dass ich Ruby deshalb alles erzählen konnte.

»Und der zweite Flügel?«, frage ich und meine Stimme bricht.

»Als der Todesengel mich holte«, fährt Lourdes fort, »bat ich darum, meinen letzten Flügel verwenden zu dürfen, um dir deine Erinnerung zurückzugeben.«

Ich bin im Moment von so vielen Gefühlen erfüllt, dass ich nicht weiß, wie ich atmen soll. Dieser Engel hat ihre Flügel aufgegeben ... für mich?

Sie lächelt zittrig, weicht meinem Blick aus und starrt an die Wand, auf den Boden, irgendwohin, nur nicht zu mir, was gut ist, denn ich habe das Gefühl, mit dem Fußboden zu verschmelzen. »Mir wurde gesagt, wenn du den Weg zurück zu Ruby findest, kann es funktionieren. Die da oben wussten aber nicht«, sagt sie und zeigt wieder dieses teuflische Grinsen, das ich so sehr liebe, »dass du den Samen bereits in deinem Liederbuch gepflanzt hattest.«

»Was deine Idee war«, erinnere ich sie.

»Ja, na ja, ich *bin* halt ziemlich brillant«, meint Lourdes. »Aber du hattest auch in einem Punkt recht. Musik ist mehr als ein Körper oder eine Stimme – sie ist ein Gefühl, sie ist Teil der Seele, sie ist alles. Das hat dir den Weg geebnet, um zurückzukommen.«

Ich habe das Gefühl, außerhalb meiner selbst zu schweben, schwerelos, ein Staubkorn, das jeden Moment wegfliegen könnte. Dann komme ich zurück zu dem Einzigen, was in diesem Moment zählt. »Lourdes, ich kann nicht zulassen, dass du deine Flügel für mich aufgibst.«

»Guck nicht so finster«, meint sie und zeigt wieder ihr teuflisches Grinsen. »Offensichtlich hat meine Selbstaufopferung ausgereicht, um mir den Weg zurück in die Reihen der Engel zu ebnen.«

Ich kann nicht anders. Ich springe auf, reiße Lourdes von den Füßen und drehe sie überschwänglich im Kreis. Ihrem Gesichtsausdruck nach vermute ich, dass sie mir den Kopf abreißen wird, aber dann lacht sie, lacht wirklich. Und im Drehen und Lachen sehe ich einen Schatten an der Wand. Zwei ausgebreitete Flügel ragen aus ihrem Rücken heraus. Als ich sie absetze, bin ich außer Atem.

»Auf Wiedersehen, Hart.«

»Das war's?«

»Oh … du wirst mich vermissen.«

Ich lache. »Nicht so sehr, wie du mich vermissen wirst.«

Ihre Mundwinkel ziehen sich nach oben. »Ich muss dich um einen Gefallen bitten.«

»Und der wäre?«

»Kannst du dich um Dante kümmern?«

Ich ziehe Lourdes wieder in meine Arme und wünschte, ich müsste sie nicht loslassen. Es ist nicht einfach, das zuzugeben, aber ich habe mich an sie gewöhnt, an ihren schrägen Humor, ihre nervige Art, die Güte, die sie ausstrahlt. Ihr Weggang gibt mir das Gefühl, jetzt wirklich auf mich allein gestellt zu sein.

»Ich werd dich echt vermissen«, gestehe ich.

Sie tritt zurück, hält ihren Blick auf mich gerichtet. »Du bist ein sehr sturer, nervtötender Mensch. Hart? Warum siehst du so traurig aus?«, fragt sie. »Ich hab dir eben verkündet, dass du einen Sechser im Lotto gewonnen hast.«

Ich reibe mir den Nacken und erwidere: »Du wirst nie wissen, wie dankbar ich dir bin oder wie glücklich ich mich fühle, dass ich dich kennenlernen durfte …« Mann, es ist so schwer, das zu sagen, ohne wie ein undankbares Arschloch zu klingen, aber … »Mein Dad … ich werde ihn jeden einzelnen Tag vermissen.«

»Das wirst du«, sagt sie, »und er wird dich vermissen. Aber, Hart, das ist der Lauf der Dinge. Für jeden Verlust gibt es einen Gewinn und für jeden Gewinn gibt es einen Verlust. Das ist Teil des Menschseins.«

Das macht es trotzdem nicht einfacher. »Versuchst du gerade wieder, mir einen Vortrag über das kosmische Gleichgewicht zu halten?«

»Nein, ich versuche dir zu sagen, dass das menschliche Leben im Vergleich zum Universum ein Wimpernschlag ist.« Sie legt eine Hand auf meinen Arm. »Du wirst deinen Dad wiedersehen.«

Ich nehme ihre Offenbarung in mich auf, versuche, die Weite des Geschehens mit meinem sterblichen Verstand zu verarbeiten, aber es ist unmöglich. Doch für den Augenblick muss es reichen.

»Da ich dir mit deinem Streuner einen Gefallen tue«, sage ich, »kannst du mir denn auch einen tun?«

Sie seufzt dramatisch. »Noch einen?«

»Kannst du dich vergewissern, dass es Jameson und ... Elle ... dass es ihnen gut geht?« Es ist das erste Mal, dass ich ihren Namen sage, ohne ein Ziehen in der Brust zu verspüren. Als ob dieser Körper, dieses Herz endlich mir gehören würde.

»Ich wusste, dass du das fragen würdest.«

»Und?«

»Sagen wir einfach, dass dir der Ausgang ihrer Geschichte gefallen würde.«

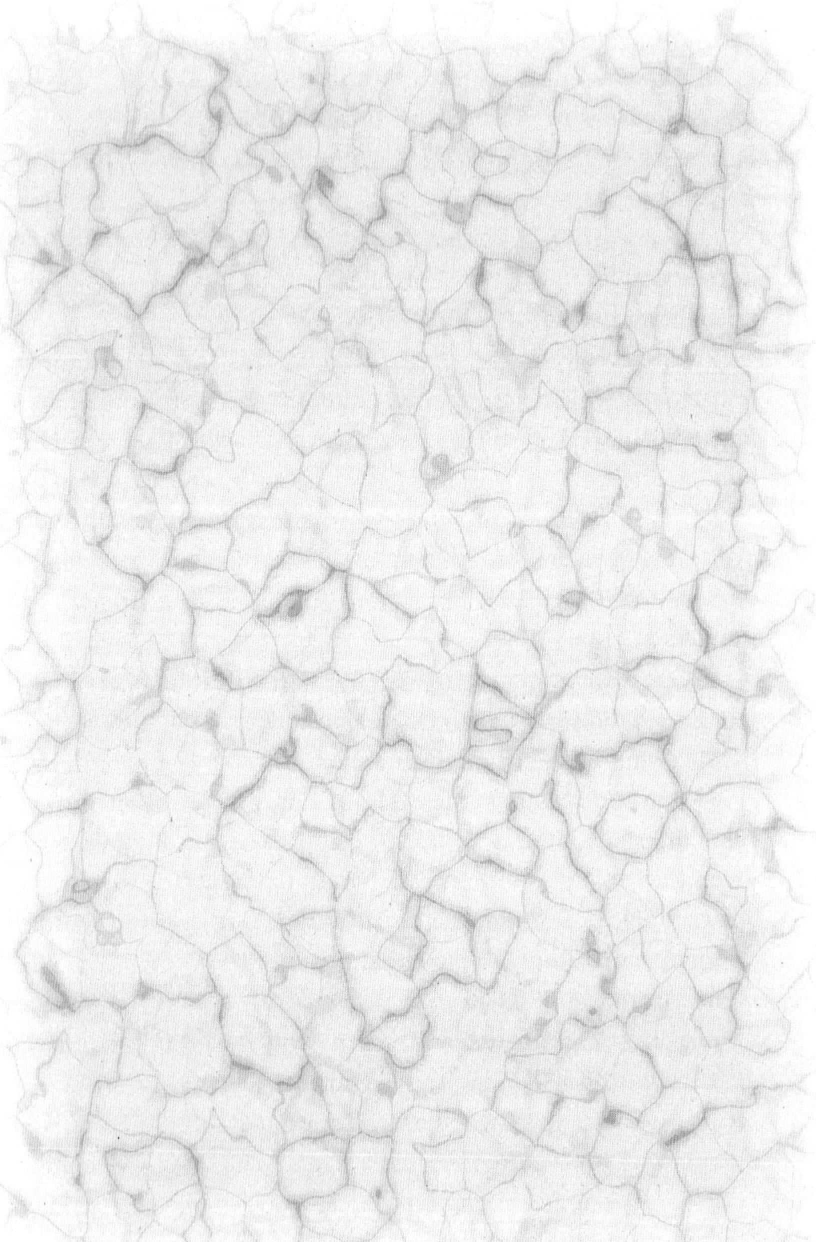

65

RUBY

Ich werde durch das Vibrieren meines Handys geweckt.

Es ist Miriam.

»Hey«, grüße ich, setze mich auf, reibe mir die Augen und schaue auf die Uhr: sieben Uhr.

»Tut mir leid, dass ich so zeitig anrufe, aber wir haben einen Käufer für dein Boot«, sagt sie. »Und er hat darauf bestanden, dass ich dich sofort anrufe. Willst du immer noch verkaufen?«

Mein Herz zieht sich schmerzhaft zusammen. Bis zu diesem Moment kam mir die Entscheidung nicht so endgültig vor. »Ich … Ich kann nicht.«

»Er bietet das Doppelte von dem, was du verlangt hast.«

Ich setze mich auf und runzele die Stirn. »Warum?«

»Er hat auch gefragt, ob er sich das Boot ansehen kann.«

Irritation erfasst mich. »Er klingt wie ein …« Ich halte mich zurück, Miriam zu sagen, dass ihr Käufer ein Arsch ist. Aber jetzt bin ich neugierig. »Wer ist es?«

»Jameson Romanelli.«

Das verschlägt mir die Sprache.

»Oh, und noch etwas, er hat sich sehr klar ausgedrückt. Wenn du dich für den Verkauf entscheidest, möchte er, dass du ihn in einer halben Stunde an den Docks triffst. Unangenehm, ich weiß. Als wäre ich seine Sekretärin ...«, zählt Miriam weiter ihre Ärgernisse auf, aber ich höre ihr längst nicht mehr zu.

Ich nehme mir nicht einmal Zeit zum Duschen. Ich putze mir die Zähne, binde meine widerspenstigen Haare zu einem unordentlichen Pferdeschwanz, streife mir Sandalen über und renne so schnell zu den Docks, dass ich wahrscheinlich nur dreimal nach Atem geschnappt habe, bis ich dort ankomme.

Die *Ladybug* wippt am äußersten Rand der Docks im Wasser und sieht in der frischen Morgensonne so schön aus wie immer. Ich suche sie ab, halte Ausschau nach ihm. In diesem Moment kommt Jameson von unter Deck hoch, in Boardshorts und einem T-Shirt.

Er reißt sich die Sonnenbrille von seiner Nase und starrt mich mit einer Intensität an, die so vertraut ist, dass mir das Herz in die Kehle springt.

Was, wenn ... das alles nur ein Traum ist?

»Kommst du her und sagst Hallo oder muss ich dich an Bord tragen?«

Ich kann mich nicht rühren. Der Schrecken hält mich so fest im Griff, dass ich nicht weiß, ob ich in meinem Herzen Platz für Hoffnung habe.

Er macht einen Schritt. Dann noch einen. »Ich habe den Song zu Ende geschrieben.«

Der Damm bricht und ich beginne zu rennen. Er ist schon am Bug des Bootes und wartet auf mich, als ich dort ankomme. Er hebt mich in seine Arme und auf das Deck. Legt seine Hände sanft an meine Wangen und küsst mich. Eine

Million kleiner Explosionen gehen in meinem ganzen Körper wie Feuerwerke hoch.

Hart. Hart. Hart.

Ich halte ihn fest, ziehe ihn näher zu mir, so nahe, dass ich sein Herz an meiner Brust hämmern spüre.

»Bitte sag mir«, schaffe ich zwischen zwei Küssen zu flehen. »Sag mir …« Atemzug. »Dass es nicht nur für …« Kuss. »Einen Tag ist.« Ich kann den Gedanken nicht ertragen, dass ich ihn wieder gehen lassen muss. Nicht ohne ein ganzes Leben mit ihm zu verbringen.

»Ich glaube, es ist für länger.« Mit seinen Händen, die mein Gesicht halten, schaut er auf mich herab, seine Augen streifen über meinen Mund. »Willst du mit ihr rausfahren?«

Ich klammere mich immer noch an ihn und hauche: »Bis zum Horizont.«

Ein paar Minuten später segeln wir aufs Meer hinaus und der kühle Wind trifft auf die Segel. Ich bin so überwältigt von dem Geschenk, dass ich weder weinen noch lachen kann. Alles in mir konzentriert sich darauf, Hart nie wieder aus den Augen zu lassen. Den Jungen, den ich mehr als die Hälfte meines Lebens geliebt habe, den Jungen, der mehr als einmal mein störrisches Herz geöffnet hat, den Jungen, den ich nie wieder loslassen will. Glücksgefühle steigen in mir auf, erst langsam, dann immer schneller, bis es sich anfühlt wie pure Euphorie, die ich vielleicht nie wieder spüren werde.

Hart sitzt mit seiner Gitarre auf der Ruderbank und zupft gedankenversunken an den Saiten, als suche er nach den richtigen Noten. »Meine Stimme ist nicht mehr dieselbe«, sagt er.

»Das ist mir egal.«

Er lässt die Musik kommen, die langsamen Noten und die Worte.

Meeresrauschen, über mir die Gischt,
Mondschein am Segelmast erlischt.
Zu den Sternen recken unsere Hände sich empor.
Ja, oh, ja. Die Zukunft steht uns bevor.
Es war schon immer Ruby, sie war schon immer mein.
Im dunklen Sturmwind und im hellen Sonnenschein.
Die Farbe der Erinnerung lebt tief in mir.
Es war schon immer Ruby, sie ist's seit jeher.

Als er fertig ist, blickt er langsam auf. Die Sonne fängt den Schimmer in seinen Augen ein und ich sehe nur Hart.

»Es ist perfekt«, flüstere ich.

Er stößt ein Lachen aus, das aus der Tiefe seines Bauches kommt. »Also, was die Bezahlung des Bootes angeht.«

Ich gehe zu ihm und ziehe ihn auf die Beine. »Ich habe gehört, dass du das Doppelte zahlen willst.«

»Das Dreifache.«

Ich denke an die Botschaft meiner Ahnen: *Herzen werden brennen, bevor sie brechen.* Und mir wird klar, dass es nie das Ende sein muss. Man kann ein Herz flicken und heilen.

Das Boot schaukelt sanft im Wasser.

»Was ist, wenn du wieder verschwindest?«, frage ich ängstlich.

»Dann wirst du mich an uns erinnern.«

Ich drücke meine Lippen auf seinen Hals. Sein Puls ist ruhig und gleichmäßig. Dann schaue ich auf und unsere Blicke treffen sich. »Irgendwie liebe ich dich, Hart Augusto.«

Er drückt mich fester an sich, seine Lippen bewegen sich, formen die Worte: *für immer.*

Und dann wird mir klar, dass *für immer* vielleicht doch *auf ewig* bedeutet.

66

Lourdes

Das ist jetzt achtzehn Monate her.

Sie sind um die Welt gereist, wie sie es sich vorgenommen hatten. Sie streiten sich über so unbedeutende Dinge wie Zahnpastakappen und Buchrezensionen, scharfes Essen und Politik. Er nervt sie. Sie nervt ihn. Sie lachen mehr, als sie streiten. Wie geplant waren sie in den chilenischen Salzwiesen, in Island und auf einer kleinen Insel vor Portugal.

Der Sommer ist fast vorbei. Sie werden beide auf die University of California gehen. Er hat weder Stanford noch Football für sie aufgegeben. Er hat damit aufgehört, weil es von Anfang an nicht sein Traum war. Sein Dad war fuchsteufelswild, aber am Ende haben sich die beiden irgendwie geeinigt. Oder haben zumindest einen Weg gefunden, sich nicht ständig in den Haaren zu liegen.

Ich beobachte, wie sie die wackelige Hängebrücke über einer breiten Schlucht überqueren. Er ist nervös, unsicher und fragt sich, warum er überhaupt zugestimmt hat, ihr zu folgen. Sie ist glücklich, zuversichtlich und fragt sich, wie sie so viel

Glück verdient hat. »Ich darf mir den nächsten Urlaub aussuchen«, ruft er, während er behutsam über die Holzplanken tritt und dabei Rubys Rücken fixiert.

»Okay. Und wohin geht's?«

»Irgendwohin, wo wir nicht Hunderte Meter in der Luft hängen.«

»Hart, du bewährst dich gegen Riesen auf dem Feld.«

»Ja, aber meine Füße berühren festen Boden.«

»Sei kein Huhn«, ruft sie über die Schulter zurück.

»Ich bin kein Huhn«, argumentiert er, während er das Seil fester umklammert. »Ich will mir bloß nicht diesen Hühnerhals brechen.«

Sie lacht. Dreht sich um, nimmt seine Hand in ihre. »Ich werde dich immer auffangen, wenn du fällst.«

Er glaubt ihr, küsst sie auf die Nasenspitze.

Dann löst er seine Hand vom Seil, legt sie um ihre Taille. »Ich werd nicht fallen.«

Sie schlingt ihre Arme um ihn und lächelt. »Ich glaube dir.«

Und was mich betrifft? Ich auch.

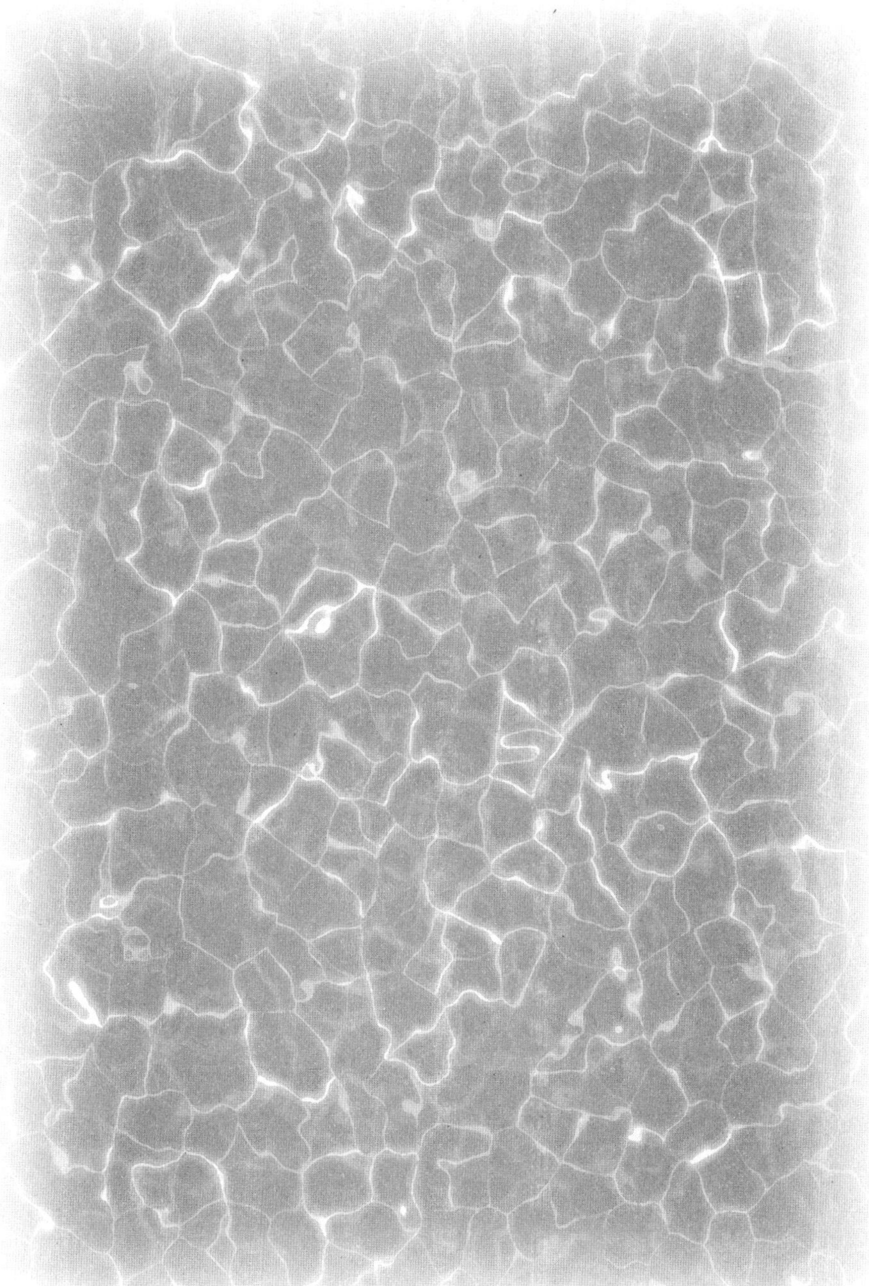

Danksagungen

Ich habe keine Lieblingsbücher. Ehrlich. Doch wenn ich welche hätte, würde dieses Buch auf meiner Liste stehen. Diese Geschichte ist mir jahrelang im Kopf herumgegeistert und hat nur auf den richtigen Moment gewartet, vollends ausgearbeitet zu werden. Ich bin all jenen dankbar, die dieses Buch auf ihren Schultern durch die Revisionen getragen haben.

An dieser Stelle sende ich ein Dutzend Abrazos an meine Lektorin Tiara Kittrell: Du hast den Funken, von dem alle Autoren träumen.

An das gesamte Razorbill-Team: Danke für eure Kreativität und euer nicht nachlassendes Engagement: Casey McIntyre, Simone Roberts-Payne, Rūta Rimas, Jayne Ziemba, Misha Kydd, Olivia Russo, Bri Lockhart, Lyana Salcedo, Felicity Vallence, James Akinaka, Kristie Radwilowicz, Rebecca Aidlin und Lisa Schwartz.

Vielen Dank an meine Agentin Holly Root. Was soll ich sagen? Du bist die Allerbeste. Ende der Durchsage.

Und natürlich werde ich meiner Familie für immer dankbar sein: für eure Liebe und Loyalität und für euer Ohr für meine Termin-/Story-/Charakter-/Lebensnöte. Ich schulde euch alle Schokolade der Welt.

Zu guter Letzt, an meine Leserinnen und Leser: Ich danke euch aus tiefstem Herzen, dass ihr euch mit mir auf diese Reise begeben habt!

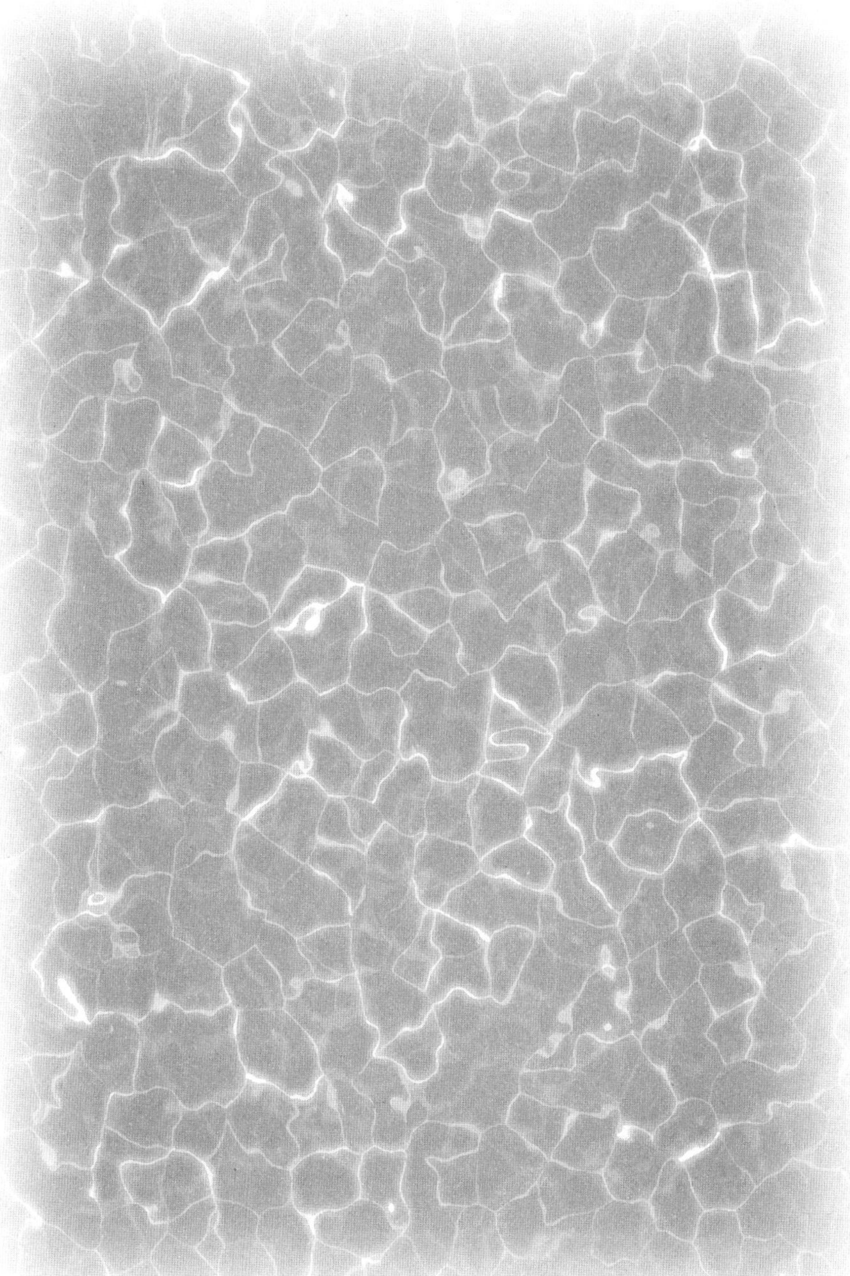

Zwei Mädchen auf verschiedenen Seiten eines Krieges und mit einem gemeinsamen Ziel

GEARBREAKER

Wir haben die Götter selbst erschaffen

von Zoe Hana Mikuta

Paperback mit Klappen | 416 Seiten
ISBN 978-3-98743-068-8 | **€ 16,– (D)**

auch als E-Book erhältlich

Weitere Informationen
zum Verlagsprogramm:

www.crocu.de